몬테크리스토 백작 4

몬테크리스토 백작 4

알렉상드르 뒤마

오증자 옮김

미오사

4권 차례

여름날의 무도회 · 9

정보 · 23

무도회 · 40

빵과 소금 · 56

생메랑 후작 부인 · 64

약속 · 83

빌포르 가의 지하 묘지 · 129

조서(調書) · 144

안드레아 카발칸티의 등장 · 163

하이데 · 181

자니나에서 온 소식 · 216

레모네이드 · 246

고발 · 265

은퇴한 빵장수의 방 · 276

가택 침입 · 307

신의 손길 · 330

보상 · 341

여행 · 353

심판 · 373

도전 · 396

모욕 · 408

밤 · 426

결투 · 441

● 『몬테크리스토 백작』에 나오는 주요 인물들 ●

· **에드몽 당테스** 파라옹 호의 일등 항해사. 이프 성의 죄수였다가 14년 만에 탈옥하여 몬테크리스토 백작이 된다. 신드바드, 자코네 씨, 윌모어 경, 부소니 신부 등으로 가장한다.
· **파리아 신부** 로마 추기경의 비서였다가 체포되어 이프 성에 감금된 죄수. 에드몽 당테스의 결정적인 조력자.
· **메르세데스** 에드몽 당테스의 약혼녀. 나중에 모르세르 백작 부인이 된다.
· **페르낭 몬데고** 메르세데스의 사촌오빠. 나중에 모르세르 백작이 된다.
· **알베르 드 모르세르** 페르낭과 메르세데스의 아들
· **당글라르** 파라옹 호의 회계였다가 나중에 파리의 은행가로 성공하여, 남작 칭호를 얻는다.
· **제라르 드 빌포르** 검사. 누아르티에 드 빌포르의 아들로, 자신의 야망 때문에 당테스가 종신형에 처하게 한다.
· **가스파르 카드루스** 에드몽 당테스의 이웃. 양복장이였다가 퐁뒤가르 여관 주인이 되지만 살인을 저지른다.
· **루이 당테스** 에드몽 당테스의 아버지
· **모렐 씨** 파라옹 호의 선주
· **막시밀리앙 모렐** 모렐 씨의 아들
· **쥘리 모렐** 모렐 씨의 딸
· **누아르티에 드 빌포르** 나폴레옹을 신봉하는 급진파
· **르네 드 생메랑** 제라르 드 빌포르의 첫번째 부인
· **발랑틴** 제라르 드 빌포르와 르네 드 생메랑 사이의 딸. 막시밀리앙 모렐을 사랑한다.
· **바르톨로메오 카발칸티** 몬테크리스토 백작이 지어낸 가공의 인물
· **베네데토** 제라르 드 빌포르의 사생아. 바르톨로메오의 아들, 안드레아 카발칸티 공작으로 행세하지만 나중에 사기꾼에다 탈옥수임이 밝혀진다.
· **엠마뉘엘 레이몽** 모렐 상사의 직원. 나중에 쥘리 모렐과 결혼한다.

- **엘로이즈** 제라르 드 빌포르의 두번째 부인
- **에두아르** 엘로이즈와 제라르 드 빌포르의 아들
- **바롱 당글라르** 당글라르의 아내
- **외제니 당글라르** 당글라르의 딸. 결혼을 거부하고 자유를 찾아 떠난다.
- **루이즈 다르미** 외제니의 성악 선생
- **카르콩트** 카드루스의 아내. 마들렌이라고 불리기도 한다.
- **프란츠 데피네** 왕당파인 케넬 장군의 아들. 알베르 드 모르세르의 친구이다.
- **보샹** 《앵파르시알》의 편집장. 알베르 드 모르세르의 친구이다.
- **라울 드 샤토 르노** 알베르 드 모르세르의 친구
- **당드레** 왕당파 경시총감
- **드 보빌** 감옥 순시관. 나중에 양육원의 수납 과장이 된다.
- **자코포** 죈아멜리 호의 선원
- **파스트리니** 로마의 호텔 주인
- **가에타노** 로마의 선원
- **쿠쿠메토** 산적 두목
- **카를리니 디아볼라치오** 쿠쿠메토의 부하
- **리타** 카를리니의 약혼녀
- **루이지 밤파** 양치기 소년. 나중에 로마의 산적이 된다.
- **테레사** 루이지 밤파의 약혼녀
- **알리 테베린** 자니나의 총독
- **바실리키** 알리 테베린의 아내
- **하이데** 알리 파샤와 바실리키의 딸로, 몬테크리스토 백작의 노예가 된다.
- **베르투치오** 몬테크리스토 백작의 집사
- **바티스탱** 몬테크리스토 백작의 시종
- **알리** 누비아 인으로 몬테크리스토 백작의 노예
- **아델몬테 신부** 시칠리아의 신부

여름날의 무도회

같은 날, 당글라르 부인이 검사실에서 의논하고 있던 시간에 엘데 가에 사륜 마차 한 대가 들어와, 27번지의 문을 지나 안뜰에서 멈췄다.

곧 문이 열리더니, 모르세르 부인이 아들의 부축을 받으며 마차에서 내렸다.

알베르는 어머니를 방까지 안내한 후, 곧 목욕실과 마차 준비를 명했다. 그리고 하인의 손을 빌려 몸단장을 한 후, 샹젤리제의 몬테크리스토 백작 집으로 갔다.

백작은 여느 때와 같은 그 미소를 띠며 그를 맞았다. 그러면서도 누구 하나 백작의 마음이나 머릿속으로는 단 한걸음도 들여놓을 수 없다는 느낌이 드는 것은 이상한 일이었다. 이렇게 말할 수 있을지 모른다. 억지로 그의 마음속에 다가서려는 사람은 영락없이 어떤 벽에 부딪히고 만다고.
 두 팔을 벌리고 달려가던 알베르는 백작을 보자, 백작의 그 얼굴에 친절한 미소가 어리고 있음에도 불구하고, 손을 내밀 용기조차 선뜻 일어나지 않아서 그만 팔을 떨어뜨리고 말았다.
 오히려 몬테크리스토 백작 쪽에서 알베르의 손을 가볍게 잡아주었다. 그러나 늘 그렇듯이 백작은 결코 악수는 하지 않았다.
 「백작, 돌아왔습니다!」
 「어서 오십시오」
 「한 시간 전에 도착했습니다」
 「디에프에서?」
 「트레포르에서요」
 「아, 그랬던가요?」
 「오자마자 제일 먼저 찾아뵙는 겁니다」
 「오! 정말 고마운데요」 백작은 아무렇지도 않게 말했다.
 「그동안 무슨 소식이라도?」 알베르가 물었다.
 「소식이라뇨? 그런 걸 외국인인 저한테 물어보시다니!」 백작이 대답했다.
 「그건 저도 알고 있습니다. 단지 제가 묻는 것은 혹시 무엇인가 저를 위해서 해주신 일이 있느냐는 겁니다」
 「그렇다면 혹시 저한테 뭐 부탁하신 일이라도 있었던가요?」 백작은 짐짓 초조한 듯한 표정으로 물었다.
 「자, 그렇게 모르는 체하지 마세요. 기쁜 소식은 멀리 떨어진 곳까지 알려준다고들 하지 않아요? 전 트레포르에서 전류가 통하는 걸 느꼈으니까요. 비록 저를 위해서 무슨 일을 해주시진 않았다 하더라도, 제 생각은 해주셨겠죠?」

「그럴 수야 있었겠죠」백작이 말했다.「사실 난 당신 생각을 했소. 그러나 솔직히 말하면, 내가 가지고 있던 전류가 내 의사를 무시하고 제멋대로 작용한 셈이지요」

「정말입니까? 그 얘길 해주십시오」

「그야 어렵지 않죠. 당글라르 씨가 우리 집에서 만찬을 나눴소」

「그건 저도 알고 있습니다. 그 사람과 만찬에서 부딪히기가 싫어, 어머니와 제가 도망갔다 온 거니까요」

「그런데, 그분은 안드레아 카발칸티 씨와 같이 식사를 했지요」

「그 이탈리아 공작요?」

「그건 너무 과장이고, 안드레아 씨는 자기 말로는 자작이라고 그럽디다」

「자기 말로라니요?」

「네, 제 입으로 말이오」

「그렇다면 사실은 그렇지 않다는 말씀인가요?」

「난들 알겠소? 자기 말로 그렇다니, 나도 그렇게 부르고, 또 세상 사람들도 그렇게 부르는 거지요. 그러니 정말 그런 거나 다름없는 게 아니겠소?」

「백작께선 정말 이상도 하십니다. 그래서요?」

「당글라르 씨가 댁에서 식사를 했다고 그러셨죠?」

「그렇소」

「그 안드레아 카발칸티 자작과 같이 말이죠?」

「안드레아 카발칸티 자작, 그 부친 카발칸티 후작, 당글라르 부인, 빌포르 부처, 그리고 기분 좋은 젊은 친구들인 드브레 씨, 막시밀리앙 모렐, 그리고 또 누가 있더라…… 가만있자…… 아! 샤토 르노 씨」

「거기서 제 얘기가 나왔었습니까?」

「아니, 한마디도 안 나왔었소」

「유감인데요」

「그건 왜요? 사람들이 잊어버려 주는 게 당신이 바라던 바가 아니었던가요?」

「백작, 내 얘기를 전혀 안했다는 것은 내 생각을 염두에 많이 두고 있었다는 뜻입니다. 그러니 제가 실망할 수밖에요」

「그건 아무래도 좋습니다. 어쨌든 당글라르 양은 여기서 당신을 염두에 두고 있던 사람들 틈에 끼어 있지 않았었으니까요. 아, 하긴 당글라르 양이 자기 집에서는 당신 생각을 할 테지만 말입니다」

「아, 절대로 그렇지 않습니다. 설령 내 생각을 한다 하더라도, 그건 내가 그녀에 대해 생각하는 것과 똑같은 생각일 겁니다」

「그렇다면, 공명(共鳴)이 서로 대단하시군요!」 백작이 말했다. 「그런데, 그게 서로 미워한다는 겁니까?」

「백작, 만약 당글라르 양이 내가 그녀 때문이 아닌 다른 일로 괴로워하는 걸 동정해서, 양가가 정한 결혼 계약과는 관계없는 입장에서 나를 생각해 준다면, 참 나로선 굉장히 기쁜 일이죠. 한마디로 말해서, 당글라르 양은 연인으로선 괜찮지만, 아내로선 좀……」 하고 알베르가 말했다.

「그게 바로 당신이 당신의 미래에 대해서 생각하는 방법이로군요?」 백작은 웃으면서 말했다.
「그렇습니다. 좀 난폭하긴 하지만, 제 솔직한 생각입니다. 그런데 이러한 꿈을 실현할 수 없는데도 어떤 목적에 도달하려면, 아무래도 당글라르 양이 제 아내가 되어야만 한단 말씀입니다. 다시 말하면, 당글라르 양이 나와 함께 살며, 내 옆에서 생각하고, 내 곁에서 노래하며, 내 가까이서 시도 짓고 음악도 해야 하는데, 그것도 내 일생 동안 그래야 하니, 내가 겁이 날 수밖에요. 애인은 헤어질 수 있는 사람입니다. 그러나 아내라는 존재는 얘기가 전혀 다르지요. 가까이 있건 멀리 있건, 어쨌든 영원히 옆에 붙어다니는 거니까요. 그러니 당글라르 양의 경우도 떨어져 있다 할지라도, 늘 가슴이 섬뜩해지는군요」
「너무 복잡하게 생각하시는군요, 자작」
「네, 종종 저는 되지도 않을 일을 생각하니까요」
「어떤 것을요?」
「제 아버지가 발견한 아내 같은 여자를 찾아낼 수 없을까 하는 거죠」
백작의 얼굴빛이 확 변하고, 장난감으로 가지고 다니던 근사한 권총의 방아쇠를 찰깍찰깍 잡아당기며 알베르의 얼굴을 쳐다보았다.
「그래, 부친께선 행복하셨습니까?」 하고 그는 물었다.
「제가 제 어머니를 어떻게 생각하고 있는지는 백작께서도 알고 계실 겁니다. 말 그대로 천사지요. 게다가 아름답고 머리까지 좋은, 더할 나위 없는 분입니다. 저는 트레포르에 갔었습니다. 아들이 어머니를 모시고 간다는 것이 재미일 수도 있겠지만 고역일 수도 있겠지요. 그러나 저는 마브 여왕(아일랜에 전해 오는 요정의 여왕——옮긴이)이나, 티타니아 여왕(셰익스피어의 『한여름 밤의 꿈』에 나오는 요정의 여왕——옮긴이)을 데리고 간 그 이상으로, 어머니와 나흘 동안을 그지없이 즐겁고 편안하게 보냈습니다」

「정말 훌륭한 분이십니다. 그런 얘길 들으면 누구나 독신으로 있고 싶어질 겁니다」

「그래서 그런 겁니다」 알베르는 말을 이었다. 「이 세상에 어디 하나 나무랄 데 없이 완벽한 여자도 있다는 것을 알고 있기 때문에, 당글라르 양과 결혼할 생각이 없다는 겁니다. 생각해 보신 일이 있으신지 모르겠습니다만 이기주의란 놈은 자기가 갖고 있는 모든 것에 화려한 채색을 하는 법이 아닙니까? 마를레든가 포생의 진열장에서 반짝이던 다이아몬드도 내 것이 되면, 더 아름답게 반짝이는 것처럼 보이지요. 그런데 만약 다른 곳에 보다 더 순수한 것이 있다는 것을 인정하지 않을 수 없게 되고, 그보다 못한 다이아몬드를 영원히 몸에 지니고 다녀야만 한다면, 그때의 그 고통을 아시겠습니까?」

「세상을 아는군!」 하고 백작은 중얼거렸다.

「그래서 만약 외제니 양이 나라는 인간이 훅 불면 날아갈 정도로 허약한 인간이며, 그쪽은 몇백만 프랑을 가지고 있는데 비해 나는 겨우 만 프랑이나 있을까 말까 하다는 것을 알게 된다면, 그야말로 정말 저로서는 최고로 기쁜 날이 될 겁니다」

백작은 빙그레 웃었다.

「저는 좀더 다른 생각을 해보았습니다」 하고 알베르는 이야기를 계속했다. 「프란츠는 괴상한 것을 좋아하니까, 그 친구가 억지로 당글라르 양을 좋아하게 해보자는 생각입니다. 그런데, 네 번이나 편지를 써서 갖은 유혹을 다 해보았는데도 프란츠는 태연자약하게 답장을 이렇게 해왔습니다.〈사실 난 괴상한 놈이지. 그러나 내가 아무리 괴상하기로서니, 한 번 한 약속을 취소할 정도는 아니란 말일세〉"

「헌신적인 우정인데요! 자기는 애인으로만 사귀겠다는 여자를 남더러 부인으로 데려가라니!」

알베르는 싱그레 웃었다.

「그런데」 하고 그는 말을 이었다. 「그 프란츠가 돌아온답니다. 백작께서야 별 흥미가 없으시겠지만, 당신은 그 친구를 좋아하지 않으시죠?」

「내가요?」 백작이 물었다. 「자작, 내가 어째서 그 사람을 좋아하지 않는다는 겁니까? 난 누구든 다 좋아하는 사람인데」

「그리고 저도 그 누구든지 중의 한 사람이고요……. 감사합니다」

「오! 혼동하시면 곤란한데요」 백작이 말했다. 「난 하느님께서 이웃을 사랑하라고 하신 말씀을 따라 기독교인다운 마음으로 좋아한다는 뜻이에요. 싫어하는 사람은 불과 몇 사람뿐이고. 자, 얘기를 프란츠 데피네 씨에게로 다시 돌립시다. 그 사람이 돌아온다고요?」

「네, 빌포르 씨가 불러들인 거죠. 당글라르 씨는 서둘러 외제니 양을 결혼시키려고, 또 빌포르 씨는 발랑틴 양을 결혼시키려고 부랴부랴 그를 불러온 것 같습니다. 확실히 나이 찬 딸을 가진 아버지들은 초조하게 마련인가 봐요. 서둘러 딸을 치워버리지 않으면 정신을 차리지 못하는 모양이니까요」

「하지만 데피네 씨는 당신과 달라요. 그 사람은 곤경을 지그시 참고 있으니」

「참는 정도가 아니라, 아주 심각한 걸요. 흰 넥타이를 매고, 벌써부터 자기가 꾸밀 가정에 대한 얘기를 하는 판이니까요. 게다가 빌포르 가를 존경하기까지 한답니다」

「그럴 만한 가치가 있지 않습니까?」

「그야 그렇죠. 빌포르 씨야 엄격하긴 해도 올바른 사람으로 알려져 있으니까요」

「이거 굉장한데요!」 백작이 말했다.

「당신이 그 불쌍한 당글라르 씨를 대하듯, 함부로 대하지 않는 사람이 적어도 한 사람은 있는 셈이니까요」

「그 사람은 딸을 억지로 데려가라고는 안하니까 그러는 거죠」 알베르는 웃으면서 대답했다.

「정말 당신은 자만심이 대단하시군요. 누구도 어쩌지 못하겠는 걸요」 하고 백작이 말했다.

「제가요?」

「그렇소. 자, 담배나 한 대 피우시죠」

「감사합니다. 그런데 어째서 제가 도도하단 말씀이십니까?」

「외제니 양과 결혼을 안하겠다고 떼를 쓰니 말입니다. 그런 건 가만 내버려두면 되는 건데. 두고 보십시오, 파혼하겠다고 먼저 나서는 게 반드시 당신 쪽이 아닐 수도 있을 테니」

「어?」 알베르는 눈이 휘둥그레졌다.

「그렇소, 자작. 당신의 목을 억지로 매어 끌어가진 않을 거요. 자, 그럼 진지하게 얘기해 볼까요?」 백작은 어조를 바꾸어 말했다.「정말 파혼했으면 좋겠소?」

「그렇게 할 수만 있다면, 100만 프랑이라도 낼 것 같습니다」

「그렇다면 안심하시오. 당글라르 씨도 그럴 수만 있다면 그 돈의 배라도 낼 것 같습니다」

「그게 정말입니까?」 알베르는 이렇게 말하면서도 그의 이마에는 보일 듯 말 듯 가벼운 주름이 스쳐가는 것을 감출 수 없었다.「하지만 백작, 당글라르 씨도 무슨 이유는 있겠죠?」

「그것 보세요. 당신은 과연 오만하고 이기주의자로군요! 남의 자존심은 도끼로 치면서, 자기 자존심은 바늘에 찔리기만 해도 비명을 지르는 게 아닙니까?」

「그렇진 않습니다. 하지만, 당글라르 씨가……」

「당신한테 반해 있을 거란 말이죠? 그런데 당글라르 씨란 사람은 취미가 좋지 못합니다. 당신 이상으로 반한 사람이 또 있지요……」

「누군데요?」

「그건 나도 모릅니다. 그들의 거동을 잘 조사하고 관찰해서 사태를 짐작해 내야 합니다. 그리고 그걸 이용하십시오」

「알겠습니다. 그런데 어머니께서…… 아니, 어머니가 아니라 아버지입니다. 아버지께서 무도회를 여시겠답니다」

「이런 계절에 무도회를요?」

「여름 무도회가 유행입니다」

「유행이 아니더라도 백작 부인께서 개최하시는 거라면 유행이 되겠지요」

「아주 좋습니다. 진짜 무도회지요. 7월에 파리에 남아 있는 사람들이야말로 진짜 파리지앵이니까요. 카발칸티 부자에게 보내는 초대장을 백작께 부탁드려도 괜찮겠습니까?」

「무도회는 언제인데요?」

「토요일입니다」

「그럼, 카발칸티 소령은 떠나고 난 뒤겠는걸요」

「그럼, 그 아들은 남겠군요. 아들이라도 데리고 와주시겠습니까?」

「그런데 자작, 난 그 사람을 잘 몰라요」

「모르시다니요?」

「모르지요. 사나흘 전에 처음 만나보았을 뿐이니까요. 그러니 그 사람을 장담할 수는 없습니다」

「하지만 그 사람을 댁으로 오게 하지 않았습니까? 백작 댁으로는……」

「그건 얘기가 다릅니다. 어느 훌륭한 신부한테서 소개를 받긴 했지만, 그 신부님 자신이 속고 있는지도 모르니까요. 원하신다면 직접 초대하시지요. 제가 소개해 드리는 일만은 사양하겠습니다. 만약 나중에 그 사람이 당글라르 양과 결혼이라도 하면, 내가 뒤에서 조종한 줄 알고 결투라도 청해 오면 어쩌려고요. 게다가 나 자신도 그날 갈 수 있을지 없을지 모를 테니」

「어디를요?」

「댁의 무도회에 말입니다」

「왜 못 오시겠다는 겁니까?」

「우선 아직 저를 정식으로 초대하지도 않으셨고」

「제가 직접 초청장을 전하러 몸소 오지 않았습니까?」

「오! 너무 친절하시군요. 그러나 제가 못 갈 수도 있습니다」

「하지만 제가 일단 말씀을 드렸으니, 만사를 제쳐놓고라도 오실 줄로 믿겠습니다」

「어째서요?」

「제 어머니가 부탁드리는 거니까요」

「모르세르 백작 부인께서?」 백작은 움찔했다.

「백작, 미리 말씀드려 두겠습니다만, 어머니는 저하고는 무슨 얘기라도 하십니다. 그래서 조금 전에 제가 전류를 느끼지 않으셨느냐고 물은 것은 백작께 전혀 전류가 통하지 않았기 때문입니다. 왜냐하면 나흘 동안을 어머니하고 저는 줄곧 백작 얘기만 했으니까요」

「제 얘기를? 정말 영광이올시다」

「그건 백작께서 특권을 가지고 계시기 때문입니다. 문제의 인물이시니까요」

「아! 내가 어머님께도 문제의 인물이었습니까? 나는 어머니께선 퍽 이성적인 분이기 때문에, 설마 그런 당치도 않은 상상 같은 건 안하실 줄 알았는데」

「워낙 문제의 인물이시니까요. 누구에게나 말입니다. 다른 모든 사람들에게 그렇듯이, 제 어머니에게도 문제의 인물이시죠. 문제의 인물이라는 것만은 다 알지만, 어째서 그런지는 짐작들 못하고, 그저 수수께끼의 인물일 뿐입니다. 그러니, 그 점은 안심하십시오. 그저 저의 어머니는 당신이 어떻게 그렇게 젊으시냐고만 늘 물으십니다. G…… 백작 부인은 당신을 루드벤 경 같은 분이라고 생각하시지만, 저의 어머니는 당신을 칼리오스트로(18세기 이탈리아의 유명한 의사, 고술가——옮긴이)나 생제르맹(18세기의 유명한 협잡꾼——옮긴이) 백작 같은 분이라고 생각하고 있지요. 어머니를 만나러 오시거든, 그 점을 확실하게 해주십시오. 백작 같으면 그런 것쯤 어렵지 않으실 겁니다. 당신은 칼리오스트로 같은 환금석(還金石)과 생제르맹 백작 같은 기지를 가지고 계시니까요」

「예비 지식을 주셔서 감사합니다」 하고 백작은 웃으면서 말했다. 「그럼, 그런 어머니의 상상에 들어맞도록 할까요?」

「그럼, 토요일에 오시는 거죠?」

「모르세르 부인의 청이시니」

「감사합니다」

「당글라르 씨는?」

「아, 그분께는 벌써 세 사람이 초대장을 전했습니다. 제 아버지가 맡았으니까요. 거기다가, 현대의 다게소(18세기의 유명한 사법관——옮긴이), 빌포르 씨도 모시려고 합니다. 하지만 그쪽은 아무래도 절망적인 것 같아요」

「무슨 일이든 절망은 금물이라는 격언을 모르시오?」

「백작께선 춤을 추시죠?」

「제가요?」

「그렇죠. 백작께서 춤을 추신다고 이상할 건 없지 않아요?」

「그렇군요. 아직 나이가 마흔을 넘지 않았으니…… 하지만, 난 춤을 추지 않습니다. 그저 춤을 추는 것을 보기는 좋아하죠. 모르세르 부인께선 춤을 추십니까?」

「안 추십니다. 두 분이 얘기나 하십시오. 어머니는 백작과 얘기를 해보고 싶어하십니다」

「그게 정말입니까?」

「물론이죠. 게다가 분명히 말씀드려 둘 것은 어머니가 이처럼 관심을 가져본 남자란 백작이 처음이십니다」

알베르는 모자를 들고 일어섰다. 백작은 그를 문까지 바래다주었다.

「아무래도 내가 실수를 한 것 같은데요」 백작은 계단 위에서 알베르에게 말했다.

「무엇을요?」

「내가 경솔했어요. 당글라르 씨 얘기는 하는 게 아니었는데」

「원 별말씀을. 앞으로도 더 해주십시오. 늘 자주 해주셔야 합니다, 항상 그런 식으로 말입니다」

「그렇다면 안심했습니다. 그런데, 참, 데피네 씨가 오는 게 언제죠?」

「늦어도 오륙 일 내로는 올 겁니다」

「결혼은 언제 하는데요?」

「생메랑 후작 부처가 도착하는 대로 곧 할걸요」

「프란츠 씨가 파리에 오거든, 나한테 한번 데리고 오십시오. 내가 그 사람을 싫어한다고 하셨지만, 난 만나면 반가울 것 같은데요」

「알겠습니다. 분부대로 하지요」

「그럼, 안녕히!」

「어쨌든, 토요일엔 오시는 겁니다, 그렇죠?」

「여부가 있습니까! 한번 한 약속인데」

백작은 손을 흔들어 알베르에게 작별 인사를 했다. 그는 알베르가 사륜마차를 타는 것까지 지켜보고 있다가, 차에 타자 뒤를 돌아보았다. 등뒤에는 베르투치오가 서 있었다.

「왜?」 하고 그는 물었다.

「그 여자가 재판소엘 갔었습니다」 집사가 대답했다.
「거기 가서 오래 있었나?」
「한 시간 반입니다」
「그리고 돌아왔나?」
「네, 곧장 돌아왔습니다」
「알았어」 하고 백작은 말했다. 「그럼, 이제부터 노르망디로 가서 그때 내가 말한 그 땅이 있는지 없는지를 알아보고 오게」
베르투치오는 인사를 했다. 그리고 자기의 의향도 백작의 명령과 꼭 같았으므로, 그는 그날 밤으로 노르망디를 향해 떠났다.

정보

 빌포르 씨는 당글라르 부인과의 약속, 특히 자기 자신에게 한 약속을 지키기 위해서, 몬테크리스토 백작이 오퇴유 가의 비밀을 알게 된 경위를 캐기 시작했다.
 그는 그날로 전에 형무소장을 하다가 지금은 승진해서 치안 경찰 근무를 하고 있는 보빌 씨에게 편지를 띄워 필요한 정보를 수집하도록 부탁했다. 보빌 씨는 그 정보를 누구에게서 얻을 수 있을까 연구하기 위해 이틀간의 말미를 청해 왔다.
 이틀이 지나자, 빌포르 씨는 다음과 같은 보고를 받았다.

 몬테크리스토 백작이라는 인물은 윌모어 경이라는 부유한 외국인과 가까이 지내며, 종종 파리에 나타나고, 현재도 파리에 거주하고 있음. 그는 또한 동양에서 선행을 많이 하기로 이름난 시칠리아의 부소니 신부와도 가까운 사이임.

빌포르 씨는 이 두 외국인에 관한 민활하고 정확한 정보를 손에 넣도록 명령했다. 이튿날 다시 다음과 같은 보고가 날아왔다.

즉, 이번에는 파리에 한 달 예정으로 체류하고 있는 부소니 신부가 생쉴피스 사원 뒤의 조그만 이층 집에 살고 있다. 그 집은 방이 위층에 둘, 아래층에 둘뿐으로, 지금은 신부 혼자서 다 쓰고 있다.

아래층의 두 방에는 식탁, 의자, 호두나무로 만든 찬장이 있는 식당과, 흰 칠을 한 객실이 하나 있는데, 객실에는 일체의 장식도 카펫도 시계도 없다. 그런 점으로 미루어볼 때, 신부는 꼭 필요한 것 외에는 일체 사치를 모르는 검소한 생활을 하고 있다고 생각된다.

신부는 주로 이층의 객실을 쓰고 있다. 그 방에는 신학 책과 양피지로 만든 책이 가득 쌓여 있는데, 사환의 말에 따르면 신부는 몇 달이고 그 책들 속에 파묻혀 있어, 객실이라기보다는 서재라고 해야 옳을 것 같다.

그 아이는 창살 너머로 손님들을 내다보는데, 손님이 낯선 사람이거나 아니면 마음에 들지 않을 때는 신부가 파리에 없다고 대답한다고 한다. 그리고 대부분의 사람들은 그 말을 인정한다고 한다. 왜냐하면 사실상 신부는 자주 여행을 하고, 또 한번 여행을 하면 시일이 오래 걸리곤 했기 때문이다.

게다가 신부가 집에 있을 때건 없을 때건, 또는 파리에 있을 때건 카이로에 있을 때건 간에, 늘 사람들에게 나누어 줄 물건만은 잊지 않는다. 그러니까 그 철창은 구호물을 나누어 주는 창으로 쓰이고, 그 사환 아이가 주인을 대신해서 그 일을 하고 있다.

서재 옆에 있는 또 하나의 방은 침실이다. 커튼도 없는 침대가 하나, 안락의자가 넷, 노란 위트레흐트 비로드로 만든 긴 의자가 하나, 그리고 기도대 하나, 이것이 그 방 가구의 전부이다.

한편 월모어 경은 퐁텐생조르주 가에 살고 있다. 그는 전 재산을 여행에 다 써버리는 영국인다운 관광객이다. 이 집을 가구까지 끼워서 빌려 쓰고 있는데, 집에 있는 시간은 매일 두세 시간뿐이다. 게다가 자는 일은 거의 없고, 이상한 버릇이 있어 절대로 프랑스어를 사용하지 않는다고 한다. 그러나 소문에 의하면 프랑스어를 거의 완벽하게 구사할 수 있다고 한다.

이러한 귀중한 보고가 검사 손에 들어온 다음날이었다. 페루 가 한 모퉁이에서 한 사나이가 마차에서 내리더니, 올리브색 문을 두드리면서, 부소니 신부에게 면회를 청했다.

「신부님께선 아침에 외출하셨습니다」 하고 사환 아이가 대답했다.

「그 말을 믿고 물러갈 수는 없어」 하고 방문객이 말했다. 「난 어떤 사람한테서 심부름을 왔는데, 그분 말이, 늘 집에 계시다니까」

「하지만 말씀드린 대로 신부님은 안 계십니다」

「그럼, 나중에 돌아오시거든 이 명함과 봉함 편지를 신부님께 전해 다오. 저녁 여덟시까진 돌아오시겠지?」

「아, 그땐 틀림없겠죠. 하지만 신부님께서 일을 하지 않으셔야지, 일을 하시면 안 계신 거나 마찬가지니까요」

「그럼, 그 시간에 내가 또 한 번 올게」하고 방문객은 말했다.

그러고 나서 그는 돌아갔다.

과연 그 시간이 되자, 그 사나이가 다시 왔다. 그런데 이번에는 페루 가 한 모퉁이에서 마차를 세우지 않고 직접 문 앞에 와서 세웠다. 그는 노크를 했다. 문이 열리고 사나이는 안으로 들어갔다.

사환 아이의 정중한 환영을 받자 그 사나이는 자기가 놓고 간 편지가 효과가 있었다고 생각했다.

「신부님 계시냐?」

「네, 서재에서 일을 하고 계세요. 그렇지만 선생님을 기다리고 계십니다」

사나이는 꽤 가파른 계단을 올라갔다. 서재는 온통 어두운데 탁자 위만은 넓은 갓을 씌운 램프에서 빛이 쏟아져내리고 있었다. 그 탁자 앞에 부소니 신부가 신부복에 중세기의 무슨무슨 우스 식의 이름(중세의 학자들은 흔히 라틴어풍의 이름을 가지고 있었다——옮긴이)을 가진 학자들이 쓰던 두건을 머리에 두르고 앉아 있는 모습이 보였다.

「부소니 신부님이십니까?」 방문객이 물었다.

「그렇습니다」 신부가 대답했다. 「선생은 전 형무소장 보빌 씨로부터 검사의 명령으로 오신 분입니까?」

「맞습니다」

「파리의 치안 담당 경찰관이신가요?」

「그렇습니다」 방문객은 주저하는 듯이 얼굴까지 붉히며 대답했다.

　신부는 눈뿐 아니라 관자놀이까지 덮는 커다란 안경을 고쳐 썼다. 그리고 다시 자리에 앉으며, 손님에게도 앉으라는 손짓을 해보였다.

　「얘기를 들어봅시다」 신부는 심한 이탈리아 억양으로 말했다.

　「제가 맡은 임무는」 하고 방문객은 좀처럼 입에서 말이 나오지 않는다는 듯이, 한마디 한마디에 힘을 주어 말했다. 「수행하는 사람에게나 그 상대방에게나 모두 신뢰를 기초로 하는 일입니다」

　신부는 허리를 굽혀 보였다.

　「그렇습니다」 하고 사나이는 다시 말을 이었다. 「신부님께서 성실한 분이라는 것은 검사도 잘 알고 있습니다. 그래서 사법관의 입장으로 치안에 관계된 사건에 대해 문의할 게 있어서 저를 보내셨습니다. 그러니, 우정 관계라든가 인간 관계에 대해서 숨김없이 다 얘기해 주시기 바랍니다」

　「물으시는 문제에 대해서 제 양심에 거리끼지 않는 한 말씀드리죠. 전 종교인입니다. 이를테면 교회의 비밀 같은 것은 저와 하느님 사이에서만 지켜지는 것이지, 저와 인간 세계의 정의와는 관계없는 것이니까요」

　「그 점은 안심하십시오」 하고 사나이는 말했다. 「무슨 일이 있어도 신부님의 양심에 저촉되게 하지는 않겠습니다」

　그 말을 듣자, 신부는 램프의 갓을 자기 쪽으로 기울여 불빛이 상대방을 향하게 했다. 따라서 상대방의 얼굴은 환히 비춰지고 자기 얼굴엔 그늘이 졌다.

「죄송합니다만」 하고 사나이는 말했다. 「빛 때문에 눈이 부시는군요」

신부는 푸른 갓을 숙여놓았다.

「자, 그럼 얘길 해보십시오」

「그럼, 곧장 문제로 들어가겠습니다. 신부님께선 몬테크리스토 백작을 아십니까?」

「그건 자코네 씨 얘길 하시는 게 아닙니까?」

「자코네라! 그럼, 그 사람 이름이 몬테크리스토가 아닙니까?」

「몬테크리스토란 땅 이름, 아니 바위 이름입니다. 가문의 이름은 아닙니다」

「그건 그렇다 치고. 이름은 문제가 안 됩니다. 그렇다면 몬테크리스토 씨와 자코네 씨는 동일 인물이란 말인데……」

「그렇습니다. 같은 인물입니다」

「그럼, 자코네 씨 얘길 듣고 싶은데요」

「네, 그러시오」

「그분을 아시느냐고 묻고 싶습니다만」

「잘 알죠」

「어떤 사람입니까?」

「몰타 섬의 유복한 선주의 아들이지요」

「네, 그건 저도 알고 있습니다. 다들 그러더군요. 그러나 아시겠지만, 경찰에선 그런 소문만으로는 만족하질 않습니다」

「그러나」 신부는 부드러운 미소를 띠고 말했다. 「소문이 정말일 때는 세상 사람들도 그걸로 만족하지 않으면 안 됩니다. 그리고 경찰도 그렇게 하는 수밖에 없겠지요」

「그럼, 지금 하신 말씀에 확신을 가지고 계십니까?」
「확신이 있냐니, 무슨 말씀이신가요?」
「한 가지 말씀드려 두겠습니다만, 전 신부님의 성실성에 대해선 추호도 의심하지 않습니다. 제가 묻는 건 다만 〈확신이 있으시냐〉는 겁니다」
「난 자코네 씨의 부친을 알고 있었습니다」
「그러세요?」
「예, 제가 아주 어렸을 때, 그 아들하고 조선대(造船臺)에서 가끔 놀았었죠」
「그럼, 그 백작 칭호는?」
「그야 돈만 주면 살 수 있지 않습니까?」
「이탈리아에서요?」
「그건 어디서라도 살 수 있는 게 아닙니까?」
「하지만 소문에는 막대한 부자라고 하던데, 그 재산은요?」
「아! 그 점」하고 신부는 대답했다. 「막대하단 말은 당연합니다」
「얼마나 되겠습니까? 본인을 잘 알고 계시다니」
「연 수입 15만에서 20만 프랑은 될 걸요」
「네, 그 정도라면 납득이 가는군요」 방문객이 말했다. 「그런데, 소문에는 300만이니 400만이니 하더군요」
「연 수입 20만이라면, 재산이 400만은 될 수 있습니다」
「아니 연 수입이 300-400만이라는 거예요」
「아! 그건 믿어지지 않는군요」
「그래, 신부님은 그 사람의 몬테크리스토 섬을 알고 계십니까?」

정보 **29**

「물론이죠. 팔레르모, 나폴리, 로마에서 바다를 통해 프랑스에 온 사람이면 누구나 다 그 섬을 알고 있습니다. 섬 옆을 지나오니까, 오면서 다 보게 되지요」

「사람들 말에 따르면 퍽 살기 좋은 곳이라던데요?」

「바위덩어리인 걸요」

「그렇다면, 백작이 바위덩어리는 왜 샀을까요?」

「백작이 되고 싶어서 산 거지요. 지금도 이탈리아에서는 백작이 되려면, 백작령을 가지고 있어야 하니까요」

「자코네 씨의 청년기에 일어난 일들을 많이 들으셨을 텐데요?」

「그 아버지 말이죠?」

「아니, 아들 말입니다」

「아, 청년기라면, 그때부턴 제가 확실한 것을 모르는데요. 그 즈음부터는 그 사람을 만나보지 못했으니까요」

「전쟁에 나갔었나요?」

「군대에 들어갔던 걸로 압니다」

「어느 군대로요?」

「해군이죠」

「하지만, 당신은 그 사람의 고해 신부가 아니십니까?」

「아닙니다. 그 사람은 루터 파일 겁니다」

「루터 파요?」

「그럴 거란 말이지, 꼭 그렇다는 건 아닙니다. 프랑스에선 종교의 자유가 확립되어 있는 줄로 아는데요」

「그건 그렇죠. 그러니까, 지금은 그 사람의 신앙을 논의하는 건 아닙니다. 그 사람의 행동이 문제지요. 검사의 이름으로 묻겠습니다. 그 사람에 대해서 아는 바를 얘기해 주십시오」

「그 사람은 매우 자비심이 많은 사람으로 알려져 있습니다. 로마의 교황께서는 그가 근동의 기독교도들을 위하여 여러모로 공로가 크다고 인정하여, 〈그리스도의 기사〉 칭호를 내리셨습니다. 그건 왕족 이외의 사람에게는 거의 주지 않는 칭호지요. 그는 또한 여러 왕실과 국가를 위해 봉사한 공로로 훌륭한 훈장도 대여섯 개나 가지고 있습니다」

「그래 그걸 가지고 다니나요?」

「그렇진 않지만, 그것을 퍽 자랑스럽게 생각하고 있습니다. 그는 인류의 살해자들에게 주는 훈장보다 인류를 위한 선행을 표창한 훈장이 훨씬 좋다고 그러더군요」

「그럼, 퀘이커 교도이기라도 한가요?」

「그렇습니다. 퀘이커 교도지요. 그저 커다란 모자와 밤색 옷을 입지 않았을 뿐이죠」

「친구들도 있나요?」

「네, 그를 알고 있다는 사람들은 모두 그의 친굽니다」

「그러나 적도 있겠지요?」

「한 사람 있습니다」

「그게 누굽니까?」

「윌모어 경입니다」

「그 사람은 어디 있죠?」

「지금 파리에 있습니다」

「그 사람한테 가면 정보를 얻을 수 있을까요?」

「귀중한 정보를 얻을 수 있을 겁니다. 자코네가 인도에 있을 때, 그도 그곳에 있었으니까요」

「그분 주소를 아십니까?」

「쇼세당뱅 근처라던데요. 하지만 정확한 주소는 모르는데요」

「신부님은 그 영국인과 사이가 좋지 않으신가요?」

「나는 자코네를 좋아하지만, 월모어 경은 그 사람을 싫어합니다. 그래서 자연히 나와 월모어 경은 서먹서먹하지요」

「그런데, 몬테크리스토 백작은 이번 파리 여행 전에도 프랑스에 왔던 일이 있습니까?」

「아, 그 점은 제가 분명히 말할 수 있습니다. 한번도 와본 일이 없습니다. 반 년 전에 제게 프랑스에 관해서 여러 가지를 문의했으면 좋겠다는 편지를 했더군요. 그러나 나 자신이 언제 파리로 돌아갈지 몰라서 카발칸티 씨를 소개해 주었지요」

「안드레아 말씀인가요?」

「아니, 그 아버지 바르톨로메오 말이오」

「그랬군요! 이젠 한 가지만 더 여쭈어보면 되겠습니다. 이건 명예와 인도와 종교의 이름을 걸고 솔직하게 대답해 주셔야겠습니다」

「물어보십시오」

「몬테크리스토 백작이 어떤 목적으로 오퇴유의 집을 샀는지 아시겠습니까?」

「알고말고요. 그 얘긴 자기 입으로 했으니까요」

「왜 샀습니까?」

「피사니 남작이 팔레르모에 세운 것 같은 정신 병원을 거기에 지을 생각이라고 그러더군요. 그 병원을 아십니까?」

「얘기는 들었습니다」

「굉장한 시설이죠」

여기까지 얘기한 신부는 중단하고 있던 일을 다시 시작하며, 손님에게 끄떡 인사를 했다.

손님은 신부의 뜻을 이해했음인지, 알아볼 것은 다 알아보았기 때문인지 자리에서 일어섰다.

신부는 그를 문 앞까지 안내했다.

「구호물을 굉장히 많이 베풀어주신다고 하던데요」하고 방문객은 말했다. 「유복하시다는 건 알고 있지만, 가난한 사람들을 위해 저도 무엇인가를 좀 내놓고 싶은데, 받아주시겠습니까?」

「뜻은 감사합니다만, 저는 이 세상에서 희망이 꼭 하나 있습니다. 그것은 제가 하는 선행은 저 한 사람의 힘으로 되기를 바라는 것입니다」

「하지만……」

「저의 이러한 결심은 절대로 바뀌지 않을 것입니다. 선생께서도 찾으시면 나타날 겁니다. 돈 있는 사람이 지나가는 길에는 불쌍한 사람들이 모여들게 마련이니까요」

신부는 문을 열면서, 마지막으로 또 한 번 인사를 했다. 방문객도 인사를 하고 밖으로 나갔다.

마차는 그 사나이를 태운 채, 곧장 빌포르 씨 집으로 달렸다.

한 시간 후에 마차가 다시 나타나서, 이번에는 퐁텐생조르주 가로 향했다. 마차는 5번지 앞에서 멈췄다. 그곳은 윌모어 경이 머물고 있는 집이었다.

방문객은 미리 윌모어 경에게 면회를 신청하는 편지를 보냈던 것이다. 그랬더니, 그쪽에서 열시에 오라는 회답이 왔었다.

그리하여 검사가 보낸 이 사나이가 열시 십분 전에 와보니, 월모어 경은 너무나 정확한 나머지 아직 돌아오지 않았다는 것이었다. 그러나, 정각 열시를 칠 때면 틀림없이 돌아오리라고 했다.

방문객은 객실에서 기다렸다. 객실에는 이렇다 하게 눈에 뜨일 만한 것은 없고, 그저 보통 여관의 객실 같았다.

그 당시의 세브르 화병, 활을 당기는 사랑의 신이 새겨 있는 벽시계, 양면 거울이 벽난로 위에 놓여 있었다. 거울 양쪽에는 호위병을 데리고 있는 호메로스(그리스의 시인. 노년에 소경이 되어 안내인을 데리고 다니며 자작시를 낭송했다고 한다——옮긴이)와 동냥하는 벨리사리우스에 회색 무늬가 놓인 벽지와, 붉은 바탕에 검은 무늬가 박힌 의자, 이것이 월모어 경의 객실의 전부였다.

방은 뿌연 유리 램프에서 발하는 약한 빛으로 밝혀지고 있었다. 그것은 마치 검사가 보낸 사자의 피로한 눈을 위해 일부러 그러기라도 한 듯이 좋아 보였다.

십 분쯤 기다리니 벽시계가 열시를 알렸다. 시계추가 다섯 번째로 울릴 때, 문이 열리면서 월모어 경이 나타났다. 월모어 경은 비교적 큰 키에, 갈색 구레나룻이 듬성듬성 나고, 얼굴빛이 흰 사람이었다. 머리는 금발인데 반백이었다. 영국풍의 독특한 옷차림이었다. 다시 말하면, 1811년경에 유행하던 금 단추에 높은 칼라가 달린 푸른 프록코트에 흰 캐시미어 조끼, 바지는 남경(南京)의 무명바지였는데 보통 바지보다 세 치쯤 짧아 무릎까지 올라가지 않도록 같은 천의 끈으로 묶여 있었다.

그는 들어오자마자 「아시는지 모르겠지만, 전 프랑스어는 안 씁니다」라고 말했다.

「네, 당신이 우리나라 말을 하기 싫어한다는 것은 저도 알고 있습니다」 하고 방문객은 대답했다.

「그렇지만, 당신 쪽에선 프랑스어를 쓰셔도 좋습니다」 월모어 경이 말했다. 「나는 프랑스어를 쓰지 않지만, 알아듣기는 하니까요」

「저는」 하고 이번에는 방문객이 영어로 말했다. 「회화 정도는 영어로 할 수 있으니까, 그 점은 염려하지 마십시오」

「허!」 하고, 월모어 경은 영국인이 아니면 흉내 낼 수 없는 영국인 특유의 어조로 말했다.

검사의 사자는 월모어 경에게 소개장을 내놓았다. 월모어 경은 영국인다운 냉정한 태도로 편지를 읽더니 「알겠습니다」 하고 영어로 말했다. 「잘 알겠습니다」

질문이 시작되었다.

부소니 신부에게 한 것과 거의 똑같은 내용의 질문이었다. 그러나 월모어 경은 몬테크리스토 백작의 적이니만큼, 신부처럼 그렇게 조심하지는 않았다. 따라서 질문은 훨씬 더 대담하게 진행되었다. 그는 몬테크리스토 백작의 청년기를 얘기해 주었다. 월모어 경의 말에 의하면, 백작은 열 살 때, 영국과 전쟁하던 인도의 어느 작은 왕국에 가담했었다고 한다. 월모어 경이 그를 처음으로 만난 것이 그 전쟁이었으므로, 두 사람은 서로 적이 되어 싸웠다. 이 전쟁에서 백작이 되기 전의 자코네는 포로가 되어 수송선에 실려 영국으로 끌려가다가, 도중에 헤엄쳐서 탈주했다는 것이다. 그로부터 자코네의 여행과 결투와 정열의 생활이 시작되었다. 그 당시에 그리스에서 반란이 일어났다. 그는 그리스 군에 들어갔다. 그가 이렇게 해서 군에 종사하고 있는 동안에, 그는 테살리아 산중에서 은광(銀鑛)을 하나 발견했다. 그러나 그는 그 비밀을 아무에게도 말하지 않았던 것이다. 나바리노의 전쟁 후, 그리스 정부가 확고하게 되자, 그는 오토 왕에게 그 은광 채굴의 특권을 신청했다. 특권의 허가가 나왔다. 거기서 막대한 재산이 쏟아져나왔는데, 윌모어 경이 보기에는 연 수입이 100만 내지 200만에 달할 것 같다고 하며, 그것은 은광 자체가 마르게 되는 날에는 당장에 없어질 수입이라는 것이었다.

「그런데」하고 방문객은 물었다.「그 사람이 왜 프랑스에 왔는지 아시겠습니까?」

「철도 사업에 한 번 걸어볼까 생각하는 거죠」하고 윌모어 경은 대답했다.「게다가 그는 뛰어난 화학자인 동시에, 훌륭한 물리학자로 신식 전신기를 발명해서 연구하고 있습니다」

「돈은 일년에 얼마나 쓸까요?」검사의 사자는 물었다.

「한 50-60만 프랑은 쓰겠지요. 워낙 인색한 사람이니까」윌모어 경이 대답했다.

윌모어 경은 분명 증오심을 품고 말하는 것 같았다. 백작을 비난할 거리를 찾고 있다가, 인색하다는 것으로 공격했던 것이다.

「그 사람이 산 오퇴유의 집에 대해서, 아시는 게 없으신지요?」

「알고 있습니다」

「그 집에 대해서 어떤 걸 알고 계십니까?」

「지금 말씀하신 건, 그 사람이 무슨 목적으로 그 집을 샀느냐는 게 아닙니까?」

「맞습니다」

「백작은 투기꾼입니다. 그 사람은 여러 가지 일을 해보고, 별의별 꿈을 다 꾸어보다가, 결국 파산하고 말 사람이지요. 그는 자기가 손에 넣은 오퇴유의 집 근처에 바네르, 뤼숑이나 코트레 온천에 필적할 만한 광천의 맥이 흐르고 있다는 겁니다. 그는 자기 집을 독일인들이 말하는 온천 여관으로 만들 속셈이지요. 그래서 그 물줄기를 찾아낸다고 마당을 여러 차례 파보았답니다. 그런데 그 물줄기가 나타나지 않았다는군요. 그러니, 두고 보십시오, 얼마 안 있어, 이번엔 자기 집 주위에 있는 집들을 모조리 사고 말 겁니다. 사실 난 그 사람을 좋아하지 않으니, 그 사람이 하는 철도니 전신기니 온천 발굴이 모두 망하길 바라죠. 그래서 난 어느 날인가 닥쳐올 그 사람의 파산을 지켜보고 있을 셈입니다」

「그 사람을 어째서 그렇게 증오하시죠?」 방문객이 물었다.

「내가 그를 증오하는 이유는」 윌모어 경의 대답이었다. 「그 사람이 영국에 와서 내 친구의 부인을 유혹한 적이 있기 때문이죠」

「그 사람을 그렇게 미워하신다면, 왜 그 사람을 혼내 주지 않으셨나요?」

「웬걸요! 결투는 벌써 세 번이나 했지요」 하고 윌모어 경은 대답했다.

「처음에는 권총으로, 두번째는 검으로, 세번째는 에스파돈(양날이 달린 큰 검——옮긴이)으로」

「그래, 결투의 결과는?」

「첫번째 결투에서 나의 말이 총에 맞았습니다. 두번째는 폐를 다쳤죠. 그리고 세번째 결투에서 다친 게 바로 이 상처입니다」

윌모어 경은 귀까지 가리고 있는 셔츠의 칼라를 내려 손님에게 상처를 보여주었다. 상처의 색깔이 불그스름해진 것으로 보아, 퍽 오래된 상처 같았다.

「그래서 내가 더 그를 증오하는 거죠」하고 영국인은 되풀이 해 말했다. 「반드시 내 손으로 죽일 생각입니다」

「하지만 죽일 방도는 생각하지 않으시는 것 같군요」하고 손님이 말했다.

「허!」하고서 영국인은 말했다. 「매일 사격하러 가는 걸요. 그리고 하루 걸러 그리지에(그 당시의 유명한 검도 사범——옮긴이)가 내 집에 오고요」

방문객이 알고 싶었던 것은 그것이 전부였다. 아니, 그보다는 윌모어 경이 알고 있는 것은 그것이 전부인 것 같았다고 보는 편이 옳을 것이다. 그래서 방문객은 자리에서 일어섰다. 그리고 윌모어 경에게 인사를 하자, 그쪽에서도 영국인다운 뻣뻣하고 냉정한 태도로 인사했다. 방문객은 그 집을 나왔다.

한편 윌모어 경은 문이 닫히는 소리가 나자, 자기 침실로 돌아왔다. 그리고 그의 금발의 가발과 적갈색 구레나룻과 가짜 턱과 상처를 없애버렸다. 그는 다시 몬테크리스토 백작의 검은 머리와 윤기 없는 얼굴빛과 진주 같은 흰 이로 되돌아갔다.

물론 빌포르 씨 집으로 돌아온 사나이도 검사의 사자가 아니라, 빌포르 씨 자신임은 두말할 것도 없다.

두 곳의 방문을 끝낸 빌포르 씨는 어느 정도는 마음이 놓였다. 안심할 만한 근거는 찾아내지 못했지만, 그렇다고 불안해 할 근거도 발견하지 못했기 때문이다. 그리하여 오퇴유에서의 만찬 이래로 그는 처음으로 편안하게 잠을 잘 수 있었다.

무도회

시간이 흘러, 모르세르 씨 댁의 무도회가 열리는 토요일이 되었을 때는 이미 7월도 한창 뜨거울 때였다.

밤 열시였다. 금빛 별들이 박힌 하늘은 쪽빛이었지만, 낮에 몰아치던 폭풍우의 흔적이 아직도 하늘가에 희미하게 감돌고 있었다. 그 하늘에 백작의 정원에 있는 커다란 나무들이 우뚝우뚝 뚜렷이 드러났다.

아래층의 홀에서는 음악이 흘러나오고, 왈츠며 갤럽 무용을 추는 소리가 들렸다. 그리고 덧문의 창 사이로 눈부신 불빛이 새어나오고 있었다.

지금 정원에서는 십여 명의 하인들이 저녁 준비를 하고 있었다. 날씨가 점점 개는 것을 보고, 안심을 한 백작 부인이 만찬을 준비하라는 명령을 내렸던 것이다.

그때까지도 만찬을 식당에서 해야 할지, 아니면 잔디밭에 친 텐트 밑에서 해야 할지 망설이고 있던 참이었다. 그런데, 하늘이 새파랗게 개고, 별들이 드러나고 있으니, 단연 잔디밭의 텐트 아래서 만찬을 하기로 결정했던 것이다.

정원의 길목마다 이탈리아식으로 색등이 켜져 있었다. 식탁마다 식탁의 사치를 아는 나라라면 어디서나 그렇듯이, 초와 꽃으로 이중으로 불을 밝혀놓았다. 이러한 멋은 잘만 조화시켜 놓으면 그야말로 사치의 극치를 이루는 것이다.

모르세르 백작 부인은 하인들에게 마지막 지시를 내리고 객실로 들어왔다. 그때 객실은 이미 손님들로 꽉차기 시작했다. 그들은 모두 백작의 높은 지위에 끌려온 것이 아니라, 부인의 상냥한 접대에 마음이 끌려 찾아든 손님들이다. 왜냐하면 이번 만찬은 메르세데스(모르세르 백작 부인)의 우아한 취향대로 꾸며질 것이니, 분명 여러 가지로 화제에 오를 만한 것도, 또 때에 따라선 배워둘 만한 것도 있으리라고 생각했기 때문이다.

앞서 일어난 사건 때문에 마음이 심히 불안하던 당글라르 부인은 그날 아침 우연히 자기가 탄 마차가 빌포르 씨의 마차와 마주치게 되자, 모르세르 백작 집에 가야 할지 가지 말아야 할지 선뜻 마음을 정할 수가 없었다. 그때 빌포르의 지시로 두 사람의 마차가 서로 다가섰다. 그러자, 마차 문 너머로,「모르세르 백작 부인 댁에 가시죠?」하고 검사가 물었다.

「아뇨」당글라르 부인이 대답하였다.「몸이 좋지 않아서요」

「그건 안 돼요」하고 빌포르는 의미심장한 눈초리로 말했다.「거기에 가셔야 할 겁니다」

「그럴까요?」

「그렇게 생각합니다」
「그렇다면 가지요」
그러자 그들의 마차는 서로 다른 방향으로 갈라졌다. 당글라르 부인은 원래 아름다운 데다가, 그 위에 눈부시도록 호화롭게 치장하고 나타났다. 부인은 마침 메르세데스가 문을 열고 들어왔을 때, 반대쪽 문으로 나타났다. 모르세르 부인은 알베르에게 당글라르 부인을 영접하도록 일렀다. 알베르는 당글라르 부인 앞으로 가서 부인의 아름다운 치장에 적절하게 찬사를 보냈다. 그리고 부인의 팔을 잡고, 부인이 원하는 자리로 안내하려고 했다.

알베르는 주위를 둘러보았다.

「우리 딸을 찾고 있나요?」 부인은 웃으면서 말했다.

「그렇습니다」 하고 알베르가 대답했다. 「일부러 안 데리고 오시진 않으셨겠죠?」

「염려 말아요. 발랑틴 양을 만나서 같이 오기로 했으니까. 아, 저기 오는군. 내 뒤에 두 사람이 오고 있지 않나요? 하나는 흰 옷에 동백꽃을 들고, 또 하나는 물망초를 들고 있죠. 그런데 한 가지 묻고 싶은 게 있는데」

「부인께선 누굴 찾으십니까」 이번에는 알베르가 웃으면서 물었다.

「몬테크리스토 백작께선 오늘 밤에 안 오시나요?」

「열일곱!」 하고 알베르가 말했다.

「그게 무슨 소리죠?」

「아, 굉장하다는 얘기죠」 하고 알베르가 싱글싱글하며 계속해 말했다. 「그런 질문을 하신 분이 부인께서 열일곱번째라는 말입니다. 백작은 굉장한데요!…… 경탄해 마지않을 일입니다……」

「그래, 당신은 누구에게나 나한테 한 것과 똑같은 대답을 했단 말이에요!」

「아 참, 대답해 드리는 걸 잊었군요. 안심하십시오. 그 인기 있는 백작께선 꼭 오십니다. 우린 다 그 특권의 혜택을 입고 있는 거죠」

「어제 오페라에 갔었나요?」

「안 갔습니다」

「백작은 오셨던데」

「아, 그랬군요! 그래, 그 굉장한 양반이 무슨 이상한 일이라도 했습니까?」

「안하고 배길 수 있나요?「절름발이 악마」(오페라 이름—옮긴이) 중에서 엘브레르가 춤을 추었는데, 그걸 보고 그 그리스 여자가 담뿍 취해 버렸지요. 그랬더니 백작은 춤이 끝나자, 꽃다발에 반지를 매달아서 그 아름다운 무희한테 던져주었어요. 4막 때 그 무희는 백작에게 경의를 표하려고, 그 반지를 끼고 무대에 나타나더군요. 그 여자도 오늘 밤에 오나요?」

「아니, 안 옵니다. 그 여자의 신분이 아직 백작 댁에선 확실히 정해져 있질 않아서요」

「난 이제 괜찮으니, 자, 어서 빌포르 부인께 가서 인사를 드리세요」 하고 당글라르 부인은 말했다. 「당신하고 얘기하고 싶어 못 견딜 모양이니. 자, 어서」

알베르는 당글라르 부인에게 인사를 하고, 이번에는 빌포르 부인에게로 다가갔다. 부인은 그가 오는 것을 보자, 입을 열었다.

「저는」하고 빌포르 부인이 말을 하려고 하자 알베르가 먼저 말했다.「부인께서 무슨 말씀을 하시려는지 알 것 같은데요」

「어머나! 그래요?」빌포르 부인이 놀라며 말했다.

「제 짐작이 맞으면 정직하게 그렇다고 해주시겠죠?」

「그러죠」

「맹세하시죠?」

「하고말고요」

「부인께선 몬테크리스토 백작이 오셨는지, 또는 앞으로 오실 것인지, 그것을 물으려고 하셨지요?」

「천만에요. 지금 내 머릿속에 있는 건 몬테크리스토 백작이 아니에요. 프란츠 씨한테서 무슨 소식이 없었느냐고 물으려던 참이었어요」

「소식이 있었습니다. 어제」

「그래, 뭐래요?」

「편지를 보내는 동시에 출발하겠다더군요」

「그래요? 그럼, 백작은?」

「안심하십시오, 백작께선 오실 겁니다」

「그분은 몬테크리스토 백작이라는 이름 말고도 이름이 또 하나 있다면서요?」

「그건 전 모르겠는데요」

「몬테크리스토는 섬 이름이니까, 그분의 집안 이름이 또 있는 거예요」

「처음 듣는 소리인데요」

「그럼, 내가 훨씬 더 많이 알고 있군요. 그분의 본명은 자코네래요」
「그럴 수도 있겠죠」
「몰타 사람이라는군요」
「그도 그럴 수 있겠죠」
「선주의 아들이고」
「허어! 그렇게 큰소리로 얘기하시면, 모두들 깜짝 놀라겠는데요」
「전에 인도에서 군대 생활을 하다가, 지금은 테살리아에서 은광 사업을 한다는군요. 그리고 파리에 온 것은 오퇴유에 온천 여관을 차리려고 온 거래요」
「허! 그건 특보인데!」하고 알베르가 말했다.「굉장한 뉴스로군요! 그걸 모든 사람들에게 얘기해도 괜찮겠습니까?」
「네, 하지만 하나씩 조금씩만 얘기하세요. 나한테서 들었다는 말은 하지 마시고」
「왜요?」
「비밀 정보를 슬쩍 들은 거니까요」
「누구한테서요?」
「경찰에서」
「그럼, 이 정보는……」
「어제 저녁에 검사님 댁에서 들은 거죠. 하도 호사스러운 생활을 해서 파리가 다 들썩거리지 않겠어요? 그래서 경찰이 손을 써본 거지요」
「그럼, 이제 백작이 너무 돈이 많다는 이유로 부랑자란 명목 하에 잡아들이기만 하면 되는군요」
「하긴 조사의 결과가 좋지 않았더라면 그랬을지도 모르죠」

「저런! 그래도 백작은 그런 위험한 처지에 있는 줄 꿈에도 모르고 있겠죠?」

「그런 것 같아요」

「그럼, 알려드리는 게 좋겠군요. 나타나기만 하면 제가 곧 얘길 하겠습니다」

바로 그때, 눈이 번쩍번쩍 빛나고 검은 머리에 매끈한 수염을 한 한 청년이 빌포르 부인에게 공손히 인사를 했다. 알베르는 그 청년에게 손을 내밀었다.

「부인」하고 알베르가 말했다.「막시밀리앙 모렐 씨를 소개하겠습니다. 아프리카 기병대 대위로 우리나라의 훌륭하고도 용감한 장교지요」

「전에 오퇴유의 몬테크리스토 백작 댁에서 뵌 일이 있는데요」하고 빌포르 부인은 눈에 뜨이게 냉담한 얼굴로 흘끗 쳐다보며 말했다.

부인의 이러한 대답과 특히 말할 때의 그 차가운 어조에 막시밀리앙은 울분이 치밀어올랐다. 그러나 그런 내색을 할 수는 없었다. 눈을 돌려보니 문 한쪽 구석에 아름다운 하얀 얼굴이 눈에 확 들어왔기 때문이다. 겉으로는 아무 표정도 나타내지 않은 그 커다란 푸른 눈이 천천히 물망초의 꽃다발을 입술에 갖다 대며, 이쪽을 응시하고 있었다.

여자의 인사를 이내 눈치 챈 막시밀리앙은 같은 표정을 띠고 이쪽에서도 손수건을 입술에 갖다 댔다. 그리고 살아 있는 이 두 사람은 겉으로는 대리석 같은 얼굴이지만 가슴을 설레며, 넓은 홀을 사이에 두고, 서로 떨어져 있으면서, 잠시 자기를 잊고 있었다. 아니, 차라리 말없이 서로 쳐다보면서, 방안에 있는 모든 사람을 잊고 있다는 편이 옳으리라.

아무도 그들의 이러한 방심을 눈치 채지 못하는 가운데, 그들은 그렇게 서로 언제까지고 홀려 있었을 것이다. 그런데 그때 몬테크리스토 백작이 홀 안으로 들어왔다.

앞서도 말한 바와 같이, 백작은 의도적으로 노력했기 때문인지, 아니면 자연히 몸에 밴 어떤 힘 때문인지는 몰라도 나타나는 곳마다 그는 사람들의 주목을 끌었다. 그의 검은 프록코트 때문은 아니었다. 그 옷은 물론 나무랄 데 없이 말쑥한 옷이었지만 수수하고 장식 하나 없는 옷이었다. 수 하나 놓지 않은 그의 흰 조끼 때문도 아니었다. 그렇다고 쪽 곧은 다리를 가리고 있는 그의 바지 때문도 아니었다. 사람들의 주목을 끄는 것은 그런 것들이 아니었다. 윤기 없는 그의 안색, 곱슬곱슬한 검은 머리, 차분하고도 맑은 그 얼굴, 깊고도 우수에 찬 눈길, 우아하면서도 어느덧 심한 경멸을 드러내는 그 입. 모든 사람들의 시선을 끈 것은 바로 그러한 그의 모습이었다.

사실 그보다 더 훌륭한 남자들도 얼마든지 있다. 그러나 이런 표현이 적절하다면, 그 사람보다 더 의미심장한 사람은 절대로 없었다. 백작의 언동 하나하나가 무엇인가를 의미하고, 또 그럴 만한 가치가 있었다. 그것은 언제나 유익한 생각을 하는 버릇에서 비롯된 것으로, 백작의 얼굴과 그 표정, 그리고 그의 사소한 일거일동에 이르기까지 비할 데 없는 부드러움과 불굴의 의지가 엿보였다.

게다가 파리의 사교계는 실로 묘한 세계여서, 백작의 그러한 모든 면 뒤에 거대한 재산으로 장식된 신비스러운 이야깃거리라도 있으리라 생각하지 않으면, 아마 아무런 주의도 기울이지 않았을 것이다.

　백작은 사람들의 시선을 헤치고, 가볍게 인사하면서, 모르세르 부인 앞까지 다가갔다. 꽃으로 장식된 벽난로 앞에 서 있던 부인은 문 맞은편에 걸려 있는 커다란 거울 속에 백작의 모습이 나타나자 그를 맞을 준비를 했다.

　부인은 백작이 자기 앞에 와서 허리를 굽히는 순간, 방긋이 웃으며 그를 향해 돌아섰다.

　부인은 백작 쪽에서 말을 걸 거라고 생각했다. 그리고 백작은 백작대로 부인 쪽에서 먼저 입을 열리라고 생각했다. 그러나 두 사람 모두 입을 다물고 있었다. 상식적인 인사 같은 것이 두 사람 사이에는 통하지 않는 것 같았다. 서로 인사를 나눈 후에 백작은 자기를 향해 손을 벌리고 다가오는 알베르에게로 갔다.

　「어머니 만나셨죠?」 알베르가 물었다.

　「방금 인사드렸습니다」 백작이 대답했다. 「그런데 아버님을 아직 못 뵈었는데요」

　「저기서 정치 얘기를 하고 계시죠, 유명한 사람들 틈에서요」

　「허어!」 백작이 말했다. 「저기 저분들이 다 유명한 분들입니까? 어쩐지 그런 것 같더군요. 그런데, 어떤 면으로요? 유명한 것도 종류가 많지 않습니까?」

　「우선 저 키 크고 마른 사람은 학자입니다. 로마 교외에서 다른 종보다 척추골이 하나 더 많은 도마뱀을 발견했지요. 그래서 그 발견을 학사원에 보고하려고 돌아온 겁니다. 그것은 오랫동안 논란의 대상이 되어오던 것인데, 결국은 저 키 큰 말라깽이 양반이 이기고 말 겁니다. 이 척추골 문제는 학계에서 평판이 자자해서, 저분은 지금 레지옹도뇌르의 5등 훈장밖엔 안 됐지만, 이번엔 4등 훈장을 받게 될걸요」

「그건 굉장하군요!」 하고 백작은 말했다.「훈장을 준 건 참 잘한 일인데요. 그럼, 또 제2의 척추골을 발견하면 3등 훈장이라도 주겠군요?」

「아마, 그럴걸요」

「그럼, 저쪽에 녹색으로 수놓은 이상한 푸른색 옷을 입고 있는 분은 누구죠?」

「아, 그분이 그런 옷을 좋아해서 입은 건 아닙니다. 프랑스 정부가 예술 취향을 좀 가지고 있어서, 아카데미 회원의 제복 디자인을 다비드에게 부탁해서 저런 옷을 만들어준 거죠」

「그렇군요!」 백작이 말했다.「그럼, 저분은 아카데미 회원이군요?」

「일주일 전부터죠」

「그래, 저분의 공적은 뭡니까? 전문 분야는?」

「전문 분야요? 토끼 머리에 핀을 찔러놓거나, 닭에게 꼭두서니를 먹여보거나, 개의 척추를 고래 수염으로 밀어내거나 하는 일이죠」

「과학 학사원의 회원인가요?」

「아닙니다. 한림원 회원입니다」

「그런데 한림원이 그런 일과 무슨 상관이 있을까요?」

「그건······」

「그분의 경험이 과학에 큰 공헌을 했다는 건가요?」

「아니죠. 그분의 문장이 굉장히 좋기 때문이죠」

무도회 **49**

「그렇군요」하고 백작은 말했다.「그건 그의 손에 의해서 머리에 핀이 꽂히는 토끼나, 뼈가 빨갛게 염색되는 닭이나 척추를 빼앗기는 개의 자존심을 만족시킨다는 얘기가 되는군요」
알베르는 웃음을 터뜨렸다.
「그리고, 저기 또 한 분은?」백작이 물었다.
「네, 세번째 사람 말이죠」
「아, 저기 감청색 옷을 입고 있는 분이요?」
「그렇죠」
「그분은 아버지의 동료로 귀족원 의원에게 제복을 입히는 일에 가장 맹렬하게 반대한 사람입니다. 그 연설의 평판이 대단했답니다. 그때까지는 자유주의계 신문과 사이가 나쁘던 분인데 궁중의 희망에 당당히 반대한 후로는 아주 친해졌지요. 곧 대사로 임명된다는 소문도 있습니다」
「귀족원 의원이 된 명분은?」
「오페라를 두세 편 썼지요. 그래서《세기》지(誌)에 당당하게 논설을 발표했지요. 그리고 오륙 년 동안 계속 정부를 지지하는 투표를 했습니다」
「자작, 멋집니다」백작은 웃으면서 말했다.「당신은 정말 근사한 안내자로군요. 그런데 한 가지 부탁이 있는데」
「부탁이라니요?」
「나를 저분들께 소개하지 말아달라는 겁니다. 그리고 만약 저쪽에서 소개를 청해 오면 미리 나한테 귀뜸을 해주시고」
바로 그때 백작은 자기 팔에 누군가가 손을 얹는 것을 느꼈다. 돌아보니 당글라르였다.
「오, 남작, 당신이었군요!」

「어찌 저를 남작이라고 부르십니까?」하고 당글라르가 말했다. 「아시다시피, 전 작위 같은 건 염두에도 없는 사람입니다. 그 점에 있어선 자작, 당신과는 다르지요. 당신은 작위를 염두에 두고 있죠. 안 그래요?」

「물론 염두에 두고 있죠」알베르가 대답했다. 「만약 자작도 아니었더라면, 난 아무 가치도 없었을 테니까요. 당신께서야 설령 남작 칭호쯤 없어지더라도 어엿한 백만장자이긴 하지만요」

「7월 왕조(1830년 7월, 파리 시민의 폭동으로 샤를 10세가 쫓겨나고, 루이 필립이 국왕으로 추대되었다——옮긴이) 시대엔 그것도 더할 나위 없는 칭호였지만」하고 당글라르가 대답했다.

「그런데 불행히도」하고 몬테크리스토 백작은 말했다. 「남작이라든가, 프랑스 귀족이라든가, 학사원 회원 같은 것과는 달라서, 인간은 아무도 평생 백만장자로 있을 수 없지요. 프랑크푸르트의 백만장자 프랑크 운트 풀만 상사가 그 일례겠지요. 최근에 모두 파산했으니까요」

「그게 정말입니까」당글라르의 얼굴빛이 달라지며 물었다.

「정말입니다. 오늘 밤에 들어온 소식이지요. 전 그 상사에 100만쯤 주고 있었습니다. 그런데, 마침 들은 소문이 있어서 한 달 전에 지불 청구서를 냈었지요」

「이걸 어쩌죠?」당글라르가 다시 말했다. 「그 집에서 20만 프랑의 어음을 받아놓은 게 있는데」

「하지만, 이젠 그만이죠. 그 상사의 서명은 이젠 5퍼센트의 가치밖엔 없게 되었으니까요」

「그야 그렇죠. 너무 늦게 알려주셨으니」 당글라르가 말했나. 「그 집의 서명을 신용하고, 벌써 지불해 버렸으니 말입니다」

「허어!」 하고 백작이 말했다. 「그러니 또 20만 프랑이나 손해를 보신 셈이군요……」

「쉿!」 당글라르가 말했다. 「제발 그 얘긴 하지 마십시오……」 그러고 나서 백작에게 다가서며, 「특히 카발칸티 씨 아들 앞에선 말입니다」 이렇게 말하며, 그는 미소를 띠고 안드레아 쪽을 바라보았다.

알베르는 백작의 곁을 떠나, 어머니에게 얘기하러 갔다. 당글라르도 카발칸티의 아들에게 인사하려고 백작에게서 떠났다. 백작은 잠시 혼자 남게 되었다.

그러는 사이에, 날은 찌는 듯 더워졌다.

하인들은 과일과 아이스크림을 담은 쟁반을 들고 객실 안을 돌아다녔다.

몬테크리스토 백작은 얼굴에 흐르는 땀을 손수건으로 닦으면서도 쟁반이 자기 앞으로 오면, 뒤로 물러서서 절대로 찬 것을 들지 않았다.

모르세르 부인은 잠시도 백작에게서 눈을 떼지 않았다. 부인은 백작이 쟁반에 손을 대지 않고 그대로 보내는 것을 보았다. 그리고 백작이 뒤로 물러서는 그 동작까지도 놓치지 않았다.

「알베르」 하고 부인은 말했다. 「넌, 눈치 채지 못했니?」

「뭘요, 어머니?」

「백작이 아버지가 베푸는 만찬에는 한번도 오려 하지 않았던 것 말이다」

「네. 그렇지만 제가 대접하는 오찬엔 와주시지 않았어요? 그 오찬회가 계기가 되어서, 사교계에 발을 들여놓았으니까요」

「너한테 온 것과 아버지한테 온 것은 다르지」하고 메르세데스는 중얼거렸다.「난 오늘 그분이 오신 후로 죽 그분을 살펴보고 있었다」

「그런데요?」

「그런데, 여태 아무것도 입에 대질 않았어」

「백작은 그다지 잘 먹지 않아요」

메르세데스는 쓸쓸하게 웃었다.

「그분 곁에 가서」하고 어머니는 말했다.「쟁반이 앞으로 지나가거든 드시라고 그래라」

「그건 왜요?」

「제발 좀 그렇게 해보아라」하고 메르세데스는 말했다.

알베르는 어머니의 손에 입을 맞추고, 백작 옆으로 다가갔다.

먼저처럼 음식을 담은 쟁반이 또 왔다. 부인은 알베르가 백작에게 마실 것을 권하고, 직접 아이스크림을 들어서 권했는데도 백작이 끝내 거절하는 것을 먼발치에서 보았다.

알베르는 어머니에게 돌아왔다. 백작 부인은 얼굴빛이 새파랗게 질려 있었다.

「그것 봐라. 거절하시지 않니?」

「네. 그렇지만 그런 걸 왜 신경쓰세요, 어머니」

「여자란 묘한 존재란다. 난 백작이 내 집에서 뭘 좀 들어주셨으면 좋았을 거야. 석류 한 알이라도 좋으니 말이다. 아아, 아직 프랑스 습관에 익숙지 않으셔서 그런가 보지? 아니면 특별히 좋아하시는 게 따로 있거나」

「웬걸요! 이탈리아에선 뭐든지 다 잡숫던데요. 아마 오늘 저녁엔 몸이 좀 불편하신 모양이죠」

「게다가 늘 더운 지방에서만 살다 오셔서, 다른 사람들보단 더위를 덜 느끼시는 모양이지?」하고 백작 부인은 말했다.

「그렇진 않은가 봐요. 굉장히 덥다고 그러시던데요. 그리고 창문은 다 열어놓고, 왜 덧문은 열어놓질 않았느냐고 물으시던데요」

「그렇다면」하고 부인은 말했다.「그것도 아무것도 안 드시는 게 일부러 그렇게 결심한 것인지 아닌지를 확인해 보는 방법이 되겠구나」

이렇게 말하고 부인은 홀 밖으로 나갔다.

곧 덧문이 모조리 열렸다. 그러자 창가에 늘어선 재스민이며, 미나리아재비 사이로 등불이 켜진 뜰 전체와, 그리고 텐트 밑에 준비된 만찬의 식탁이 보였다.

춤추던 남녀며, 카드를 하고 있던 사람들, 얘기에 열중하던 손님들이 일제히 환성을 올렸다. 가슴이 답답하던 사람들 모두가 흘러 들어오는 신선한 공기를 들이마시고 있었다.

그때 메르세데스의 모습이 홀 안에 다시 나타났다. 밖으로 나갈 때보다 얼굴빛이 더 창백해져 있었으나, 그 얼굴에 종종 나타나곤 하던 굳은 빛이 어리어 있었다. 여자는 남편을 둘러싸고 있는 사람들 앞으로 곧장 걸어갔다.

「당신 이분들을 이렇게 잡아놓으시면 안 돼요」하고 부인은 말했다.「카드를 하지 않는 한 숨막히게 여기에 계시는 것보다는 정원으로 나가서 바람을 쐬고 싶으실 텐데요」

「아, 부인!」하고 한 멋쟁이 노장군이 말했다. 그는 1809년에 「시리아를 향하여」(당시의 민요——옮긴이)를 불렀던 사람이었다. 「우리끼리만 가지는 않겠습니다」

「알겠습니다」메르세데스가 대답하였다. 「제가 앞장 서지요」

그리고 몬테크리스토 백작을 돌아보며, 「백작, 팔을 빌려주시겠어요?」하고 말했다.

이 한마디에 백작은 몸이 휘청하는 것만 같았다. 그는 잠깐 메르세데스를 쳐다보았다. 스쳐가는 섬광과도 같은 순간이었다. 그러나 부인에게는 그 순간이 백년처럼 느껴졌다. 백작의 그 눈길에는 그만큼 무한한 생각이 담겨 있었던 것이다.

그는 부인에게 팔을 내밀었다. 여자는 그 팔에 몸을 맡겼다. 아니, 그 작은 손으로 살짝 그 팔을 스쳤다고 말하는 편이 옳을 것이다. 두 사람은 석남화와 동백으로 장식된 계단을 하나씩 내려섰다.

그들의 뒤로 스무 명 남짓의 손님들이 요란한 환성을 올리며 다른 층계를 통해 정원으로 뛰어나왔다.

빵과 소금

 모르세르 부인은 백작과 함께 나뭇잎이 지붕처럼 덮인 숲길로 들어갔다. 온실로 통하는 보리수 길이었다.
 「객실 안이 너무 더웠지요?」하고 부인은 말했다.
 「그랬습니다, 부인. 창과 덧문을 열게 하신 부인의 생각은 참 좋았습니다」
 이 말을 한 백작은 부인의 손이 떨리고 있는 것을 깨달았다.
 「하지만 부인께선 이렇게 가벼운 옷에, 목에도 얇은 스카프 하나밖엔 걸치지 않으셨으니 춥지 않으실까 걱정입니다」하고 백작은 말했다.
 「제가 백작을 어디로 안내하는지 아시겠습니까?」
 부인은 백작의 말에는 대답도 않고 이렇게 물었다.
 「모르겠는데요」백작의 대답이었다. 「하지만 보시다시피 전 그저 따라가고만 있습니다」

「온실로 가는 겁니다. 이 길 맨 끝에 있는 게 온실이랍니다」

　백작은 여자에게 뭔가를 묻기라도 하려는 듯, 메르세데스의 얼굴을 쳐다보았다. 그러나 여자는 아무 말 없이 길만 따라가고 있었다. 그래서 백작은 그대로 입을 다물고 말았다.

　두 사람은 온실로 왔다. 온실에는 희한한 과일들이 그득하게 열려 있었다. 프랑스는 대체로 햇빛이 부족해서 온실에서 항상 온도를 조절해 주기 때문에, 7월 초인데도 벌써 과일들이 한창 무르익고 있었다. 부인은 백작의 팔을 놓고 포도 덩굴 앞으로 가서 사향 포도 한 송이를 땄다.

「이것 보세요」 부인은 눈시울에 눈물이라도 고여오는 듯이 쓸쓸한 미소를 띠고 말했다.「이것 좀 보세요. 프랑스의 포도는 물론 시칠리아나 키프로스의 포도와는 비교도 안 되겠지만, 북쪽 지방의 햇빛이 약하다는 것을 생각해서 너그러이 봐주시지요」

　백작은 고개를 숙여 절을 했다. 그리고 한걸음 뒤로 물러섰다.

「받아주시지 않겠어요?」 메르세데스의 목소리가 떨렸다.

「부인」 하고 백작이 대답했다.「무례함을 용서해 주십시오. 그러나 전 사향 포도를 좋아하지 않습니다」

　부인은 한숨을 쉬며 포도 송이를 떨어뜨렸다. 바로 옆의 울타리에 복숭아가 탐스럽게 열려 있었다. 그것도 역시 포도와 마찬가지로 온실의 인공적인 열기로 익은 것이었다. 메르세데스는 비로드와 같이 부드러운 그 열매를 땄다.

「그럼, 이 복숭아를 드시지요」

그러나 백작은 역시 똑같은 거절의 뜻을 표시했다.

「아니, 이것도?」 이렇게 말하는 부인의 어조는 복받쳐 오르는 울음을 참는 듯한 괴로운 어조였다. 「정말 전 슬퍼졌습니다」

한동안 침묵이 흘렀다. 복숭아도 역시 포도송이처럼 땅바닥에 떨어졌다.

이윽고 메르세데스가 애원하는 듯한 눈으로 백작을 쳐다보며 입을 열었다. 「백작, 아라비아에선 한 지붕 밑에서 빵과 소금을 나누어 먹은 사람들은 영원히 친구가 된다는 감동적인 풍습이 있다지요」

「그건 저도 알고 있습니다」 백작이 말했다. 「그러나 여긴 프랑스지 아라비아가 아닙니다. 프랑스에서는 빵과 소금을 나누어 먹지도 않거니와, 영원한 우정 같은 것도 없습니다」

「하지만」 부인은 가슴을 두근거리며, 백작의 눈을 들여다보며 말했다. 부인은 발작적으로 백작의 팔을 다시 붙잡았다. 「우린 친구가 아닌가요?」

백작의 가슴에 피가 울컥 몰려왔다. 처음에는 얼굴빛이 죽은 사람처럼 새파래지더니 곧 피가 가슴에서 목구멍까지 올라오는 바람에 뺨이 확 달아올랐다. 갑자기 방향을 잃은 사람처럼 시선은 잠시 허공을 헤매었다.

「물론 우린 친구지요, 부인」 하고 그는 대답했다. 「그렇지 않을 리가 있습니까?」

그러나 그 어조는 부인이 바라던 것과는 거리가 멀었다. 부인은 고개를 돌려 신음하듯 긴 한숨을 내쉬었다.

「감사합니다」 하고 부인은 다시 걷기 시작했다. 두 사람은 이렇게 단 한마디 말도 없이 정원 안을 한 바퀴 돌았다.

거의 십 분 동안이나 말없이 걷고 있다가, 부인이 갑자기 이렇게 물었다「백작께서는 많은 것을 보셨고, 여행도 많이 하셨고, 또 괴로움도 많이 겪으셨다던데, 그게 정말입니까?」

「네, 괴로움은 많이 겪었지요」하고 백작이 대답했다.

「하지만 지금은 행복하시지요?」

「그렇지요」백작의 말이었다.「아무도 내가 슬퍼하는 소리를 들은 사람이 없으니까요」

「그리고 행복하시다는 그 말씀은 마음도 편안해지셨다는 뜻이겠지요?」

「지금의 행복은 지난날 제가 겪었던 불행에 대한 대가라고 할 수 있지요」

「결혼을 하지 않으셨나요?」부인이 물었다.

「제가 결혼을요?」백작은 몸서리치며 말했다.「그런 소린 누가 하던가요?」

「하긴 누가 했겠어요? 그저 백작께서 오페라 극장에 젊고 아름다운 여자분과 같이 오신 걸 몇 번 보았으니 하는 소리죠」

「그건 제가 콘스탄티노플에서 산 노예입니다. 원래는 왕녀였죠. 전 이 세상에 별로 사랑하는 것도 없고 해서, 제가 그 아이를 양녀로 삼았지요」

「그럼, 혼자 사시나요?」

「혼자 삽니다」

「형제도 자제도…… 부모님도 안 계신가요, 그럼?」

「아무도 없습니다」

「이 세상에 사랑하는 사람 하나 없는데, 어떻게 사시지요?」

「그건 제 탓은 아닙니다. 저는 몰타에서 한 처녀를 사랑했습니다. 결혼하려고 할 때, 갑자기 전쟁이 일어나서, 마치 소용돌이에 휩쓸린 것처럼, 그 여자에게서 떠나게 되었지요. 전 그 여자가 저를 퍽 사랑해서 제가 돌아올 때까지 기다려주고, 또 설령 제가 죽더라도 정절을 지켜줄 줄 알고 있었지요. 그런데 제가 돌아와 보니, 그 여잔 이미 결혼을 했더군요. 이런 얘기는 스무 살이 넘은 남자들에겐 하나도 신기한 얘기가 아닙니다. 그런데 아마 저는 다른 사람들보다 마음이 약했던 모양이지요. 그런 경우를 당한 다른 사람들에 비해 저는 몇 배나 더 괴로워했습니다. 그저 그뿐입니다」

부인은 잠시 발을 멈추었다. 멈추지 않고서는 숨을 쉴 수가 없을 것 같다는 듯했다.

「그랬군요? 그리고 그 사람이 마음속에서 잊혀지지 않아서…… 하긴 진정으로…… 사랑할 수 있는 것은 단 한번뿐이라지요?…… 그 여자를 그후에 다시 만나지 못하셨나요?」

「한번도」

「한번도!」

「전 그 여자가 살던 고장에 다시는 발도 들여놓지 않았으니까요」

「몰타에요?」

「그렇습니다」

「그럼, 그 여자는 몰타에 있군요?」

「그럴 겁니다」

「그리고 그 여자가 당신을 괴롭혀드린 일을 마음속으로는 용서해 주셨습니까?」

「여자는 용서해 주었습니다」

「그 여자만요? 그럼, 그 여자를 백작 곁에서 뺏어간 다른 모든 사람은 아직도 미워하시는군요?」

부인은 백작 앞에 마주 섰다. 손에는 아직도 사향 포도 송이에서 떨어진 몇 개의 포도알을 쥐고 있었다.

「좀 드세요」 하고 부인은 말했다.

「전 절대로 사향 포도는 먹지 않습니다, 부인」 하고 백작은 대답했다. 마치 두 사람 사이에 그런 것은 아무 문제도 되지 않는다는 듯이. 부인은 절망적인 몸짓으로 그 포도 송이를 바로 곁에 있는 나무숲에 던져버렸다.

「매정한 분이군요!」 하고 부인은 중얼거렸다.

백작은 마치 그러한 비난이 자기를 향한 것이 아니라는 듯, 태연한 얼굴이었다.

그때 알베르가 달려왔다.

「어머니! 큰일났어요!」

「아니, 무슨 일이냐?」 하고 부인은 꿈에서 현실로 되돌아온 듯이 벌떡 일어서며 물었다.

「큰일이라니, 무슨 일이 일어났단 말이냐?」

「빌포르 씨가 오셨어요」

「그런데?」

「부인과 따님을 찾으러 오신 거래요」

「아니, 왜?」

「생메랑 후작 부인이 슬픈 소식을 가지고 파리에 오셨대요. 생메랑 후작께서 마르세유를 떠나시자 곧 돌아가셨대요. 빌포르 부인은 워낙 밝은 분이라, 그 비보를 들은 체도 하지 않는군요. 그러나 발랑틴은 후작 얘기가 나오자, 빌포르 씨가 조심스럽게 얘길 하셨는데도 대뜸 모든 사태를 짐작해 버렸어요. 그러고는 벼락이라도 맞은 듯이 그만 기절하고 말았어요」

「생메랑 후작이 발랑틴 양과는 어떻게 되는데요?」 백작이 물었다.

「외조부지요. 손녀와 프란츠의 결혼을 서두르라고 급히 오시던 참이었지요」

「그랬군요!」

「그러니, 프란츠란 놈의 결혼이 늦어지겠군 그래. 생메랑 후작이 당글라르 양의 할아버지였더라면!」

「알베르! 알베르!」 부인은 부드럽게 나무라는 투로 말했다. 「그게 무슨 소리냐? 백작, 이애는 백작을 존경하고 있지요. 그러니, 그런 소리는 하는 게 아니라고 좀 꾸짖어주세요」

부인은 몇 걸음 앞으로 나갔다.

그러나 백작이 이상하게도 꿈에 잠긴 듯하면서도, 애정이 넘치는 표정으로 자기를 바라보고 있는 것을 느끼자, 다시 제자리로 돌아왔다.

그러고는 동시에 백작의 손과 아들의 손을 꼭 잡아 그 두 손을 한데 모으며,

「우린 친구지요, 안 그래요?」 하고 말했다.

「오! 제가 부인의 친구라니요? 그런 엄청난 생각은 하지도 않습니다」 하고 백작이 말했다. 「그러나 어쨌든 전 부인의 충실한 종이긴 합니다」

부인은 말할 수 없이 아픈 마음으로 걸어갔다. 그러자 채 열 걸음도 못 가서, 백작은 부인이 손수건을 눈에 갖다 대는 것을

보았다.

「어머니하고 무슨 좋지 않은 일이라도 있었습니까?」 알베르는 깜짝 놀라 백작에게 물었다.

「천만에」 백작이 말했다. 「어머니께선 방금 당신 앞에서 우리는 친구라고 하시지 않았소?」

그들이 객실로 돌아왔을 때는 빌포르 씨 부처와 발랑틴이 이미 떠나고 난 뒤였다.

막시밀리앙도 그들의 뒤를 따라 떠난 것은 두말할 나위 없었다.

생메랑 후작 부인

 빌포르 씨의 집에서는 과연 슬픈 일이 일어났던 것이다. 아내가 무도회에 같이 가자고 조르는 것을 끝내 뿌리쳐, 딸만 데리고 무도회로 떠나자, 검사는 산더미 같은 서류를 앞에 놓고 서재에 앉아 있었다. 그 서류들은 사람들을 두려움에 떨게 할 만했지만, 그에게는 겨우 일할 맛을 만족시킬 뿐이었다.
 그러나 지금의 경우에는 그러한 서류들이 그저 놓여 있다는 사실뿐, 빌포르가 서재에 틀어박혀 있는 것은 일을 하기 위해서가 아니었다. 생각을 하기 위해서였다. 그는 문을 잠그고, 중대한 일이 있기 전에는 아무도 들어오지 못한다는 명령을 내린 후에 안락의자에 앉았다. 그리고 지난 칠팔 일 동안 암담한 슬픔과 쓰디쓴 추억의 잔을 넘쳐나게 한 모든 일들을 기억 속에서 더듬어보았다.

그는 자기 앞에 쌓여 있는 서류는 건드리지 않고, 책상 서랍을 열고 그 속에서 자기 노트를 꺼냈다. 그것은 귀중한 서류로, 그 속에는 그의 정치 생활, 금전 관계, 추소(追訴) 관계 혹은 비밀 연애 관계에 이르기까지, 그의 적이 되어버린 사람들의 이름이 자신만 알 수 있는 암호로 기록되고 배열되어 있었다.

그 수가 지금은 놀랄 만큼 많아져서, 몸서리치지 않을 수 없었다. 그러나 그 이름들이 아무리 강하고 무섭더라도 그의 얼굴에 수없이 미소를 띠게 하던 것들이었다. 그 미소는 산정에 올라서서 오랫동안 고생스럽게 기어오른 높은 산봉우리며, 험한 길이며, 발밑으로 절벽 끝을 내려다보는 여행자의 미소와도 같은 것이었다.

이러한 이름들을 기억 속에 되새기며, 명단을 다시 한번 찬찬히 읽어보고 연구하고 조사해 보더니 그는 고개를 저었다.

「아냐」하고 그는 중얼거렸다. 「이 적들이 그 비밀로 나를 파멸시키고, 오늘까지 참을성 있게 기다리고만 있었을 리 없다. 햄릿의 말마따나 깊이 묻혀 있던 것들이 갑자기 지상으로 소리를 내며 나타나서 인광(燐光)처럼 미친 듯이 공중으로 달려가는 수가 있다. 그러나 그것은 순간적으로 사람의 눈을 멀게 하고, 스쳐가 버리는 불꽃과도 같은 것이다. 그 얘기는 필경 그 코르시카 놈의 입에서 신부의 귀에 들어갔을 테고, 그 신부는 또 누구에겐가 그 얘기를 했을 것이다. 그리고 그 얘기를 전해 들은 몬테크리스토가 진상을 확인하려고……」

그런데 그 진상을 왜 확인하려고 했을까? 빌포르는 잠시 생각하다가, 갑자기 이런 의문이 일어났다. 그 몬테크리스토 백작, 몰타 섬 선주의 아들이요, 테살리아에 은광을 가지고 있는 자코네 씨가, 생전처음 찾아온 프랑스에서 무엇 때문에 그런 음산하고 이상한, 아무 소용도 없는 사건의 진상을 확인해 보려고 했을까? 부소니 신부와 윌모어 경, 그러니까 그의 친구와 적이 되는 그 두 사람의 얘기는 모두 앞뒤가 맞지 않지만, 단 하나 뚜렷하고 명백한 사실은 자기와 그 사람 사이에는 아무 관계도 없다는 점이다.

그러나 빌포르는 이러한 이야기를 스스로도 믿지 못하면서 혼자 생각하고 있었다. 그가 가장 두려운 것은 사실이 발각되는 것이 아니었다, 부정해 버리면 그만이니까. 그에겐 갑자기 벽 위에 피 같은 글자로 씌어진 〈마네, 테켈르, 파레스 Mane, Thecel, Pharés〉(바르다가르의 향연 때에 우연히 벽에 나타났다는 암호로서 〈세어지다, 달아지다, 나누어지다〉라는 뜻. 1권 「34호와 27호」장에 나왔다——옮긴이) 같은 것은 그리 문제도 되지 않았다. 그 글씨가 도대체 누구의 손으로 씌어졌는지 하는 궁금증이 그의 뇌리를 떠나지 않았다.

그가 마음을 다시 가라앉히려고 애쓰고 있을 때, 그리고 야망에 불타는 꿈속에서 간간이 얼굴을 내미는 정치적인 미래 대신에 오랫동안 잠자코 있었던 적이 눈뜨는 것을 두려워하며, 화목한 가정까지 파괴되고 말 장래를 생각하고 있을 때, 정원에서 마차 소리가 요란하게 울려왔다. 그리고 이어 층계 위에 웬 노인의 발소리가 들려오고, 이어서 흐느낌과 비탄의 소리가 들려왔다. 그것은 하인들이 주인의 비탄을 같이하려고 지르는 소리였다.

빌포르는 급히 서재의 문고리를 열었다. 그러자 아무 예고도 없이 팔에 숄을 걸치고 손에 모자를 든 노부인이 들어왔다. 부인의 흰 머리 밑으로는 노란 상아처럼 윤기 없는 이마가 드러나 보였다. 눈가엔 깊은 주름이 패어 있었고, 눈은 울어서 부은 눈두덩 아래 가려져서 거의 보이지도 않았다.

「아이고, 여보게!」 하고 노부인은 울부짖었다. 「이게 무슨 일인가, 나도 죽어야지, 암 죽어야지, 죽어야 해!」

그러고는 문 앞에 있던 안락의자에 털썩 주저앉으며 울음을 터뜨렸다. 하인들은 문지방 앞에 선 채로 감히 더 들어올 엄두도 못 내며, 방금 주인 방에서 난 소리를 듣고 달려온 누아르티에 씨의 늙은 하인만을 바라보고 있었다. 빌포르는 자리에서 일어나 장모에게로 달려갔다. 그 노부인이 바로 죽은 아내의 어머니였던 것이다.

「아니, 어머니! 웬일이십니까? 아니, 무슨 일이 일어났기에 이렇게? 아버님께선 함께 오지 않으셨나요?」

「그 양반이 돌아가셨다네」 하고 노부인은 아무 표정도 없이, 그저 정신나간 사람처럼 말했다.

빌포르는 한걸음 뒤로 물러섰다. 그러고는 놀란 듯이 두 손을 마주쳤다.

「돌아가시다니……」 하고 그는 중얼거렸다. 「아니……그렇게……갑자기?……」

「일주일 전에」 생메랑 후작 부인은 말을 이었다. 「우리는 저녁을 먹고 나서 같이 마차를 탔지. 그 양반은 며칠째 건강이 좋지 않으셨지만, 발랑틴을 보게 된다는 기쁨에 몸이 괴로운 것도 무릅쓰고 용기를 내서 떠나자고 하셨던 거야. 마르세유에서 육 리쯤 와서 늘 드시던 그 환약을 드시고 깊은 잠에 드셨는데, 아무래도 심상치가 않더군. 하지만 얼굴빛이 벌게지고 관자놀이의 힐판이 보통때보나 심하게 뛰는 것을 보고도 선뜻 깨울 생각을 못했네 그려. 그러다가 밤이 와서 사방이 어두워지기에, 그냥 주무시도록 내버려두었지. 얼마 안 있어, 가위에라도 눌린 사람처럼 무겁고 괴로운 소리를 지르시더니, 별안간 고개가 뒤로 척 넘어가질 않았겠나. 그래서 내가 하인을 불러 마차를 멈추게 하고, 그 양반을 흔들어 깨워서 약을 코에다 갖다 대보았는데, 그땐 이미 늦었다네. 죽어 있더란 말이야. 그래, 죽은 사람하고 나란히 앉아 엑스에 도착했지」

빌포르는 어이가 없어 입도 다물지 못했다.

「그래, 의사는 부르셨겠지요?」

「금방 불렀지만, 글쎄, 이미 때가 늦었더라니까」

「그렇지만 후작께서 무슨 병으로 돌아가셨는지는 의사가 알려드렸겠지요?」

「급성 뇌일혈 같다더군」

「그래, 그 다음엔 어떻게 하셨습니까?」

「후작은 늘 자기가 파리에서 떨어진 곳에서 죽거든, 유해를 가족 묘지로 옮겨달라고 말씀하셨지. 그래서 유해를 납관(鉛棺)에 넣고, 내가 이렇게 며칠 앞질러 온 걸세」

「오, 어머니!」빌포르가 말했다.「그런 일을 당하시고도 그렇게 자상하게 뒤처리를 하시다니! 더구나 그 연세에!」

「하느님이 끝까지 힘을 빌려주신 거지. 게다가 그 양반도 나를 위해서는 그렇게 해주셨을 거라는 생각이 들더군. 그렇지만 거기다 유해를 남겨놓고 오니, 꼭 미칠 것만 같네. 눈물도 이젠 안 나는군. 이 나이가 되면 눈물도 마른다더니, 그게 정말인가 보네. 하지만 슬프면 눈물도 그만큼 나오는 것 같네 그려. 그런데 발랑틴은 어디 있나? 그앨 보려고 우리가 올라온 건데. 발랑틴을 불러주게나」

빌포르는 발랑틴이 무도회에 갔다는 대답을 차마 못할 것 같았다. 그래서 그저 어머니하고 외출했으니, 곧 부르러 보내겠다고만 말했다.

「당장 좀 불러주게나」 하고 노부인은 말했다.

빌포르는 부인의 팔을 부축해서 자기 방으로 모셨다.

「좀 쉬십시오, 어머니」

그 말에 후작 부인은 고개를 들고 빌포르를 쳐다보았다. 그를 보면, 그처럼 그립고 그리운 죽은 딸의 모습이 생각 나는 것이었다. 이제는 딸의 모습을 발랑틴에게서나 찾아볼 수밖에 없지 않은가. 후작 부인은 빌포르에게서 어머니라는 소리를 듣자, 가슴이 메어 눈물을 흘리며 안락의자에 엎드려 그 기품 있는 얼굴을 파묻어버렸다.

빌포르는 하인에게 부인을 보살피도록 이르고, 늙은 하인 바루아는 허둥지둥 주인의 방으로 달려갔다. 노인들에게 다른 노인들이 죽는 모습을 지켜보는 것보다 더 무서운 일은 없기 때문이다. 후작 부인이 무릎을 꿇은 채 계속해서 깊은 기도에 빠져 있는 동안, 빌포르는 마차를 불러 아내와 딸을 데리고 몸소 모르세르의 집으로 달렸다. 객실 문 앞에 나타난 아버지의 얼굴이 몹시 창백한 것을 본 발랑틴은 아버지에게 달려가며, 「아버지 무슨 일이 생겼어요?」 하고 외쳤다.

「할머니께서 오셨다. 발랑틴」 빌포르가 대답했다.

「할아버지께선요?」 딸은 오들오들 떨면서 물었다.

빌포르 씨는 대답 대신에, 딸에게 팔을 벌렸다.
그때 발랑틴은 현기증을 일으키며 몸을 비틀거렸다. 빌포르 부인이 급히 그녀를 붙들어 세워서, 남편과 함께 마차에 태웠다. 그러면서 중얼거렸다.
「정말 이상한데요! 이럴 줄을 누가 짐작이나 했겠어요? 아이, 참, 이상도 해라!」
이렇게 해서 슬픔에 젖은 빌포르 가족은 그 슬픔이 상장(喪章)이기라도 한 듯이, 무도회장을 박차고 황급히 가버렸다.
계단 앞에서 발랑틴은 자기를 기다리고 있는 바루아를 만났다.
「할아버지께서 오늘 밤에 좀 보자고 하시는데요」 하고 그는 낮은 소리로 말했다.
「외할머니를 뵙고, 오는 길로 들르겠다고 전해 줘요」 하고 발랑틴은 대답했다.
예민한 발랑틴이 생각하기에는, 지금 누구보다도 자기를 필요로 하는 사람은 외할머니 생메랑 부인일 것 같았기 때문이다.
들어가 보니 할머니는 침대에 누워 있었다. 말없는 포옹, 아픔으로 부푼 가슴, 간간이 새어나오는 한숨과 뜨거운 눈물, 두 사람이 만난 광경은 이렇게밖에 더 표현할 길이 없었다. 그 자리에서 빌포르 부인은 남편의 팔을 끼고 적어도 겉으로나마 존경의 뜻을 나타내며, 불쌍한 노부인을 바라보고 있었다.
잠시 후에, 빌포르 부인은 남편의 귀에 대고 「아무래도, 저는」 하고 소곤거렸다. 「가보는 게 좋겠지요? 제가 있으면 저 노인의 마음이 더 아플 테니까요」
생메랑 부인도 그 말을 들었다.

「그래, 그래」하고 생메랑 부인은 손녀의 귀에 대고 말했다. 「네 엄마는 가는 게 좋겠다. 그러나 넌 여기 있거라」

빌포르 부인은 방을 나갔다. 발랑틴만이 혼자 할머니 곁에 남게 되었다. 검사도 이 뜻하지 않은 슬픔에 정신이 나가서, 아내 뒤를 따라 방에서 나갔기 때문이다.

그들이 돌아오기에 앞서, 바루아는 누아르티에 씨의 방으로 올라갔다. 노인은 집안에서 일어나는 소리를 다 듣고서, 앞서 본 바와 같이, 상황을 살피기 위해 하인을 내려보냈던 것이다.

바루아가 돌아오자, 노인은 지혜로운 눈을 번득이며 물었다.

「큰일났습니다」바루아가 말했다. 「생메랑 마님께서 오셨는데, 생메랑 영감님께서 돌아가셨답니다」

누아르티에 씨와 생메랑 후작 사이에는 이렇다 할 깊은 우정 관계는 없던 사이이다. 그러나 노인들에게는 같은 또래의 노인의 죽음이 언제나 큰 타격이 아닐 수 없다. 누아르티에 씨는 뭔가에 짓눌린 사람처럼, 또는 생각에 잠긴 사람처럼, 얼굴을 가슴에 파묻었다. 그러고 나서, 다시 눈으로 물었다.

「발랑틴 아가씨 말씀이십니까?」바루아가 물었다.

누아르티에 씨는 그렇다는 시늉을 했다.

「무도회에 가셨지요. 아까 단장을 하고 인사하러 올라오지 않으셨던가요?」

노인은 다시 왼쪽 눈을 감았다.

「만나시겠습니까?」

노인은 바로 그렇다는 대답을 해보였다.

「아마 곧 모르세르 씨 댁으로 아가씨를 모시러 가실 겁니다. 그럼 제가 내려가서 기다렸다가, 아가씨가 돌아오시면 이리로 올라오시라고 이를까요?」

「그래」 노인이 대답했다.

그래서 바루아는 발랑틴이 돌아오기를 기다렸다가 이미 우리가 아는 바와 같이, 그녀가 돌아오자 할아버지의 뜻을 전해 주었다.

할아버지의 뜻을 받들어 발랑틴은 할머니 생메랑 부인의 방에서 나오는 길로 할아버지 방으로 올라갔다. 생메랑 부인은 심한 흥분 상태에 있었으면서도 워낙 피곤했던 탓으로 이내 잠이 들었다.

발랑틴은 할머니 손이 닿는 조그마한 테이블 위에 할머니가 늘 마시는 오렌지 주스 병과 컵을 올려놓았다.

그러고 나서야 손녀는 할머니의 침대를 떠나 할아버지 방으로 올라갔다.

발랑틴은 할아버지에게 입을 맞췄다. 그 순간 노인이 자기를 바라보는 눈빛이 너무나 부드러워서, 발랑틴은 그만 또다시 눈물을 쏟고 말았다.

노인의 눈을 보고 발랑틴은 「네, 저한테는 언제까지라도 좋은 할아버지가 계시단 말씀을 하시려는 거죠?」 하고 말했다.

노인은 그렇다는 표시를 해주었다.

「물론이죠」 다시 발랑틴이 말했다. 「안 그랬으면 전 어떻게 되었겠어요?」

새벽 한시였다. 피곤해진 바루아는 이렇게 슬픈 밤을 보내고 나면 노인에게도 휴식이 필요하다며 쉬시라고 권했다. 누아르티에 씨에게는 손녀를 바라보는 것만이 휴식이었지만, 그렇게 말할 수는 없었다. 노인은 슬픔과 피로에 잠겨 괴로운 얼굴을 하고 있는 발랑틴을 돌려보냈다.

　이튿날 발랑틴이 할머니 방으로 다시 왔을 때, 할머니는 침대에 누워 있었다. 열은 조금도 가라앉지 않은 채, 후작 부인의 눈은 벌겋게 충혈되어 있었다. 신경이 몹시 흥분돼 있는 것 같았다.

　「아니, 할머니 더 많이 편찮으세요?」 발랑틴은 할머니의 이런 증상에 놀라며 소리쳤다.

　「아니다, 아니야」 생메랑 부인이 대답했다. 「그저 네가 오길 몹시 기다렸을 뿐이야. 네 아버지를 부르러 보내려고」

　「아버지를요?」 발랑틴은 불안한 빛을 보이며 물었다.

　「그래, 내가 할말이 있다」

　발랑틴은 할머니가 아버지를 찾는 이유는 모르지만, 그렇다고 그 뜻을 감히 거역할 수도 없었다. 이내 빌포르 씨가 들어왔다.

　「저」 하고 생메랑 부인은 마치 시간에 쫓기기라도 하는 듯이 단도직입적으로 말했다. 「편지에 이애 결혼 얘기를 했나?」

　「네, 했습니다」 빌포르가 대답했다. 「단순히 얘기만 할 단계는 넘었습니다. 이미 약혼을 했으니까요」

　「사위 될 사람 이름이 프란츠 데피네라고 그랬던가?」

　「네」

　「그 사람이 전에 우리편에 있다가 나폴레옹이 엘바 섬에서 오기 며칠 전에 암살된 그 데피네 장군의 아들인가?」

　「바로 그렇습니다」

　「그렇다면, 이애 친할아버지는 자코뱅 당원인데, 그 사람이 싫어하지 않을까?」

「다행히도 이미 저희들 사이에 그런 알력은 다 없어졌습니다」 빌포르가 대답했다. 「게다가 프란츠 데피네는 자기 아버지가 돌아가셨을 때엔 아직 어렸고요. 그래서 누아르티에라는 분에 대해서는 잘 모릅니다. 그러니까 좋아하지 않을지는 몰라도 거의 관심이 없을 거예요」

「그래, 합당한 결혼인가?」

「네, 어느 면에서 보나요」

「그럼, 그 청년은?」

「누구에게서나 존경을 받고 있는 사람이죠」

「얌전한가?」

「제가 아는 청년들 중에선 제일 뛰어난 사람입니다」

이러한 대화가 오가는 동안 발랑틴은 잠자코만 있었다.

「그렇다면!」 생 메랑 부인은 잠깐 생각에 잠기더니

「어서 서둘러야 하겠는걸, 내가 살 날이 얼마 안 남았으니」

「그게 무슨 말씀이세요?」 빌포르 씨와 발랑틴이 소리쳤다.

「아냐, 난 얼마 못 살아」 부인은 다시 말을 이었다. 「어서 서둘러야겠네, 어미도 없는 이애가 혼인을 하는데 나라도 있어 축복을 해 줘야지. 난 불쌍한 애 어미 쪽으로는 단 하나뿐인 사람이니까. 자넨 그렇게 빨리 우리 르네를 잊어버리고 말았지만」

「아, 어머니!」 하고 빌포르가 말했다. 「어머니께선 이 불쌍한 아이에게 어미를 구해 주지 않을 수 없었다는 걸 잊으셨습니까?」

「계모는 아무래도 친어미 같지는 않아. 어쨌든 죽은 사람은 어쩔 수 없지. 문제는 발랑틴이야」

이러한 대화가 너무도 척척 흘러나오고 있는 것으로 보아, 이미 착란이 시작되고 있는 것이 아닌가 생각될 정도였다.

「어머님 뜻대로 하겠습니다」 하고 빌포르가 말했다. 「프란츠가 파리에 돌아오는 대로 어머님 뜻을 따르겠습니다」

「할머니」 하고 발랑틴이 입을 열었다. 「할아버지께서 돌아가셨는데, 어떻게 초상집에서 금방 결혼식을 하겠어요?」

「애야」 할머니는 손녀의 말을 막았다. 「바보 같은 사람들이나 앞일을 결정할 때 그런 일로 머뭇거리는 거지. 그건 온당한 이유가 못 된다. 나도 내 어머니의 상중에 결혼했지만, 그것 때문에 불행한 일이 생기진 않았다」

「또 죽는 얘기만 하시는군요!」 빌포르가 말했다.

「또라니! 죽을 때까지 해야지! ……난 이젠 죽을 몸인걸! 그래, 죽기 전에 손주사위를 한번 만나보려고 했던 걸세. 내 손녀를 행복하게 해달라는 부탁을 하고 싶어서, 그 사람이 내 뜻에 따르려 하는지 알아보고 싶었지. 결국 손주사위라는 사람을 직접 만나서 알아보고 싶었던 거야」 하고 부인은 무서운 표정으로 말을 계속했다. 「만약에 무책임하고, 못된 짓을 할 사람이면 무덤 속에서라도 다시 찾아올 생각으로!」

「어머니! 너무 흥분하셔서 자꾸 이상한 생각을 하시는데, 이젠 머리를 좀 식히셔야 되겠습니다. 죽은 사람은 일단 무덤 속에 들어가면 다시는 일어나지 못하고, 그 속에서 영원히 잠드는 것 아닙니까」

「그래요. 할머니 진정하세요!」 손녀가 말했다.

「하지만, 반드시 그런 건 아닐세. 난 어젯밤 아주 무서운 꿈을 꾸었네. 마치 내 혼이 이미 내 몸에서 빠져나가 내 위를 빙

빙 돌아다니는 듯한 기분으로 잠을 잤지. 눈을 뜨려고 아무리 애를 써보아도 눈이 자꾸 다시 감기기만 하더군. 자네에겐 그런 일이 있을 리 없다고 생각되겠지만, 나는 눈을 감은 채 지금 자네가 서 있는 그 자리로 자네 처의 화장실로 통하는 문의 귀퉁이에서 허연 그림자 같은 것이 슬며시 들어오는 것을 분명히 보았네」

발랑틴은 소리를 질렀다.

「열이 높으셔서 헛것을 보신 거예요」 빌포르가 말했다.

「믿지 않아도 좋아. 하지만 난 분명히 흰 그림자를 보았네. 그리고 하느님께서 한 가지 감각으로 느낀 것만으로는 불확실하다고 의심할까 봐 그러셨는지, 그 다음엔 내 옆에 있던 저 컵이 움직이는 소리가 들리더군. 자, 저 컵을 좀 보게」

「꿈을 꾸신 거예요, 할머니」

「그게 꿈이 아니었다는 증거가 있어. 내가 초인종을 누르려고 팔을 뻗었지, 그랬더니, 그 그림자가 이내 사라지고 말더군. 바로 그때 하녀가 불을 들고 들어왔어. 유령이란 자기를 보아야 할 사람에게만 나타나는 법일세. 그건 우리 영감의 혼이었던 거야. 우리 영감의 혼이 나를 부르러 왔는데, 어찌 내 혼인들 내 자식이나 다름없는 손녀를 돌보아주러 오지 않을 수 있겠나」

「오, 어머니!」 빌포르는 자신도 모르게 깊이 감동하여 이렇게 말했다. 「이젠 그런 불길한 생각일랑 그만하십시다. 그리고 이제부턴 저희하고 같이 사시도록 하세요. 그래서 오래오래 사랑과 존경을 받으시면서 행복하게 사셔야죠. 그리고 그런 생각을 잊어버리실 수 있도록, 저희가……」

「아니야! 아냐! 아냐!」 후작 부인이 말했다. 「그래, 데피네 씨는 언제 돌아온다고?」

「오늘 내일 올 겁니다」

「그럼 됐어. 오는 대로 내게 미리 알려주게. 어서 어서 서둘러야지. 그리고 공증인을 불러서 우리들의 재산이 전부 발랑틴에게 상속되도록 확실히 해놓아야겠네」

「오, 할머니!」 발랑틴은 할머니의 불같이 뜨거운 이마에 입을 맞추며 말했다. 「저도 죽을 것만 같아요. 아이, 어쩌면 열이 이렇게! 공증인을 부를 게 아니라, 의사를 불러야겠군요」

「의사?」 부인은 어깨를 으쓱해 보이며 말했다. 「난 아프지 않다. 그저 목이 마를 뿐이야」

「뭘 드실래요?」

「늘 마시는 그 오렌지 주스를 다오. 테이블 위에 있는 컵도 말이다, 발랑틴」

발랑틴은 오렌지 주스를 컵에 따랐다. 컵을 할머니에게 주려던 발랑틴은 등골이 오싹해졌다. 할머니 말로 유령이 만졌다는 것이 바로 그 컵이었기 때문이다.

후작 부인은 단숨에 컵을 비웠다.

그러고는 다시 베개 위에 머리를 내려놓으며 「공증인! 공증인!」 하고 되뇌었다.

빌포르 씨는 밖으로 나갔다. 발랑틴은 할머니께 의사를 부르시라고 권했지만, 실은 자기 자신도 지금 의사가 몹시 필요한 것 같았다. 뺨이 불같이 달아오르면서 숨도 몹시 가빴다. 맥박도 열이 있는 사람처럼 빠르게 뛰었다.

발랑틴은 막시밀리앙을 생각하고 있었던 것이다. 생메랑 후작 부인이 자기편이 되어주지 않고 모르는 사이에 적이 되어버린 것을 알았을 때 막시밀리앙이 느꼈을 절망을 생각하고 있었기 때문이다.

발랑틴은 수없이 할머니에게 모든 것을 이야기할까 하는 생각을 했다. 만약 막시밀리앙 모렐이 알베르 드 모르세르나 라울 드 샤토 르노였더라면 서슴지 않고 말했으리라. 그러나 막시밀리앙은 평민이었다. 그리고 소녀는 기품이 높은 생메랑 후작 부인이 혈통이 다른 사람들을 얼마나 경멸하고 있는지를 잘 알고 있었던 것이다. 그래서 그녀는 언제나 비밀을 털어놓으려고 마음먹는 순간, 다시 포기하고 가슴속에 숨겨놓고 말았다.

아버지나 어머니가 얘기를 듣는 날에는 만사가 다 끝난다는 것을 너무나 잘 알고 있었기 때문이다.

그러는 사이 거의 두 시간이 흘러갔다. 생메랑 부인은 열에 떠서 불안한 잠을 자고 있었다. 공증인이 도착했다는 전갈이 왔다.

아주 조그만 소리로 전했건만, 생메랑 부인은 자리에서 벌떡 일어나며 「공증인이라고?」 하고 물었다. 「들어오게 해라, 들어오게 해」

문 앞에 와 있던 공증인이 방 안으로 들어왔다.

「발랑틴, 넌 좀 나가 있거라, 이분이랑 할 얘기가 있으니」 부인이 말했다.

「네, 하지만……」

「나가 있어, 나가 있으라니까」

소녀는 할머니의 이마에 키스를 하고 손수건으로 눈을 가리며 밖으로 나왔다.

문 앞에서 발랑틴은 하인을 만났다. 하인은 지금 의사가 와서 객실에서 기다리고 있다고 말했다.

발랑틴은 아래층으로 뛰어 내려갔다. 의사는 빌포르 집안과는 아주 가까운 사이로, 당대의 명의로 알려진 사람이었다. 발랑틴이 세상에 태어날 때 그녀를 받아주었으며, 발랑틴을 극진히 아껴주었다. 그에게는 발랑틴 또래의 딸이 하나 있었다. 그러나 그 딸이 폐가 나쁜 어머니에게서 태어났기 때문에 의사는 밤낮으로 딸의 건강이 걱정이었다.

「오, 다브리니 선생님!」 하고 발랑틴은 말했다. 「얼마나 선생님을 기다렸다고요? 그런데, 참 마들렌과 앙투아네트도 잘 있어요?」

마들렌은 다브리니 선생의 딸이고, 앙투아네트는 그의 조카였다.

다브리니 씨는 쓸쓸하게 웃으며, 「앙투아네트는 아주 잘 있다」하고 말했다. 「마들렌도 괜찮은 편이고. 그런데 왜 날 부르러 보냈니? 아버지나 어머니께선 건강하신데. 그렇다면 네가 아픈가 보구나. 신경 계통은 내 분야가 아니지만, 너무 고민을 많이 하지 말라는 얘기만은 해야겠구나」

발랑틴은 얼굴이 새빨개졌다. 다브리니 씨는 항상 가히 기적이라고 할 만큼 통찰력이 뛰어났다. 그는 언제나 정신적인 측면에서 육체를 치료하려고 했다.

「아니에요, 선생님」 하고 발랑틴은 말했다. 「할머니 때문에 와주십사 했던 거예요. 저희 집에 문제가 생긴 걸 아시죠?」

「문제라니?」

「모르셨군요!」 발랑틴은 울음을 참으며 말했다. 「외할아버지께서 돌아가셨어요」

「생메랑 후작께서?」

「네」

「갑자기?」

「급성 뇌일혈이래요」

「뇌일혈이라?」 하고 의사는 되뇌었다.

「네. 그래서, 할머니께서는 늘 같이 계시던 할아버지께서 부르시니 할아버지 곁으로 가셔야 한다고 자꾸만 그러시질 않겠어요! 선생님! 할머니를 좀 보살펴주세요!」

「지금 어디 계시지?」

「방에 계셔요, 공증인하고 같이」

「누아르티에 씨는?」

「마찬가지세요. 여전히 정신은 맑으신데, 몸은 조금도 움직이지 못하시고 말도 못하세요」

「그리고 너를 사랑해 주시는 마음도 여전하시고. 그렇지, 발랑틴?」

「네」 발랑틴은 한숨을 쉬며 말했다.「저를 극진히 사랑해 주시지요」

「너를 좋아하지 않을 사람이 어디 있겠니?」

발랑틴의 입가에 서글픈 미소가 떠올랐다.

「그래, 할머니께선 증상이 어떠신데?」

「이상하게 신경이 예민해지셨어요. 주무시는 동안에도 안정을 취하지 못하시고요. 오늘 아침에도 간밤에 분명히 잠을 자고 있었는데 영혼은 육체 위로 둥둥 떠다니더라고 말씀하시는 거예요. 착란을 일으키신 것 같아요. 자꾸 밤에 유령이 방 안으로 들어오는 것을 보셨다고 하셨어요. 그리고 그 유령이 테이블 위에 있던 컵을 건드리는 소리까지 들었다고 그러셨어요」

「이상한데?」 의사가 말했다. 「후작 부인은 그런 환각에 사로잡히실 분이 아닌데」

「저도 그런 말씀을 하시는 건 처음 들었어요」 하고 발랑틴이 말했다.

「그런데 오늘 아침엔 할머니 거동이 어찌나 무섭던지, 꼭 정신이 나가신 줄만 알았어요. 하긴 저희 아버지까지도, 선생님도 저희 아버지가 얼마나 다부진 분인지 아시죠, 마음이 심하게 흔들리시는 것 같았어요」

「어서 가보자」 의사가 말했다. 「좀 이상한걸」

마침 공증인이 내려오고 있었다. 하인이 할머니가 혼자 계시다고 말해 주었다.

「그럼, 올라가 보세요」

「넌?」

「오! 저는 못 가겠어요. 할머니께서 선생님을 모셔오지 말라고 하셨거든요. 그리고 아까 말씀하신 대로, 전 어쩐지 불안하고 열이 나고 기분이 좋질 않아서요. 나가서 정원을 한 바퀴 돌며 정신을 가다듬어야겠어요」

의사는 발랑틴과 악수를 했다. 그러고 나서 의사는 할머니 방으로 올라가고, 발랑틴은 마당으로 난 돌계단을 내려왔다.

발랑틴이 정원의 어느 장소를 즐겨 산책하는지를 또다시 설명할 필요는 없을 것이다. 그녀는 늘 집 주위를 둘러싸고 있는 화단을 두세 번 돌고 나서, 장미 한 송이를 꺾어 머리나 허리띠에 꽂고, 벤치가 놓여 있는 어둡고 좁은 오솔길로 들어간다. 벤치 앞에 다다르면 발랑틴은 다시 철문 쪽으로 가곤 했다.

오늘도 발랑틴은 화단 사이를 두세 번 돌았다. 그러나 꽃은 꺾지 않았다. 아직 가슴속에 남아 있는 괴로움 때문에 꽃을 장식할 마음의 여유가 없었던 것이다. 그리고 나서 오솔길로 걸어갔다. 안으로 걸어 들어갈수록, 꼭 누군가 자기 이름을 부르는 소리가 들려오는 것만 같았다. 발랑틴은 걸음을 멈추었다. 그러자 그 소리는 더욱 분명하게 들려왔다. 바로 막시밀리앙의 목소리였다.

약속

바로 막시밀리앙 모렐이었다. 어제부터 그는 자기가 살아 있다는 느낌이 들지 않았다. 그는 마치 어머니나 사랑하는 사람만이 가질 수 있는 직감으로, 생메랑 후작 부인의 귀경과 후작의 죽음으로 인해 발랑틴을 향한 자기의 사랑에 어떤 일이 일어날 것인가를 직감적으로 느꼈다. 곧 알게 될 터이지만, 과연 그의 예감이 들어맞았다.

그러니까 그가 이처럼 두려움에 싸여 마로니에 울타리 주위를 헤매고 있는 것도, 단순한 불안 때문만은 아니었다.

그러나 발랑틴은 모렐이 와서 기다리고 있을 줄은 전혀 모르고 있었다. 그가 늘 오는 시간이 아니었기 때문이다. 발랑틴이 정원으로 온 것은 순전히 우연이었다. 아니면, 이심전심으로 통했다고 할 수 있을지도 모른다.

여자가 나타나자 모렐이 그녀를 불렀다. 발랑틴이 달려갔다.
「아니! 이 시간에 여길!」하고 여자가 말했다.
「그렇소」하고 그는 대답했다. 「나쁜 소식을, 듣기도 하고 들려주기도 하려고」
「여긴 마치 불행의 집 같아요」발랑틴이 말했다. 「이야기해 보세요. 하지만 슬픈 얘긴 이제 좀 그만했으면 좋겠어요」
「발랑틴」모렐은 흔들리는 마음을 억누르고 말을 잘 해보려고 애썼다. 「내 얘길 좀 들어봐요. 이제부터 내가 하려는 이야기는 아주 중요한 거예요. 결혼은 언제 하게 된대요?」
「저는」이번에는 발랑틴의 말이었다. 「아무것도 당신에게 감추고 싶진 않아요. 오늘 아침에 제 결혼 얘기가 나왔는데, 제가 기둥처럼 믿고 의지하던 할머니가 이 결혼을 찬성하실 뿐만 아니라 몹시 서두르기까지 하셔서, 지금은 데피네 씨가 돌아오기만 하면 그 이튿날로 혼인 서약서에 서명을 하기로 되어 있어요」
청년의 가슴속에서는 쓰라린 한숨이 흘러나왔다. 그는 발랑틴을 한참 동안 쓸쓸하게 바라보고 나서「아!」하고 낮은 소리로 말을 계속했다. 「정말 가슴 아프군요. 사랑하는 사람의 입에서〈이젠 당신이 처형될 시간이 결정되었어요. 그것도 시간 문제지만, 아무려면 어때요. 달리 무슨 방도가 없으니까, 반대는 하지 않을 생각이에요〉라는 말이 또박또박 나오다니! 결국 이제는 프란츠 군이 돌아오기를 기다려 서약서에 서명만 하면 된다는 말이군요. 그 사람이 돌아오기만 하면 당신은 그 이튿날로 그 사람의 아내가 된다는 얘긴데, 그럼 내일이면 프란츠 군의 아내가 되는 겁니다. 그 사람이 오늘 아침에 파리에 도착했으니까」

발랑틴은 그만 소리를 지르고 말았다.

「한 시간 전에 몬테크리스토 백작 댁에 갔었소」하고 모렐은 말했다.「백작은 당신네 집에 불행한 일이 생긴 것에 대해, 그리고 나는 당신의 고민에 대해 이야기했지요. 그때 갑자기 마차 한 대가 마당으로 들어오더군요. 발랑틴, 난 그때까지는 예감 같은 걸 믿지 않았어요. 그런데 이번엔 싫어도 믿지 않을 수가 없게 되었소. 마차 소리를 듣자, 몸이 오싹해지더군요. 이윽고 층계에 발소리가 났지요. 아마 돈후안이 사령관의 발소리를 듣고 놀랐다 해도, 그때의 나만큼 놀라지는 않았을 거요. 마침내 문이 열리더니 알베르가 들어오더군요. 그리고 그뒤로 어떤 청년이 들어오는 것을 보고 백작이〈오, 프란츠 데피네 남작!〉하고 말했을 때 나는 내 눈을 의심했습니다. 내가 잘못 봤겠지 했던 거죠. 나는 온몸의 힘과 용기를 내어 겨우 정신을 차렸지요. 그때 필경 나는 얼굴빛이 변하고 몸이 떨렸을 겁니다. 그러나 입술에는 미소를 띠고 있었지요. 그렇지만 오 분쯤 후엔 그 방을 나와버렸습니다. 그 오 분 사이에 무슨 말이 오갔는지 하나도 귀에 들어오지 않았어요. 한 대 얻어맞은 것 같았으니까요」

「어쩌면!」발랑틴이 중얼거렸다.

「그래서 이리로 온 거지요. 자, 죽느냐 사느냐가 당신 한마디에 달려 있으니, 대답해 봐요. 어쩔 생각이오?」

발랑틴은 고개를 숙였다. 마음이 괴로웠기 때문이다.

「발랑틴」하고 모렐이 말했다.「우리가 이렇게 되리라는 것을 전혀 예상 못했던 것은 아니오. 우린 굉장히 중대한 상황에 놓여 있어요. 죽느냐 사느냐 하는 심각한 문제지요. 쓸데없이 슬퍼만 하고 있을 때가 아니오. 그런 건 괴로워하거나 눈물 흘리는 것을 즐기는 사람들이나 할 짓이지요. 그렇게 체념하는 사람들이 나중에 하늘에 가면 하느님께서 꼭 벌을 내리실 거요. 투쟁의 의지를 가진 사람은 단 한순간도 쉬지 않고, 운명을 헤쳐나가는 법이오. 발랑틴, 당신도 불행과 싸울 만한 의지를 가지고 있소? 내가 온 것은 그걸 물으려고 온 것이오」

발랑틴은 몸이 떨렸다. 그리고 겁먹은 듯한 커다란 눈으로 모렐을 바라보았다. 아버지와 할머니, 그리고 온 가족에게 저항한다는 것은 생각조차 못하던 일이었기 때문이다.

「그게 무슨 뜻이죠?」 발랑틴이 물었다. 「투쟁이라니, 무얼 말씀하시는 건가요? 불경스런 말은 하지 말아주세요. 제가 아버님의 뜻이나, 다 돌아가시게 된 할머니의 의사를 거역하다니요! 그럴 수는 없어요」

막시밀리앙 모렐은 몸을 약간 움찔했다.

「당신은 아주 훌륭한 마음을 가지고 계시니까, 제 뜻을 이해해 주시리라 생각해요. 막시밀리앙, 그렇게 가만히 계시는 것만 보아도 당신은 제 마음을 알아주신 것 같아요. 하지만 싸우다니요, 그건 안 돼요! 절대로 안 돼요. 저는 온 마음을 기울여 저 자신과 싸우고 있어요. 아까 말씀하신 대로 눈물도 삼켜버렸어요. 하지만 할머니의 마지막 순간을 어지럽히다니, 그건 못하겠어요」

「백 번 옳은 말이지요」 모렐은 냉담하게 말했다.

「아니, 어쩌면 그런 식으로 말씀하세요?」 발랑틴은 마음이 상해서 말했다.

「아가씨, 전 단지 당신을 사모하는 한 사나이로서 말씀드린 겁니다」

「아가씨라니!」 발랑틴이 소리쳤다. 「아가씨라니요! 아, 당신은 정말 이기주의자로군요. 제가 얼마나 마음 아파하고 있는데, 전혀 모르는 체하시다니!」

「그건 오해입니다. 오히려 전 당신을 충분히 이해하고 있으니까요. 당신은 아버님을 난처하게 하고 싶지 않고, 할머님의 뜻도 거스르고 싶지 않은 거예요. 그래서 내일이면 혼인 서약서에 서명을 하려는 거지요」

「하지만 달리 어떻게 할 도리가 있을까요?」

「그런 건 제게 묻지 마십시오. 아가씨, 전 이 문제에 있어서는 올바른 판단이 서질 않습니다. 그저 저 좋을 대로만 생각하고 싶으니까요」 하고 막시밀리앙은 대답했다. 그러나 그 무거운 목소리며, 주먹을 꽉 쥔 모습은 깊은 절망 속으로 점점 더 빠져 들어가고 있다는 것을 보여주었다.

「만약 제가 당신의 의견을 받아들이겠다면, 무슨 말씀을 해주시겠어요? 자 대답해 주세요. 제 태도가 잘못됐다는 말씀은 마시고, 지혜를 빌려주세요」

「진심으로 하는 얘기지요? 발랑틴, 정말 제 의견을 말씀드릴까요?」

「물론이죠, 막시밀리앙. 그래서 그 의견이 좋다면 따르겠어요. 제가 오직 당신만을 사랑하고 있다는 걸 알고 계시지 않아요?」

「발랑틴」 하고 막시밀리앙은 원래 잘 떨어지게 되어 있는 나무 판을 떼어놓으며 말했다. 「손을 빌려줘요. 내가 화를 냈던 것을 용서해 주겠다는 증거로. 이해해 주시겠지요. 난 정신이 하나도 없어요. 한 시간째 별의별 쓸데없는 생각이 다 들어서. 그러나 만약 당신이 내 말을 거절하는 경우엔, 아……」

「어떤 말씀인데요?」

「이런 거요」

소녀는 하늘을 우러러보며 한숨을 쉬었다.

「난 자유로운 몸이오」 하고 막시밀리앙은 말을 이었다. 「우리 둘이 같이 살 수 있을 만큼 돈도 있고, 아직 당신 이마에 키스 한번 못해 봤지만, 난 당신을 내 아내라고 생각하고 있소」

「그런 소릴 들으니 겁이 나요」 여자가 말했다.

「내 말만 따라줘요」 하고 남자는 말했다. 「난 당신을 내 누이 집으로 데려갈 생각이오. 당신에게도 충분히 동생이 될 수 있는 여자지요. 그리고 우리 친구들이 가족들을 설득하여 파리로 돌아올 수 있을 때까지 어느 시골에서 기다리든지, 그게 싫으면 알제리나 영국, 또는 미국으로 떠나버립시다」

발랑틴은 고개를 저으며 「그런 말씀 하실 줄 알았어요」 하고 말했다. 「그건 무분별한 생각이에요. 그리고 제가 안 된다는 말로 당신의 뜻을 막지 못한다면, 저는 전보다 더 무분별한 여자가 될 거예요. 막시밀리앙, 그건 안 되겠어요」

「그럼, 당신은 운명에 몸을 맡기고 가만히 있겠단 말이오? 싸워볼 생각도 안하고?」 막시밀리앙은 어두운 얼굴로 말했다.

「네. 그래서 죽는 한이 있더라도!」

「그럼 좋소, 발랑틴」 하며 남자는 이렇게 말했다. 「난 또 한 번 당신의 말이 옳다고 말해야겠소. 난 정말 정신 나간 사람이

오. 그리고 당신이야말로 정열이란 것이 얼마나 사람을 바보로 만드는지를 증명해 준 사람이고. 난 그저 감사할 따름이오. 당신은 냉정하게 판단할 줄 아는 사람이니까요. 그래요, 당신은 내일 프란츠 데피네 씨와 공명정대하게 약혼을 하시는 겁니다. 그것도 희극의 마지막 장면에서처럼 부자연스럽게 혼인 서약서에 서명을 하는 형식을 빌어서가 아니라, 당신 자신의 의사로 말이죠」

「또 저를 괴롭히시는군요, 막시밀리앙!」하고 여자가 말했다.「또 한번 칼로 상처를 찌르시는군요! 만약 그 계획을 동생이 들어주신다면, 그 다음엔 어쩌시려고 그러세요?」

「아가씨」하고 그는 쓰디쓴 미소를 띠며 말했다.「당신은 나를 이기주의자라고 하셨습니다. 그래요, 난 이기주의자니까 다른 사람이 내 입장에 서게 되면, 어떻게 할 것인가는 생각도 해보지 않고, 그저 내가 하고 싶은 대로만 하려고 했습니다. 나는 지난 일년 동안 당신이라는 사람을 알게 되었습니다. 그리고 당신을 알고 나서부터는 내 모든 행복을 당신에 대한 사랑에 걸었습니다. 그리고 어느 날, 당신은 나를 사랑한다고 말한 적이 있었지요. 그래서 그날 이후로 나는 당신을 내 소유로 하는 데만 내 모든 희망을 걸어왔습니다. 그것이 곧 내 생활이었지요. 그러나 이젠 나는 아무것도 생각하지 않습니다. 나는 다만 내 행운이 방향을 놓치고 말았다는 생각뿐입니다. 하긴 노름꾼이 자기가 가지고 있던 것은 물론, 손에 없던 것까지도 다 날려보내고 말았다는 것은 조금도 놀라운 일은 못 되죠」

모렐은 이 말을 또박또박 침착하게 말했다. 발랑틴은 커다란 눈으로 그를 유심히 바라다보았다. 그러면서도 그의 눈이, 자기 가슴 밑바닥에서 벌써부터 맴돌고 있는 동요를 눈치 채지 못하도록 애쓰고 있었다.

「이제 어떻게 하실 건가요?」 발랑틴이 물었다.

「작별 인사를 드려야겠지요. 그리고 제 목소리를 듣고 제 마음속까지 읽어주시는 하느님께, 당신의 앞날이 제 생각 같은 것은 나지 않을 만큼, 차분하고 행복하고 충실한 생활이 되도록 기도할 생각입니다」

「어머나!」 발랑틴이 중얼거렸다.

「그럼, 안녕히! 발랑틴, 안녕히!」 모렐은 인사를 했다.

「어딜 가시는 거예요?」 발랑틴은 담 너머로 손을 내밀어 모렐의 옷깃을 잡았다. 자신의 마음은 이렇게 동요하는데 어떻게 저 사람은 그토록 평온할 수 있을까 의아했다. 「어딜 가시는 거예요?」

「더 이상 당신네 가정에 폐를 끼치지 않을 생각입니다. 그래서 나 같은 처지의 정직하고 충실한 청년들에게 모범이라도 될 일을 하렵니다」

「가시기 전에, 이제부터 어떡하실 것인지 얘기해 주실 수 없을까요?」

청년은 서글픈 미소를 지었다.

「어서 얘길 해주세요, 제발 부탁이에요!」

「그렇다면 발랑틴, 당신 생각이 변한 게 아니오?」

「생각을 바꿀 수는 없어요. 잘 아시면서!」 하고 여자는 소리쳤다

「그렇다면 안녕히! 발랑틴!」

발랑틴은 힘을 내서 철장을 흔들었다. 그리고 모렐이 멀어

져 가자 철장 사이로 두 손을 내밀었다. 「어떡하시겠어요. 얘길 해주세요!」

「아! 염려 마십쇼」 모렐은 철문에서 서너 걸음 걸어가더니, 발을 멈추고 이렇게 말했다. 「난 이 운명적인 고통의 책임을 다른 사람에게 돌릴 생각은 없으니까요. 다른 사람 같았으면, 프란츠를 찾아가 그에게 결투를 신청하고 싸우겠노라고 당신을 위협했을지 모르지요. 그러나 그런 건 다 바보 같은 짓이지요. 이 모든 일에 프란츠가 무슨 책임이 있단 말입니까? 그는 오늘 아침에 처음으로 나를 보았습니다. 나를 만났던 일도 벌써 잊어버리고 말았을 걸요. 양가에서 이번 혼인을 결정했을 때도, 그는 나라는 사람이 있다는 것조차 생각해 보지 못한 사람입니다. 그러니 프란츠 군은 나와는 아무 관계도 없어요. 그러니까 맹세합니다만, 절대로 난 그 사람은 원망하지 않아요」

「그럼 누굴 원망하시죠? 저를요?」

「당신을? 천만에! 여자는 신성합니다. 자기가 사랑하는 여자는 신성한 법이에요」

「그럼, 당신 자신을 원망한단 말씀이죠?」

「그렇죠, 나빴다면 내가 나빴던 거니까」

「막시밀리앙」 하고 발랑틴은 말했다. 「막시밀리앙, 이리 좀 오세요, 네? 제발」

막시밀리앙은 부드럽게 미소 지으며 가까이 왔다. 얼굴빛만 창백하지 않았더라면, 평소와 다르지 않았다.

「내 얘길 좀 들어봐요, 발랑틴!」 하고 엄숙하면서도 노래하는 듯한 어조로 말했다. 「우리처럼, 세상이나 양친이나 하느님 앞에서 얼굴을 붉힐 만한 생각을 해보지 않은 사람들은 서로의 마음속을 환히 읽을 수 있지요. 나는 소설 같은 것도 써보지 못했고, 나 자신이 우울한 주인공도 아니니까, 만프레드(바이런 시의 주인공──옮긴이)라든가 앙토니(뒤마의 희곡「앙토니」의 주인공. 유부녀인 애인을 죽인다──옮긴이)라도 된 듯한 생각은 안해요. 그러나 구구한 소리를 한다든가, 시위나 맹세 같은 것은 한번도 안해 보았지만, 나의 생명을 나는 당신에게 걸었던 것이오. 그런데 그러한 당신이 내게서 떠나는 거요. 당신으로서는 그렇게 하는 것이 온당한 일이라는 것은, 아까도 말했지만, 백 번 옳다고 말할 수 있소. 그러나 어쨌든 당신이 내게서 떠나는 그 순간부터, 나는 이 세상에서는 혼자요. 내 누이는 남편과 함께 행복하게 지냅니다. 그러나 남편되는 그 사람은 내게는 매부일 뿐, 다시 말하면 사회의 제도가 내게 인연을 지어준 한 사람에 불과하단 말이오. 그러니까 이 세상에는 이제 아무짝에도 소용이 없는 나를 필요로 하는 사람은 하나도 없소. 내가 할 일이란 뻔한 것이죠. 난 당신이 결혼하는 순간까지 기다릴 생각이오. 가끔 우연히 생길 수도 있는 뜻하지 않은 기회의 가능성에 기대를 걸어보는 거지요. 왜냐하면, 그날까지 혹 프란츠 군이 죽는 수도 있을 테니까요. 당신이 결혼의 제단으로 다가갈 때, 갑자기 그 위로 벼락이 떨어지지 말라는 법도 없으니까요. 사형 선고를 받은 사람은 별의 별 것을 다 믿는 겁니다. 목숨을 구할 수 있다면, 어떤 기적이건 다 가능하다고 생각하지요. 그래서 나도 최후의 순간까지 기다려볼 작정입니다. 그랬다가 내 불행이 마침내는 확실해지고, 어쩔 수 없이 희망을 걸 수가 없게 되었을 때는 매제에게 모든 것을 다 고백하는 편지를 쓰고, 검사에게는 내 계획을 알리는 편지를 낼 생각이오. 그러고는 어느 숲 한구석이나 웅덩이, 또는 강기슭에 가서 머리에 총을 대고 쏘아버리겠어요. 프랑스에 태어난 사람 중에서 가장 정직한 인간이 할 수 있는 모든 것을 다 해보일 생각입니다」

발랑틴의 사지는 갑자기 후들후들 떨려왔다. 그녀는 꽉 잡고 있던 철장에서 손을 떼었다. 두 팔이 양쪽으로 축 늘어졌다. 뺨에는 구슬 같은 눈물이 주르르 흘러내렸다.

청년은 침통해 하면서, 결심이 선 듯한 모습으로 여자 앞에 서 있었다.

「오! 제발 부탁이니, 살아만 주세요!」

「아닙니다. 명예를 걸고라도」 하고 청년은 대답했다.

「그리고 그게 당신에게 무슨 상관이 있단 말입니까? 당신은 당신의 의무만 지키면 됩니다. 거기에 무슨 가책이 있겠어요?」

발랑틴은 터질 듯한 가슴을 누르며 무릎을 꿇었다.

「막시밀리앙」 하고 여자는 말했다. 「당신은 저의 친구이며, 지상에서는 제 오빠이고, 천국에 가선 제 남편이 되실 분이에요. 제발 저처럼 살아주세요. 고통을 참고 사노라면 언젠가는 다시 만날 날이 있겠지요」

「안녕히! 발랑틴!」 모렐은 다시 한번 작별 인사를 하였다.

「오!」 하고 발랑틴은 거룩한 표정으로 하늘을 향해 두 손을 모으며 말했다. 「잘 아시지 않아요? 전 그저 부모님의 뜻을 받드는 데만 온갖 애를 다 써왔어요. 기도도 하고 애원도 해보고 눈물도 흘렸습니다. 그러나 제 기도도 애원도 눈물도 다 소용이 없었어요. 저는」 하고 소녀는 눈물을 씻고 마음을 가다듬으며 말을 계속했다. 「전 후회에 사로잡혀 죽고 싶지는 않아요. 차라리 죽어서 창피를 당하는 편이 낫지요. 살아주셔야 해요. 막시밀리앙, 전 오직 당신의 사람이 될게요. 언제 어느 때부터죠? 지금 당장요? 말씀해 주세요, 명령만 하시란 말이에요. 하라는 대로 할게요」

또다시 몇 걸음 걸어가던 막시밀리앙은 이 소리에 다시 되돌아왔다. 그리고 너무 기쁜 나머지, 얼굴빛까지 변하여 두근거리는 가슴으로 두 손을 철창 너머 발랑틴에게 내밀면서, 「발랑틴!」하고 말했다. 「그런 말은 말아야 해요. 그대로 날 죽게 내버려두어야 하오. 당신이, 내가 당신을 사랑하는 만큼 나를 사랑해 준다면야, 어찌 내가 당신에게 억지를 쓸 수야 있겠소? 당신은 나를 동정해서 살라고 하는 거지요? 그게 전부라면, 차라리 난 죽는 편이 나을 것 같소」

「사실」하고 발랑틴은 중얼거렸다. 「이 세상에서 누가 정말 나를 사랑해 주는 걸까? 이 사람뿐이지, 내 괴로움을 위로해 주는 것은 이분뿐이야. 나는 누구한테 희망을 걸고 있었던가? 그리고 방향을 모르는 내 눈이 괴로운 내 마음이 누구를 의지하고 있었던가? 이분뿐이었어. 그렇다면 막시밀리앙 당신 말이 옳아요. 전 당신 뒤를 따르겠어요. 내 집과 모든 것을 버리고. 아, 얼마나 나는 은혜를 모르는 여자인가?」발랑틴은 흐느껴 울며, 소리쳤다. 「모든 걸 다! 할아버지는 잊고 있었지만, 그분까지도」

「안 돼요」하고 청년은 말했다. 「그분 곁을 떠나서는 안 돼요. 누아르티에 씨께선 제게 호의를 가지고 계시다고 하지 않았어요? 그렇다면 떠나기 전에 할아버지를 뵙고서 모든 것을 말씀드리기로 해요. 하느님 앞에 떳떳이 나서기 위해서라도 할아버지의 승락은 받아야 하오. 그리고 결혼하면, 우리, 할아버지를 곧 모셔갑시다. 할아버지께선, 지금까지 하나밖에 없던 손자가 둘이 생기는 셈이 아니겠소. 당신은 당신과 할아버지 사이에만 통하는 말이 따로 있다고 그랬으니, 나도 곧 그 말을 익히도록 하겠소. 자 발랑틴, 맹세하겠소! 우리들의 앞날은 절망이 아니라, 행복이 온다는 것을 말이오」

「오, 막시밀리앙! 당신은 정말 제가 굉장한 힘을 가지고 있다고 여기시는군요. 당신 말로 모든 걸 다 믿게 되니 말이에요. 하지만 지금 그 얘기는 경솔한 말씀이에요. 할아버지께선 저를 저주하실 거예요. 전 할아버지를 잘 알아요. 아주 완고하신 분이라서, 절대로 용서하지 않으실 거예요. 그러니 막시밀리앙, 만약 무슨 수단을 써서라도, 간청을 한다든가 또는 사고를 일으킨다든가, 교묘한 방법으로 결혼을 연기시킨다면 기다려주시겠어요?」

「맹세하겠소. 당신도 이 무서운 결혼을, 비록 시장이나 신부 앞에 끌려 가더라도, 분명히 싫다고 말하겠다는 약속만 해준다면」

「약속하지요. 이 세상에서 가장 거룩한 존재인 제 어머니의 이름으로 약속하겠어요」

「그렇다면, 기다려봅시다」

「그래요, 기다려요」 발랑틴이 대꾸했다. 「이 세상에는 우리 같이 불행한 사람들을 구원하는 길이 얼마든지 있을 테니까요」

「당신을 믿겠소, 발랑틴」 청년이 말했다. 「모든 걸 다 잘할 테니까. 그러나 만약 당신의 청을 묵살해 버리고, 아버지와 할머니께서 내일 프란츠 데피네 씨를 불러 혼인 서약서에 서명을 하라고 강요한다면?」

「분명히 약속하겠어요」

「서명하지 않고……」

「그래요. 당신과 함께 도망이라도 가지요. 그런데 이제부턴 하느님을 시험하는 일 같은 건 하지 맙시다. 만나지도 말고요. 아직 누구에게도 나타나지 않았던 기적과 은총이 있을 뿐이에요. 만약 우리가 만나는 것을 들키거나 만나는 길을 누가 알게 되면, 모든 게 허사가 되고 말 테니까요」

「그건 그래요, 발랑틴. 하지만 나한테 연락은 어떻게 할 수 있을는지……」

「공증인을 통해서 알려드리죠, 데샹 씨 말이에요」

「그 사람은 나도 알고 있소」

「그리고 저도 편지를 쓰지요. 아! 이 결혼은 저도 정말 싫어요」

「알겠어요, 발랑틴」 하고 청년은 계속해 말했다. 「이젠 다 됐군요. 시간만 알려주면, 내가 곧장 이리 달려오겠소. 내가 당신을 안아서 이 담을 넘겨드리겠소. 어렵진 않을 거요. 마차를 이 울타리 밖에 대기시켜 놓았다가, 나하고 같이 누이 집으로 갑시다. 거기서는 이름을 밝히고 싶지 않으면 밝히지 않아도 좋으니, 아무튼 우리들의 힘과 의지를 깨닫게 되겠지요. 어쨌든 양 새끼처럼 한숨만 쉬면서 목을 졸리지는 않을 거란 말이오」

「알겠어요」 하고 발랑틴은 말했다. 「이번엔 제가 말하지요, 막시밀리앙. 당신이 하는 일이면 모든 게 다 잘될 거예요」

「오!」
「어떠세요? 아내로서 저에게 만족하시겠어요?」 여자가 쓸쓸하게 말했다.
「귀여운 발랑틴! 그것만으로는 흡족하지 않구려」
「그래도, 그렇다고 말씀해 주세요」
발랑틴은 앞으로 다가섰다. 아니 입술을 철장 창살 앞으로 갖다 대었다는 편이 옳을 것이다. 그래서, 그녀의 말은 그 향기로운 입김과 함께 모렐의 입술에 와 닿았다. 모렐도, 그 차갑고 몰인정한 철장에 그의 입을 갖다 대고 있었다.
「그럼, 안녕히」 발랑틴은 이 행복에서 몸을 빼어내듯 이렇게 말했다. 「안녕히 가세요!」
「편지 해 주시겠소?」
「네」
「고마워요, 사랑하는 내 아내! 안녕!」
허공 속의 청순한 입맞춤. 발랑틴은 보리수 밑으로 달아나 버렸다.
모렐은 여자의 옷깃이 소나무를 스치고, 발밑에서 모래가 사각거리는 소리를 다 듣고 나서, 형언하기 어려운 미소를 띠며 하늘을 쳐다보았다. 자기가 그처럼 사랑받고 있는 것을 감사하기 위해서였다. 그러고 나서 그도 자취를 감추었다.
집으로 돌아온 그는 다음날까지 기다렸지만, 아무 기별도 받지 못했다. 마침내 그 다음다음날 아침 열시쯤, 공증인 데샹 씨 집으로 가려고 하는데, 조그만 편지가 한 장 날아들었다. 그는 아직 한번도 발랑틴의 필적을 본 일이 없었지만, 그 편지가 발랑틴에게서 왔다는 것을 직감적으로 느낄 수 있었다. 편지에는 다음과 같이 씌어 있었다.

　　눈물도 흘렸습니다. 애원도 해보고, 기도도 해보았습니다만, 아무 보람도 없었습니다. 어제는 두 시간 동안이나 생필립 뒤 룰 교회에 가서 성심껏 하느님께 기도를 올렸습니다. 그러나 하느님께서도 아무런 동정도 보여주시지 않았습니다. 결국 혼인 서약서의 서명은 오늘 밤 아홉시로 결정되었습니다.
　　마음이 하나이듯이, 제 말도 하나입니다. 그리고 그것은 당신에게 한 약속입니다. 제 마음은 당신 것입니다.
　　그럼, 오늘 밤 아홉시 십오 분 전에 철문 앞에서.
　　　　　　　　　　당신의 아내 발랑틴 드 빌포르

　　추신: 불쌍한 할머니께선 병세가 점점 더 악화되고 있습니다. 어제는 흥분 상태에서 착란으로 바뀌더니, 오늘은 그 착란이 거의 광기를 띠고 있습니다.
　　당신은 저를 사랑하고 계시죠? 그리고 그러한 할머니를 두고 떠나는 제 괴로움을 잊게 해주시겠죠?
　　혼인 서약서 서명이 오늘밤에 있다는 것을 누아르티에 할아버지께는 모두들 숨기고 있는 것 같아요.

　모렐은 발랑틴의 편지만으로는 안심이 되지 않아 공증인 집으로 갔다. 그는 공증인에게서도 똑같은 내용의 이야기를 들었다.
　　그러자 이번에는 몬테크리스토 백작에게로 갔다. 거기서도 그것이 사실이라는 것을 알게 되었다. 백작의 말을 빌리자면, 프란츠가 이미 그전에 와서 약혼식을 거행하게 되었다는 것을 알려왔다는 것이다. 한편 빌포르 부인에게서도 따로 편지가 왔다고 했다. 부인의 편지는 백작을 약혼식에 초대하지 못하는 것을 사과하고, 생메랑 후작의 사망과 후작 부인의 병세로 인하여 약혼식이 비통한 가운데 거행될 것이며, 따라서 자기는 항상 백작이 행복하기를 바라는 마음에서 그 슬픈 의식이 백작의 얼굴에 행여 구름을 끼게 할까 염려되었기 때문이라고 씌어 있었다고 했다.

프란츠는 그 전날, 후작 부인 앞에 나서게 되었었다. 후작 부인은 그를 보기 위해 잠시 자리에서 떠났다가, 이내 다시 침대로 되돌아갔다.

얘기를 다 들은 모렐은 몹시 흥분해 있었다. 그리고 천리안을 가진 백작이, 모렐의 이러한 동요를 놓쳤을 리가 없다. 백작은 어느때보다도 더 정답게 모렐을 대해 주었다. 그 정다운 태도에, 모렐은 몇 번이나 백작에게 모든 것을 고백할 뻔했다. 그러나 그때마다 발랑틴과의 약속을 되뇌어, 그 비밀을 그대로 가슴에 간직해 두었다.

청년은 그날 하루 종일 발랑틴의 편지를 수없이 읽고 또 읽었다. 그것은 그녀에게서 처음 받은 편지였다. 그것도 이런 때에! 편지를 되읽을 때마다 그는 발랑틴을 행복하게 해주어야겠다고 마음속으로 다짐하곤 했다. 그렇다, 그런 과감한 결단을 내릴 수 있다니, 이 얼마나 굳센 여자인가! 그리고, 그런 여자에게서 모든 것을 받게 된 나는 과연 그럴 만한 가치가 있을까? 그렇다, 그녀야말로 애인으로부터 가장 존경받을 만한 존재가 아닌가! 그녀는 단 한 마음으로 감사하고 사랑하기에는 너무나 벅찬 여왕이며 아내가 아닌가!

모렐은 이루 형언할 수 없는 흥분 속에서, 발랑틴이 〈믹시밀리앙, 자, 나를 데리고 가주세요〉 하고 말할 순간만을 상상하고 있었다.

그는 도망칠 준비를 다 해놓았다. 자기가 손수 끌고 갈 마차도 대기시켜 놓았다. 하인도 불도 없이 갈 생각이었다. 불은 첫번째 길을 돌아선 다음에 켜기로 했다. 너무 조심을 하다가, 행여 경찰의 눈에 뜨이게 될까 걱정스러웠기 때문이다.

때때로 그는 전신에 흐르는 전율을 느꼈다. 그는 담 너머로 발랑틴을 넘겨올 때에, 겨우 손이나 잡아보고, 손끝 외에는 입도 맞추어보지 못한 발랑틴이, 떨면서 자기 팔 안으로 전신을 맡기는 순간을 상상해 보았다.

그러나 오후가 되어, 이윽고 그 시간이 가까워오자, 막시밀리앙은 혼자 있고 싶어졌다. 피가 끓어오르는 것 같았다. 친구가 무슨 말을 묻거나 목소리를 내기만 해도, 신경이 꼿꼿해지곤 했다. 그는 방안에 틀어박혀 책을 읽어보려 했다. 그러나 눈은 건성으로 지면을 스쳐갈 뿐, 전혀 내용이 머릿속에 들어오질 않았다. 그는 책을 팽개치고 다시 한번 그 계획이며 사다리, 채마밭 등을 머릿속에 그려보았다.

마침내 시간이 되었다.

사랑에 빠진 남자는 시곗바늘을 그냥 두지 않는 법이다. 막시밀리앙도 시계를 돌려놓아서, 시간은 여섯시인데, 바늘은 여덟시 반을 가리키고 있었다. 그는 이젠 떠날 시간이 됐다고 생각했다. 과연 약혼 시간은 아홉시였지만, 발랑틴이 아무 소용 없는 그 시간을 기다릴 필요가 없다고 생각했다. 그는 자기 시계로 여덟시 반에 메레 가의 집을 나서서 생필립 뒤 룰 교회의 시계가 막 여덟시를 칠 때 자기 밭으로 들어갔다.

말과 마차는 다 쓰러져가는 오두막 뒤에 숨겨져 있었다. 그곳은 막시밀리앙이 늘 몸을 숨기던 곳이다.

날은 점점 어두워갔다. 정원의 나뭇잎들이 칠흑의 커다란 무거운 덩어리가 되어버렸다.

그러자 막시밀리앙은 숨어 있던 곳에서 나와 가슴을 두근거리며 철문 앞으로 왔다. 아직 아무도 없었다.

여덟시 반이 울렸다.

반시간이 흘러갔다. 그는 왔다갔다했다. 그리고 간간이 멈춰 서서 판자에 시선을 두었다. 점점 그 빈도가 높아갔다. 정원은 점점 더 어두워졌다. 그러나 어둠 속에서 흰 옷자락을 찾을 수 없었다. 사방은 고요하기만 한데, 발소리는 아무리 들어 볼래야 들리지 않았다.

나뭇잎 사이로 들여다보이는 빌포르의 집은 우울하기만 했다. 약혼 같은 중요한 경사가 있는 집 같지 않았다.

막시밀리앙 모렐은 시계를 보았다. 아홉시 사십오분. 그러나 뒤이어 벌써 몇 번째로 울려오는 큰 시계의 종이 아홉시 반을 알림으로써 그의 시계가 틀리다는 것을 깨닫게 했다.

발랑틴이 정해 준 시간보다 반 시간이나 더 기다린 것이다. 발랑틴의 말은 아홉시였다. 아홉시 전이면 전이지 후는 아니었다.

그에게는 가장 참을 수 없는 시간이었다. 일분 일초가 마치 납덩어리처럼 그의 가슴을 짓눌렀다.

어디서 잎사귀 소리만 살짝 나도, 바람만 잠깐 스쳐도 귀가

쭝긋해지고 이마에 땀이 솟았다. 그는 전신을 후들후들 떨면서, 사다리를 세우고 난 일각이라도 놓칠세라 사다리 위에 발을 올려놓았다.

이렇게 불안과 희망이 엇갈리는 가운데 다시 교회의 종이 열시를 울렸다.

「오!」청년은 두려움에 떨며 중얼거렸다. 「뭔가 뜻밖의 사건이 일어나지 않은 한, 혼인 서약서의 서명이 이렇게 오래갈 리는 없지, 모든 경우를 생각하고 수속에 필요한 시간을 계산해 봐도 필경 무슨 일이 난 거야」

그는 불안한 마음으로 철문 앞을 왔다갔다하다가는 달아오르는 이마를 차가운 철장에 와서 대보곤 했다. 발랑틴이 서명을 하고 나서 기절이라도 한 것이 아닐까, 아니면 도망을 나오다 붙잡혔을까? 그가 가정할 수 있는 것은 이 두 경우였다. 그리고 양쪽 다 절망적인 경우였다.

그러다가 문득 그는 발랑틴이 도망치는 도중 기운이 지쳐 정원의 오솔길 어느 곳에서 기절이라도 한 것이 아닌가 하는 생각이 들었다.

「오! 만약 그렇다면!」그는 이렇게 외치면서 사다리 위로 뛰어올라갔다. 「발랑틴을 잃게 되겠다. 그것도 내 잘못으로!」

이러한 생각에 일단 사로잡히자 좀처럼 그 생각이 머리에서 떠나지를 않았다. 그래서 처음에는 혹시나 하던 생각이, 이내 논리의 힘에 밀려 어쩔 수 없는 확신으로 변하고 말았다. 이러한 집념이 그의 귓전을 맴돌기 시작했다. 점점 더 짙어가는 어둠 속을 꿰뚫어보던 그의 눈에는, 꼭 캄캄한 오솔길 위에 무엇인가 쓰러져 있는 것이 보이는 것만 같았다. 그는 용기를 내어 불러보았다. 그랬더니, 이번에는 확실치는 않으나, 신음소리 같은 것이 바람에 실려 들려오는 것만 같았다.

교회에서 또다시 삼십분 종이 울려왔다. 더 이상은 참을 수가 없었다. 그에게는 여러 가지 일이 상상되었다. 관자놀이가 몹시 뛰었다. 눈앞에는 구름이 끼었다. 마침내 그는 담을 뛰어 넘었다.

지금 그는 빌포르 가에 와 있다. 담을 넘어 온 것이다. 그는 이러한 행동이 어떤 결과를 가져올 것인가를 생각해 보았다. 그러나, 이제 와서 되돌아갈 수는 없었다.

그는 곧 나무들이 빽빽한 곳을 빠져나왔다. 그곳에 오니 집 전체가 드러나 보였다.

그제서야 그는 환히 불을 밝혀야 할 집이 보이는 것이라곤 회색빛뿐이라는 것을 깨달았다.

때때로 불빛 하나가 2층 서재의 창문 앞을 당황한 듯이 왔다 갔다하고 있었다. 그 세 개의 창은 생메랑 후작 부인 방의 창이었다.

또 하나의 불빛이 붉은 커튼 뒤에서 꼼짝을 않고 있었다. 그것은 빌포르 부인의 침실 커튼이었다.

모렐은 모든 것을 짐작할 수가 있었다. 그는 전에 수없이 아침부터 밤까지 발랑틴의 생활을 머릿속에 그려보기 위해, 발랑틴에게 그 집의 구조를 설명해 달라고 했던 것이다. 그래서, 한 번도 가보지 않았지만 이제는 이 집을 훤하게 알고 있었다.

그는, 발랑틴이 나타나지 않는 일보다는, 집 전체가 이렇게 침울하고 조용한 데에 더욱 놀랐다.

막시밀리앙은 제정신을 잃고, 슬픔에 몰려 이제는 오직 발랑틴을 만나 대체 무슨 일이 일어났는가를 물어볼 생각으로 나무 숲을 막 빠져나가려던 참이었다. 그리고 완전히 드러난 화단을 재빨리 건너가려고 할 때, 어디선가 사람 소리가 들려왔다. 꽤 먼 거리에서 오는 소리지만 분명 바람에 실려 그의 귀에 들려왔다.

그 소리를 듣자 그는 한 걸음 뒤로 물러섰다. 이미 숲 바깥으로 몸을 반쯤 내민 그는, 다시 숲속으로 몸을 숨기고 어둠 속에서 꼼짝도 않고 서 있었다.

이미 결심은 돼 있었다. 발랑틴 혼자라면, 지나가면서 말을 걸리라. 만일 혼자가 아니라면, 보기만 하고. 별다른 불행이 없었는지나 확인해 볼 터. 또 만약에 전혀 모르는 사람들이라면, 그들의 얘기를 엿들어 도대체 무슨 일인가를 알아내고 말리라.

그때 달이 구름을 헤치고 나왔다. 그러자, 계단 쪽 문에 빌포르와 검은 옷을 입은 사나이가 서 있는 것이 보였다. 그들은 계단을 내려와 이쪽 나무 있는 곳으로 오고 있었다. 그들이 몇 걸음 걸어 나오자, 모렐은 그 검은 옷을 입은 사람이 의사 다브리니 씨임을 알아보았다.

모렐은 두 사람이 자기 쪽으로 오는 것을 보자, 기계적으로 숲 가운데 있는 단풍나무 앞까지 물러났다. 거기까지 물러난 그는 일단 발을 멈추지 않을 수 없었다.

이윽고 그들의 발밑에서 나던 모래 소리가 뚝 그쳤다.

「아! 선생」 하고 검사가 말했다. 「아무래도 하늘이 우리 집안을 외면하고 계신 것 같군요. 아! 이 무서운 죽음! 이 뜻하지 않은 불행을 보십시오! 아니, 절 위로하실 필요는 없습니다. 상처가 너무 심하고 너무 깊습니다. 죽다니! 죽다니!」

청년의 이마엔 식은땀이 흐르고 이가 딱딱 부딪쳤다.

「죽다니, 누가 죽었을까? 빌포르 씨 자신이 저주받은 집안이라고 하니!」

「빌포르 씨」 하고 의사가 말했다. 모렐은 그의 말을 들으니, 한층 더 무서워졌다. 「제가 당신을 이리 모시고 온 것은 당신을 위로하기 위해서가 아니라, 실은」

「그럼 무슨 일로?」 검사는 깜짝 놀라 물었다.

「사실은 지금의 그 불행 뒤에는 보다 더 중요한 일이 있다는 것을 말씀드리려고요」

「오, 하느님!」 빌포르는 두 손을 모으며 중얼거렸다.

「아니 무슨 일이 또?」

「여긴 분명히 다른 사람은 아무도 없지요?」

「아무도 없습니다. 그런데 왜 그처럼 조심을 하시죠?」

「무서운 비밀입니다. 자, 앉읍시다」 의사가 말했다.

빌포르는 걸상 위에 쓰러지다시피 주저앉았다. 의사는 빌포르의 어깨에 손을 얹은 채로 그의 앞에 서 있었다. 모렐은 겁에 질려 몸이 얼어붙었다. 그는 한 손으로는 이마를 짚고 또 한 손으로는 행여 심장의 고동 소리가 들릴까 봐 가슴을 꽉 누르고 있었다.

〈죽었군! 죽었군!〉 그는 마음속으로 되뇌었다.

그리고 자기 자신도 꼭 죽을 것만 같았다.

「얘길 해보시죠, 들어봅시다」 하고 빌포르가 말했다. 「무슨 소린들 못 듣겠습니까? 각오는 하고 있습니다」

「생메랑 후작 부인은, 나이는 고령이시지만, 퍽 건강하셨습니다」

모렐은 근 십 분 만에 비로소 숨을 들이쉬었다.

「너무 슬퍼하시다 돌아가신 거지요」빌포르가 대답했다.

「그래요, 너무 서러워하셨지요. 사십 년이나 후작을 모시고 살아 오신 분이니까요」

「빌포르 씨, 슬픔 때문에 돌아가신 게 아닙니다」의사가 말했다. 「슬픔 때문에 죽는 수도 있지만 극히 드물지요. 그러나, 그런 경우엔 하루 만에, 아니 한 시간, 아니 십 분 만에 그렇게 죽지는 않습니다」

빌포르는 아무 대꾸도 하지 않았다. 다만 그때까지 숙이고만 있던 고개를 들어, 어리둥절한 눈으로 의사를 쳐다보았다.

「임종시에 옆에 계셨습니까?」의사가 물었다.

「물론이죠」검사의 대답이었다. 「곁을 떠나지 말라고, 낮은 소리로 제게 일러주시지 않았습니까?」

「그럼, 당신은 후작 부인을 돌아가시게 한 그 병의 증세를 다 보셨겠군요?」

「물론이죠. 장모께서는 몇 분간의 간격을 두고 계속 세 번 발작을 일으켰습니다. 발작은 매번 간격이 잦아지고 도가 심해졌지요. 선생께서 도착하셨을 때엔 이미 숨도 잘 못 쉬고 계셨는데, 바로 그때 발작을 일으키신 겁니다. 전 그저 단순한 신경증인 줄로만 생각했지요. 그런데 어머니께서 목과 사지가 뻣뻣해지며, 침대에서 몸을 일으켰을 때에야, 난 처음으로 겁이 덜컥 났던 거예요. 그리고, 당신의 표정을 보고는, 병세가 내가 생각했던 것보다는 훨씬 더 중하다는 것을 깨달았습니다.

발작이 지나가자, 저는 당신의 눈을 살폈지만, 제대로 마주칠 수 없었습니다. 맥을 짚고 심장의 고동을 세고 있었으니까요. 그리고 두번째 발작이 일어났을 때도, 당신은 여전히 제 쪽을 등지고 계셨지요. 두번째 발작은 첫번째보다도 더 무서웠습니다. 같은 신경성의 고통이 또 시작되었지요. 그러니까, 입이 오므라들고 보랏빛이 되더군요. 그러고는 세번째 발작 때 그만 숨이 넘어가신 겁니다. 첫번째 발작 때 이미 저는 강직 경련이라는 걸 알았습니다. 선생께서도 그렇게 생각하신다고 그러셨죠?」

「예, 사람들이 모두 있었으니까요」하고 의사는 말을 이었다.「그러나, 지금은 우리 둘뿐입니다」

「아니, 무슨 말씀을 하시려고?」

「강직 경련과 식물성 중독과는 증세가 꼭 같습니다」

빌포르 씨는 벌떡 일어서더니, 잠시 꼼짝 못하고 아무 소리도 못 내었다. 그러고는 다시 벤치에 주저앉았다.

「오」하고 그는 말했다.「확실한 겁니까?」

모렐은 꿈인지 생시인지 잘 분간이 안 갔다.

「난」하고 의사가 말했다.「내가 하고 있는 말의 중대성과, 내 앞에 있는 당신이 어떤 사람인지도 잘 알고 있습니다」

「그건 사법관에게 하시는 말씀입니까? 아니면, 나를 친구로 생각하고 하시는 말씀인가요?」하고 빌포르가 물었다.

「친구로서입니다. 지금 이 경우는 친구로서만입니다. 강직성의 증세와 식물성 독물에 의한 중독은 아주 흡사해서 만약 내가 한 말에 서명을 해야 할 경우엔, 난 일단 신중하게 생각하지 않을 수가 없습니다. 그러니, 다시 한번 말씀드리겠습니다만, 난 사법관이 아닌 친구 앞에서 얘기를 하고 있는 겁니다. 사십오 분간의 임종 시간에, 나는 임종의 증상, 경련, 죽음, 이런 것들을 세밀히 관찰해 보았습니다. 그 결과 나는 확신이 섰습니다. 후작 부인이 독살을 당했다는 사실뿐만 아니라, 그 독물이 무엇이었는지까지 말할 수 있습니다」

「그럴 수가!」

「모든 증세가 다 그렇습니다. 자, 신경성 발작에 의해서 중단된 혼수 상태, 극도의 흥분 상태, 신경 중독의 마비 상태, 후작 부인은 용담독이나 스트리키니네를 다량으로 복용하신 겁니다. 물론 우연이거나, 또는 누가 잘못 드렸던 거겠지요」

빌포르는 의사의 손을 잡았다.

「오! 그럴 수가!」 하고 그는 말했다. 「내가 꿈을 꾸고 있는 거겠지요! 오, 내가 지금 꿈을 꾸고 있는가? 당신 같은 분한테서 이런 무서운 소리를 듣다니! 오! 제발 부탁입니다. 선생! 잘못 생각하신 거라고 말씀해 주시오!」

「글쎄요, 제가 잘못 판단했을 수도 있죠. 그러나……」

「그러나라니요……」

「제가 잘못 판단했다고는 생각지 않습니다」

「선생, 저를 동정해 주십시오. 요즘은 온통 끔찍한 일들뿐입니다. 이러다가는 미치고 말 것 같아요」

「나 외에 혹 다른 의사에게 후작 부인이 병을 치료받은 일이 있나요?」

「아니오, 아무도 없습니다」

「그럼, 나 모르게 약방에 가서 약을 지어온 일은?」

「그것도 없습니다」

「후작 부인에게 혹 적이라도 있었습니까?」

「그건 모르겠는데요」

「그분이 돌아가시게 되면, 이익이 있을 사람은 없습니까?」

「없습니다, 없어요. 내 딸만이 유일한 그분의 상속자니까요. 발랑틴만이…… 오! 만약 내가 이런 생각을 한다면, 단 한 순간이라도 그런 생각을 품었었다는 걸로, 내 가슴을 칼로 찔러버려야 할 겁니다」

「오!」이번에는 의사가 소리쳤다.「나는 누구도 책망하는 게 아닙니다. 난 다만 어떤 사고, 어떤 실수 같은 것을 얘기하는 겁니다. 그러나 사고든 실수든 그런 게 문제가 아니라, 오직 사실 그 자체가 엄연히 제 양심에 호소하고 있는 겁니다. 그리고 양심이 당신에게 이렇게 크게 소리를 내어 말을 하고 있고요. 좀 알아보셔야겠습니다」

「누구한테? 어떻게? 무얼 말입니까?」

「이를테면 하인 바루아라든가. 그 사람이 혹시 자기 주인을 위해서 지어놓은 약 같은 것을 후작 부인께 잘못 드렸던 게 아닐까요?」

「제 아버지 약을요?」

「그렇죠」

「하지만, 아버님을 위해 조제한 약을 장모께서 마셨기로서니 돌아가실 리야 있습니까?」

「그야 그럴 수 있지요. 아시다시피, 독약이란 병에 따라서 약이 되는 수도 있으니까요. 중풍도 그런 병 중의 하나지요. 누아르티에 씨의 몸과 말을 회복시키려고 갖은 약을 다 써보다, 지난 삼 개월 전부터 마지막 방법을 쓰고 있습니다. 그래서 실은 석 달째 용담독 요법을 쓰고 있습니다. 최근에 처방을 낸 물약 중에는 6센티그램의 용담독이 들어 있지요. 마비되어 있는 누아르티에는 익숙해져서 아무 변화도 일으키지 않습니다. 하지만 6센티그램이면 다른 사람이 마시면 충분히 죽을 수 있는 양이지요.」

「하지만, 아버님의 처소와 후작 부인의 처소와는 전혀 왕래가 없습니다. 바루아도 장모님 처소엔 절대로 드나드는 일이 없습니다. 그런 점으로 보아, 당신을 이 세상에서 가장 실력이 있고 가장 양심적인 분이라는 것을 알면서도, 그리고 어떤 경우이건 당신의 말은 태양 빛과 같이 나를 인도해 주는 횃불이라는 것을 확신하면서도, 선생, 이런 확신에도 〈인간에게 과오가 없으란 법은 없다〉는 격언에 한번 의지해 보고 싶군요.」

「그런데, 어떻습니까? 빌포르 씨」 의사가 말했다. 「다른 의사들 중에 나만큼 신용하는 분이 또 없는지요?」

「그건 왜 물으십니까?」

「그분을 불러주십시오. 그분에게 제가 본 바와 제가 주목한 것을 이야기해 보겠습니다. 그리고, 둘이서 해부해 보겠어요」

「그럼, 독물의 흔적을 발견해 낼 수 있을까요?」

「독물이 아닙니다. 전 독물이라고는 말하지 않았습니다. 다만, 신경 계통의 흥분 상태를 조사해 보겠습니다. 그리고 명백한, 의심할 여지가 없는 질식 상태를 확인하는 겁니다. 그런 다음에 이렇게 결론을 내리겠습니다. 〈만약 실수로 이러한 일이 생겼다면, 하인들을 잘 감독하셔야겠습니다. 그리고 만약 원한 때문이었다면 더 잘 감시하셔야겠어요〉라고 말입니다」

「아니 그게 무슨 말씀이십니까?」 빌포르는 얻어맞은 듯이 물었다. 그러더니 이어서 「제발 이 일을 비밀로 해주십시오. 만약 이 비밀을 당신 외에 또 다른 사람이 알게 되면, 사건을 수사해야 합니다. 그리고, 내 집을 수사해야 하다니, 그건 안 될 말입니다! 그러나」 하고 검사는 말투를 고치고, 불안한 듯이 의사를 바라보며 말을 이었다. 「그러나 당신이 굳이 그렇게 해보시겠다면, 해보셔야겠습니다만, 그 뒤를 캐보는 것은 제 의무겠지요. 제 심정으로도 그렇게 하고 싶은 마음은 태산 같습니다. 하지만 보시다시피 저의 집은 지금 깊은 슬픔에 잠겨 있습니다. 그런데, 거기다 또 잇달아서 스캔들을 내야 하다니! 오! 제 처나 딸은 아마 그렇게 되면 죽어버릴지도 모르죠. 그리고 저는, 선생께서도 아시겠지만, 누구도 저 같은 지위에 도달해서, 이십오 년 동안이나 검사를 하다 보면 적이 많이 생기게 됩니다. 이런 소문이 퍼지기만 하는 날엔, 놈들은 그걸 자기들의 승리로 알고, 좋아서 펄쩍 뛸 겁니다. 그리고 저에겐 완전히 망신이지요. 선생, 이런 세속적인 생각을 해서 미안합니다. 당신이 신부라면 이런 소릴 제가 감히 못했을 거예요. 그러나 당신은 한 인간이고, 또 인간들이란 어떤 것인가를 잘 알고 계십니다. 선생, 어째 아무 말씀이 없으십니까?」

의사는 마음이 흔들렸다. 「빌포르 씨, 저의 첫번째 의무는 인간에게 공헌하는 일입니다. 과학의 힘이 미칠 수만 있었다면, 후작 부인은 살아나셨을 겁니다. 그러나 그분은 돌아가셨지요. 그러니, 이제부터 제 의무는 산 자들에게 공헌하는 겁니다. 이 무서운 비밀은 당신과 제 가슴 깊숙한 곳에 묻어버립시다. 만약 다른 사람들이 이 사실을 알게 된다고 해도, 내가 판단을 잘못한 것으로 그 책임을 돌리겠습니다. 그러나, 조사는 해야 합니다. 적극적으로 알아보셔야지요. 사건은 이 정도로 끝날 것 같지 않은 생각이 들기 때문입니다. 그리고 범인을 찾게 되면, 전 이렇게 말할 생각입니다. 〈당신은 사법관이니까, 마음대로 처벌하십시오〉라고 말이에요」

「오! 감사합니다. 감사합니다! 다브리니 씨!」 빌포르는 좋아서 어쩔 줄을 몰랐다.「당신 같은 친구를 아직 전 못 보았습니다」

그러고는 의사가 다시 마음이 돌아설까 봐 겁이 나는 듯, 자리에서 일어나 집 쪽으로 갔다.

두 사람은 사라졌다.

모렐은 숨이라도 쉬어야 할 것 같아서, 나무 틈바구니에서 고개를 내밀었다. 달빛에 그 얼굴은 하도 창백하게 보여서, 마치 유령 같았다.

〈하느님은 나를, 명백하긴 하나, 무서운 방법으로 보호해 주신다〉고 그는 생각했다. 〈그러나, 발랑틴! 불쌍한 내 발랑틴이 과연 그런 슬픔을 견디어낼 수가 있을까?〉

이렇게 중얼거리며, 그는 붉은 커튼을 드리운 창과 흰 커튼이 있는 세 개의 창을 번갈아 바라보았다.

붉은 커튼의 창에는 불빛이 거의 다 꺼져버렸다. 필경 빌포르 부인이 와서 불을 꺼버렸을 것이다. 그리고 나이트 램프만이 유리창에 희미하게 비치고 있었다.

그런데 건물 제일 구석에 있는 창 세 개 가운데 하나가 열렸다. 벽난로 위에 세워진 촛불의 그 창백한 빛이 바깥으로 새어 나왔다. 그리고 그림자가 하나 잠시 발코니로 나와 팔을 괴고 있었다.

모렐은 몸을 떨었다. 흐느껴 우는 소리가 난 것 같았기 때문이다.

평시에는 그처럼 굳세고 용감하던 모렐이었건만, 사랑과 공포라는, 인간 감정 중에서도 가장 강한 두 감정에 휘말려 흥분하고 있는 지금, 그가 어떤 환각에 마음이 흔들린다고 해서 놀라울 것은 없다.

몸을 숨기고 있으니 발랑틴이 자기를 알아볼 리가 없건만, 모렐은 꼭 창가의 그 그림자가 자기를 부르고 있는 것만 같았다. 어수선해진 머리가 꼭 그런 것 같았다. 이러한 망상은 곧 움직일 수 없는 사실처럼 생각되었다. 그는 젊은 혈기에, 그만 숨어 있던 곳에서 밖으로 나왔다. 사람의 눈에 띄는 것도 잊고, 발랑틴을 놀라게 할지도 모른다는 생각, 또 발랑틴이 당황해서 소리를 질러 사람들의 주목을 끌게 될 것도 생각 못하고, 그는 성큼성큼 화단을 넘어갔다. 화단은 달빛에, 마치 호수처럼 희고 넓어 보였다. 집 앞에 늘어선 오렌지 화분들이 있는 곳까지 오자, 그는 현관의 계단을 뛰어올라 문을 밀었다. 문은 이내 열렸다. 발랑틴에게는 모렐의 모습이 눈에 들어오지 않았다. 하늘로 향한 여자의 눈은 새파란 밤하늘을 흐르고 있는 은빛 구름을 쫓고 있었다. 구름의 형상은 마치 하늘로 올라가는 망령의 모습과 같았다. 감정이 격해 있는 발랑틴의 눈에는 마치 그 구름이 할머니의 망령 같았다.

그러는 사이에 모렐은 응접실을 지나 계단의 난간 앞까지 왔다. 계단에는 양탄자가 깔려 있어서, 발소리가 거의 나지 않았다. 그보다도 모렐은 극도로 흥분해 있어서, 빌포르 씨와 마주치게 되더라도 무서울 것이 없을 정도였다. 빌포르 씨를 만나게 될 경우에도 그의 결심은 확고하게 서 있었다. 빌포르 씨 앞으로 가서 모든 것을 고백하고 딸과 자기 사이의 사랑을 용서하고 밀어달라고 할 판이었다.

그러나, 다행히 아무도 만나지 않았다. 발랑틴으로부터 그 집 약도를 들어둔 것이 도움이 되었던 것이다. 그는 무사히 층계를 다 올라갔다. 거기서 잠시 방향을 모색하고 있는데, 아까의 그 울음소리에 곧 방향을 정할 수 있었다. 그는 뒤를 돌아다보았다. 반쯤 열린 문에서 불빛과 흐느낌 소리가 흘러 나왔다. 그는 그 문을 열고 안으로 들어섰다.

알코브(침대를 놓는 침실 구석의 낮은 곳 —— 옮긴이) 구석에 흰 시트로 얼굴을 싸서 몸 전체의 선이 그대로 드러난 시체가 안치되어 있었다. 모렐은 아까 우연히 그 무서운 비밀을 엿듣게 되었을 때보다도 더 몸이 오싹하게 무서웠다.

침대 옆에는 발랑틴이 무릎을 꿇고, 넓은 안락의자의 쿠션에 얼굴을 파묻고 있었다. 그리고 달달 떨면서 훌쩍훌쩍 어깨를 들먹이며, 머리 위로 양 손을 꼭 쥐고 울고 있었다.

창밖을 바라보던 발랑틴이 이제 큰소리로 기도를 올리고 있었다. 그 목소리는 누가 들어도 가슴이 아플 정도로 처량했다. 발랑틴은 분명치 않은 말들을 빠르게 내뱉고 있지만 가슴이 졸리는 듯한 슬픔에 목이 메인 것 같았다.

덧문 사이로 흘러 들어오는 달빛이 촛불을 희끄무레하게 만들어, 이 비통한 광경을 불길한 색깔로 비추고 있었다. 모렐은 이러한 광경을 더 오래 견딜 수가 없었다. 그는 신앙심이 깊은 것도 아니었고, 감동을 잘하는 성격도 아니었다. 그러나 눈앞에 괴로워하며 팔을 뒤틀고 울고 있는 발랑틴을 보고는, 가만히 있을 수가 없었다. 그는 이름을 불렀다. 그랬더니, 눈물에 젖어 안락의자의 비로드 위에 대리석같이 굳어 있는 얼굴, 코레조(이탈리아 르네상스 화가(1494-1534). 파르마 파의 가장 중요한 화가이다──옮긴이)의 막달레나의 얼굴 같은 그 작은 얼굴이 모렐 쪽을 돌아보았다.

발랑틴은 그를 보았다. 별로 놀라는 기색도 없었다. 워낙 심한 절망 속에 빠져 있어서 다른 감정이 끼여들 자리가 없었다.

모렐은 발랑틴에게 손을 내밀었다. 발랑틴은 그를 만나러 가지 못했던 변명 대신에 시트 아래 시체를 가리켰다. 그러고는 다시 흐느껴 울기 시작했다.

두 사람은 모두 이 방안에서는 입을 열 엄두를 못 냈다. 마치 죽음이 방 한구석에 서서 손을 입술에 대고 침묵을 명령하고 있기라도 한 듯, 그들은 서로 먼저 입을 열지 않았다.

이윽고 발랑틴이 먼저 말했다.

「당신이 어떻게 여길 오셨어요? 사신(死神)이 집 문을 열어 놓지 않았더라면, 반갑게 맞아들일 수 있었으련만」

「발랑틴」 모렐은 떨리는 음성으로 두 손을 모으며 말했다. 「난 여덟시 반부터 기다렸소. 아무리 기다려도 와주어야지. 걱정이 돼서 그만 담을 넘어 정원 안으로 숨어 들어왔다오. 거기서 이 괴로운 일을 당한 얘길 얻어 들었소……」

「누가 그런 소릴 했을까요?」

모렐은 등골이 오싹해졌다. 의사와 빌포르 씨의 이야기가 생각났기 때문이다. 그리고, 시트 밑으로 후작 부인의 뒤틀린 팔과 뻣뻣해진 목과 자줏빛 입술이 보이는 것만 같았다.

「하인들의 얘길 듣고 알았소」

「하지만 여기까지 오시다니, 두 사람이 다 파멸하는 거예요」 발랑틴은 별로 놀라거나 화를 내는 기색도 없이 말했다.

「용서하시오」 모렐은 같은 어조로 말했다. 「이젠 돌아가겠소」

「안 돼요」 발랑틴이 말했다. 「누굴 만나시면 안 돼요. 여기 그냥 계세요」

「그러나, 이 방으로 누가 오면?」

발랑틴은 고개를 저었다.

「아무도 안 올 거예요」 하고 여자는 말했다. 「염려 마세요. 우리를 지켜줄 테니까요」

이렇게 말하며, 여자는 시트 위로 몸의 모양이 그대로 드러난 유해를 가리켰다.

「그런데, 데피네 씨 일은 어떻게 되었소? 어서 얘길 좀 해봐요」 모렐이 말했다.

「프란츠가 약혼을 하러 왔는데, 바로 그때 할머니께서 숨을 거두셨어요」

「오!」 모렐은 순간 기분이 좋아졌다. 후작 부인의 사망으로 발랑틴의 결혼이 오랫동안 연기될 것이라고 생각했기 때문이다.

「하지만 제가 더 슬픈 것은」 하고 여자는 말했다. 모렐은 당장 벌을 받는 것 같은 기분이었다. 「할머니께서 돌아가시면서 결혼을 가급적 빨리 하라고 하신 거예요. 그러니, 할머니께선 저를 위한 생각으로 그러셨지만, 사실 저를 불행에 빠뜨리신 거예요」

「쉿!」 모렐이 말했다.

두 사람은 입을 다물었다.

문이 열리는 소리가 나고, 이어서 복도의 마루와 층계를 올라오는 발소리가 들렸다.

「아버지께서 서재에서 나오시는 소리예요」 발랑틴이 말했다.

「의사를 배웅하려고」 모렐이 덧붙였다.

「의사를 배웅하는지 어떻게 아세요?」 발랑틴이 놀라서 물었다.

「짐작에 그렇단 말이오」

발랑틴은 청년을 바라보았다.

그때 거리로 난 대문 소리가 났다. 빌포르 씨는 다시 정원 뒷문으로 가서 열쇠를 채웠다. 그러고는 다시 계단을 올라왔다.

응접실에 오자, 그는 잠시 발을 멈추었다. 마치 자기 방으로 돌아갈까, 후작 부인의 방으로 가볼까를 망설이고 있는 것 같았다. 모렐은 급히 방장 뒤로 숨었다. 발랑틴은 움직이지 않았다. 비통한 슬픔에는 일반적인 다른 공포 같은 것은 아무것도 아니라는 듯이.

빌포르 씨는 자기 방으로 돌아갔다.

「이젠」 하고 발랑틴이 말했다. 「대문으로도 뒷문으로도 못 나가시게 됐어요」

모렐은 놀란 듯이 여자를 쳐다보았다.

「이젠」 하고 그녀는 말을 이었다. 「안전하게 나갈 수 있는 길은 하나밖에 없어요. 할아버지 처소 쪽이죠」 하고 여자는 일어서며 말했다.

「이리 오세요」

「어디?」

「할아버지 처소로요」

「내가 누아르티에 씨 계신 곳엘?」

「그래요」

「그럴 수가?」

「그래요. 전 오래전부터 그걸 생각했어요. 전 이 세상에서 친구라곤 할아버지 한 분밖에 없어요. 우린 둘 다 그분이 필요한 거예요…… 자, 어서」

「하지만 좀더 신중해야겠소, 발랑틴」모렐은 여자가 하라는 대로 따르기를 주저하며 말했다. 「조심해요. 이제야 눈에 씌었던 게 걷히는구려. 여기까지 오다니, 내가 확실히 정신이 돌았던 거요. 당신도 지금 제정신으로 말하는 거요?」

「전 말짱해요」하고 발랑틴은 말했다. 「제가 걱정하는 것은 단 한 가지, 할머니를 혼자 두고 가는 것뿐이에요」

「발랑틴」모렐이 말했다. 「죽은 사람은 자기 자신을 지키는 법이오」

「그건 그래요」여자가 말했다. 「게다가 잠깐 다녀올 테니까요. 자 이리 오세요」

발랑틴은 복도를 지나 누아르티에 씨 처소로 통하는 작은 계단을 내려갔다. 모렐은 발끝으로 발랑틴의 뒤를 따랐다. 누아르티에 씨 방 앞 층계참에 오니, 하인 바루아가 거기 있었다.

「바루아」발랑틴이 말했다. 「문을 닫고 아무도 들여보내지 말아요」

그러고는 자기가 앞장을 서서 들어갔다.

아직도 안락의자에 앉아 있던 누아르티에 씨는 조그만 소리에도 귀를 기울이고, 늙은 하인에게서 집안에서 일어나는 사태를 전해 들으며 방문만 열심히 지켜보고 있었다. 발랑틴을 보자 노인의 눈이 번득였다.

발랑틴의 거동에는 무엇인가 엄숙한 데가 있었기 때문에 노인은 가슴이 섬뜩해졌다. 번득이고 있던 노인의 눈이 곧 소녀에게 영문을 물어보았다.

「할아버지」 손녀는 짤막하게 말했다.「제 얘길 좀 잘 들어주세요. 외할머니가 한 시간 전에 돌아가신 건 할아버지께서도 알고 계시죠? 그러니, 이 세상에서 할아버지 말고 누가 또 저를 사랑해 주시겠어요?」

노인의 눈에는 무한한 사랑의 빛이 떠올랐다.

「그러니까. 제 슬픔이나 제 희망은 할아버지한테밖에는 얘기할 곳이 없다는 걸 아시죠?」

노인은 그렇다는 시늉을 했다.

발랑틴은 모렐의 손을 잡았다.

「그렇다면」 하고 그녀는 말하였다.「이분을 좀 보아주세요」

노인은 약간 놀란 듯한 눈으로, 모렐을 유심히 바라보았다.

「막시밀리앙 모렐 씨예요」 발랑틴이 말했다.「마르세유의 그 정직한 실업가의 아드님인데, 할아버지께서도 얘기 들으셨겠죠?」

「오냐」 노인이 대답했다.

「나무랄 데 없는 훌륭한 이름이에요. 그것을 지금 막시밀리앙이 더욱 빛나게 하고 있지요. 왜냐하면, 서른 살이라는 나이에 아프리카 기병대의 대위가 되어 레지옹도뇌르 훈장까지 가지고 있으니까요」

노인은 기억이 난다는 듯한 표정을 지어보였다.

「그런데 말이에요, 할아버지」 발랑틴은 노인의 앞에 무릎을 꿇고 한 손으로 모렐을 가리키며 이렇게 말했다. 「전 이분을 사랑하고 있어요. 그래서 이분 이외의 다른 사람과는 결혼하고 싶지 않아요! 만약 제가 정 다른 사람에게로 가야 한다면 차라리 자살하고 말겠어요」

노인의 눈은 복잡한 생각에 잠겨 있는 듯한 심중을 나타내고 있었다.

「할아버지께서는, 이 모렐 씨를 좋아하시죠?」 소녀가 물었다.

「그렇다」 노인은 손 하나 꼼짝 못하며 대답했다.

「그리고 할아버지께선 저희들을, 할아버지의 자식들인 저희들을, 아버지가 뭐라고 하시든 보호해 주실 수 있으시겠죠?」

누아르티에 노인은 그 지혜로운 눈길을 모렐에게 보내며 마치 이렇게 말하는 것 같았다. 〈경우에 따라선 그럴 수도 있지.〉

모렐은 모든 것을 이해할 수 있었다.

「아가씨」 하고 그는 말했다. 「아가씨께선 할머니의 방을 지켜야 할 귀한 의무가 있습니다. 잠깐 제가 할아버지께 말씀드려도 괜찮겠습니까?」

〈그래, 그래, 그게 좋겠다.〉 노인의 눈이 말했다.

그러고는 불안한 눈으로 발랑틴을 바라보았다.

「할아버지 말씀을 저분이 어떻게 알아듣겠느냐는 말씀이시죠?」

「그렇다」

「그 점은 염려 마세요. 저희는 할아버지 얘기를 자주 했지요. 그래서, 이분은 제가 할아버지께 말씀드리는 법을 알고 있는 걸요」 그러고는 막시밀리앙을 돌아보며 빙그레 웃었다. 그 웃음은 비록 깊은 슬픔에 싸여 있지만, 애정에 찬 웃음이었다.

「제가 아는 건 다 아세요」 하고 발랑틴은 말했다.

발랑틴은 일어서서 모렐에게 의자를 권했다. 그리고 바루아에게 아무도 들이지 말라고 일렀다. 발랑틴은 할아버지에게 부드럽게 키스를 한 다음, 모렐에게도 쓸쓸히 인사를 하고 방을 나갔다.

모렐은 발랑틴이 자기를 믿고 있고, 발랑틴과 할아버지 사이의 비밀을 모두 알고 있다는 것을 증명하기 위하여, 사전과 펜과 종이를 집어다가 램프가 있는 테이블 위에 놓았다.

「우선」 하고 모렐은 말했다. 「제가 어떤 사람인지, 또 발랑틴을 제가 얼마나 사랑하고 있는지, 그리고 발랑틴을 위해 제가 계획하고 있는 것이 어떤 것인지를 말씀드리고 싶습니다」

「어디 들어보세」

겉으로 보기에는 아무 소용도 없는 짐더미 같은 이 노인이, 이제부터 세상으로 나가려는 젊고 아름답고 굳센 두 애인의 유일한 보호자이며, 지지자이며, 재판관이 되고 있다는 것은 실로 엄숙한 사실이었다.

놀랄 만한 기상과 위엄을 지니고 있는 노인의 얼굴을 보며, 모렐은 위압이라도 느끼는 듯 떨며 이야기를 시작했다.

그는 우선 자기가 발랑틴을 알게 된 경위와 발랑틴을 얼마나 사랑하고 있는가를, 그리고 고독과 비탄 속에 있는 발랑틴이 어떻게 해서 자기의 진심을 받아들여 주었는가를 이야기했다. 그는 또 자신의 출신과 지위와 재산도 설명했다. 이야기를 하면서, 그는 노인의 눈길을 수없이 살펴보았다. 그때마다 노인의 눈은 이렇게 대답하는 것 같았다.

「좋아, 계속하지」

「그럼」 하고 모렐은 이야기의 첫 부분을 들려주었다. 「발랑틴에 대한 제 사랑과 희망에 관해선 다 말씀드렸으니, 이젠 저희 두 사람의 계획을 말씀드려 볼까요?」

「그러게」 노인의 대답이었다.

「그럼, 말씀드리지요. 저희들의 결심은 이렇습니다」

그는 모든 것을 노인에게 들려주었다. 마차를 울 안에 감추어놓은 일, 발랑틴을 어떻게 해서 자기 누이네로 데리고 갈 것인가, 그리고 결혼을 하고 나서 겸손하게 빌포르 씨의 용서를 기다릴 계획을 모조리 얘기했다.

「안 돼」 누아르티에 씨의 말이었다.

「안 되다니요?」 모렐이 물었다. 「그런 방법은 좋지 않다는 말씀이신가요?」

「그렇지」

「그럼, 이 계획에 찬성 안하시는 겁니까」

「안하지」

「그럼 다른 방법이 또 있습니다」

노인의 눈은 이렇게 물었다. 〈어떤 방법이지?〉

「제가」 하고 청년은 말을 계속했다. 「프란츠 데피네 씨에게로 가는 겁니다. 발랑틴이 지금 자리에 없어서 말씀드릴 수 있습니다만, 가서 그 사람이 신사적으로 양보하지 않을 수 없게 만들겠습니다」

노인의 눈은 계속 묻는 표정이었다.
「그래서 제가 어떻게 하려느냐고요?」하고 모렐이 말했다.
「그래」
「이렇게 하겠습니다. 방금 말씀드린 대로, 전 그 사람을 찾아가겠습니다. 가서 저와 발랑틴 사이를 얘기하겠습니다. 만일 그 사람이 예민한 사람 같으면, 자진해서 자기 쪽에서 약혼을 단념하리라고 생각합니다. 그러면, 그때부터 그 사람에 대한 제 우정과 신뢰는 죽을 때까지 계속되겠지요. 그러나 만약 어떤 이해 관계나, 아니면 우스운 체면 때문에 끝내 고집을 부린다면, 그가 내 아내 될 사람을 억지로 데려가는 것이라는 사실을 알린 후에, 발랑틴이 나를 사랑하고 있어 나 이외엔 아무도 사랑하지 못한다는 것을 얘기하고, 그에게 모든 유리한 조건을 주어 결투를 할 생각입니다. 그래서 제가 그를 죽이든가, 그가 나를 죽이든가 하는 거지요. 제가 그를 죽이면, 그는 발랑틴과 결혼을 못하게 될 것이며, 그가 나를 죽이면 발랑틴이 절대로 그와 결혼하지 않을 것입니다」

노인은 말할 수 없는 기쁜 마음으로 이 고고하고 진실한 청년의 얼굴을 바라보고 있었다. 청년의 얼굴에는 그가 말하고 있는 모든 감정이 그대로 역력히 드러나 있었다. 워낙 아름다운 표정이라 마치 유려하게 그려진 스케치 위에 채색을 한 것처럼 돋보였다.

그러나 모렐이 얘기를 마치자, 누아르티에 씨는 눈을 여러 번 껌벅거렸다. 그것은 부정적인 의사 표시였다.

「그것도 안 됩니까?」하고 모렐은 물었다. 「그럼 첫번째 계획도, 이 두번째 계획도 찬성 안하신다는 말씀이신가요?」

「그렇지, 찬성 못하겠네」

「그럼, 어떻게 합니까?」 모렐이 물었다. 「후작 부인의 마지막 말씀이, 결혼을 지연시키지 말라고 하셨다는데, 그럼 가만히 앉아서 일이 성사되는 것을 보고만 있어야 할까요?」

노인은 가만히 있었다.

「알겠습니다. 기다리겠습니다」

「맞았네」

「하지만, 까딱 잘못하면 저희는 영원히 절망입니다」 청년은 말을 이었다. 「발랑틴은 아무 힘이 없습니다. 그러니 어린애처럼 강제로 끌려다닐 것입니다. 저는 기적적으로 이 안에 들어와 이렇게 할아버님 앞에 서게 되었습니다. 저는 이러한 요행이 또다시 일어나리라고는 생각지 않습니다. 절 믿어주십시오. 지금 말씀드린 그 두 가지 방법밖에는 별다른 도리가 있을 것 같지 않습니다. 젊은 혈기로 이러는 것을 용서해 주십시오. 어느 쪽이 더 좋은지를 말씀해 주십시오. 발랑틴이 제 명예를 믿어주는 것은 용서해 주시겠습니까?」

「아니야」

「아, 그럼 하늘의 도움이나 바라고 있는 저희들은 도대체 누구에게 도움을 기대할 수 있을까요?」

노인은 눈가에 미소를 띠었다. 누가 하늘 이야기만 하면, 노인은 늘 그렇게 웃는 버릇이 있었다. 자코뱅 당원이었던 노인의 사상에는 확실히 어느 정도의 무신론이 깃들여 있었던 것이다.

「우연에 기대를 걸어야 할까요?」 모렐이 또 물었다.

「아니지」

「그럼, 할아버님께?」

「그렇지」

「할아버님께?」

「그렇지」 노인은 되풀이했다.

「제가 부탁을 드리는 것이 무엇인지 아시고 계십니까? 자꾸 고집을 부려서 죄송합니다만, 제 생명은 오직 할아버님의 대답 한마디에 달려 있습니다. 할아버님께서는 저희들을 구원해 주시겠습니까?」

「그러지」

「정말이십니까?」

「그렇다니까」

「책임져 주시겠습니까?」

「그러지」

이렇게 긍정적인 대답을 하는 노인의 시선에는 놀랄 만한 굳은 결의가 엿보였다. 그 실력이야 어떻든, 그 의지만은 추호도 의심할 여지가 없었다.

「오! 감사합니다! 하지만 하늘의 기적이 일어나지 않는 한, 말씀도 몸짓도 못하시는 할아버님께서, 이 의자에 묶인 채 꼼짝도 못하시면서, 발랑틴의 결혼을 어떻게 반대하시겠단 말씀이십니까」

노인의 얼굴에는 밝은 미소가 떠올랐다. 죽은 듯이 고정된 얼굴 위에 눈만으로 보여주는 희한한 미소였다.

「그럼, 기다리고만 있을까요?」

「그렇게 하게」

「하지만 혼인 서약서는?」

아까와 똑같은 미소가 다시 떠올랐다.
「서명을 하게 되지 않으리라는 말씀이신가요?」
「그렇지」
「서약서에 서명 같은 것은 안할 거라는 말씀이십니까?」 청년이 소리쳤다. 「오, 용서하십시오. 이런 어마어마한 행운에 의심 같은 걸 품다니 말입니다. 서약서에는 서명이 안 될 거라고요?」
「그렇지」
이러한 확언을 들었으면서도, 모렐은 선뜻 믿어지지가 않았다. 몸을 못 쓰는 노인의 약속은 사실상 의지의 힘에서 비롯한 것이 아니라, 실은 신체의 쇠약에서 온 것이 아닌가 생각되었기 때문이다. 자신이 미쳐 있다는 사실을 모르는 미친 사람이, 자기 능력 밖에 있는 일을 실현해 보겠다고 말하는 것은 흔히 있을 수 있는 일이다. 힘이 약한 사람은 무거운 짐을 들어보겠다고 말하는 법이다. 겁쟁이가 거인과 맞서보겠다고 하는가 하면, 가난한 사람은 돈 같은 것을 마음대로 벌 수도 있다고 큰소리를 치는 법이다. 비천한 농부가 자만심에서 자기가 제우스라고 큰소리를 치니까.

노인은 청년의 주저를 눈치 챘는지, 아니면 청년의 온순한 태도에 충분한 납득이 안 갔는지, 그저 청년을 뚫어지게 바라보고만 있었다.

「무슨 말씀을 하시려고요?」 모렐이 물었다. 「다시 한번 제가 아무 짓도 안하겠다는 약속을 할까요?」

노인의 눈은 움직이지 않고, 그대로 응시만 하고 있었다. 마치 약속만으로는 충분치 못하다는 듯이. 그러더니 눈길이 청년의 얼굴에서 손으로 갔다.

「맹세하라는 말씀이십니까?」

「그렇지」 노인의 표정은 여전히 엄숙했다.「맹세하게」

모렐은 노인이 맹세를 상당히 중요시하고 있다는 것을 알았다. 그는 손을 내밀었다.

「제 명예를 걸고」 하고 그는 말했다.「저는 할아버님께서 결정을 내려주실 때까지 프란츠에게 손을 대지 않고 기다릴 것을 맹세합니다」

「됐어」 노인의 눈이 말했다.

「이젠」 하고 모렐은 물었다.「저는 물러갈까요?」

「그렇지」

「발랑틴을 만나지 말고요?」

「그러지」

모렐은 명령대로 따르겠다는 표시를 해보였다.

「그럼」 하고 모렐은 말했다.「조금 아까 발랑틴이 한 것처럼, 저도 자식으로서 키스해 드려도 되겠습니까?」

노인의 표정으로 보아, 의심할 여지가 없었다. 청년은 발랑틴이 노인의 이마에 키스를 한 그 자리에 입술을 갖다 대었다.

그러고 나서 다시 인사를 하고 방을 나섰다.

층계참에서, 그는 발랑틴의 명령을 미리 받고 있는 하인을 만났다. 하인은 모렐을 기다리고 있다가 모렐이 나오자, 어두운 복도를 돌아 정원 쪽으로 난 조그만 문 앞으로 그를 안내했다.

정원까지 나온 모렐은 철문 있는 곳으로 갔다. 그는 소나무를 딛고 곧장 담 위로 올라갔다. 거기서 다시 사다리를 타고 울 안으로 내려왔다. 그곳에는 여전히 마차가 그를 기다리고 있었다.

　마차를 탔다. 너무나 벅찬 감동에, 피곤하긴 했으나 훨씬 자유로운 기분으로, 그는 자정이 다 돼서 메레 가로 돌아왔다. 그는 이내 침대에 몸을 던지고 마치 술에 깊이 취한 듯이 잠이 들었다.

빌포르 가의 지하 묘지

그로부터 이틀 후 아침 열시경에 빌포르 씨 집 앞에 굉장히 많은 사람들이 몰려들었다. 그리고 포부르 생토노레와 페피니에르 가로 장례 행렬 마차가 길게 줄을 지어 가는 것이 보였다.

그 마차들 중에는, 오랜 여행에서 돌아온 듯한 이상한 모양의 마차가 한 대 있었다. 그 검은 마차는 일종의 짐차 같았는데, 제일 먼저 온 다른 마차들과 함께 있었다.

모두들 그 마차를 궁금해했다. 그리하여, 그 마차는 생메랑 후작의 유해를 싣고 온 마차이며, 따라서 후작의 장례에 온 사람들이 유해 둘을 전송하게 된 것이라는 의견이 우연하게 일치되었다.

장례식에 참석한 사람들의 수는 굉장했다. 루이 18세의 충신이며 고관이었던 생메랑 후작에게는 친구들이 많았다. 거기다가 사회적으로 빌포르와 관계 있는 사람들까지 합쳐서, 그 수는 놀라울 정도였다.

곧 관계 당국에 장례식을 알렸고, 두 사람의 장례를 동시에 거행하도록 허가를 받았다. 그래서 같은 장례를 알리는 장식을 한 두번째 마차가 천천히 빌포르 집 앞으로 인도되었다. 관은 운구차에서 이 장례마차로 옮겨졌다.

두 구의 유해는 페르라셰즈 묘지에 안치하기로 되어 있었다. 그것은 빌포르 씨가 오래전부터 가족 묘소로 마련해 놓은 곳이다. 그 묘소에는 그 가여운 르네의 유해도 안치되어 있었다. 그곳에 지금 십 년 만에 르네의 양친이 묻히는 것이다.

장례식이라면 늘 호기심과 감동을 억누르지 못하는 파리 사람들은, 전통적 정신의 소유자이며 신뢰할 만한 사람으로 소문이 난 이 귀족 부처가 마지막 처소로 인도되는 행렬을 그저 경건한 침묵만으로 전송하고 있었다.

역시 장의용 마차를 타고 있던 보샹, 알베르, 샤토 르노 세 사람은 거의 돌발적이라고 할 만한 이번 불행에 대해 이야기하고 있었다.

「난 작년에 생메랑 후작 부인을 마르세유에서 만났는데」하고 샤토 르노가 말했다. 「알제리에서 돌아오는 길이었지. 굉장히 건강하고 원기가 넘쳐서, 백년은 살 것 같아 보이더니, 도대체 연세가 어땠는지 몰라」

「예순여섯이셨지」 알베르가 대답했다. 「프란츠 얘기로는 나이 때문에 돌아가신 게 아니래. 후작의 사망으로, 너무 슬퍼해서 그랬던 거지. 후작이 돌아간 충격 때문에 그 이후로는 제대로 정신을 차리지 못했다더군」

「그런데, 무슨 병으로 돌아간 거지?」 보샹이 물었다.

「뇌출혈 같아. 아니면 돌발성 졸도거나. 똑같은 거 아닌가 몰라?」

「대체로 같은 거지」

「졸도로?」 보샹이 물었다. 「그건 믿어지지 않는데. 나도 부인 생전에 한 번 만난 일이 있지만, 체구가 작고 가냘픈 분이던데. 다혈질이라기보단 신경질적인 체질이야. 후작 부인 같은 체질이 슬픔 때문에 졸도를 한다는 경우는 거의 없을걸」

「어쨌든」 하고 알베르가 말했다. 「후작 부인이 병으로 죽었건 의사가 죽였건 간에 그 덕에 막대한 유산이 굴러 떨어졌단 말야. 그게 빌포르 씬지 발랑틴인지, 다시 말하면 우리의 친구 프란츠인지 그건 알 수 없지만 말야. 일년에 8만 리브르는 될걸」

「거기다가 그 옛날 자코뱅 당원이었던 누아르티에 씨까지 죽으면 그 유산이 배가 되는 거지」

「그런데, 그 노인은 만만치 않은 모양이야」 보샹의 말이었다. 「버티는 힘이 굉장하단 말일세. 상속자들이 다 죽기 전에 절대로 죽지 않겠다고 사신(死神)한테 맹세라도 한 것 같아. 그리고 꼭 그렇게 될걸. 하긴 1793년 혁명의회 회원으로 여태 살아남은 노인이고, 1814년(나폴레옹이 연합군 앞에 굴복하여 퇴위한 해이다——옮긴이)에 나폴레옹에게 이렇게 말한 양반이니까. 〈폐하는 약해지신 겁니다. 폐하의 제국은 성장이 너무 빠르다가 지쳐버린 어린 나무 줄기와 같은 것이지요. 이제부터는 공화 정부를 바탕으로 해서, 새로운 조직으로 다시 일어나십시다. 제가 50만 병력을 약속하겠습니다. 다시 한번 마렝고

(1800년 나폴레옹군이 오스트리아군에 대해서 대승리를 거둔 이탈리아의 지역이다——옮긴이), 아우스터리츠(보라비아의 마을 이름. 1805년 나폴레옹이 오스트리아 러시아 연합군을 크게 무찌른 곳이다——옮긴이)를 회복하셔야지요. 폐하, 사상이란 쉽사리 붕괴되지 않는 겁니다. 잠을 잘 때가 간혹 있지만, 그러나 일단 눈을 뜰 때 잠들기 전보다 더욱 확고해지는 겁니다.〉이런 소리 한 노인이야」

「그 양반에겐」 하고 알베르가 말했다. 「인간하고 사상하고 똑같이 보이는 모양이야. 그런데, 한 가지 걱정은, 프란츠 그 친구가 제 처가 될 발랑틴 없이는 하루도 못 사는 그 노인하고 어떻게 지낼는지 하는 거야. 그런데 프란츠는 어디 있지?」

「맨 앞의 마차에 빌포르 씨하고 같이 탔지. 빌포르 씨는 벌써 가족 대우를 하니까」

장렬을 따르는 마차에서는 어디서나 다 이와 비슷한 대화들이 오고 갔다. 모두가 다 후작 부처가 잇달아서 갑자기 죽은 데에 놀랐던 것이다. 그러나, 어느 마차에서도 그날 밤에 다브리니 의사가 빌포르 씨에게 털어놓은 그 무서운 비밀은 짐작도 못하고 있었다.

약 한 시간 가량의 행진이 있은 후에, 묘지 입구에 도달했다. 잔잔하기는 하나 흐린 날씨여서, 이제부터 거행되려고 하는 장례식에 꼭 어울릴 것 같은 날씨였다. 가족 묘지로 향하는 사람들 틈에서 샤토 르노는 모렐을 보았다. 모렐은 혼자 마차를 타고 따라왔다. 그는 사람들에게서 떨어져, 창백한 얼굴로 조용히 양쪽에 주목(朱木)이 늘어선 오솔길을 걷고 있었다.

「아! 오셨군요!」 샤토 르노는 모렐 대위의 팔을 끼며 말했다.「빌포르 씨를 아시는군요? 그런데, 어째 여태 한 번도 그 댁에서 못 만났을까요?」

「빌포르 씨와는 인사가 없었습니다」 모렐이 대답했다.「생 메랑 후작 부인하고 아는 사이지요」

바로 그때 알베르가 프란츠를 데리고 두 사람 앞으로 왔다.

「이런 장소에서 소개하기가 좀 그렇지만」 하고 알베르가 말했다.「그러나 미신은 안 믿으니까요. 모렐 씨, 프란츠 데피네 씨를 소개하지요. 제 절친한 여행 친구입니다. 이탈리아를 이 친구하고 같이 돌았지요. 프란츠, 이분이 막시밀리앙 모렐 씨, 자네가 없는 사이에 사귄 친구라네. 앞으로도 무슨 성실이라든가, 머리가 좋다는 얘기라든가, 또는 친절 같은 얘기엔 으레 이분 이름이 나올 걸세」

모렐은 잠깐 당황하지 않을 수 없었다. 내심 자기의 적이자 경쟁자에게 친절한 인사를 보낸다는 것은 위선이라는 생각이 들었다. 그러나, 곧 그는 자기가 맹세를 한 사실과 또 장소가 장례지가 아니냐는 생각이 들었다. 그는 얼굴에 아무 내색도 나타내지 않으려고 애썼다. 그래서 기분을 억누르며, 프란츠에게 인사를 보냈다.

「발랑틴 양이 퍽 슬퍼하시겠지요?」 하고 드브레가 프란츠에게 물었다.

「물론이죠」 프란츠의 대답이었다.「뭐라고 말할 수도 없을 정도지요. 오늘 아침만 해도, 너무 얼굴이 수척해져서 하마터면 못 알아볼 뻔했는 걸요」

겉으로는 아무렇지도 않은 이 한마디에, 모렐의 마음은 찢어지는 것같이 아팠다. 그럼, 이 사나이는 발랑틴을 만나보았단 말인가? 얘기도 하고?

　혈기에 찬 이 젊은 사람은 자신의 맹세를 깨뜨리고 싶은 것을 참느라고 있는 힘을 다했다.

　그는 샤토 르노의 팔을 끌고, 급히 묘지 쪽으로 갔다. 묘지에선 방금 일꾼들이 관 둘을 내려놓는 참이었다.

　「안식처로선 아주 좋은 곳이로군」 보샹은 무덤을 바라보며 말했다. 「여름에도 겨울에도 아주 훌륭한 궁전인데. 프란츠, 자네도 이 다음엔 여기 묻히게 될 게 아닌가. 곧 이 집 식구가 될 테니 말야. 하지만 나 같은 철학자는 시골의 조그만 집, 저렇게 울창한 나무 밑에 파묻힌 오막살이가 좋지, 내 시체 위에 저렇게 잘 다듬은 돌들을 올려놓는 건 싫어. 죽을 땐 주위에 둘러선 사람들에게, 볼테르(계몽주의를 대표하는 18세기 프랑스 사상가——옮긴이)가 피롱(18세기 프랑스 극작가. 날카로운 풍자시로 유명하다——옮긴이)에게 〈Eo rus〉(〈나는 시골로 가노라〉는 뜻이다——옮긴이)라고 쓴 그 말을 할 생각이야. 그걸로 끝장이 나는 거지…… 그런데 프란츠, 자넨 용기를 내게. 자네 부인이 상속을 받는단 말일세」

　「정말 자넨」 하고 보샹에게 프란츠가 말했다. 「하는 수 없는 친구로군. 정치를 하더니 그저 매사를 조롱하려고만 든단 말이야. 도대체 정치가란 뭔든지 그저 불신하려고만 하니. 하지만 보샹, 요행히 정치를 떠나서 보통 사람하고 만날 때는 제발 정신을 차려야겠네, 하원이나 귀족원 창고에 버려두었던 마음을 다시 챙겨야 한단 말야」

　「흥!」 보샹의 말이다. 「인생이란 게 뭔데? 죽음의 대합실에서 잠깐 쉬는 거지」

「저 친구를 보면 화가 치밀어」알베르가 보샹을 가리키며 이렇게 말했다. 그리고 드브레와 철학 토의를 계속하고 있는 보샹을 내버려두고, 프란츠와 함께 그 자리를 빠져나갔다.

빌포르 가의 묘지는 높이 약 6미터가량의 흰 돌로 사각형을 이루고 있었다. 내부는 돌로 나뉘어 생메랑 가와 빌포르 가의 자리가 분리되어 있었고, 각각 문이 있었다.

그곳에는 다른 무덤에서처럼, 서랍 속에 유해를 넣고 꼬리표 같은 것을 달아 그 위에 이름이 새겨져 있다든가 하는 따위의 광경은 볼 수 없었다. 청동문에서부터 우선 눈에 띄는 것은, 어둡고 엄숙한 사랑방 같은 방이었다. 그리고 그 방은 진짜 무덤과는 벽으로 막혀 있었다.

그 벽 한가운데에 방금 말한 두 개의 문이 있어서, 그 문들이 각기 생메랑 가와 빌포르 가의 무덤으로 통하게 되어 있었다.

그곳이야말로 교회 산책이나 밀회를 위하여 페르라셰즈 묘지에 오는 명랑한 산책객들이 노래를 부른다든가, 소리를 지른다든가, 또는 그 주변을 뛰어다니면서 무덤 속에 있는 사람들의 조용한 묵상이나 눈물 젖은 기도를 방해하는 일 없이 슬픔의 기분을 마음껏 발산할 수 있는 장소였다.

관 두 개가 오른쪽 묘소 안으로 운반되었다. 그곳이 생메랑 가의 묘지였다. 관들은 미리부터 준비되어, 그것을 기다리고 있던 나무 판 위에 놓여졌다. 묘소 안에는 빌포르, 프란츠, 그리고 몇몇 가까운 친척들만 들어갔다.

장례식은 이미 입구에서 다 끝나고, 따로 추도 연설의 계획도 없었던지라, 손님들은 곧 흩어져 버렸다. 샤토 르노, 알베르, 모렐, 이들 세 사람은 같은 방향으로 갔고, 드브레와 보샹은 또 그들대로 다른 방향으로 떠났다.

프란츠는 빌포르 씨와 함께 묘소 입구에 남아 있었다. 모렐은 간단한 구실을 하나 붙여, 잠시 발을 멈추었다. 프란츠와 빌포르 씨가 장의용 마차에서 나오는 것을 보았기 때문이다. 그에게는 그 두 사람이 머리를 마주 대고 서 있는 것이, 아무래도 심상치 않은 일이 일어날 것 같은 예감이 들었던 것이다. 그래도 우선 파리로는 돌아왔다. 그러나 샤토 르노와 알베르가 탄 마차에 같이 타고 오면서도, 그들의 얘기가 하나도 들리지 않았다.

과연 그의 예측대로 프란츠는 빌포르 씨와 헤어지려고 하자, 「남작」하고 빌포르가 말했다. 「언제 또 만날 수가 있을까요?」

「아무 때고 좋으실 대로 하십시오」 프란츠가 대답했다.

「가능하면 빠른 편이 좋겠는데」

「저는 어느 때든지 좋습니다. 어쨌든 같이 돌아가시지요?」

「방해가 안 된다면」

「천만에요」

이렇게 해서, 장차 장인 사위가 될 두 사람은 같은 마차에 올랐다. 그리고 이 두 사람이 지나가는 것을 보고, 모렐은 심한 불안에 사로잡히고 말았다.

빌포르와 프란츠는 포부르 생토노레의 집으로 돌아왔다.

집에 들어서자, 검사는 다른 방엔 들러보지도 않고, 아내와 딸에게도 말 한마디 없이, 곧장 자기 서재로 청년을 데리고 들어갔다. 그리고 의자를 권하며 「데피네 씨, 말씀드릴 일이 있어서요. 지금 이런 얘기를 하는 것이 부적절하다고만은 할 수 없지요. 왜냐하면, 고인의 의사를 따르는 것은 고인의 관 위에 제일 먼저 바쳐야 할 제물이니까요. 그래서 생메랑 후작 부인의 마지막 뜻을 말해 둘까 하는데, 후작 부인께서는 임종하시면서, 발랑틴의 결혼을 지체하지 말고 하셨소. 아시겠지만, 고인의 서류는 완전히 법적으로 정리되었는데, 유언에 따라 후작 부인의 전 재산을 발랑틴에게 상속하기로 되어 있지요. 어제 공증인이 혼인 서약서에 필요한 서류들을 보여 주더군요. 남작이 공증인을 한번 만나서 내 얘길 하고, 그 서류들을 보여달라고 하시오. 공증인은 데샹 씨라고, 포부르 생토노레, 보보 광장에 살고 있습니다」

「하지만」 하고 프란츠가 대답했다. 「발랑틴 양은 지금 몹시 슬픔에 잠겨 있는 모양이니, 결혼 생각 같은 것은 할 시기가 아닌 것 같군요. 저로서는……」

「발랑틴은」 하고 빌포르가 말을 막았다. 「오직 할머니의 마지막 뜻을 따르려는 생각밖엔 없을 겁니다. 그러니, 그 점은 문제가 되질 않습니다. 그건 내가 책임지지요」

「그렇다면」 프란츠가 말했다. 「저로서도 별다른 지장은 없으니, 좋으실 대로 하십시오. 저도 이미 약속을 한 거니까, 즐겁다기보다는 행복한 마음으로 따르겠습니다」

「그럼」 빌포르의 말이었다. 「아무것도 문제될 건 없군요. 원래 약혼은 사흘 전에 하도록 되어 있으니, 준비는 다되어 있겠다, 아주 그럼, 오늘로 하십시다」

「그래도 상중인데요?」 프란츠가 머뭇거리며 말했다.

「그건 염려 마시오」 빌포르가 대답했다. 「그렇다고, 우리 집에선 그런 예의를 무시한다는 얘긴 아닙니다. 발랑틴을 석

달 동안 생메랑 가의 시골로 보낼까 해요. 그 시골은 이제부턴 그애의 땅이니까요. 그곳에서 일주일 후에 조용히 집안끼리만, 간단하고 검소하게 민법상의 혼례를 올리자는 거죠. 거기서 발랑틴이 혼례를 치르는 것이 고인의 소원이었소. 결혼식이 끝나면 당신은 파리로 돌아오고, 신부는 상복을 벗을 때까지 제 어머니하고 같이 있으면 되지요」

「좋으실 대로 하십시오」 프란츠가 대답했다.

「그럼」 하고 빌포르가 말을 이었다. 「삼십 분만 기다려주시오, 발랑틴을 객실로 내려오게 할 테니. 그리고 데샹 씨도 부르러 보내겠습니다. 그래서 이 자리에서 서류를 보고 서명을 하십시다. 그리고 오늘 밤으로 집사람한테 발랑틴을 시골로 데려가도록 해서 일주일 후엔 거기서 혼례를 치르도록 하죠」

「그런데」 하고 프란츠가 말했다. 「한 가지 부탁이 있습니다」

「뭔데요?」

「서명할 때 알베르 드 모르세르와 라울 드 샤토 르노를 입회시켰으면 하는데요. 아시다시피, 그 두 사람은 제 증인이니까요」

「삼십 분이면 그 사람들은 불러 올 수 있겠지요. 직접 부르러 가시겠소? 아니면 누굴 시켜서 불러 올까요?」

「제가 가지요」

「그럼, 삼십 분 후에 기다리겠소. 삼십 분 후면 발랑틴도 준비가 다 돼 있을 거요」

프란츠는 인사를 하고 나갔다.

청년이 나가고 대문이 다시 닫히자, 빌포르는 곧 사람을 보내어 발랑틴에게 삼십 분 후엔 공증인과 데피네 씨의 증인들이

오기로 되어 있으니, 그때 객실로 내려오라고 일렀다.

뜻하지 않은 이 전갈에 온 집안이 발칵 뒤집혔다. 빌포르 부인은 그 사실이 믿어지지가 않았고, 발랑틴은 벼락이라도 맞은 듯이 정신이 아찔했다.

발랑틴은 의지할 사람이 누구 없나 주위를 둘러보았다.

우선 할아버지 방으로 가볼 생각이었다. 그러나 층계에서 발랑틴은 아버지와 마주쳤다. 빌포르는 딸의 팔을 붙잡고 객실로 데리고 갔다.

가는 도중에, 발랑틴은 바루아를 만났다. 그녀는 이 늙은 하인에게 절망적인 눈길을 보냈다.

발랑틴이 들어서자, 거의 때를 같이하여 빌포르 부인과 에두아르가 들어왔다. 부인은 집안에서 일어난 이번 불행을 슬퍼하는 빛이 역력했다. 얼굴빛은 창백하였고, 몹시 피곤한 기색이었다.

부인은 자리를 잡자, 에두아르를 무릎 위에 앉혔다. 그리고 이따금씩 거의 경련적으로 아들을 끌어안았다. 마치 이 소년 하나에게 자기의 전 생명을 맡기고 있는 듯이.

이윽고 뜰 안으로 마차 두 대가 들어오는 소리가 났다.

마차 한 대는 공증인의 것이었고, 또 한 대는 프란츠가 그의 친구들과 타고 온 마차였다. 순식간에 객실에는 올 사람들이 다 모였다.

발랑틴의 얼굴빛은 너무나 창백해져서, 눈 주위로 관자놀이의 새파란 정맥이 또렷하게 드러났다.

프란츠는 가슴이 뭉클해 오는 것을 참을 길이 없었다.

샤토 르노와 알베르는 어리둥절해서, 서로 얼굴만 바라볼 뿐이었다. 조금 전에 끝내고 온 장례식도, 이제부터 시작하려는 이 의식에 비하면 아무것도 아닌 것 같았다.

빌포르 부인은 비로드 커튼 뒤의 어두운 곳에 앉아 있었다. 게다가 계속 아들만 내려다보고 있어서, 부인의 표정은 어떤지 전혀 알아볼 수가 없었다.

빌포르 씨는 여전히 냉담한 얼굴이었다.

공증인은 법률가들이 늘 하는 식으로 서류들을 테이블 위에 펼쳐놓고, 안락의자에 자리를 잡은 후 안경을 고쳐 쓰며 프란츠를 향해, 「데피네 남작, 당신이 프란츠 드 케넬 씨지요?」 하고 이미 알고 있는 사실을 물었다.

「그렇습니다」 프란츠가 대답했다.

공증인은 고개를 숙여 인사를 하고는, 「그럼, 말씀드리겠습니다」 하고 서두를 꺼냈다. 「이건 빌포르 씨에게서 들은 말입니다만, 당신과 빌포르 양과의 결혼 얘기가 나오자 누아르티에 씨가 손녀에게 대하던 감정이 돌변해서, 손녀에게 주기로 했던 재산 전부를 철회하기로 했다고 합니다. 그래서, 급히 말씀드리지 않을 수 없는 것은」 하고 공증인은 말을 계속했다. 「유언자는 재산의 일부밖에는 처분할 권리가 없습니다. 그러니, 재산 전부를 철회한 유언에 있어서는 그 유언에 이의를 제기할 수도 있고, 그 유언을 무효로 선고할 수도 있는 것입니다」

「그건 그렇습니다」 빌포르가 말했다. 「그러나, 이 점은 데피네 씨에게 분명히 밝혀두겠습니다만, 난 내가 살아 있는 한은 아버지의 유언에 절대로 이의는 말하지 않을 작정입니다. 내 신분상, 좋지 못한 소문을 내고 싶지는 않으니까요」

「빌포르 씨」하고 프란츠가 말했다. 「발랑틴 양 앞에서 이런 문제를 꺼낸다는 것은 지극히 유감으로 생각합니다. 전 여태 발랑틴 양의 재산이 얼마나 되는지 생각해 보지 않았습니다. 물론 그 재산은 아무리 적게 잡아도 제 재산보다야 많겠지만. 제 가족이 빌포르 씨와 인연을 맺으려고 한 것은 사회적인 명예 때문이고, 제가 바란 것은 행복일 뿐입니다.

발랑틴은 눈에 뜨이지 않게 감사의 뜻을 프란츠에게 보냈다. 눈물이 두 줄기 소리 없이 그녀의 뺨 위로 흘러내렸다.

「게다가」하고 빌포르는 장래의 사위를 향해 이렇게 말했다. 「당신의 희망의 일부가 사라졌다는 것 이외에는 이 뜻하지 않던 유언은 당신 자신에겐 아무런 손해도 끼치지 않았습니다. 그것은, 아버님의 기분이 상한 것은 발랑틴이 당신을 남편으로 정했다는 것 때문이 아니라, 발랑틴이 결혼을 한다는 사실입니다. 당신이 아닌 어느 누구와 결혼을 한대도, 아버님의 마음은 마찬가지로 아프실 겁니다. 노인들은 자기 자신밖엔 모르지요. 발랑틴은 아버님께는 더할 나위 없는 충실한 상대자였습니다. 그런데 일단 데피네 남작 부인이 되어버리면, 더 이상 함께 지낼 수 없을 테니까요. 아버님께서는 건강이 몹시 좋지 않기 때문에, 정이 약해져서 좀처럼 중요한 일은 들려드리지 않습니다. 지금도 손녀가 결혼을 한다는 사실만은 기억하고 계시겠지만, 손주사위가 될 사람이 누군지는 이름도 잊어버리고 마셨을 겁니다」

빌포르가 말을 끝내고, 그 말에 프란츠가 고개를 숙여 답례를 하기가 무섭게 객실의 문이 열리더니, 바루아의 모습이 나타났다.

「여러분」하고 그는, 이런 엄숙한 자리에서 감히 주인을 향한 하인의 태도치고는 너무나 당당한 목소리로 말했다. 「여러분, 누아르티에 드 빌포르 씨께서 지금 곧 데피네 남작 프란츠 케넬 씨에게 드릴 말씀이 있으시답니다」

바루아는 공증인과 마찬가지로, 착오가 있어선 안 되겠다는 듯이 신랑 될 사람의 칭호를 모조리 다 읊었다.

빌포르는 몸을 부르르 떨었다. 부인은 아들을 무릎 위에서 내려놓았고, 발랑틴은 석상처럼 하얗게 되어 아무 말 없이 자리에서 일어섰다.

알베르와 샤토 르노는 무슨 영문인지 몰라 서로 얼굴만 쳐다보았다.

공증인은 빌포르만 쳐다보았다.

「안 돼」하고 검사가 말했다. 「데피네 씨는 지금은 이곳을 떠날 수 없어」

「그래도 지금 가셔야 합니다」바루아는 여전히 당당한 어조였다. 「누아르티에 영감마님께서 프란츠 씨에게 할 중대한 말씀이 있으시답니다」

「그럼 할아버지가 지금은 말을 할 줄 안단 말이지?」에두아르가 여전히 버릇없는 말투로 물었다.

그러나 아들이 이런 엉뚱한 질문을 했는데도, 부인은 미소조차 띠지 않았다. 정신이 모두 한곳으로 쏠려 있었기 때문이다. 분위기가 그만큼 심각했던 것이다.

「아버님께 가서」하고 빌포르가 다시 입을 열었다. 「그렇겐 할 수 없다고 말씀드려」

「그땐」하고 바루아가 말했다. 「영감마님께서 몸소 이 방으로 내려오시겠답니다」

일동의 놀라움은 절정에 달하였다.

빌포르 부인의 얼굴에는 미소 같은 것이 떠올랐다. 발랑틴은 자기도 모르게 하느님께 감사하기 위해 천장을 우러러보았다.

「발랑틴」 하고 빌포르 씨가 말했다. 「도대체 무슨 망령이 나셨는지, 가서 알아보고 오너라」

발랑틴이 다급하게 몇 걸음 나가려는데, 빌포르 씨는 생각을 바꾸고 「잠깐」 하고 말했다. 「나하고 같이 가자」

「실례합니다」 하고 이번엔 프란츠가 입을 열었다. 「누아르티에 씨께선 저를 부르신 것 같으니, 제가 가 뵈어야 할 것 같습니다. 더구나 아직 만나뵐 영광을 갖지 못했으니, 가서 인사라도 드릴 수 있다면 저에게 기쁨입니다」

「오!」 빌포르는 불안한 기색을 역력히 드러내며 말했다. 「그대로 계십시오!」

「죄송합니다」 프란츠는 마음을 확실히 정한 듯한 어조로 말했다. 「이 기회에 누아르티에 씨께 가서, 제게 반감을 품고 계신 것이 오해였다는 것을 증명해 드릴 생각입니다. 그리고, 그게 어떤 종류의 반감이든 간에, 저의 깊은 성의로 풀어드려야겠습니다」

이렇게 말한 프란츠는, 빌포르의 손을 뿌리치고 자리에서 일어나 발랑틴의 뒤를 따랐다. 발랑틴은 마치 조난자가 바위를 붙잡은 듯이, 기쁨에 넘쳐 이미 층계를 내려가고 있었다.

빌포르 씨도 두 사람의 뒤를 따랐다.

샤토 르노와 알베르는, 또 한번 어리둥절해서 더욱 놀란 눈으로 눈길을 마주쳤다.

조서(調書)

누아르티에는 검은 옷을 입고, 안락의자에 앉아 기다리고 있었다. 기다렸던 세 사람이 들어오자, 그는 문 쪽으로 눈을 돌렸다. 하인이 이내 문을 닫았다.

「정신 차려야 한다」하고 빌포르는 기쁨을 감추지 못하는 발랑틴에게 말했다.「만약 할아버지께서 네 결혼을 방해하는 얘기를 하실 때는 전혀 못 알아들은 체하란 말이야」

발랑틴은 얼굴이 달아올랐다. 그러나, 대답은 하지 않았다.

빌포르는 노인 곁으로 다가갔다.

「프란츠 데피네 씨입니다」하고 그는 말했다.「부르셔서 이렇게 찾아온 겁니다. 물론 이런 자리는 벌써부터 마련하고 싶었었습니다만, 이렇게 서로 만나고 보면, 발랑틴의 결혼에 대한 아버님의 반대가 얼마나 터무니없는 것이었는지 잘 아시게 될 겁니다」

노인은 빌포르를 한 번 흘끗 쳐다볼 뿐이었다. 그러나 그것만으로도 빌포르는 온몸이 오싹해졌다.

노인은 소녀에게 가까이 오라는 눈짓을 했다.

발랑틴은 평소에 할아버지와 대화를 할 때 쓰던 방법을 따라, 할아버지가 〈열쇠〉를 의미하고 있다는 것을 곧 알아챘다.

발랑틴은 할아버지의 시선을 살폈다. 노인의 눈은 창과 창 사이에 놓인 조그만 문갑의 서랍을 가리키고 있었다.

서랍을 열어보니, 과연 그 안엔 열쇠가 있었다.

열쇠를 든 손녀에게, 노인은 자기가 말하던 게 바로 그것이었다는 표시를 했다. 그러더니, 노인의 눈이 이번에는 낡은 책상 쪽으로 갔다. 책상은 몇 해째 잊혀진 채로 그 속에는 아무 소용이 없는 서류들이 들어 있을 뿐이었다.

「책상을 열까요?」 발랑틴이 물었다.

「그래라」

「서랍을 꺼낼까요?」

「그래」

「양쪽 옆의 서랍이요?」

「아니」

「그럼 가운데 서랍이요?」

「오냐」

발랑틴은 가운데 서랍을 열고, 그 속에서 서류 뭉치 하나를 꺼냈다.

「이건가요?」

「아니다」

발랑틴은 나머지 서류들을 차례차례로 다 꺼내보였다. 서랍 속이 텅 빌 때까지 다 뒤졌다.

「이젠 아무것도 없는데요」

그러고 나서, 이번에는 알파벳의 문자 하나하나를 외었다. S자까지 외자, 거기에서 노인은 발랑틴의 말을 막았다.

발랑틴은 사전을 펼쳤다. 그리고 〈비밀 secret〉이라는 단어까지 찾아냈다.

「아! 무슨 비밀이 있군요?」

「그렇다」 노인이 대답했다.

「그럼, 그 비밀은 누가 알고 있지요?」

노인은 하인이 나간 문을 바라보았다.

「바루아가요?」

「그래」

「바루아를 부를까요?」

「그래라」

발랑틴은 문 앞으로 가서 바루아를 불렀다.

그러는 동안 빌포르의 이마에서는 식은땀이 줄줄 흘러내렸다. 프란츠는 영문을 몰라 어안이 벙벙할 뿐이었다.

하인이 나타났다.

「바루아」 하고 발랑틴이 말했다. 「할아버지께서 나더러 이 문갑 속의 열쇠를 꺼내서, 이 책상 서랍을 열라고 하셨어요. 이제부턴 이 서랍에 비밀 장치가 있는 모양인데, 그걸 바루아가 알고 있는 것 같으니, 자, 어서 열어봐요」

바루아는 노인을 쳐다보았다.

「그렇게 해」 노인의 총명한 눈이 명령했다.

바루아는 명령에 따랐다. 이중으로 된 서랍 밑을 열어보았더니, 그 안에서 검은 리본으로 묶은 서류 한 묶음이 나왔다.
「이거 말씀이십니까?」 바루아가 노인에게 물었다.
「그래」
「이 서류를 누구에게 드릴까요? 빌포르 씨께 드릴까요?」
「아니야」
「아가씨께 드릴까요?」
「아니」
「그럼, 프란츠 데피네 씨한테 드립니까?」
「그래」
프란츠는 깜짝 놀라, 한걸음 앞으로 나왔다.
「저한테요?」 프란츠가 물었다.
「그렇지」
프란츠는 바루아에게서 그 서류를 받아 들고 표지를 훑어보았다. 그리고 그것을 읽었다.

 내가 죽은 후에는 내 친구 뒤랑 장군이 보관하도록. 장군의 사망시엔 이를 아들에게 맡겨, 극비 서류로서 보관할 것을 명할지어다.

「하지만」 하고 프란츠가 물었다. 「왜 이 서류를 저에게 주십니까?」
「물론 봉한 채로 남작이 보관하라는 말씀이시죠」 하고 빌포르가 대답했다.
「아니지, 아냐」 노인이 가로막았다.

「데피네 씨에게 이걸 읽으시라는 건가요?」 발랑틴이 물었다.
「그렇다」 노인의 대답이었다.
「알아들으셨겠지요? 할아버지께선 이걸 읽으시라는 거예요」
「그럼, 모두 앉읍시다」 빌포르는 초조하게 말했다.
「읽으려면 시간이 걸릴 테니」
「앉게」 노인이 눈으로 말했다.
빌포르는 의자에 앉았다. 그러나 발랑틴은 안락의자에 기댄 채, 할아버지 옆에 서 있었다. 프란츠도 노인의 앞에 섰다.
그는 이 불가사의한 서류를 들고 있었다.
「읽으시오」 노인의 눈이 말했다.
프란츠는 봉투를 뜯었다. 방안은 물을 끼얹은 듯 조용했다. 프란츠는 이 침묵 속에서 읽기 시작했다.

1815년 2월 5일, 생자크 가(街) 보나파르트 파 클럽에서 열린 집회 조서 발췌.

프란츠는 여기서 읽기를 멈추었다.
「1815년 2월 5일! 아, 이 날은 아버지께서 암살당한 날입니다!」
발랑틴과 빌포르는 입을 열지 못했다. 오직 노인의 눈만이 분명하게 말한 뿐이었다. 〈계속하지.〉
「아버지는 바로 이 클럽에서 나오시는 길에」 하고 프란츠는 말을 이었다. 「실종되신 겁니다」
노인의 눈은 계속 〈읽으라〉는 것이었다.

프란츠는 계속 읽어나갔다.

포병 중령 루이 자크 보르페르, 육군 소장 에티엔 뒤샹피 및 치수영림국장(治水營林局長) 클로드 르샤르팔은 아래 사항을 언명한다.

1815년 2월 4일 보나파르트 파 클럽 회원에게 플랑비앵 드 케넬 장군을 추천하는 서신을 엘바 섬으로부터 접수하였다. 장군은 1804년부터 1815년까지 황제를 받들어 루이 18세로부터 남작 칭호를 받았음에도 불구하고, 나폴레옹 왕조에게 그의 영지를 모조리 바친 충성스런 인물이다.

고로, 케넬 장군에게 이튿날인 5일, 집회에 참석하기를 바라는 서면이 전달되었음. 그 서면에는 집회 장소의 위치가 기재되어 있지 않았다. 서명도 없이, 다만 장군에게 준비만 하고 있으면 저녁 9시에 사람이 데리러 갈 것이라는 요지만이 밝혀져 있었을 뿐이다.

집회는 오후 9시부터 자정까지 열렸다.

9시에 클럽 회장은 장군에게 가서, 소개 조건의 하나로 장군에게 집회 장소를 절대 알리지 않을 것이며, 따라서 눈을 가릴 것이니 절대로 눈을 떼지 않을 것을 맹세받았다. 케넬 장군은 그 조건을 승낙, 명예를 걸고 결코 자기가 가는 방향을 알고자 하지 않을 것을 맹세했다.

장군은 이미 자신의 마차를 준비시켜 놓고 있었다. 그러나 회장이 이를 만류했다. 주인이 눈을 가리더라도 마부가 눈을 뜨고 마차를 모는 한, 아무 소용이 없을 것이기 때문이다.

〈그럼, 어떡하죠?〉 장군이 물었다.

〈마차를 가지고 왔습니다.〉 회장의 대답이었다.

〈그럼, 내 마부에겐 경계하고 있는 비밀을 당신의 마부에겐 알려도 된단 말인가요?〉

〈마부도 클럽 회원입니다.〉 회장이 말했다. 〈참의원 의원이 마부 노릇을 하는 거지요.〉

〈그렇다면〉 하고 장군은 웃으면서 말했다. 〈또 다른 위험이 따르는 셈이군요. 마차가 뒤집힐지도 모르지 않습니까?〉

이러한 농담을 기록하는 것은, 장군이 결코 강제로 집회에 참석하게 된 것이 아니라 스스로 자진해서 참석했다는 사실을 증명하기 위함이다. 마차에 오르자, 회장은 장군에게 눈을 가리기로 했던 약속을 다시 한번 다짐했다. 장군도 이 형식엔 아무 반대도 하지 않았다. 이 목적을 위해 미리 마차 안에 준비되었던 비단 수건으로 장군의 눈을 가렸다.

도중에 회장은 장군이 눈가리개 밑으로 밖을 내다보려는 낌새를 눈치 채고, 약속대로 다시 한번 다짐했다.

〈아! 그랬군요.〉 장군이 말했다.

마차는 생자크 가의 통로 앞에 와서 멎었다. 장군은 회장의 팔에 기대어 마차에서 내렸다. 그는 회장이 클럽 멤버라는 사실 외에는 전혀 그 신분을 알지 못하고 있었다. 두 사람은 길을 건너 층계를 올라 회의실로 들어갔다.

회의는 이미 시작되었다. 회원들은 그날 밤 장군의 소개가 있을 것을 알고 있었기 때문에 전 회원이 집합하였다.

회의실 중앙까지 오자, 장군의 눈가리개가 풀렸다. 장군은 그때까지 전혀 존재조차 모르고 있던 이 결당(結黨)에 아는 얼굴들이 많은 것을 보고 크게 놀랐다.

모두들 장군에게 그의 사상에 관한 질문을 했다. 그러나 장군은 오직 엘바 섬에서 온 편지 그대로라고만 대답할 뿐이었다.

프란츠는 읽기를 멈추었다.
「아버지께선 왕당파였습니다」 하고 그는 말했다. 「애써 사상 같은 것을 물을 필요도 없었을 텐데요. 다 알고 있는 사실이니까요」
「바로 그런 점 때문에」 하고 빌포르가 말했다. 「부친과 저 사이에 교류가 시작된 거죠. 사상이 같으면 쉽게 가까워질 수 있습니다」
「계속하오」 노인의 눈이 여전히 명령했다.
프란츠는 다시 읽기를 계속했다.

회장은 장군에게 보다 분명한 의견을 피력할 것을 요구했다. 그러나 장군은 어떤 대답을 원하는가를 우선 답변해 달라는 말이었다.
그래서 장군이 충분히 협력을 기대할 만한 인물이라고 천거한 내용의 그 엘바 섬 편지를 읽어주었다. 그 서면의 일절에는 엘바 섬의 나폴레옹의 귀환의 확실성이 명시되어 있었으며, 차후 파라옹 호가 도착하면, 보다 상세한 연락이 전달될 것이라는 내용이었다. 파라옹 호는 마르세유의 선주 모렐 씨의 소유로, 그 선장은 황제에게 전면적인 충성을 바치고 있는 인물이었다.
그 편지를 읽는 동안 일동이 마치 형제처럼 신뢰할 수 있으리라고 믿고 있던 장군은, 반대로 불만과 혐오의 빛을 역력히 드러내고 있었다.
 편지를 다 읽고 나자, 장군은 묵묵히 얼굴을 찌푸리고 앉아 있었다.
 〈자!〉 하고 회장이 말했다. 〈어떻게 생각하십니까? 이 편지를?〉
 〈루이 18세에게 서약을 한 지가 얼마 안 돼서〉 하고 장군은 대답했다. 〈벌써부터 전(前) 황제를 위해 그 서약을 깨뜨리기가…….〉 이 대답은 너무나 명백한 것이어서, 장군의 사상을 잘못 생각할 여지가 없었다.
 〈장군〉 하고 회장이 말했다. 〈우리에겐 전 황제라는 것이 없는 것과 마찬가지로, 루이 18세도 없습니다. 우리에겐 오직 폭력과 배신 때문에 십 개월째 이 나라 프랑스에서 추방되신 황제 폐하만이 계실 뿐이오.〉
 〈실례지만, 여러분〉 하고 장군이 말했다. 〈과연 여러분들께는 루이 18세가 없을지도 모릅니다. 그러나 내겐 루이 18세가 계십니다. 나를 남작과 장군으로 임명해 주신 한, 나는 그분이 프랑스로 돌아오셨기 때문에, 이 두 가지 칭호를 받았다는 사실을 잊을 수 없습니다.〉
 〈장군〉 회장은 심각한 어조로 이렇게 말하며 자리에서 일어섰다. 〈말 조심하십시오. 장군의 말로 미루어, 엘바에서는 장군을 잘못 알고, 우리도 장군에게 속아왔다는 사실이 명백해졌소. 장군께 읽어드린 서신은 장군을 신뢰하고, 따라서 장군을 존경하는 뜻에서였소. 그것은 우리들의 오해였소. 장군은 작위와 계급 때문에 신정부와 결탁했지만, 우리는 그 정부를 붕괴하고자 하오. 이젠 당신에겐 억지로 우리에게 협력해 달라고는 강요 않겠소. 우리는 누구에게도 본인의 양심과 의사에 맞지 않는 사람을 동지로 삼지는 않소. 단 한 가지, 당신이 신사적으로 행동할 것만은 요구합니다. 설령 당신 마음에 내키지 않는 경우에라도 말입니다.〉

 〈당신들이 신사라고 하는 말은, 이런 음모를 알고도 입 밖에 내지 않는 것을 말하는 거겠지요! 나는 그런 걸 공범자라고 부릅니다. 보시다시피, 난 당신네들보다 훨씬 솔직합니다…….〉

「아, 아버지!」 프란츠는 여기까지 읽자, 이렇게 말했다. 「이제야 그들이 아버질 암살한 이유를 알겠습니다」

 발랑틴은 프란츠를 한번 쳐다보지 않을 수 없었다. 자식으로서 치솟는 괴로움을 당한 그 청년의 모습에는 확실히 훌륭한 무엇이 있었다.

 빌포르는 그의 뒤를 왔다갔다하고 있었다. 노인은 눈으로 그들 한 사람 한 사람의 표정을 지켜보고 있었다. 그의 태도는 시종 당당하고 심각했다.

 프란츠는 다시 글을 들여다보며 읽기를 계속했다.

 〈장군〉 하고 회장이 말했다. 〈장군께 이 집회에 와달라는 청을 드렸습니다. 결코 강제로 끌려나온 것은 아니었습니다. 눈을 가려달라고 말했을 때도, 그 청을 장군께선 수락하셨습니다. 이러한 두 가지 요청을 받아들였을 때, 당신은 우리가 루이 18세를 섬기고 있지 않다는 것쯤은 너무나 잘 알고 계셨습니다. 그렇지 않다면야, 우리가 그렇게까지 경찰의 눈을 피해

다니질 않았을 테니까요. 아시겠지만, 가면을 써서 남의 비밀을 알아내고, 이번엔 그 가면을 벗음으로써 당신을 신뢰하던 사람들을 파멸시킨다는 생각은 그럴 듯한 얘깁니다. 아니, 아니, 솔직하게 한번 얘기해 봅시다. 당신은 우연히 지금 왕좌에 오르게 된 루이 18세를 섬깁니까. 아니면, 황제 폐하 편이십니까?〉

〈난 왕당파요.〉 장군이 대답했다. 〈난 루이 18세께 서약했습니다. 그러니 그 서약을 지켜야지요.〉

그 말이 떨어지자, 실내는 잠시 술렁대기 시작했다. 그리고 회원들 대부분의 시선은, 데피네 장군의 이 불경한 언행을 취소시키라고 요구하고 있었다.

회장이 다시 일어서며, 조용히 하라고 명령했다.

〈장군〉 하고 그는 말했다. 〈장군께선 신중하고 양식이 있는 분이니, 지금 우리가 당면하고 있는 사태의 결과가 어떤 것인지를 충분히 이해하실 줄 압니다. 그리고 장군께서 솔직하게 나오시니, 우리도 장군께 앞으로 남은 조건을 말씀드리겠습니다. 당신의 명예를 걸고, 당신이 여기서 들은 일의 일체를 입 밖에 내지 않을 것을 약속해 주십시오.〉

장군은 칼에 손을 대고 소리쳤다.

〈당신이 명예를 운운하신다면, 우선 그 명예를 잃지 않는 것, 그리고, 절대로 폭력으로 강요하면 안 된다는 것부터 알아야 할 게 아니오!〉

〈그리고 당신도〉 하고 회장은 장군의 노여움보다도 더 무섭게 냉정한 어조로 말했다. 〈그 칼에서 손을 떼시오. 충고합니다.〉

장군은, 차츰 불안을 느끼기 시작하는 듯한 시선으로 주위를 둘러보았다. 그러나 여전히 굴하지 않고, 오히려 더욱 힘을 모아, 〈약속 못하겠소〉 하는 것이었다.

〈그렇다면, 당신은 죽어주셔야겠습니다.〉 회장은 담담하게 말했다.

데피네 장군은 얼굴빛이 새파래졌다. 그는 또 한번 주위를 둘러보았다. 회원 가운데 몇몇이 수군대더니, 외투 밑으로 무기를 더듬고 있었다.

〈장군〉 하고 회장은 말했다. 〈안심하십시오. 이분들은 모두 명예가 있는 분들이니만큼, 최후의 수단을 쓰기 전에 가능한 한 모든 방법으로 당신을 설득시켜 보려 할 것입니다. 그러나 또한, 당신 말씀대로, 장군께서는 지금 음모를 꾀하고 있는 사람들 사이에 있습니다. 그리고 당신은 우리들의 비밀을 알고 있습니다. 그러니 그걸 우리에게 돌려주셔야 합니다.〉

회장의 말이 끝나자, 의미심장한 침묵이 흘렀다. 그리고 장군이 아무 대답도 안하자, 〈문을 잠가라〉 하고 회장은 문지기들에게 말했다.

이 말에 이어, 죽음과 같은 침묵이 계속됐다.

그때 장군은 앞으로 나와, 있는 힘을 다하여 자신을 억누르며 〈내겐 아들이 하나 있소〉 하고 말했다. 〈이렇게 나를 죽이려는 사람들 앞에서, 나는 그 아들 생각을 하지 않을 수 없소.〉

〈장군〉 하고 장중한 어조로 회장이 말했다. 〈한 사람은 쉰 명이란 사람들을 모욕할 권리를 가지고 있습니다. 그것이 약자의 특권이지요. 그러나, 그 특권을 행사한다는 것은 잘못입니다. 나를 믿어주십시오. 장군, 맹세하십시오. 그리고 우리를 모욕하지 마십시오.〉

장군은 회장의 위세에 또 한번 꺾인 듯이, 잠시 주저하고 있었다. 그러다가 마침내 회장이 테이블 앞으로 걸어나오며, 〈그래, 그 형식은?〉하고 물었다.
　〈이런 겁니다. '나는 명예를 걸고 1815년 2월 5일 오후 9시부터 10시 사이에 보고 들은 일들을 절대로 누설하지 않을 것을 맹세함. 만약 이 맹세를 저버리는 경우엔, 죽음으로 보상할 것을 서약함.'〉
　장군은 신경이 전율이라도 하는 듯이, 잠시 대답을 못하고 있었다. 이윽고 치밀어오르는 혐오를 억누르며, 마지못해 강요된 서약문을 낭독했다. 들릴락말락한 낮은 목소리로. 그러자, 몇몇 회원들은 좀더 크고 좀더 분명하게 다시 낭독하라고 요구했다.
　〈그럼, 난 실례하겠습니다.〉장군이 말했다. 〈이젠 가도 되겠지요?〉
　회장은 일어서서 장군을 데려다 줄 회원 세 사람을 지명했다. 그리고 장군의 눈을 가린 후, 그들과 함께 마차에 올랐다. 그 세 사람의 회원 중에는 아까 장군을 데리고 온 마부도 끼여 있었다.
　다른 회원들은 말없이 그대로 헤어졌다.
　〈어디로 모셔다드릴까요?〉회장이 물었다.
　〈어디든지 당신 얼굴이 안 보이는 곳이면 됩니다.〉장군이 대답했다.
　〈장군〉하고 회장이 말했다. 〈조심하십시오. 당신은 이미 회의 장소에 있는 게 아닙니다. 이젠 일 대 일 관계입니다. 모욕한 대가를 지고 싶지 않으시거든, 조용히 계시는 게 좋을 겁니다.〉

그러나, 이 말의 뜻을 이해하려고 하기는커녕 장군은 이렇게 대답했다.

〈당신네들은, 마차 속에서도 마찬가지로 용감하시군요. 하긴 네 사람은 한 사람보단 강하지요.〉

회장은 마차를 정지시켰다.

마침 오르막길 기슭의 입구였다. 그곳에는 강으로 내려가는 층계가 있었다.

〈왜 여기서 멈추죠?〉

장군이 물었다.

〈당신은 한 사람을 모욕했소. 그 사람은 당신의 정중한 사과를 듣기 전엔, 한걸음도 더 나갈 수 없습니다.〉

〈허어! 이것도 암살의 한 방법이로군.〉 장군은 어깨를 으쓱해 보이며 말했다.

〈장군〉 하고 회장이 말했다. 〈만약 당신이 나한테서 조금 전에 말씀한 비겁자, 다시 말하면 자기 약점을 방패로 삼는 그런 비겁자의 대우를 받고 싶지 않으시다면, 쓸데없는 잔소리는 그만두십시오. 당신은 혼자예요. 상대는 한 사람이 할 것입니다. 당신은 허리에 칼을 차고 있고, 나도 마찬가지입니다. 당신의 입회인은 여기 없지만, 이 회원들 중의 한 사람을 입회인을 삼아드리지요. 자, 이의 없으시면, 눈가리개를 푸십시오.〉

장군은 즉각 눈가리개를 풀어버렸다.

〈자〉 하고 장군은 말했다. 〈상대가 누군가 보십시다.〉

마차 문이 열렸다. 네 사람이 내렸다…….

프란츠는 여기서 또 한번 멈추었다. 그는 이마에 흐르는 식은 땀을 닦았다. 그때까지 모르고 있던 아버지의 죽음의 장면 하나하나를, 얼굴이 하얗게 되도록 몸을 떨며 이렇게 큰소리로 읽어 내려가는 아들의 모습은 보기에도 처참했다.

발랑틴은 마치 기도라도 올리는 듯이, 두 손을 모으고 있었다. 누아르티에 노인은 거의 엄숙하다고 할 만큼, 경멸과 오만에 찬 얼굴로 빌포르를 바라보고 있었다.

프란츠는 다시 읽기 시작했다.

때는 앞서 말한 대로 2월 5일. 사흘째 영하 5,6도까지 떨어져 계단은 꽝꽝 얼어붙어 있었다. 장군은 키가 크고 비만한 사람이라, 회장은 계단을 내려갈 때 장군에게 난간 쪽을 내어주었다. 두 입회인이 그들의 뒤를 따랐다.

밤은 어두웠고, 계단에서 강으로 내려가는 땅은 눈과 서리로 질퍽거렸다. 검고 깊은 강물에 얼음덩이들이 떠내려가는 것이 보였다.

입회인 하나가 석탄배로 가서 등불을 얻어 왔다. 그 등불 아래서 무기를 조사했다.

회장의 칼은 그 자신이 말한 대로, 단장 속에 넣는 작은 칼이어서 상대방의 검보다 그 길이가 짧았다.

장군은 그 두 자루의 칼을 놓고, 제비를 뽑자고 제의했다. 그러나 회장은 결투를 청한 것은 자기이며, 따라서 자기는 각자의 무기를 쓸 것을 요구한다고 말했다.

입회원들이 무어라고 말을 하려고 하자, 회장은 침묵할 것을 명령했다.

등불을 땅위에 세워놓았다. 두 사람은 각기 제자리에 가서

섰다. 결투가 시작되었다.

칼날이 불빛에 번득였다. 그러나 싸우고 있는 두 사람의 모습은 짙은 어둠 속에 묻혀 거의 보이지 않았다.

장군은 군대에서도 검의 명수로 이름이 나 있었다. 그러나 처음부터 너무 공격을 서둘렀던 탓으로 공격을 해오면서 그대로 쓰러지고 말았다. 입회인들은 그가 죽은 줄로 알았다. 그러나 아직 칼에 맞아 쓰러진 것이 아니라는 것을 알고 있는 상대방은, 장군을 일으키려고 손을 내밀었다. 상대방의 이러한 태도는 장군의 마음을 안정시키기는커녕 화를 돋우었던 것이다. 그는 일어서면서 상대방에게 덤벼들었다.

그러나 상대방은 단 한걸음도 물러서지 않고, 그대로 칼로 맞섰다. 장군은 겨냥이 너무 앞섰다고 생각하며, 세 번이나 뒤로 물러나서 다시 공세를 취했다.

세번째로 그는 다시 넘어졌다.

사람들은 이번에도 먼젓번과 마찬가지로, 얼음판에 미끄러진 줄로 생각했다. 그러나 장군이 일어나지 못하는 것을 본 입회인들은 장군 곁으로 가 그를 일으키려 했다. 그러나 장군의 허리를 안자, 손에 무엇인가 뜨뜻하고 끈끈한 것이 느껴졌다. 피였다.

그때 거의 정신을 잃고 있던 장군은 다시 정신이 나서, 〈아!〉 하고 말했다. 〈누가 나에게 검객을 보낸 모양이군.〉

회장은 그 말에는 대답도 않고, 두 입회인 가운데서 등불을 들고 있는 쪽으로 갔다. 그리고 팔을 걷으며, 팔에 칼을 두 번이나 맞았다고 말했다. 그러더니, 상의를 펼쳐 단추들을 풀고 옆구리에 맞은 세번째 상처를 보여주었다.

그러면서도, 그는 소리 한 번 내지 않았다.
데피네 장군은 임종이 시작되었다. 그리고 오 분 후엔 숨을 거두었다…….

프란츠는 숨이 막히는 듯, 거의 들릴락 말락 한 낮은 목소리로 이 마지막 구절을 읽었다. 그리고 잠시 마치 눈앞에 낀 구름을 거두려는 듯이 눈을 비볐다.
그렇게 입을 다물고 있다가 다시 읽었다.

회장은 칼을 당장 제자리에 꽂고, 다시 계단을 올라왔다. 눈 위에는 그가 걸어가는 대로 핏자국이 남았다. 그가 미처 계단 위까지 올라오기도 전에, 물 속에서 풍덩 하는 소리가 들려왔다. 입회인들이 장군의 죽음을 확인한 후, 장군의 시체를 강물에 던진 소리였다.
이렇게 해서 장군은 당당한 결투 끝에 목숨을 잃은 것이다. 이는 사람들이 오해하고 있는 것처럼 암살이 아니었다.
이상의 사실에 의해, 우리는 사건의 진상을 규명하기 위하여 여기에 서명한다. 이후 이 무서운 사건에 관계한 자가 혹 살인이나 명예를 저버렸다는 오명을 쓰지 않기 위해서이다.
서명자 보르페르, 뒤샹피, 르샤르팔

이 가슴 아픈 서류를 프란츠가 다 읽고 나자, 발랑틴은 마음에 감동을 받아 얼굴빛이 새파래져서 눈물만 닦고 있었다. 그리고 또 한편으로는, 방 한구석에 쭈그리고 앉아 떨고 있던 빌포르가, 굽힐 줄 모르는 노인에게 애원의 눈길을 보내 닥쳐

오려는 폭풍우를 막아보려고 할 때, 프란츠는 「누아르티에 씨」하고 말했다. 「당신은 이 무서운 사건의 내용을 자세히 알고 있고, 이 사건을 서명자들에게 증명시켰고, 또 제게는 상처만 건드리게 되었지만, 어쨌든 제게 관심을 가지고 계신 줄은 압니다. 그러니 이 정도에서 그치지 마시고, 그 클럽의 회장이라는 자의 이름을 가르쳐주십시오. 제 아버지를 죽인 자의 이름을 꼭 알고 싶습니다.」

빌포르는 미친 사람처럼 문의 손잡이를 찾았다. 한편, 누구보다도 먼저 할아버지의 대답을 짐작하고 있던 발랑틴은, 지금까지 수없이 할아버지의 팔에 있는 두 군데의 상처를 보아온 발랑틴은 한걸음 뒤로 물러섰다.

「부탁입니다」하고 프란츠가 발랑틴에게 말했다. 「제발 당신도 부탁해 주십시오. 저를 두 살 때 고아로 만든 그 사나이의 이름을 알고 싶습니다」

발랑틴은 입을 다문 채 꼼짝 안했다.

「자」하고 빌포르가 말했다. 「이런 무서운 일은 더 이상 캐려 하지 마십쇼. 게다가 이름도 일부러 익명을 쓴 거니까요. 제 아버지께서도 그 회장 이름은 모르십니다. 혹 그 이름을 아신다 해도 말씀은 못하실 거예요. 사람 이름들은 사전엔 안 나와 있으니까요.」

「오! 정말 답답한 일입니다!」프란츠가 말했다. 「이 글을 읽는 동안 나를 지탱하고 내게 끝까지 읽을 수 있는 힘을 주신 것은, 오직 아버지를 죽인 사람의 이름을 알아낼 수 있으리라는 그 한 가지 희망 때문이었습니다. 누아르티에 씨!」하고 그는 노인 쪽으로 돌아서며 소리쳤다. 「부탁입니다! 제발 해보실 수 있는 데까지라도 힘써 주십시오…… 부탁입니다. 가르쳐주십시오. 어떻게 좀 알게 해주십시오……」
「좋소」 노인의 대답이었다.
「오, 아가씨!」 하고 프란츠가 소리쳤다. 「할아버지께서 가르쳐주실 수 있다고 대답하셨어요…… 당신은 알 수 있으니 말이에요…… 힘을 빌려주세요」
노인은 사전을 바라보았다.
프란츠는 떨리는 손으로 사전을 들었다. 그리고, 알파벳을 처음부터 하나하나 읽어나갔다. M까지 읽었다.
그때 노인은 맞았다는 표시를 해보였다.
〈M!〉 하고 프란츠는 되뇌었다.
청년의 손가락이 단어 위를 훑어내렸다. 그러나, 어느 단어고 다 노인은 아니라고만 대답했다.
발랑틴은 두 손으로 얼굴을 가렸다.
마침내 프란츠는 Moi(나)라는 단어까지 왔다.
「그렇소」 노인이 대답했다.
「당신이!」 하고 프란츠는 소리쳤다. 머리털이 곤두서는 것 같았다. 「당신이? 누아르티에 씨가! 당신이 내 아버지를 죽였다니!」
「그렇소」 노인은 위엄 있는 시선으로 청년을 응시하며 이렇게 대답했다.
프란츠는 맥없이 의자 위에 주저앉았다.
빌포르는 문을 열고 달아나버렸다. 이 무서운 노인의 심장에 조금 남아 있는 얼마 안 되는 생명을 하마터면 눌러 죽이고 싶어졌기 때문이다.

안드레아 카발칸티의 등장

 한편 아버지 카발칸티는 자기 일로 파리를 떠났다. 물론 오스트리아 황제 폐하의 군대로서 가는 것이 아니라, 그가 늘 열심히 찾아 들르던 루카 온천의 도박장으로 가려는 참이었다.
 여비로서, 그리고 또 아버지 노릇을 당당하게 훌륭히 해냈다는 보수로 받은 돈을 한푼도 남기지 않고 모조리 가지고 간 것은 두말할 나위도 없다.
 안드레아는 출발에 앞서 영광스럽게도 바르톨로메오 후작과 레오노라 코르시나리 후작 부인의 아들임을 증명해 주는 서류를 물려받았다.
 이렇게 해서 안드레아는 바야흐로 파리의 사교계에 발을 붙이게 되었다. 파리의 사교계란 외국인들을 쉽사리 받아들여, 현재 그들이 처해 있는 상태보다는 앞으로 어떤 상태에 놓이게 될 것인가를 고려해서 대우하는 습성이 있었다.

우선 파리는 한 사람의 청년에게 어떤 것을 요구할까? 프링스어를 할 줄 알 것, 옷차림이 번듯할 것, 게임은 정직하게 하고, 돈은 금화를 쓸 것, 대체로 이런 것들이었다.

게다가 파리는 파리 사람보다 외국인에게 한결 더 관대하다는 것도 잘 알려진 일이다.

그래서 안드레아는 약 두 주일 동안 비교적 화려한 위치를 확보할 수 있었다. 그는 사람들에게서 백작이라는 소리를 들었으며, 연수입 5만 프랑에다 사라베차의 광산에 아버지의 막대한 재산이 무진장 잠들어 있다는 소문이 나돌았다.

이 마지막 얘기가 사실로서 화제에 올랐을 때, 그 얘기를 들은 어느 학자는 자기가 그 광산을 본 일이 있다고 말했다.

그럼으로써 그때까지는 반신반의하며 나돌았던 이야기가 그만 움직일 수 없는 사실이 되어버렸다.

파리 사교계의 분위기란 그런 것이었다. 그러던 어느 날 밤, 몬테크리스토 백작이 당글라르의 집을 찾아왔다. 마침 당글라르는 외출중이어서, 당글라르 남작 부인이 접대하겠다는 전갈이 왔다. 백작은 그렇게 하기로 했다.

오퇴유의 만찬회와 뒤이어 일어난 그 여러 가지 일이 있은 후로 부인은 몬테크리스토라는 이름만 들어도 등골이 오싹해지곤 했다. 그 이름만 입 밖에 나오고 장본인이 뒤따라서 나타나지 않을 때, 부인의 기분은 더욱 못 견디게 불안해졌다. 그러나 반대로 백작이 모습을 나타내어, 그의 탁 트인 얼굴과 번쩍이는 눈, 그리고 다정하고 상냥한 태도를 대하기만 하면 어느덧 그 공포감은 깨끗이 사라지고 마는 것이었다. 겉으로는 그렇게 친절한 사람이, 마음속으로 자기에게 적의를 품고 있으리라고는 생각되지 않았기 때문이다. 게다가 아무리 극악한 마음을 가진 사람이라도, 자기에게 무슨 이익도 없는데 나쁜 짓을 할 리는 없는 법이다. 아무 이익도, 아무 이유도 없는 악은 혐오할 만한 비정상적인 짓이다.

부인은 앞서 소개했던 그 방에서, 딸이 안드레아와 함께 보고 넘겨주는 그림들을 불안한 눈으로 들여다보고 있었다. 그때 몬테크리스토 백작이 방안으로 들어왔다. 백작의 모습은 여전히 그 효과를 발휘했다. 백작의 이름만 듣고도 안절부절못하며 불안해하던 부인은, 입가에 미소를 띠며 백작을 반겼다.

백작은 한눈에 방안 분위기를 전부 살폈다. 장의자에 반쯤 누워 있는 부인 옆에는 딸 외제니가 앉아 있었고, 안드레아 카발칸티는 서 있었다.

안드레아는 마치 괴테 작품에 나오는 주인공처럼 검은 옷과 에나멜 구두에다 속이 비치는 하얀 비단 양말을 신고 있었다. 그는 꽤 잘 다듬어진 하얀 손으로 금발을 쓸어내리고 있었다. 머리 한가운데에서 다이아몬드가 반짝였다. 백작이 주의를 시켰는데도 불구하고, 이 건달 청년은 그 다이아몬드를 손가락에 끼지 않고는 못 배겼던 것이다.

청년은 이런 자세로 여자의 마음을 혹하게 하려는 시선과, 역시 같은 목적에서 나오는 한숨을 외제니에게 보냈다.

외제니는 변함없이 아름답고 냉정하고 빈정거리는 듯한 표정이었다. 그녀는 안드레아의 시선이며 한숨을 하나도 놓치지 않고 다 보았다. 그러나 그 시선과 한숨도, 어느 철학자들이 주장하듯 사포(고대 그리스 최고의 여류 시인. 분방한 생활을 했다는 소문이 있다——옮긴이)도 때로는 그것으로 가슴을 덮었다는 아테나(그리스 신화에 나오는, 예지와 예술의 여신——옮긴이)의 갑옷 위를 스쳐가는 것 같았다.

외제니는 쌀쌀맞게 백작에게 인사를 했다. 그러더니 대화가 시작되려는 틈을 타서 자기 공부방으로 물러갔다. 얼마 안 있어, 그 방에서는 즐겁고 명랑한 두 여자의 목소리가 피아노 소리와 함께 들려왔다. 백작은, 외제니가 자기나 안드레아와 함께 있기보다는, 성악 선생 루이즈 다르미와 같이 있는 편을 더 좋아한다는 것을 알았다.

그때 백작은 부인과 얘기를 계속하면서, 그리고 얘기에 흠뻑 빠져든 체하면서도, 안드레아가 열심히 문 앞으로 다가가서 차마 나가보진 못하고 그저 감탄만 하고 있는 것을 보았다.

이윽고 당글라르가 돌아왔다. 그는 우선 몬테크리스토 백작 쪽을 먼저 보긴 했으나, 곧 눈을 안드레아 쪽으로 돌렸다.

아내에게도, 그는 보통 남편들이 아내에게 하는 그런 인사를 보냈다.

그런 인사 방법은 부부 사이에 관한 광범위한 법전이라도 나오지 않는 한, 독신자들로서는 상상도 못할 것이다.

「아니, 저애들은 여러분에게 같이 음악을 하자는 초대도 안 합디까?」 하고 당글라르가 물었다.

「유감스럽게도!」 안드레아는 전보다도 더 눈에 띄게 한숨을 쉬며 대답했다.

당글라르는 곧 샛문으로 가서 문을 열었다.

두 여자가 피아노 앞에 놓인 의자 하나에 앉아 있는 모습이 보였다. 둘은 각기 한 손으로 피아노를 두드리고 있었다. 두 손으로 치는 데 익숙해져 있었기 때문에, 손은 굉장히 능란하게 움직이고 있었다.

그때 눈에 뜨인 다르미 양의 모습은 외제니와 나란히 앉은 채 문틀을 배경으로 그 한가운데 얼굴이 드러나 있어서, 마치 독일 사람들이 곧잘 그리는 활인화(活人畵)와도 같았다. 뛰어난 미인이라기보다는 상당히 귀염성 있는 얼굴이었다. 요정과도 같이 가냘픈 체구에, 금발인 굽실굽실한 머리카락이 너무 긴 듯이 목덜미에 늘어져, 페르지노(16세기 이탈리아 화가──옮긴이)가 그린 성모 마리아 상 같은 모습이었고 눈에는 피로한 기색이 엿보였다. 폐가 약하다는 소문이 있었다. 그래서 「크레모나의 바이올린」에 나오는 안토니아(호프만의 단편소설 「크레모나의 바이올린」의 여주인공──옮긴이)처럼 노래를 하면서 죽으리라는 소문이 돌았다. 몬테크리스토 백작은 이 여자들의 방을 호기심에 찬 눈으로 휙 훑어보았다. 이 집에 와서, 가끔 얘기만 들어오던 다르미 양을 오늘 처음으로 본 것이다.

「어떻게 된 거냐?」 당글라르가 딸에게 물었다. 「우린 빼놓기냐?」

이렇게 말하면서, 그는 안드레아를 그 방으로 데리고 들어갔다. 그러자 의도적이었는지 우연이었는지는 몰라도, 문이 안드레아 뒤로 꽝 닫혀버려, 백작과 당글라르 부인이 앉은 곳에서는 아무것도 보이지 않게 되었다. 그러나 부인은 안드레아가 당글라르를 따라 들어갔기에 그런 것에는 신경 쓰지 않았다.

곧 백작의 귀에는 피아노 반주에 맞추어 코르시카의 노래를 부르는 소리가 들려왔다.

백작은 안드레아의 일도 잊고 베네데토를 떠올리며 미소를 띠고 노래를 듣고 있었다. 당글라르 부인은 남편의 대담함을 자랑하고 있었다. 오늘 아침만 해도 밀라노에서 생긴 파산 때문에, 30-40만을 또 손해 보았다는 것이었다.

사실 자랑할 만도 했다. 왜냐하면 만약 백작이 그 소리를 부인의 입을 통해서든가, 아니면 뭐든지 다 알아낼 수 있는 그의 수단과 방법으로 혼자 알아냈다면 모르되, 당글라르 자신의 얼굴만으로는 아무것도 짐작할 수가 없을 정도였으므로.

〈좋아!〉하고 백작은 생각했다.〈벌써 손해를 본 걸 감추고 있군. 한 달 전만 해도 손해쯤 하고 큰소리만 치더니.〉

백작은 큰소리로,「하지만 부인」하고 입을 열었다.「주인께선 주식 시장 일은 환하시니까, 거기서 잃은 건 또 어디 다른 데서라도 건지실 겁니다」

「백작께서도 다른 사람들과 마찬가지로 착각하고 계시군요」하고 부인이 말했다.

「착각이라니요?」

「저의 주인은 투기 같은 건 한 일이 없는데, 투기하는 걸로 생각하시는 듯하네요」

「그렇군요. 드브레 씨한테서 들은 얘기라…… 그런데 참, 드브레 씨는 요즘 어떻습니까? 요 사나흘간 못 뵈었는데요」

「저도 못 봤어요」부인은 놀랄 만큼 침착한 어조였다.

「아까 시작하시던 얘기, 어떻게 되셨죠?」

「무슨 얘기요?」

「드브레 씨한테서 들은 얘기라고만 하셨는데, 뭘 들으셨단 말씀이세요?」

「그거요? 투기엔 부인께서 열심이시라는 얘기였습니다」

「네, 사실 전엔 좀 그 일에 흥미를 가졌었지만, 이젠 그만 뒀어요」

「어째서요? 재물운이란 하루하루가 다른 건데요. 만약 내가 여자로 태어나서 우연히도 은행가의 아내가 되었다면, 아시다시피 투기란 순전히 운이 아닙니까, 그러니 남편의 운을 못 믿는 건 아니지만, 난 나대로 따로 재산을 만들려고 했을 겁니다. 설령 남편이 모르고 있는 사람의 손에 재산을 맡기게 되는 한이 있더라도 말입니다」

당글라르 부인은 자기도 모르게 얼굴이 새빨개졌다.

「그래요」 하고 백작은 아무것도 보지 못한 체하고 말했다. 「어제도 나폴리 공채에서 한몫 톡톡히 본 사람이 있다더군요」

「전 그런 공채는 갖고 있지 않습니다」 하고 부인은 당황해서 말했다.

「그런 건 못 가져봤어요. 어쨌든 투기 얘기는 이제 그만하지요. 마치 우리가 중개인이기라도 한 것 같으니까요. 그보다는 빌포르 씨네 얘기나 하시지요. 불행을 연거푸 겪는 바람에 여간 타격이 심하지 않았나 봐요」

「무슨 일이 있었습니까?」 백작은 정말 아무것도 모르고 있다는 듯이 물었다.

「알고 계실 줄 알았는데요. 생메랑 후작이 마르세유를 떠난 지 사나흘 만에 죽었는데, 글쎄 이번엔 후작 부인이 또 여기 도착하고 사나흘 만에 죽었지 뭡니까」

「아 참, 그랬지요」 백작은 말했다. 「그 얘긴 저도 들었습니다. 하지만 그건 클로디어스가 햄릿에게 말한 대로 자연의 법칙이 아니겠습니까. 그분들도 앞서 돌아가신 부모님을 잃고 눈물을 흘렸으니, 이번엔 자식들보다 먼저 가셔서 자식들의 눈물을 흘리게 한 거죠」
「반드시 그런 것만은 아니랍니다」
「그런 것만은 아니라니요?」
「저 아시겠지만, 그 집에서는 딸을 결혼시키려던 참이었지요……」
「프란츠 데피네 씨에게 말이죠? 그런데 그 혼담이 잘 성사되지 않았나요?」
「어제 아침에 프란츠가 약혼을 취소한 것 같더군요」
「그래요? 그 이유는 뭐라던가요?」
「그걸 모른답니다」
「굉장한 소식을 들려주셨습니다. 그래, 빌포르 씨께선 이렇게 연이어 불행이 일어났는데 어떡하고 계시죠?」
「늘 그렇듯이 철학자처럼 태연하지요」
그때 당글라르가 혼자 돌아왔다.
「아니」 하고 부인이 말했다. 「안드레아 씨를 외제니 옆에 그냥 두고 오셨어요?」
「다르미 양도 같이 있는데, 뭘」
그러고는 백작을 돌아보며,
「어떻습니까, 백작, 카발칸티 공작은 아주 유쾌한 청년이 아닙니까? 그런데 정말 공작일까요?」
「그 점은 저도 장담 못하겠습니다」 백작이 대답했다.
「그 사람 아버지는 후작이라고 소개받았습니다. 그렇다면 아들은 백작쯤은 되겠지요. 그런데 그 청년은 그런 칭호 같은 건 별로 내세우지 않는 것 같더군요」

「그건 왜 그럴까요?」 은행가가 물었다. 「정말 공작이라면 그걸 자랑하지 않는 건 잘못이죠. 사람은 누구나 권리를 가지고 있습니다. 난 자기 신분을 감추는 사람은 싫어합니다」

「아! 남작께선 진짜 민주주의자시로군요」 백작이 웃으면서 말했다.

「하지만」 하고 부인이 말했다. 「어떡하려고 그러세요? 만약 알베르라도 우연히 와서, 약혼자인 자기도 못 들어가는 외제니의 방에 카발칸티 씨가 들어가 있는 걸 보면 어쩌려고요?」

「우연이란 말 한번 잘했소」 하고 은행가는 말했다. 「알베르야 하도 안 오니, 온다면 그야말로 우연이겠지」

「어쨌든, 만약 와서 외제니 옆에 그 사람이 있는 걸 보면 기분이 나쁠 게 아녜요」

「알베르가? 어림도 없는 소리. 그건 뭘 모르는 소리야. 알베르가 뭐 외제니 때문에 질투라도 할 줄 알고? 그 정도로 우리 앨 좋아하진 않는단 말이오. 그리고 그 친구가 기분이 나쁘건 말건, 그게 나와 무슨 상관이 있어?」

「하지만 얘기가 여기까지 진행되었는데……」

「여기까지라니, 도대체 어디까지라는 거지? 저희 어머니 무도회 때만 해도 외제니하곤 춤도 한 번밖에 안 추었단 말야. 카발칸티 군은 세 번이나 추었는데, 그래도 그런 데엔 마음 쓰지 않더군」

「알베르 드 모르세르 자작께서 오셨습니다!」 하고 그때 하인이 알렸다.

남작 부인은 벌떡 일어섰다. 그리고 딸에게 이 사실을 알리려고 공부방으로 가려는데, 남작이 부인의 팔을 잡았다.

「가만 있어」 하고 그는 말했다.

부인은 놀란 얼굴로 남편을 바라보았다.

몬테크리스토 백작은 이런 장면을 못 본 체하고 있었다.

알베르가 들어왔다. 그는 눈부시게 쾌활한 표정이었다. 그는 남작 부인에게는 부드럽게, 남작에게는 친근하게, 그리고 백작에게는 정답게 각기 인사를 했다. 그러고는 부인을 돌아보며, 「당글라르 양께서는 안녕하십니까?」 하고 물었다.

「네, 잘 있어요」 부인은 당황해서 대답했다. 「지금 제 방에서 카발칸티 씨하고 음악을 하고 있지요」

알베르는 여전히 침착하고 무관심한 표정을 잃지 않았다. 필경 속으로는 불쾌했을 것이다. 그러나 그는 자기를 지켜보고 있는 몬테크리스토 백작의 시선을 의식하고 있었다.

「카발칸티 씨는 아주 훌륭한 테너지요」 하고 그는 대답했다. 「외제니 양은 또 꾀꼬리 같은 소프라노인 데다가, 탈베르그(19세기 독일의 유명한 피아니스트 ── 옮긴이) 못지않은 피아노의 명수니 아주 잘 어울릴 겁니다」

「사실」 하고 당글라르가 말했다. 「그 두 사람은 잘 어울리지」

알베르는 이러한 말에는 신경 쓰지 않는 것 같았다. 그러나 당글라르 부인은 남편의 그런 무례한 태도에 얼굴을 붉혔다.

「저도」 하고 알베르는 말을 이었다. 「제 선생님들의 말씀이긴 하지만, 다분히 음악가적인 면이 있다고 그러더군요. 하지만 이상하게도 아직 남하고 같이 노래를 불러본 일은 없어요. 더군다나 소프라노하고는요」

당글라르는 〈흥, 맘대로 해보시지!〉 하는 듯 씨익 웃기만 했다.

「그래서」 하고 당글라르는 말하였다. 그는 마음먹은 얘기를 털어놓을 심산인 것 같았다. 「어젠 공작과 우리 아이가 모든 사람들의 격찬을 받았지요. 어제 안 오셨던가요?」

「공작이라니요?」 알베르가 물었다.

「카발칸티 공작 말이오」 하고 당글라르가 대답했다. 그는 카발칸티 얘기만 나오면, 연신 그에게 공작 칭호를 붙여주는 것이었다.

「아, 실례했습니다」 알베르가 말했다. 「그 사람이 공작인 줄은 몰랐군요. 그래, 어제 카발칸티 공작이 당글라르 양과 같이 노래를 불렀나요? 정말 굉장했겠습니다. 듣지 못한 게 유감인데요. 어제 샤토 르노 남작 부인 댁에서 독일 사람들이 노래를 부른다며 어머니가 자꾸 같이 가자시기에 부득이 여길 못 왔었습니다」

그러고 나서 잠시 침묵을 지킨 후에, 마치 아무 일도 없었던 것처럼, 「저」 하고 말했다. 「외제니 양을 잠깐 볼 수 없을까요?」

「아, 잠깐 기다립시다」 하고 알베르를 저지하며 은행가가 말했다. 「저 소리, 저 기가 막힌 카바티(기악 반주가 따르는 서정적인 독창곡——옮긴이)가 들리지 않소? 따 따 따 띠 따 띠 따 따. 정말 잘 부르는데. 이제 곧 끝날 테니…… 잠깐만. 야, 기가 막히는군! 정말 굉장한데!」

은행가는 미친 듯이 손뼉을 쳤다.

「과연」 하고 알베르가 말했다. 「놀랍습니다. 아마 카발칸티 공작만큼 자기 나라 음악을 그렇게 잘 알기도 어려울 겁니다. 분명 공작이라고 그러셨죠? 만일 공작이 아니더라도 공작이 되겠죠. 이탈리아에서는 그런 일은 간단히 되니까요. 그건 그렇고 자, 다시 저 명창들의 얘기로 되돌아갈까요. 당글라르 씨, 한 가지 부탁이 있는데요, 누가 와 있다는 얘긴 마시고 외제니 양한테 카발칸티 씨와 다른 노래를 하나 더 불러달라고 청해 주실 수 없을까요? 약간 떨어진 거리에서 어둑어둑한 가운데 아무것도 보지 않고 또 누구의 눈에도 띄지 않게 노래를 듣는다는 것도 멋있는 일이니까요. 그러면 아무도 보지 않으니 음악을 하는 쪽에서도 거리낌없이 그 재능을 십분 발휘해서 감정을 마음껏 표현할 수 있을 겁니다」

알베르의 냉정한 태도에 이번에는 당글라르가 당황했다.

그는 몬테크리스토 백작을 잠깐 다른 곳으로 데리고 갔다.

「어떻습니까?」 하고 당글라르는 백작에게 물었다. 「알베르 군을 어떻게 생각하십니까?」

「글쎄요! 퍽 냉정해 보이는군요. 그 점은 확실한데, 그렇지만 이제 와서야 어쩌시겠습니까? 이미 약속을 해버리셨으니!」

「그야 그렇죠. 하지만 내 딸을 사랑하는 사람에게 줄 생각이지, 사랑하지 않는 사람에게 줄 생각은 없습니다. 보시다시피 꼭 대리석처럼 냉정하고 오만한 것이 제 아버지를 빼닮았거든요. 그나마도 카발칸티 가만큼 재산이라도 있다면 또 그런대로 눈감아 줄 수 있겠지만. 물론 딸아이의 의견은 아직 물어보지도 않았습니다. 그렇지만 그애도 바보가 아닌 바에야!」

「오!」 하고 백작이 말했다. 「호의를 가지고 있어서 제 눈이 어두워졌는지는 몰라도, 제가 보기엔 알베르 씨는 훌륭한 청년인 것 같습니다. 따님을 행복하게 해줄 테고, 조만간에 큰 인물이 될 거라는 생각도 드네요. 게다가 그 사람 아버지도 굉장한 지위에 있고」

「글쎄요」하고 당글라르가 말했다.

「왜 그렇게 못 미더워하십니까?」

「과거라는 게 있으니까요…… 시커먼 과거가 있단 말씀입니다」

「허나 아버지 과거가 아들과 무슨 상관이 있지요?」

「있고말고요! 틀림없이 있습니다」

「자, 흥분하지 마세요. 한 달 전엔 이 결혼을 훌륭하게 생각하시지 않았나요? 전 아주 난처하게 됐습니다그려. 안드레아 카발칸티를 아시게 된 것이 바로 저의 집에서였으니 말입니다. 그러나 한번 더 말씀드리겠습니다만, 전 저 사람은 잘 모릅니다」

「전 저 청년을 잘 아는데요」당글라르가 말했다.「그럼 된 게 아닙니까?」

「저 청년을 남작께서 잘 아신다니, 그럼 조사라도 해보셨나요?」백작이 이렇게 물었다.

「그럴 필요가 있을까요? 사람을 한번 보면 그게 어떤 사람인지 모른단 말씀입니까? 저 청년은 우선 돈이 많습니다」

「전 장담 못하겠는데요」

「그래도 저 청년에 대한 책임을 지고 계시잖습니까?」

「5만 프랑에 한해서만입니다. 그 정도는 대단치 않은 돈이니까요」

「교육도 많이 받았지요」

「글쎄요」하고 이번에는 몬테크리스토 백작이 말했다.

「게다가 음악도 할 줄 알고」

「음악이야 이탈리아 사람이면 다 하는 거죠」
「백작께선 저 청년한테 전혀 점수를 안 주시는군요」
「솔직히 말해서 그렇습니다. 댁의 따님이 모르세르 군과 약혼한 사이라는 것을 알면서 재산을 빙자로 중간에 끼여드는 게 보기 싫군요」

당글라르는 웃기 시작했다.

「이거 대단한 청교도 같은 소리를 하시는군요!」 하고 그는 말했다. 「그런 일이야 이 세상에 얼마든지 있는 일 아닙니까?」
「하지만 파혼을 하진 못하실 겁니다. 당글라르 씨, 모르세르 가에서는 당연히 하는 걸로 알고 있으니까요」
「하는 걸로 알고 있다고요?」
「물론이죠」
「그렇다면 그쪽 얘기도 들어보아야겠습니다. 백작께선 그 댁하고 친한 사이시니, 이 일을 그 사람 아버지한테 귀띔을 좀 해주시면 어떨까요?」
「제가요? 뭘 보고 그런 생각을 하셨습니까?」
「그 댁 무도회 때 보니 그런 것 같더군요. 백작 부인, 그 오만하고 건방진 카탈로니아 태생의 메르세데스가, 보통때 같으면 아주 옛날 친구나 돼야 겨우 한마디 건넬 정도인데, 그날 보니 백작과 팔짱을 끼고 정원을 나가서 오솔길을 산책하고 삼십 분이나 같이 있다가 돌아왔으니 말씀이에요」
「잠깐, 남작님, 남작님」 하고 알베르가 말했다. 「음악 좀 듣게 조용히 해주십시오. 남작님 같은 음악광이 왜 이리 자꾸 떠드십니까?」
「아, 그렇군 그래. 어찌 그리 비꼬기만 하시나!」 하고 당글라르가 말했다.

그러고는 다시 백작에게로 돌아와서,

「이 청년 아버지에게 얘기 좀 해주시겠습니까?」

「정 그러시다면 해보죠」

「그런데 이번만은 분명하게 결정적으로 얘기해 주셔야겠습니다. 더군다나 그쪽에서 내 딸을 달라는 입장에 있으니, 시일과 금전적인 조건을 내세우고, 마지막으로 결혼을 성사시킬건지 말 건지 분명히 밝히도록 해주십시오. 더 이상 질질 끌지는 않을 테니까요」

「좋습니다! 알아보도록 하죠」

「기쁜 마음으로 기다리지는 못하겠습니다만, 어쨌든 기다려는 보겠습니다. 은행가란 자기가 한 말에 충실해야 하는 법이니까요」

그러고 나서 당글라르는 바로 삼십 분 전에 카발칸티가 내쉰 것과 같은 한숨을 쉬었다.

「오! 기가 막히군! 정말 광장한데!」하고 알베르는 아까 당글라르가 한 말을 그대로 흉내 내며, 음악이 끝나자 박수를 쳤다.

당글라르는 알베르를 곁눈으로 흘끗 쳐다보았다. 그때 하인이 와서 무언가 낮은 소리로 두어 마디 하고 갔다.

「잠깐 나갔다 오겠습니다」하고 당글라르는 몬테크리스토 백작에게 말했다. 「좀 기다려주셨으면 좋겠는데요. 곧 말씀드려야 할 게 있을 것 같으니」

이렇게 말하고 그는 방을 나갔다.

남작 부인은 남편이 나간 틈을 타서 딸의 방 문을 열었다.

문이 열리자, 외제니와 함께 피아노 앞에 앉아 있던 안드레아가 용수철처럼 벌떡 일어났다.
　알베르는 웃으면서 당글라르 양에게 인사를 했다. 그녀는 전혀 당황한 기색이 없이 평소처럼 냉정하게 인사를 보내왔다.
　카발칸티는 확실히 당황한 듯한 표정이었다. 그는 알베르에게 인사를 했다. 알베르는 지극히 불손한 태도로 그에게 답례를 보냈다.
　이어서 알베르는 외제니의 목소리를 격찬하며, 듣고 보니 그 전날 밤 음악회에 참석하지 못했던 것이 유감으로 생각된다는 이야기를 늘어놓았다.
　따돌림을 당한 카발칸티는 몬테크리스토 백작을 한쪽으로 끌고 갔다.
　「자!」 하고 남작 부인이 이야기에 끼여들었다. 「이제 음악 얘기나 칭찬은 그만 하시고 어서 차를 드시지요」
　「루이즈, 이리 나와」 외제니가 다르미 양에게 말했다.
　모두들 옆방으로 건너갔다. 차는 이미 준비되어 있었다.
　그들이 막 스푼을 영국식 찻잔에 넣으려고 하는데, 바로 그때 문이 열리면서 당글라르가 몹시 동요된 듯한 얼굴로 나타났다.
　백작은 대번에 이 은행가의 동요를 알아보고 눈으로 까닭을 물었다.
　「실은」 하고 당글라르는 말했다. 「그리스에서 기별이 왔습니다」
　「아!」 하고 백작이 말했다. 「그래서 부르러 왔었군요」
　「네」

「오토 폐하께선 안녕하시답니까?」 알베르가 익살스럽게 물었다.

당글라르는 대답 없이 알베르를 힐끗 곁눈질만 할 뿐이었다.

백작은 안됐다고 여기는 듯한 표정을 감추느라고 고개를 돌렸다. 그러나 그 표정도 이내 사라지고 말았다.

「이만 돌아가지 않으시겠습니까?」 알베르가 백작에게 물었다.

「그럽시다」 백작이 대답했다.

알베르는 당글라르가 왜 그런 눈으로 자기를 보았는지 이해가 안 갔다. 그래서 모든 것을 다 알고 있는 백작에게, 「아까 저 양반이 절 쳐다보는 눈빛 보셨지요?」 하고 물었다.

「보았소만」 백작이 대답했다. 「왜, 쳐다보는 눈빛이 이상하던가요?」

「확실히 이상했어요. 그리스에서 온 소식이 어쨌다는 걸까요?」

「그걸 난들 어찌 알겠습니까?」

「제 생각으로는 백작님께선 그곳 사정에 훤하실 것 같아서요」

백작은 언급을 회피하는 듯 빙그레 웃었다.

「저것 보세요」 하고 알베르가 말했다. 「당글라르 씨가 오고 있지 않아요? 난 이제부터 외제니의 카메오(마노석 따위에 조각해 만든 장신구──옮긴이)를 칭찬해 주어야겠는데요. 그동안 두 분이 말씀을 나누시게 말입니다」

「칭찬을 하려거든 목소리도 칭찬해 주시오」 하고 백작이 말했다.

「아닙니다. 그런 건 세상 사람들 누구나 다 할 수 있는 거니까요」

「자작」하고 백작이 말했다.「당신은 무례할 정도로 오만하군」

알베르는 미소를 지으며 외제니 앞으로 갔다.

그러는 동안 당글라르는 백작의 귀에 입을 갖다 대었다.

「정말 좋은 걸 가르쳐주셨습니다」하고 그는 말했다.

「페르낭과 자니나, 이 두 낱말에 관해서 매우 무시무시한 얘기가 있습니다」

「저런!」하고 백작이 말했다.

「그렇습니다. 나중에 얘기해 드리죠. 우선 저 친구를 데리고 나가주셨으면 좋겠는데요. 저 친구하고 같이 있으면 기분이 아주 언짢아질 것 같아서요」

「그러려고 하던 참입니다. 제가 데리고 나가죠. 저 사람 아버지를 당신에게 보낼까요?」

「네, 그렇게 해주시면 감사드리겠습니다」

「알겠습니다」

백작은 알베르에게 눈짓을 했다.

두 사람은 여자들에게 인사를 하고 밖으로 나왔다. 알베르는 외제니의 경멸에 찬 태도에 전혀 무관심한 체하고, 백작은 남작 부인에게 은행가의 아내로서 장래를 보장받으려면 신중한 노력이 필요하다는 조언을 다시 한번 되풀이하면서.

이렇게 해서 안드레아 카발칸티가 싸움의 승리자로 남게 되었다.

하이데

 백작의 마차가 대로의 모퉁이를 돌아서자마자, 알베르는 짐짓 우스워 죽겠다는 듯 요란스럽게 웃음을 터뜨리며 백작에게로 고개를 돌렸다.
「어떻습니까?」 하고 그는 물었다. 「성 바르톨로메오 학살 (1572년 8월 23일 밤, 카트린 드 메디치의 청을 들어 샤를 9세가 명한 구교도들에 의한 신교도 대학살──옮긴이) 후에 샤를 9세가 카트린 드 메디치에게 물은 것처럼, 저도 한마디 물어볼까요? 〈어떻소, 내가 한 일이?〉 이렇게 말입니다」
「뭘 말이오?」 백작이 물었다.
「제 라이벌이 당글라르 가에 끼여든 일 말이지요……」
「라이벌이라니?」
「그걸 몰라서 저한테 물으시나요? 백작님께서 뒤를 봐주시는 그 안드레아 카발칸티 군이지 누굽니까?」

「천만의 말씀을. 안드레아 군의 뒤를 봐주다니, 내가 왜 그런 짓을 하겠소? 더군다나 당글라르 씨가 있는데 말이오」

「그 청년이 정말 당신의 후원을 필요로 하고 있다면 저는 백작님을 비난할 겁니다. 그런데 저로서는 다행한 일이죠. 그 사람은 이제 후원이 필요하지 않은 눈치니까요」

「그럼, 당신은 그 사람이 이미 구혼했다고 생각하십니까?」

「틀림없습니다. 사랑을 호소하는 듯한 시선을 보내는 거며, 목소리의 억양까지 지어내는 꼴을 보니 말입니다. 그 사나이는 그 오만한 외제니의 손을 그리워하고 있습니다. 이거 제가 시를 읊은 셈이 되는데요. 그러나 이것도 제 탓은 아닙니다. 하긴 제 탓이면 또 어때요! 제가 다시 한번 읊어볼까요? 〈그 사나이는 그 오만한 외제니의 손을 그리워하나니!〉」

「그게 뭐 어떻다는 겁니까? 외제니 양만 당신을 생각하고 있으면 됐지요」

「백작님, 그런 소린 마십시오. 전 지금 양쪽에서 괴롭힘을 받고 있는 중입니다」

「양쪽에서라니요?」

「양쪽이죠. 외제니 양은 대답도 잘 안해 주는 판이고, 외제니가 모든 걸 다 털어놓고 얘기하는 다르미 양은 일체 함구하고 있으니까요」

「그렇군요. 하지만 그 여자의 아버진 당신을 좋아하고 있지 않소?」

「그분이요? 천만에요. 그 양반은 제 가슴에 보이지 않게 수없이 칼을 꽂았습니다. 물론 칼 같지도 않은 것이긴 하지만.

그래도 칼을 쥔 사람은 시퍼렇게 잘 드는 줄 알고 칼질을 하지요」

「질투는 사랑한다는 증겁니다」

「그야 그렇죠. 하지만 전 질투를 안하고 있으니까요」

「그래도 그쪽에선 하고 있지요」

「누구를요? 드브레를요?」

「아니, 알베르 당신을」

「저를요? 천만에요. 일주일 내로 저는 문밖으로 쫓겨날 판인데요」

「그건 그렇지 않아요」

「그렇지 않을 거라는 증거라도 있습니까?」

「증거를 보여드리리까?」

「보여주세요」

「날더러 당신 아버지한테 가서, 당글라르 씨에게 결정적인 확답을 해달라고 부탁하라더군요」

「누가 그런 부탁을 했단 말씀입니까?」

「당글라르 씨 자신이」

「오!」 하고 알베르는 한껏 응석을 부리는 말투로, 「설마 그런 짓은 안하시겠죠, 그렇죠?」 하고 말했다.

「그게 잘못 생각한 거란 말이오. 난 그 일을 할 거요. 약속했으니까」

「그렇다면」 알베르는 한숨마저 쉬며 말했다. 「절 어떻게든지 결혼시키겠단 말씀이시군요」

「난 누구하고나 다 친하게 지내려는 겁니다. 그런데 참, 드브레 씨가 어째 남작 부인한테 드나들지 않던데요」

「좋지 않은 일이 있었다더군요」

「부인하고?」

「아니요, 남편하고요」

「그럼 당글라르 씨가 무슨 눈치라도 챈 게 아닌가요?」

「뭘 새삼스럽게!」

「그럼, 전부터도 낌새를 채고 있었던 건가요?」 백작은 아무것도 모르는 듯이 이렇게 물었다.

「아니, 백작님은 도대체 어디서 오셨습니까?」

「콩고에서 왔다고 해둘까요」

「그것도 너무 가까운데요」

「하지만 내가 파리의 남편들이 어떤지 어떻게 알겠소?」

「원 백작님도! 아, 남편이란 어딜 가나 다 마찬가진데 뭘 그러세요. 어느 한 나라에서 인간 하나만 알아보면 나머진 다 아는 거 아니에요?」

「그렇지만 도대체 왜 갑자기 당글라르 씨가 드브레 씨하고 싸웠단 건가요? 두 사람은 서로 퍽 잘 통하고 있는 것처럼 보이던데요」 백작은 또 한번 정말 아무것도 모른다는 듯이 물었다.

「그건 우선 이시스(의술, 결혼, 농업을 주관하는 이집트의 여신——옮긴이)의 비밀이라, 실은 저도 아직 파악하지 못한 겁니다. 안드레아 카발칸티가 그 집 사위로 들어가면 그 사람한테 물어보시죠」

마차가 섰다.

「다 왔군요」 백작이 말했다.

「아직 열시 반이니, 올라가십시다」

「그러죠」

「가실 땐 내 마차로 모셔다 드리겠소」

「아니, 괜찮습니다. 제 마차가 뒤따라 왔을 테니까요」

「아, 정말 저기 오는군요!」하고 백작은 마차에서 내렸다.

두 사람은 안으로 들어갔다. 응접실에는 불이 켜져 있었다. 그들은 그리로 들어갔다.

「바티스탱, 차 좀 주게」

바티스탱은 소리 없이 방을 나갔다. 그러더니 이내 차 마실 준비가 완전히 된 쟁반을 들고 다시 들어왔다. 그것은 마치 요정이 등장하는 동화에 나오는 음식들처럼 땅에서 솟아나온 것 같았다.

「정말이지」하고 알베르가 말했다. 「제가 백작께 놀라 마지 않는 것은, 백작께 돈이 많다는 게 아닙니다. 백작님보다 더 큰 부자들도 있을 테니까요. 또 기지 때문도 아닙니다. 기지로 말한다면야, 보마르셰(『피가로의 결혼』을 쓴 18세기 프랑스 극작가——옮긴이)도 백작님보다 기지가 더 풍부했다고는 할 수 없더라도 뒤지지는 않았을 테니까요. 제가 감탄하는 것은 아랫사람들을 완벽하게 훈련시키는 점입니다. 단 한마디도 대답하지 않았는데도 일 분 일 초 후엔 백작께서 원하는 것을 척척 갖다 바치는 것 말입니다. 백작께서 벨만 한번 울리면 원하시는 게 뭔지를 대뜸 알아채고 언제 봐도 다 준비하고 있더군요」

「지금 하신 얘기가 어느 정도는 사실이죠. 그들은 내 습관을 다 알고 있으니까요. 한번 그 예를 보실까요? 자, 차를 마시면서 뭐 원하는 게 없습니까?」

「실은 담배가 피우고 싶습니다」

백작은 벨 쪽으로 가서 벨을 한번 울렸다.

그와 거의 때를 같이하여 특이한 문이 열리더니, 알리가 특상품 라타키에(터키산 담배——옮긴이)를 가득 담은 담뱃대 두 개를 가지고 나타났다.

「정말 놀랍습니다」 알베르가 말했다.

「뭘요, 아주 간단한 일인걸」 백작이 말을 이었다. 「알리는 늘 내가 차나 커피를 마시면서 담배를 피운다는 걸 알고 있죠. 오늘은 내가 차를 부탁했고 당신과 함께 돌아왔다는 것을 알고 있는데 내가 자기를 부르는 소릴 들었으니, 무슨 일이 자기에게 있구나 하고 곧 알아챈 겁니다. 그런데 자기네 나라에선 손님을 접대할 땐 담배를 내오는 게 관례니, 담뱃대를 하나만 가져오질 않고 손님 것까지 두 개 가져온 것뿐이죠」

「그야 흔히 할 수 있는 설명이지만, 그러나 그런 것도 당신이 아니면 그렇게 못한다는 게 사실이죠…… 아니, 이게 무슨 소리까요?」

알베르는 문 쪽으로 귀를 기울였다. 그 문으로 기타인 듯한 소리가 흘러 들어왔기 때문이다.

「오늘 저녁엔 자작은 음악을 들어야 할 운명이군요. 외제니 양의 피아노 소리를 모면했나 싶자, 이번엔 또 하이데의 구즐라(기타의 하나——옮긴이) 소리를 듣게 되었으니」

「하이데라! 그 이름 참 멋있는데요! 하이데란 이름이 바이런의 시에만 나오는 줄 알았더니, 정말로 여자들 이름에 그런 게 있었군요!」

「있고말고요. 하이데란 이름이 프랑스에선 극히 드물지만, 알바니아나 그리스의 에피루스에선 아주 흔한 이름이죠. 그건 순결이라든가 정숙 또는 순진이랄까, 그런 뜻으로 파리 사람들이 말하는 소위 세례명이죠」

「오! 그것 참 아름다운데요!」 알베르가 말했다. 「난 우리 프랑스 여자들에게도 친절 양이라든가, 침묵 양이라든가, 자비 양 같은 이름을 붙이면 좋겠어요. 그러니까 당글라르 양에게도 클레르 마리 외제니 양이란 이름 대신에 순결, 정숙, 순진 당글라르 양이라고 한다면, 결혼 공시(公示)(결혼할 사람들의 이름을 마을의 관청 앞에 공시하던 제도――옮긴이)를 할 때 얼마나 근사하겠느냔 말입니다」

「쉿!」 하고 백작이 말했다. 「그렇게 큰소리로 농담하지 마시오. 하이데가 들어요」

「화를 낼까요?」

「아니죠」 백작은 그 오만한 어조로 말했다.

「상냥한 여잔가요?」 알베르가 물었다.

「그런 건 문제가 안 됩니다. 그게 그 여자의 의무니까. 노예는 주인에게 화 같은 건 낼 수 없습니다」

「무슨 말씀이십니까? 지금 세상에 노예라니요?」

「그래도 사실이오. 하이데는 분명 내 노예니까」

「과연 백작님께선 하시는 일이나 가지고 계신 게 모두 보통 사람하곤 철저하게 다르군요. 몬테크리스토 백작의 노예라면, 그것만으로도 프랑스에서는 당당한 지위입니다. 당신이 쓰시는 돈으로 미루어볼 때, 그 지위도 일년에 10만 에퀴는 받을 게 아닙니까?」

「10만 에퀴라고요? 그 여잔 그보다 더 많은 재산을 가지고 있습니다. 『아라비안 나이트』에 나오는 보물들이 무색할 정도로 대단한 재산가의 가문에서 태어난 여자니까요」

「그럼 무슨 왕국의 공주이기라도 합니까?」
「그렇죠. 그것도 정말 대단한 가문의 출신이죠」
「그렇지 않아도 혹시나 했더니만. 그런데 그런 여자가 어떻게 해서 당신의 노예가 되었나요?」
「폭군 디오니시우스(고대 시라쿠사의 왕. 폭군이었지만 문학 애호가였다──옮긴이)가 어떻게 학교 선생이 되었죠? 그게 다 뜻하지 않은 전쟁 탓이요, 운명의 장난 탓이죠」
「그런데 그녀의 이름은 비밀입니까?」
「절대 비밀이죠. 그러나 자작 당신에게만은 가르쳐줄 수 있습니다. 당신은 내 친구요, 또 한번 침묵을 지키기로 약속하면 꼭 지킬 분이니까」
「맹세하겠습니다」
「당신은 자니나의 파샤(총독을 뜻하는 존칭──옮긴이) 얘길 알고 있죠?」
「알리 테베린의? 네, 알고 있고말고요. 제 아버지가 그 사람을 섬겨서 재산을 얻었으니까요」
「아 참, 그랬지. 깜빡 잊고 있었군」
「그런데 하이데가 그 알리 테베린과 어떻게 된다는 겁니까?」
「딸이오」
「네? 알리 파샤의 딸이라고요?」
「그렇소. 알리 파샤와 그의 아름다운 아내 바실리키 사이에서 난 딸이죠」
「그런데 그 여자가 당신의 노예라니?」
「불행히도 그렇게 됐소」

「어쩌다가요?」
「어느 날, 콘스탄티노플의 시장을 지나가다가 내가 샀죠」
「그래요? 도대체 당신 얘긴 들을수록 알 수가 없군요. 꼭 꿈을 꾸고 있는 것 같아요. 그런데 저, 이런 얘길 해도 괜찮을지 모르겠습니다만……」
「무슨 얘긴지 하시죠」
「백작님께선 그 여자와 같이 외출도 하시지 않습니까? 오페라에도 데리고 오시니……」
「그래서요?」
「그러니, 저 이런 말을 해도 되는지……」
「글쎄, 무슨 말이든지 해보시라니까요」
「네, 저, 저를 그녀에게 소개시켜 주셨으면 해서요」
「해드리죠. 단, 두 가지 조건이 있습니다」
「좋아요. 즉시 받아들이겠습니다」
「첫째는 이 여자와 인사했다는 사실을 누구에게도 말하지 말라는 겁니다」
「알겠습니다. (알베르는 손을 내밀었다) 약속드리죠」
「둘째는, 당신 아버님께서 그녀의 아버지를 모셨었다는 얘길 그녀에게 하지 말라는 것입니다」
「약속합니다」
「그럼, 좋습니다. 두 가지 다 약속하시죠?」
「물론이죠」
「됐습니다. 신의가 두터운 분이라는 건 알고 있으니」
백작은 또 한번 벨을 울렸다. 알리가 다시 나타났다.
「하이데에게 가서」 하고 그는 알리에게 말했다. 「내가 커피를 마시러 간다고 전하게. 그리고 내가 친구 한 분을 소개하겠다고 하더라고 말해 두게」

알리는 인사를 하고 방을 나갔다.

「아시겠죠, 그 여자에게 직접 무얼 물어보지 마십시오. 묻고 싶은 게 있거든 내게 물어주시오. 그럼 내가 그걸 또 그녀한테 물어볼 테니까」

「그렇게 하겠습니다」

알리가 세번째로 다시 나타났다. 그는 방안의 휘장을 걷어들고 주인과 알베르에게 어서 그리로 나가시라는 몸짓을 했다.

「들어갑시다」 백작이 말했다.

알베르는 손으로 머리를 한번 쓰다듬고 수염을 매만졌다. 백작은 모자를 들고 장갑을 낀 채 알베르보다 앞서 방안으로 들어갔다. 방 앞에는 알리가 보초처럼 서 있고, 미르토의 지휘를 받는 프랑스 시녀 셋이 방을 지키고 있었다.

하이데는 눈이 휘둥그레져서, 객실로 쓰고 있는 첫번째 방에서 기다리고 있었다. 왜냐하면 백작이 다른 남자를 데리고 이 방까지 들어온 적은 이번이 처음이었기 때문이다.

그녀는 한쪽 구석에 있는 소파에 두 다리를 꼬고 앉아 있었다. 그녀는 동양풍의 화려하기 그지없는 줄무늬 자수가 수놓아진 비단옷으로 몸을 감싸, 일종의 자기만의 보금자리를 지니고 있는 듯했다. 그 곁에는 조금 전에 소리가 들려온 악기가 놓여 있었다. 여자의 모습은 눈이 부실 정도로 아름다웠다.

백작이 들어오는 것을 보자 하이데는 독특한, 마치 소녀 같기도 하고 애인 같기도 한 이중적인 미소를 띠며 자리에서 일어섰다. 백작이 가까이 가서 손을 내밀자, 하이데는 늘 하던 식으로 그 손에 입을 맞추었다.

알베르는 생전처음으로 보는, 그리고 프랑스에서는 상상도 못할 이 기이한 미인에게 압도되어 문 옆에 그냥 서 있을 뿐이었다.

「어떤 분과 같이 오셨어요?」 여자는 로마이크어(근대 그리스어——옮긴이)로 백작에게 물었다. 「형제신가요? 친구신가요? 아니면 그냥 아는 분인지요? 그렇지 않으면 적인가요?」

「친구야」 하고 백작은 같은 언어로 대답했다.

「알베르 자작, 바로 내가 로마에서 산적들의 손에서 구해 드린 그분이지」

「어느 나라 말로 얘길 할까요?」

백작은 알베르를 돌아보며,

「로마이크어 아시오?」

「안타깝게도 모릅니다」 하고 알베르가 말했다. 「고대 그리스어도 모르는걸요! 호메로스나 플라톤이나 아마 저만큼 빈약한 학생은 본 일이 없을 겁니다」

「그럼」 하고 하이데는 자기가 한 말에 대해서 백작과 알베르 사이에 오간 이야기를 듣고 말했다. 「제게 얘길 해도 괜찮다고 하시면 프랑스어나 이탈리아어로 할게요」

백작은 잠시 무엇인가를 생각하더니,

「이탈리아어로 하지」

그러고는 다시 알베르에게,

「근대나 고대의 그리스어를 다 모른다는 건 유감이군요. 하이데는 두 가지 다 아주 잘하는데요. 할 수 없이 이탈리아어로 하는 수밖엔 없겠군요. 이탈리아어로 말해서는 이 여자를 충분히 이해하기가 어려울 텐데」

그는 하이데에게 눈짓을 했다.

「제 주인님과 함께 오신 분이니, 진심으로 반갑습니다」하고 소녀는 빼어난 이탈리아어로 말했다. 그 부드러운 로마어는, 단테의 언어(이탈리아어──옮긴이)를 호메로스의 언어(그리스어──옮긴이)만큼이나 낭랑하게 만들어주었다.

「알리! 커피와 담배를 가져오게!」

그러고 나서 하이데는 알베르에게 가까이 오라는 시늉을 했다. 알리는 주인의 명령을 받들기 위해 방에서 물러나왔다.

백작은 알베르에게 접이식 의자 두 개를 가리켰다. 두 사람은 각기 의자 하나씩을 끌어다 작고 둥근 테이블에 가서 앉았다. 테이블 한가운데에는 담뱃대가 놓여 있었고, 꽃들과 그림, 악보들이 가득했다.

알리가 커피와 긴 담뱃대를 가지고 돌아왔다. 바티스탱은 이 방에 들어오는 것이 금지되어 있었다. 알베르는 알리가 내미는 담뱃대를 사양했다.

「아, 사양 마시고 어서 태우십시오」하고 백작이 말했다. 「하이데는 파리 여자들 못지않게 개화한 사람입니다. 하바나는 좋아하지 않지만요. 그 냄새가 싫다는군요. 하지만 동양의 담배는 아시다시피 향기가 그만이거든요」

알리가 나갔다.

커피가 준비되어 있었다. 알베르를 위해 설탕통도 놓여 있었다. 백작과 하이데는 아라비아식으로 설탕 없이 마셨다.

하이데는 장밋빛을 띠는 가는 손가락을 내밀어 일본제 자기(磁器) 찻잔을 들었다. 그리고 마치 어린애가 자기가 좋아하는 것을 먹을 때처럼, 기쁨을 감추지 못하며 천진스럽게 잔을 입술에 갖다 대었다.

그때 여자 둘이 아이스크림과 셔벗을 담은 쟁반 두 개를 가지고 들어와 두 개의 작은 테이블 위에 내려놓았다.

「백작, 그리고 시뇨라」하고 알베르는 이탈리아어로 말했다. 「깜짝 놀랐습니다. 용서하세요. 정신이 얼떨떨합니다. 그게 당연하지만요. 여긴 동양 그 자체군요. 유감스럽게도 전 동양을 눈으로 직접 보진 못했지만, 이 파리 한가운데서 상상만으로 그리던 동양 말입니다. 조금 아까만 해도 합승 마차 굴러가는 소리며 레몬 장수의 종소리가 났었는데요. 오, 시뇨라, 어째서 제가 그리스어를 못할까요? 말이 통하면 당신의 말은 이 옛날 이야기 같은 분위기와 함께 영원히 잊지 못할 저녁을 만들어주었을 텐데요」

「저는 당신과 얘기할 수 있을 정도의 이탈리아어는 할 수 있어요」하고 하이데는 조용하게 말했다. 「그리고 동양을 좋아하신다면 동양적인 분위기를 맛보실 수 있도록 애써 보겠습니다」

「무슨 얘길 하면 좋을까요?」 알베르는 백작에게 낮은 소리로 물었다.

「뭐든지 하고 싶은 얘길 하시죠. 하이데의 고향이라든가, 어렸을 때 얘기라든가, 여러 가지 추억이라든가. 그리고 또 원하신다면 로마, 나폴리 또는 피렌체 얘기도 좋겠죠」

「아니!」하고 알베르가 말했다. 「파리 여자에게 하는 얘길 그리스 여자와 할 필요가 있을까요? 동양 얘기를 시켜보겠습니다」

「그러시죠. 그 얘길 아마 제일 좋아할 겁니다」

알베르는 하이데 쪽으로 돌아앉으며, 「몇 살 때 그리스를 떠나셨나요?」하고 물었다.

「다섯 살 때요」

「그런데도 고향 생각이 나십니까?」

「눈만 감으면 어렸을 때 본 모든 것들이 눈에 선해 와요. 우리에겐 두 가지 눈이 있죠, 하나는 육체의 눈, 또 하나는 마음의 눈. 육체의 눈은 가끔 잊어버리는 수가 있지만 마음의 눈은 항상 기억들을 간직하고 있지요」

「그럼 당신이 알 수 있는 가장 오랜 된 기억은?」

「제가 겨우 걸음마를 떼기 시작했을 때의 일이죠. 사람들이 바실리키라고 부르던 내 어머니는(〈바실리키란 '왕가의 사람'이라는 뜻이죠〉하고 소녀는 고개를 들며 덧붙여 말했다) 내 손을 붙잡고 죄수들을 위해 주머니를 들고 동냥을 하러 나갔었지요. 우린 둘 다 베일로 얼굴을 가리고 있었고, 그 주머니 속에 우리가 가지고 있던 돈을 모두 넣었어요. 동정을 구하면서, 우리는 이렇게 말했죠.〈가난한 자를 불쌍히 여기는 것은 여호와께 빚을 지게 하는 것이니〉(구약성서「잠언」19장 17절──옮긴이) 주머니가 다 차자, 우리는 궁전으로 돌아왔죠. 아버지껜 아무 말 하지 않고, 사람들이 우리를 걸인으로 알고 준 돈을 전부 수도원장에게 보내 그것을 수도원장이 다시 죄수들에게 주도록 했답니다」

「그래, 그때 나이가 몇 살이었나요?」

「세 살이었어요」하이데가 대답했다.

「그럼 당신은 세 살 때부터의 일은 모조리 기억하고 있단 말씀입니까?」

「네, 모두요」

「백작님」 알베르는 백작에게 낮은 소리로 속삭였다. 「이 아가씨에게 신상 얘기를 좀 들려달라고 해도 괜찮을까요? 백작께선 아까 제 아버지 얘긴 하지 말라고 그러셨지만, 자연히 제 아버지 얘기가 나올 겁니다. 저렇게 아름다운 여자의 입에서 아버지 이름이 나오는 걸 좀 들었으면 좋겠어요」

백작은 하이데 쪽을 향하여 눈썹을 한번 찡끗해 보였다. 그것은 이제부터 단단히 조심하라는 신호였다. 그리고 그리스어로 「네 아버지의 운명은 얘기해도 좋다. 그러나 배신자의 이름이나 배신에 관한 얘긴 절대로 입 밖에 내선 안 돼」 하고 일렀다.

하이데는 긴 한숨을 쉬었다. 그녀의 맑은 이마에는 어두운 기운이 스쳐갔다.

「뭐라고 하셨어요?」 알베르가 가만히 물었다.

「당신은 친구니까 당신 앞에선 아무것도 감출 필요가 없다는 것을 다시 한번 일러주었지요」

「그럼」 하고 알베르가 다시 하이데에게 물었다. 「죄수들을 위해 그 옛날 순례를 하셨던 게 최초의 기억이라면, 또 다른 것은 없나요?」

「다른 추억요? 네, 전 단풍나무 그늘에 있었죠. 옆에는 호수가 있었고요. 나뭇잎 사이로 보이는 거울 같은 수면이 지금도 눈에 선해요. 아버지는 잎이 가장 무성한 고목에 기대어 쿠션을 깔고 앉아 계셨지요. 어머니는 아버지 발밑에 누워 있었어요. 그리고 아주 어린 저는 가슴까지 내려온 아버지의 흰 수염과 아버지 허리에 찬 다이아몬드를 박은 단검을 만지며 놀고 있었고요. 얼마 있자니까 알바니아 사람이 아버지께로 와서 무엇인가를 전하고 갔는데, 선 그 말에 주의를 기울이지는 않았지만, 아버지는 늘 같은 어조로 〈죽여!〉라고도 하고 어떤 때는 〈살려줘라!〉라고도 하시더군요」

「이상하군요」 이러한 말들이 무대에서가 아니라 한 소녀의 입에서 나오는 것을 들으면서 그것이 결코 꾸며낸 얘기가 아니라고 생각하고 알베르는 이렇게 말했다. 「그렇게 시적인 눈을 가지고 그렇게 놀라운 기억력을 가지신 당신은, 이 프랑스를 어떻게 생각하십니까?」

「아름다운 나라라고 생각해요」 하이데가 말했다. 「하지만 제가 본 프랑스는 있는 그대로의 프랑스예요. 다시 말하면 여자의 눈으로 본 프랑스지요. 그와 반대로 제 조국은 제가 어린아이의 눈으로밖엔 못 보았기 때문에, 아름다운 나라로 보였을 때를 기억하면 지금도 찬란하게 빛나는 나라로 떠오르고, 제가 몹시 심한 고통을 겪었을 때를 떠올리면 지금도 어두운 안개 속에 싸인 나라로만 보이는군요」

「그렇게 어린 나이에」 하고 알베르는 마침내 자기도 모르게 상식적인 질문을 하고 말았다. 「무슨 고생을 얼마나 하셨기에?」

하이데는 백작을 돌아다보았다. 백작은 남이 못 알아볼 정도로, 「얘길 해도 좋아」 하는 신호를 해주었다.

「최초의 기억만큼 마음 깊숙이 남아 있는 것은 없을 거예요. 지금 말씀드린 그 두 가지 기억 말고 제 어린 시절의 추억은 모두 슬픈 것뿐인걸요」

「얘길 좀 해주세요, 시뇨라」 알베르가 말했다. 「정말 듣고

싫습니다」

하이데는 쓸쓸히 웃었다.

「그럼 다른 추억들을 얘기해 달란 말씀인가요?」

「네, 제발」

「그럼, 해드리지요. 제가 네 살 때였어요. 어느 날 밤 어머니가 저를 깨우셨습니다. 그때 우리는 자니나의 궁전에 살고 있었지요. 어머니는 보료 위에서 잠들어 있는 저를 안아 일으키셨습니다. 눈을 떠보니, 어머니 눈에 눈물이 가득 괴어 있질 않겠어요.

어머니는 아무 말 않고 저를 데리고 나가셨지요.

어머니가 우시는 것을 보고 저도 울상이 되어버렸습니다.

〈쉿!〉 하고 어머니가 말씀하시더군요.

아이들이란 어머니가 달래거나 야단을 쳐도 말을 안 듣는 경우가 많은지라, 저도 보통때는 그냥 울기만 했었지요. 그런데 그날만은 어머니의 목소리가 무섭게 느껴져 대번에 울음을 뚝 그치고 말았어요.

어머니는 서둘러서 저를 데리고 나갔습니다.

우리는 그때 굉장히 넓은 층계를 내려가고 있었어요. 우리 앞으로는, 어머니의 시녀들이 모두들 금고며 자루며 장식품이며 보석이며 돈주머니 등을 가지고 같은 층계를, 내려간다기보다는 뛰어가고 있더군요.

시녀들 뒤로는 이십여 명의 호위병이 뒤따랐습니다. 그들은 장총과 권총을 차고 프랑스에도 잘 알려진, 그리스가 독립국이 된 후에 입게 된 복장들을 하고 있었지요.

무언가 불길한 예감이 들었어요」 하고 하이데는 고개를 저으며 생각만 해도 무섭다는 듯 얼굴빛이 창백해져서 말을 이었다. 「노예들과 졸음에 겨워 축 늘어진 여자들의 긴 행렬. 이건 제가 그렇게 생각해서 그런 건지도 몰라요. 제가 선잠을 깨었기 때문에, 다른 사람들도 다 잠에 취해 있는 것같이 보였던 것이겠죠.

계단에서는 커다란 그림자들이 달리고 있었습니다. 그리고 그 그림자들은 전나무 횃불에 반사되어 천장에까지 어른거렸습니다.

〈빨리빨리!〉 복도 안쪽에서 누군가가 이렇게 외치는 소리가 들려왔습니다.

그 소리를 듣자 마치 들판을 지나가는 바람에 밀 이삭들이 넘어지듯 모두들 몸을 숙였습니다.

저는 그 소리에 몸이 오싹해졌습니다.

그것은 아버지의 목소리였습니다.

아버지는 호화로운 옷을 입고, 이 나라의 황제에게서 받은 소총을 들고 제일 마지막으로 걸어나오고 계셨어요. 그리고 아버지께서 신임하시던 셀림에게 몸을 기대시고는, 놀란 양떼를 모는 목자처럼 우리를 재촉하시는 거예요. 아버지는」하고 하이데는 고개를 들며 말했다. 「유럽에서는 자니나의 파샤, 알리 테베린이라는 이름으로 알려져 있는 유명한 분으로, 터키도 그분 앞에선 벌벌 떨었지요.」

알베르는 왠지 모르게 말할 수 없는 오기와 위엄이 서려 있는 이 말을 들으며, 몸이 오싹해졌다. 그리고 현대 유럽 사람들의 눈에 피투성이로 비추어진 그 죽음의 기억을 하이데가 상기시켰을 때, 그 소녀의 눈에서는 무엇인가 음산하고 무서운 것이 번득이는 것같이 생각되었다.

계속해서 하이데가 말을 이었다. 「이윽고 행렬이 멈추었습니다. 우리는 계단 밑 호숫가에 다다랐죠. 어머니는 저를 그 무섭게 뛰는 가슴으로 꼭 껴안더군요. 그리고 어머니 뒤로 한두어 발자국 떨어진 곳에는, 불안한 눈으로 사방을 살피시는 아버지의 모습이 보였습니다.

우리 앞에는 네 단으로 된 대리석 층계가 있었고, 그 맨 밑 계단 앞에 작은 배가 한 척 물 위에 떠 있었지요. 우리가 있는 곳에서 호수 한가운데에 있는 시커멓고 커다란 그림자가 보였는데, 그것이 저희가 가려는 큰 별궁이었죠.

어두운 탓인지 그 건물은 퍽 멀리 떨어져 있는 것 같았어요.

우리는 그 배를 탔습니다. 지금도 생각나지만 노가 물을 헤쳐가는데도 아무 소리도 나지 않더군요. 제가 허리를 굽혀 노를 내려다봤더니, 노는 전부 경호병들의 허리띠로 감싸여 있더군요.

배에는 노 젓는 사람들을 제외하면, 여자들과 아버지, 어머니, 셀림, 그리고 저밖엔 없었습니다.

경호병들은 호숫가에서 제일 아래에 있는 계단 위에 무릎을 꿇은 채, 만약 추격을 당하게 되면 나머지 세 계단을 방패로 싸울 태세를 취하고 있었습니다.

우리가 탄 배는 바람처럼 달렸습니다.

〈배가 왜 이렇게 빨리 가죠?〉 하고 나는 어머니께 물었어요.

〈쉿!〉 하고 어머니가 말씀하셨습니다. 〈우린 지금 도망가는 거란다.〉

나는 그 말의 뜻을 이해할 수 없었습니다.

용감무쌍한 영웅이신 아버지께서 왜 도망치시는 걸까? 그 앞에선 누구라도 도망가지 않을 수 없었던 아버지, 〈그들은 내가 무서워서 나를 미워하는 거야〉라고 말씀하시던 아버지께서 도망을 치시다니!

그러나 분명 아버지는 호수 위로 도망치고 계셨던 거예요. 아버지는 나중에 자니나 성의 수비대가 너무 오랜 주둔 끝에 지쳐서……」

여기까지 말하고 하이데는 의미심장한 눈으로 백작을 쳐다보았다. 그리고 그후로 백작의 눈은 하이데의 눈을 줄곧 응시하였다. 그래서 하이데는 어떤 대목에서는 이야기를 꾸미는 듯이, 또 어떤 것은 생략하는 듯이 천천히 얘기를 계속했다.

「아까 말씀이」 이야기를 주의 깊게 듣고 있던 알베르가 물었다. 「자니나 성의 수비대가 너무 오랜 주둔 끝에 지쳐서……라고 하셨는데요」

「네, 그래서 수비대가 터키 황제가 아버지를 잡아오라고 보낸 사령관 쿠르시드와 결탁했던 겁니다. 그래서 아버지는 터키 황제에게 당신이 신임하고 계시던 프랑스 장교를 사자로 보낸 후, 벌써 오래전부터 준비해 두신 그 은신처로 가실 결심을 하신 겁니다. 그곳은 아버지께서 카타피지옹, 그러니까 피난처라고 부르던 곳이었어요」

「그래, 그 장교 이름을 기억하십니까?」 하고 알베르가 물었다.

백작은 번개 같은 눈길을 하이데에게 보냈다. 그러나 알베르는 그것을 눈치 채지 못했다.

「아뇨」 하고 여자는 대답했다. 「그건 기억 못합니다. 그러나 언젠가는 생각나겠지요. 그때 얘기해 드릴게요」

알베르가 자기 입으로 막 아버지의 이름을 대려고 하는데, 백작이 손가락을 들어 말하지 말라는 표시를 해보였다. 청년은 아까 자기가 했던 맹세를 다시 떠올리고 입을 다물었다.

「우리가 배를 저어 가고 있던 곳이 바로 그 별궁이었죠. 테라스가 물에 잠겨 있는 아라비아 무늬의 장식을 한 아래층과, 호수로 향해 있는 이층, 이것이 눈으로 볼 수 있는 그 건물의 전부였지요. 그러나 아래층 밑으로는 지하실이 있었습니다.

일종의 지하 창고 같은 넓은 그 지하실로 어머니와 저와 시녀들이 인도되었는데, 그 속에는 육만을 헤아리는 돈주머니와 이백 개의 통들이 산처럼 쌓여 있었습니다. 각각의 주머니 속에는 금화 이천오백만 개가 들어 있었으며, 통 속에는 화약 삼만 파운드씩이 들어 있었지요.

그 통들 옆에는 아까 말씀드린, 아버지가 아끼시는 병사 셀림이 서 있었습니다. 그는 불붙은 도화선이 달린 창을 손에 들고, 밤낮으로 거기서 보초를 서고 있었습니다. 아버지가 한마디만 신호를 하신다면, 그 안의 모든 것을, 건물이며 호위병들이며, 파샤, 시녀, 인부들을 모조리 폭발시키라는 명령을 받고 있었던 거지요.

지금도 생각나지만, 이러한 위험 속에 있다는 것을 안 노예들은, 밤이고 낮이고 그저 기도하고 울부짖을 뿐이었습니다.

저는 그 얼굴빛이 창백하고 눈동자가 검은 젊은 병사를 잊을 수가 없어요. 그리고 죽음의 천사가 제게 내려오는 날, 저는 반드시 그 셀림을 찾아낼 수 있을 것 같아요.

저는 얼마나 오래 그 속에 그렇게 있었는지는 말할 수 없습니다. 그때만 해도 제겐 시간에 대한 개념이 없었기 때문입니다. 가끔, 그렇게 자주는 아니었지만, 아버지께서 저와 어머니를 테라스로 불러내셨습니다. 지하실 안에서 그저 울고 있는 사람들의 그림자와 셸림의 불붙인 창만 보고 있던 저로서는, 테라스에 나가는 일이 말할 수 없이 좋았지요. 아버지께선 커다란 문 앞에 앉아 우울한 눈빛으로 먼 수평선만 바라보며, 호수 위에 나타나는 점 하나하나를 살피셨습니다. 어머니는 아버지 곁에서 아버지의 어깨에 머리를 기대고 비스듬히 누워 있었고요. 그리고 전 뭐든지 굉장하게만 보이는 어린 아이 특유의 놀란 눈을 크게 뜨고 수평선 위에 우뚝 서 있는 핀도스 산맥의 절벽들이며, 호수의 푸른 수면에 하얗게 삐죽삐죽 솟아 있는 자니나의 성과 검푸른 숲을 바라보며 놀고 있었습니다. 바위산에 이끼처럼 붙어 있는 그 숲은, 실은 가까이서 보면 굉장히 큰 전나무며 은매화로 울창한 숲이지만, 멀리서 보니 그저 잔잔한 이끼처럼만 보이더군요.

어느 날 아침, 우리는 아버지 곁으로 불려갔습니다. 그날 아버지는 퍽 침착해 보였지만 여느 때보다 얼굴빛이 몹시 창백하셨습니다.

〈바실리키, 조금만 더 참으면 되겠소. 오늘로 만사가 끝나오. 오늘 터키 황제의 칙서(勅書)가 오게 되어 있는데, 그러면 운명이 결정되는 거요. 모든 걸 용서한다면 우리는 자니나로 당당하게 돌아갈 것이고, 만약 좋지 않은 내용일 경우엔 오늘 밤 안으로 도망쳐야만 하오.〉

〈하지만 만약 그 사람들이 우리를 도망치지 못하게 하면 어찌해야 합니까?〉

〈아, 그건 안심하오〉 하고 아버지는 웃으시면서 대답하셨습니다.〈셀림과 저 불타는 도화선이 그들에게 답할 것이오. 그들은 내가 죽기를 바라겠지만, 나와 함께 죽기는 싫을 테니까.〉

어머니는 이 말이 아버지의 진심에서 나온 것이 아니라 위로의 말이라는 것을 알고 한숨을 쉬셨습니다.

어머니는 아버지께 냉수를 드리셨습니다. 아버지는 수시로 냉수를 들이켜셨지요. 왜냐하면 그 별궁으로 옮겨온 이래로, 아버지께서는 엄청난 고열로 고생하고 계셨으니까요. 어머니는 아버지의 흰 수염에 향료를 뿌려드리고, 담뱃대에 불을 붙여드렸습니다. 아버진 때때로 담배 연기가 허공으로 사라지는 걸 정신없이 바라보고 계셨지요.

그러더니 아버지는 갑작스럽게 몸을 움직이셨습니다. 저는 겁이 났습니다.

이윽고 어느 한 점을 죽 지켜보고 계시다가 아버지께선 망원경을 달라고 하셨습니다.

어머니는 망원경을 드렸지요. 그때 어머니의 얼굴은 어머니가 기대고 계시던 흰 벽보다도 더 하얗게 질려 있었습니다.

저는 아버지의 손이 떨리는 것을 보았습니다.

〈배가 하나! ……둘……셋…… 〉하고 아버지는 중얼거리셨습니다.〈넷…….〉

아버지는 권총을 손에 들고 일어서시면서, 지금도 기억나지만, 그 속에 탄환을 넣으셨습니다.

〈바실리키〉아버지는 눈에 띌 정도로 몸을 떠시면서, 어머니께 말씀하셨죠.〈마침내 운명을 결정해야 할 때가 왔소. 삼십 분만 있으면 황제 폐하의 대답을 알게 될 거요. 어서 하이

데를 데리고 지하실로 돌아가시오.〉

〈당신 곁을 떠나고 싶진 않아요.〉 하고 어머니가 말씀하셨지요. 〈만약 당신이 돌아가시게 된다면, 이 몸도 따라 죽겠습니다.〉

〈자, 어서 셀림에게로 가시오!〉 아버지가 호령하셨습니다.

〈그럼, 안녕히.〉 어머니는 아버지 명을 거역 못하고 마치 죽음이 다가온 듯이 몸을 숙이며 중얼거리듯 말씀하셨습니다.

〈바실리키를 모셔라!〉 아버지는 호위병들에게 명령하셨습니다.

그러느라고 모두들 제 할 일은 잊어버리고 말았기에 저는 아버지께로 달려가 손을 내밀었습니다.

아버지는 저를 보시자 제게로 몸을 굽혀 이마에 키스를 해주셨습니다.

오! 그 키스가 마지막 키스였지요. 그리고 그 키스는 아직도 여기 이 이마에 남아 있습니다.

지하실로 내려오면서 우리는 테라스의 포도 덩굴 사이로 수면 위에 점점 커다랗게 드러나는 배들을 보았어요. 그때까진 수면의 검은 점으로밖엔 안 보이던 배들이, 그때는 물결을 스치는 새들같이 보이더군요.

그러는 사이에 별궁 안에서는 아버지 주위에 앉아 있던 이십 명의 호위병들이 벽 뒤로 몸을 감추고, 충혈된 눈으로 배가 오는 것을 엿보고 있었습니다. 그들은 당장에라도 총을 쏠 태세로 자개며 은을 박은 장총들을 손에 들고 있었지요. 마룻바닥에는 화약통이 즐비했습니다. 아버지께선 시계를 들여다보시며 초조하게 왔다갔다하고 계셨습니다.

아버지의 마지막 키스를 받은 후, 막 아버지 곁을 떠나려 하던 제 눈에 비친 것은 그런 것들이었어요.

어머니와 저는 지하실 속으로 돌아갔습니다. 셀림은 그대로 자기 자리에 있더군요. 그는 우리를 보자, 서글프게 웃어 보였습니다. 우리는 지하실 저쪽으로 가서 쿠션을 가져다가 셀림 곁에 자리를 잡고 앉았습니다. 커다란 위험에 부닥치게 되면 자연스레 서로 의지할 수 있는 사람들을 찾게 되지요. 그때 저는 어린애이긴 했지만, 무엇인가 커다란 위험이 우리를 위협하고 있다는 것을 직감적으로 느낄 수 있었습니다」

알베르는 전에도 종종 자니나 총독의 최후에 대해 사람들이 얘기하는 것을 들은 일이 있었다. 그러나 그 일에 대해서 그의 아버지만은 일절 입을 열지 않았다. 그는 또 총독의 죽음에 관해서 쓴 여러 가지 얘기들도 읽었다. 그러나 지금의 이야기는, 하이데라는 사람의 목소리에 담긴 생생하고 비통한 어조로 인해 알베르의 가슴에 말할 수 없는 매력과 공포를 자아냈다.

한편 하이데는 이 끔찍한 회상에 잠긴 채 잠시 이야기를 멈추었다. 그녀는 폭풍우를 만난 한 떨기 꽃 같았다. 그녀는 고개를 떨구었다. 그리고 방향을 잃은 듯한 그 눈은 아직도 저 먼 수평선 너머 푸른 핀도스산이며, 방금 얘기하던 그 비통한 정경을 비추는 거울과도 같던 자니나의 푸른 물을 바라보는 것 같았다.

백작은 무어라 설명할 수 없는 진지하고도 연민에 찬 시선으로 하이데를 쳐다보았다.

「계속해요」 하고 그는 하이데에게 그리스어로 말했다.

하이데는 백작의 말소리에 마치 꿈에서 깨어난 듯 고개를 들고 이야기를 계속했다.

「오후 네시였습니다. 밖은 아직도 청명하게 빛나고 있었지만 우리는 지하실의 어둠 속에 갇혀 있었습니다.

지하실 안에는 캄캄한 하늘 저 끝에서 떨고 있는 별인 듯, 단 하나의 불꽃이 빛나고 있었습니다. 그것은 셀림의 창 끝에서 타오르는 것이었습니다. 어머니는 기독교도여서 기도를 올리고 있었지요.

셀림은 가끔 생각난 듯이, 〈신은 위대하도다!〉 하는 말을 되뇌곤 했습니다.

그래도 어머니는 어느 정도의 희망을 가지고 계셨어요. 지하실로 내려올 때, 아버지께서 콘스탄티노플로 보냈던 그 프랑스 장교를 본 것 같았기 때문이었습니다. 그는 아버지께서 굉장히 신뢰하던 사람이었으니까요. 프랑스 황제의 군인들은 일반적으로 기품이 있고 관대하다고 생각하고 계셨거든요. 어머니는 두어 발자국 계단 쪽으로 나가셔서 귀를 기울이셨습니다.

〈가까이 오네〉 하고 어머니는 말씀하셨습니다. 〈제발 평화와 생명을 가지고 왔으면 좋으련만.〉

〈뭘 두려워하고 계십니까?〉 하고 셀림은 상냥하면서도 꿋꿋한 목소리로 어머니에게 말했습니다. 〈평화를 가지고 오지 않는다면, 죽음으로 갚으면 그만입니다.〉

이렇게 말하며 그는 마치 고대 그리스의 디오니소스 같은 몸짓으로, 창 끝의 도화선을 다시 불었습니다. 그러나 전 그때 어리고 순진했기 때문에, 그러한 용기가 어리석게만 보였어요. 그리고 하늘로 날려 올라갔다가 불에 휩싸여 죽는 것이 무서웠습니다.

〈어머니, 어머니〉하고 저는 소리쳤습니다.〈이제 우린 죽는 건가요?〉

이 말에 노예들의 기도와 울음 소리가 한층 높아졌습니다.

〈얘야〉하고 어머니는 말씀하셨습니다. 〈하느님께선 지금 네가 무서워하는 죽음을 괴로움 없이 맞을 수 있게 해주실 거다.〉

그러고는 목소리를 낮추어, 〈셀림〉하고 말씀하셨지요. 〈주인 양반께선 어떤 분부를 내리셨지?〉

〈단도를 제게 내주시면, 그건 황제가 용서하지 않았다는 표시니 제가 곧 불을 붙여야 하고, 만약 반지를 주시면 그건 용서를 내리셨다는 암호니 화약고를 내놓아야 한다고 말씀하셨습니다.〉

〈셀림〉하고 어머니는 말씀하셨습니다. 〈주인의 명령이 만약 단도일 땐 우리를 그렇게 끔찍하게 죽일 게 아니라 우리가 가슴을 내밀 테니, 그 칼로 찔러주시오.〉

〈알겠습니다.〉셀림이 조용히 대답했습니다.

그때부터 갑자기 요란한 소리가 들려왔습니다. 자세히 들어보니, 그건 환성이었습니다. 호위병들의 입에서 콘스탄티노플에 사자로 갔던 프랑스 장교의 이름이 막 울려나오고 있었습니다. 그가 황제의 회답을 가지고 왔을 것이고 또 그 회답이 희소식임에 틀림없는 듯했기 때문입니다」

「그런데 그 이름이 생각 안 나십니까?」하고 알베르는 상대방이 기억해 내는 것을 도우려는 듯이 물었다.

백작은 하이데에게 눈짓을 했다.

「그건 생각이 안 나는데요」하이데가 대답했다.「소리가 더 크게 들려왔습니다. 발걸음 소리가 더 가까운 곳에서 울리더니 지하실 계단으로 내려오는 듯했습니다. 셀림은 창을 꼬나잡았습니다.

이윽고 지하실 입구로 흘러 들어오는 햇빛으로 푸르스름한 그늘 속에 그림자가 하나 나타났습니다.

〈누구냐?〉하고 셀림이 소리쳤습니다.〈아무도 못 들어온다. 멈춰라!〉

〈황제 폐하 만세!〉하고 그 그림자는 말했습니다.〈황제께선 알리 파샤를 용서해 주셨다. 목숨만이 아니라 전 재산까지 다 돌려주셨다.〉

어머니는 기쁨에 넘쳐 소리를 지르시며 저를 끌어안으셨습니다.

〈기다리시오!〉하고 셀림은 벌써 밖으로 나가시려는 어머니를 막으며 말했습니다.〈약속의 반지가 오지 않으면 안 됩니다.〉

〈그렇군요.〉하고 어머니는 저를 하늘로 쳐들며 꿇어앉으셨습니다. 그것은 마치 하느님께 기도하면서, 저를 하늘 높이 올려보내려는 것과도 같았습니다」

여기까지 말하자 또 한번 가슴이 메어와 하이데는 말을 멈추었다. 창백해진 이마에는 땀이 흐르고 목이 메어 소리가 나오지 않는 듯이 목소리가 꽉 잠겨 있었다.

백작은 컵에 찬물을 조금 따라 하이데에게 주며 부드러우면서도 명령적인 어조로,「용기를 내야지」하고 말했다.

하이데는 눈과 이마를 닦고 나서 다시 말을 이었다.

「그러는 동안에 어둠에 익숙해진 제 눈에는, 파샤가 보낸 그 사람이 누구인지 보였지요. 친구였습니다.

셀림도 그를 알아보았습니다. 그러나 그는 다만 명령 복종 밖엔 모르는 사람이었습니다.

〈누구 이름으로 오셨소?〉

〈우리의 주인 알리 테베린의 이름으로.〉

〈알리 테베린의 사자라면 내게 줄 물건이 있을 텐데.〉

〈그렇소. 여기 반지를 가져왔소.〉

그러면서 그는 머리 위로 손을 올렸습니다. 그러나 그 사람은 너무 멀리 떨어져 있는 데다 불빛도 어두워서, 우리와 함께 있던 셀림으로선 그가 내민 물건을 알아볼 수가 없었습니다.

〈잘 보이질 않는데.〉 셀림이 말했습니다.

〈그럼 가까이 오시오.〉 하고 사자는 말했습니다. 〈안 그러면 내가 그리로 가지.〉

〈그건 둘 다 안 되오.〉 셀림이 대답했습니다. 〈지금 햇빛이 비치는 그 자리에 물건을 놓고, 내가 그걸 볼 때까지 물러나 있으시오.〉

〈좋소.〉

그러고 나서 그 사나이는 가지고 온 물건을 지정된 자리에 놓고 뒤로 물러섰습니다.

우리는 가슴이 몹시 뛰었습니다. 왜냐하면 그 물건이 과연 반지같이 보였기 때문입니다. 문제는 그게 정말 아버지의 반지냐 하는 것이었지요.

셀림은 손에 불을 들고 입구 쪽으로 가더니, 햇빛에 얼굴빛이 밝아지며 허리를 굽혀 그 물건을 집어들었습니다.
〈주인님의 반집니다!〉 그는 반지에 입을 맞추며 말했습니다. 그러고 나서 도화선을 바닥에다 던지고, 불을 발로 밟아 꺼버렸습니다.
그 사나이는 환성을 올리고 손뼉을 쳤습니다. 그 소리가 나자마자, 사령관 쿠르시드의 부하 넷이 달려왔고, 셀림은 단도에 다섯 군데나 찔려 쓰러졌습니다. 그들 다섯이 모두 한번씩 찌른 것이었습니다.
겁에 질려 있으면서도 자기들이 저지른 죄에 흥분한 그 병사들은, 지하실 안으로 달려들었습니다. 그러고는 어디 불이 있지 않나 사방을 찾으면서 돈 주머니들 위를 굴렀습니다.
그러는 동안에 어머니는 저를 부둥켜안고 재빨리 우리만 알고 있던 구불구불한 비밀 통로를 이용해 별궁의 비상 계단까지 나왔습니다.
아래층 방들은 쿠르시드의 부하들, 다시 말하면 우리의 적들로 꽉차 있었습니다.
어머니가 막 문을 열려고 하는데, 그 순간 아버지의 무섭고도 위협적인 목소리가 울려왔습니다.
어머니는 널빤지 틈으로 내다보았습니다. 마침 제 앞에도 틈바구니가 있어 저도 들여다보았지요.
〈뭘 어쩌자는 거냐?〉 아버지는 황금 글씨로 씌어진 서류 한 장을 들고 있는 사람들에게 말했습니다.
〈황제 폐하의 뜻을 전하려는 거요.〉 하고 그중의 한 사람이 대답했습니다. 〈이 친서가 보이질 않소?〉
〈그건 나도 안다.〉

〈그럼, 읽어보시지! 폐하께선 당신의 목숨을 원하는 거요.〉

아버지께선 껄껄대고 웃으셨습니다. 그 소리는 조금 전에 호통을 치실 때보다도 더 무섭게 들렸습니다. 그 웃음 소리가 미처 끝나기도 전에 아버지의 손에선 권총이 두 발 발사되어, 그 중 두 사람을 쓰러뜨렸습니다.

아버지의 주위에서 마루에 얼굴을 대고 엿듣고 있던 호위병들이 그 소리에 일제히 일어나 발포했습니다. 방은 총성과 불길과 연기로 자욱해졌습니다.

그러나 때를 같이하여 저쪽에서도 발포가 시작되어 우리를 둘러싸고 있던 벽도 뚫렸습니다.

오! 그때의 아버지의 모습은, 총알이 빗발치는 속에서 반월도를 손에 쥐고, 화약 연기에 얼굴이 시커메져서 서 있던 아버지 알리 테베린의 모습은 정말 훌륭하고 위대해 보였습니다. 적들은 앞다투어 달아났습니다.

〈셀림! 셀림!〉 하고 아버지는 외치셨습니다. 〈자, 도화선을 맡은 셀림, 임무를 수행해라!〉

〈셀림은 죽었습니다.〉 별궁에서 나오는 듯한 목소리가 이렇게 대답했습니다. 〈그리고 당신의 운명도 이젠 다했습니다.〉

그와 동시에 땅을 뒤흔드는 폭음이 울려왔습니다. 그러자 아버지 주위의 마루가 산산조각이 나며 날아갔습니다.

터키 군인들이 마루 밑에서 발포를 했던 겁니다. 서너 명의 호위병들이 포탄에 맞아 가루가 되었습니다.

아버지께선 분노의 고함을 지르시더니 탄환으로 뚫린 구멍에 손가락을 넣어 마루 한 장을 완전히 뜯어내셨습니다. 그러나 바로 그때 그 구멍에서 무수한 총성이 울리며 불길이 화산처럼 치솟아 커튼에 옮겨 붙더니 대번에 모든 것을 삼켜버렸습니다.

이러한 난리와 무시무시한 아우성 속에서도 특히 분명하게 들려온 두 번의 총성, 다른 모든 아우성 속에서도 가장 날카롭게 두 번 울려온 부르짖음에, 저는 두려워서 몸이 얼어붙었습니다. 바로 그 두 번의 총성이 아버지를 쓰러뜨린 것이었고, 그 두 번의 부르짖음이 아버지가 지르신 단말마의 비명이었습니다.

그러면서도 아버지는 창에 매달려 서 계셨습니다. 어머니는 아버지께로 가서 함께 죽으려고 문을 두드리셨습니다. 그러나 문은 안으로 잠겨 있었습니다.

아버지 주위에는 호위병들이 죽어가는 가운데 몸을 뒤틀고 있었습니다. 부상을 당하지 않았거나, 경미하게 다친 군인들 두세 명이 창문을 뛰어넘고 있었지요. 그러자 마루 전체가 무너지며 폭삭 내려앉았습니다. 아버지는 털썩 주저앉으셨습니다. 아버지께서 쓰러지시자 칼이며 권총, 단검을 든 손이 수없이 불쑥 나와 한꺼번에 아버지 한 분을 향해 무기를 휘둘렀습니다. 그래서 아버지는 이 미친 듯한 악마들이 일으키는 불길 속에, 마치 지옥 문이 발밑에서 열린 듯 사라져버리셨습니다.

제 몸은 땅바닥 위를 구르고 있었습니다. 어머니께서 정신을 잃고 쓰러지셨기 때문이었지요」

하이데는 신음을 내며 백작에게 눈을 돌려, 자기가 백작의 말을 제대로 지켰는가를 묻더니 두 팔을 힘없이 늘어뜨렸다.

백작은 자리에서 일어나 하이데에게로 가서 그녀의 손을 잡고 그리스어로 말했다.

「가서 좀 쉬지. 그리고 배반자들을 벌하는 신이 계시다는 걸 생각하며, 다시 기운을 내도록 해보아라」

「정말 끔찍한 얘기로군요」 알베르는 하이데의 얼굴이 새파랗게 질린 것을 보고 놀라며 말했다. 「제가 생각 없이 그런 비참한 얘길 시켜서 정말 죄송합니다」

「원, 별 말씀을」 백작이 대답했다.

그러고는 하이데의 머리에 손을 얹으며 말을 이었다. 「하이데는 용감한 여자요. 가끔 그런 괴로운 기억을 되씹으며 마음에 위안을 얻기도 하지요」

「왜냐하면」 하고 하이데가 날카롭게 말했다. 「그 괴로운 기억을 다시 하노라면, 백작님의 은혜가 머릿속에 떠오르기 때문이지요」

알베르는 호기심에 찬 눈으로 하이데를 쳐다보았다. 왜냐하면 자기가 가장 알고 싶던 이야기, 다시 말하면 어떻게 해서 하이데가 백작의 노예가 되었는지 그 경위는 아직 듣지 못했기 때문이다.

하이데는 백작의 눈과 알베르의 눈에서 동시에 더 얘기해 주기를 바라는 뜻을 읽었다.

그래서 그녀는 얘기를 계속했다.

「어머니가 다시 정신이 드셨을 땐」 하고 하이데는 말했다. 「우리는 사령관 앞에 나와 있었습니다.

어머니는 〈나를 죽여라. 그러나 알리의 아내로서의 명예만은 지키게 해달라〉고 말씀하셨습니다.

〈그건 나한테 할 얘기가 아니야〉 하고 쿠르시드가 대답하더군요.

〈그럼, 누구한테 해야 하지?〉
〈네 새 주인한테.〉
〈그게 누구냐?〉
〈여기 계신 이분이야.〉
이렇게 말하며 쿠르시드는 거기 있는 사람들 중에서 아버지를 죽이는 데 가장 공헌을 많이 한 사나이를 가리켰습니다」하고 하이데는 심한 분노를 억누르며 말했다.
「그래, 당신들을 그자가 차지하게 됐단 말입니까?」
「아니에요」 하이데가 대답했다. 「그 사람은 감히 우리를 손아귀에 넣을 수가 없었지요. 그래서 콘스탄티노플로 가는 노예상들에게 우릴 팔아버렸습니다. 우리는 그리스를 지나 반쯤 다 죽어가는 상태로 터키 황궁의 정문 앞에 다다랐습니다. 구경꾼들이 수없이 모여 있다가 우리가 지나가려니까 길을 비켜주더군요. 그런데 그때 어머니는 구경꾼들의 시선이 가는 방향을 따라 눈을 돌리시더니, 갑자기 소리를 지르시며 제게 문 위에 있는 머리를 하나 가리키고는 쓰러지고 마셨습니다.
그 머리 아래엔 이런 글이 씌어 있었지요.
〈자니나의 파샤, 알리 테베린의 머리〉
저는 울면서 어머니를 일으키려고 했습니다만, 어머니는 이미 절명하신 상태였습니다.
저는 시장으로 끌려갔습니다. 저는 어느 돈 많은 아르메니아 사람에게 팔려갔는데, 그 사람이 저를 교육시키고 선생을 여러 사람 대주었습니다. 그래서 제가 열세 살이 되었을 때 저를 마무드 왕에게 팔았지요」
「그 왕한테서」 하고 백작이 말했다. 「전에도 얘기했지만, 내가 하이데를 다시 산 거죠. 내가 지금 하시시 환약을 넣어둔 통과 똑같은 크기의 에메랄드를 주고 말이오」

「오, 당신은 정말 고맙고 훌륭한 분이세요!」하이데는 백작의 손에 입을 맞추며 말했다.「당신의 소유가 되어서 저는 정말 얼마나 행복한지 모르겠어요」

알베르는 얘기를 다 듣자 마치 정신 나간 사람처럼 되었다.

「자, 어서 차를 마저 드시죠」백작이 말했다.「얘긴 다 끝났으니까」

자니나에서 온 소식

누아르티에 노인의 방을 나서는 프란츠는 너무나 휘청거리고 정신이 하나도 없어, 발랑틴도 측은한 마음을 금할 수가 없었다.

빌포르는 연결도 안 되는 말을 몇 마디 남기고는 서재로 도망치고 말았다. 두 시간 후에 그는 다음과 같은 편지를 받았다.

오늘 아침에 밝혀진 사건으로 미루어 누아르티에 드 빌포르 씨는, 자신의 가문과 프란츠 데피네 씨의 가문 사이의 결혼은 불가능한 것으로 생각한다고 볼 수 있다. 프란츠 데피네는, 빌포르 씨가 오늘 아침 밝혀진 이 사건을 알고 있었으면서도, 이 문제에 대하여 사전에 단 한마디의 언급도 없었던 일을 심히 불쾌하게 생각하는 바이다.

그때 이 일로 인해 완전히 기가 꺾이고 만 빌포르의 모습을 본 사람이 있다면, 아무도 그가 그렇게 되리란 예측을 하고 있었다고는 생각지 못할 것이다. 사실 그는 설마하니 아버지가 그 얘기까지 할 정도로 솔직함을 넘어 무례하게 나오리라곤 생각도 못했던 것이다. 확실히 누아르티에 노인은 아들의 의견 따위는 중시하지 않았던 만큼, 그러한 사건조차 아들에게 분명히 밝혀둘 생각조차 해본 적이 없었다. 그리고 아들 쪽에선 저 케넬 장군 또는 데피네 남작, 이중 하나는 스스로가 세운 공적에 의해 얻은 이름이고 또 하나는 남이 붙여준 이름으로, 어느 이름으로 부르건 부르는 사람의 자유 의사지만, 그가 결투 끝에 정정당당히 죽은 것이 아니라 암살을 당한 것으로만 믿고 있었던 것이다.

  그때까진 그처럼 예의 바르던 청년으로부터 그런 심한 편지를 받은 것은, 빌포르처럼 자존심이 강한 사람으로서는 참을 수 없는 일이었다.

  그가 서재로 온 지 얼마 안 있어 아내가 들어왔다.

  누아르티에 노인의 부름을 받아서 프란츠가 밖으로 나갔다는 사실은 사람들을 놀라게 했을 뿐 아니라 공증인과 입회인들만 남은 그 방에 가족으로서는 혼자 남은 부인의 입장을 시시각각 점점 더 난처하게 만들었다. 그래서 부인은 결심을 하고, 사태가 어떻게 돌아가고 있는지 가보고 오겠노라고 말하고는 방을 나온 것이다.

  빌포르는 그저 자기와 누아르티에 노인과 프란츠 사이에 무슨 문제가 있었기 때문에 발랑틴과 프란츠의 결혼이 파기되었다고만 이야기해 주었다.

아무래도 이런 사정을 응접실에서 기다리고 있는 사람들에게 얘기하면 안 될 것 같았다. 그래서 부인은 응접실로 돌아오자 누아르티에 노인이 의논을 시작하려고 하는 순간에 마비를 일으켜, 약혼은 자연히 후일로 연기해야 할 것 같다고만 말해 두었다.

이 얘기는 완전히 거짓말이었지만, 이상하게도 이 집에 불행한 일이 연이어 두 번씩이나 일어난지라, 방안에 있던 사람들은 깜짝 놀라 서로 얼굴을 마주 보더니 아무 말 없이 물러갔다.

한편 발랑틴은 무섭기도 했지만 너무 좋아서 이미 결정적인 것으로 생각했던 결혼을 이렇게 대번에 파혼시켜 준 쇠약한 할아버지께 키스를 하며 감사를 표했다. 그러고는 마음을 가라앉히기 위해 잠깐 나갔다 와도 되냐고 물었다. 노인은 눈으로 손녀의 청을 승낙해 주었다.

그러나 발랑틴은 노인의 방에서 나오자 자기 방으로 돌아가지 않고, 곧장 복도를 지나 조그만 문을 빠져나와 후원으로 달려갔다. 계속 일어난 사건들로 말미암아 발랑틴의 마음은 끊임없이 솟아나는 막연한 공포에 사로잡혀 있었다. 그래서 그녀는 저 라마무어의 루가 약혼할 때의 레이벤스우드 경(스콧의 소설 『라마무어의 신부』에 나오는 인물——옮긴이)처럼 막시밀리앙이 창백하고 무서운 얼굴로 당장 나타날 것만 같았다.

그때 발랑틴이 마침 문 울타리 쪽으로 간 것은 잘한 일이었다. 프란츠가 묘지에서 빌포르 씨와 함께 가는 것을 본 막시밀리앙은 이제 무슨 일이 일어나는구나 하고 그의 뒤를 따라갔다. 그리고 프란츠가 빌포르의 집으로 들어가더니 다시 나와서 이번엔 알베르와 샤토 르노를 데리고 돌아온 것까지 다 보았다. 그러니 이젠 의심할 여지가 없었다. 그는 만약의 경우에 대비해서 모든 채비를 하고 울 안에 들어가 있었다. 그리고 발랑틴이 어떻게 해서든지 틈이 나면 곧 그리로 달려오리라고 굳게 믿고 있었다.

그의 생각은 들어맞았다. 판자 울타리에다 눈을 갖다 대고 후원을 살피던 그는 발랑틴의 모습을 보았다. 발랑틴은 보통때처럼 조심하지도 않고 철문 쪽으로 곧장 달려오고 있었다. 일단 그녀의 얼굴을 보자 그는 안심이 되었다. 그리고 그녀의 첫마디에 그만 좋아서 펄쩍 뛰었다.

「우린 살았어요!」 하고 발랑틴이 외쳤다.

「살았다고?」 막시밀리앙 모렐은 이러한 행운이 믿어지지 않는다는 듯이 이렇게 되뇌었다. 「누구 덕분에?」

「할아버지 덕분이에요. 오! 할아버지를 사랑해 드려야 해요!」

모렐은 노인을 마음속 깊이 사랑하겠다고 맹세했다. 그에게는 그런 맹세쯤 아무것도 아니었다. 지금의 그는 노인을 친구나 할아버지로서 사랑할 정도가 아니라 사뭇 신과 같이 숭배하고 있었기 때문이다.

「그런데 어떻게 그렇게 된 거지?」 하고 그는 물었다. 「어떤 방법을 쓰셨기에?」

발랑틴은 자초지종을 설명하려고 입을 열었다. 그러나 발랑틴에게는 그 모든 일에 할아버지만 관련되어 있는 것이 아니라, 어떤 무서운 비밀이 깔려 있는 것같이 생각되었다. 그래서 「다음에 다 얘기해 드릴게요」 하고 말했다.

「언제?」

「제가 당신의 아내가 된 다음에요」
이것은 모렐에게 모든 것을 납득시킬 수 있는 얘기였다. 그래서 그는 지금 알고 있는 것으로 만족하고, 그날 하루의 몫으로는 그만해도 충분하다는 것을 깨달았다. 그러면서도 그는 발랑틴이 다음날 밤 다시 만나자는 약속을 하기 전까지는 물러서려고 하지 않았다.

발랑틴은 모렐이 원하는 대로 약속을 했다. 그녀가 보기에 사태가 완전히 달라져 있었다. 그리고 막시밀리앙과 결혼하게 되리라는 생각이 한 시간 전의, 프란츠와 결혼하지 않아도 될 것 같다는 생각보다 훨씬 쉽게 느껴졌다.

그동안 빌포르 부인은 누아르티에 노인의 방으로 올라갔다.

노인은 그녀를 대할 때면 늘 그렇듯이, 어둡고 엄격한 시선으로 바라보았다.

「아버님」 하고 부인은 말했다. 「이제 와서 발랑틴이 파혼을 당했다는 얘기를 들으실 필요는 없겠지요. 파혼은 바로 이 방에서 한 거니까요」

누아르티에의 안색은 조금도 변하지 않았다.

「하지만」 하고 부인은 말을 계속했다. 「아버님께선 제가 이 결혼을 한사코 반대해 왔는데, 제 의견이 무시된 채 상황이 진전되어 왔다는 사실은 모르실 겁니다」

노인은 설명을 기다리기라도 하듯이 며느리를 바라보았다.

「그런데 아버님께서도 싫어하시던 결혼이 깨지게 됐으니 이젠 빌포르도, 발랑틴도 할 수 없는 일을 하나 아버님께 부탁드리려고 이렇게 왔습니다」

노인의 눈은 그게 도대체 어떤 것이냐고 묻고 있었다.

「제가 부탁드리는 것은」 하고 부인은 말을 이었다. 「저야말로 아무 혜택을 받지 못하는 유일한 사람이니까, 저만이 이런 말씀도 드릴 수 있으리라 생각하는데, 제발 발랑틴에게 아버님의 호의가 아니라, 재산을 물려주십사 하는 겁니다. 호의야 늘 받아온 게 아닌가요?」

노인의 눈은 잠시 방향을 잃고 흔들렸다. 그는 며느리가 한 말의 속뜻을 알고자 했으나 알 수가 없었다.

「아버님께서도」 하고 부인이 또 말했다. 「제 생각과 같은 생각을 하고 계셨던 게 아닌가요?」

「그래」 노인이 대답했다.

「그렇다면 전 감사하고 기쁜 마음으로 물러가겠습니다」 부인이 말했다.

부인은 노인에게 인사를 하고 방을 나갔다.

이튿날로 접어들자 노인은 다시 공증인을 호출하였다. 첫번째 유언장은 찢어져 폐기되고 새로운 유언장이 작성되었다. 새 유언장에서는 손녀를 노인 곁에서 떼어가지 않는다는 조건 아래, 노인의 전 재산을 발랑틴에게 주도록 되어 있었다.

공증인들의 계산에 의하면, 생메랑 후작 부처의 유산 상속인인 발랑틴은 할아버지의 마음도 다시 돌렸으니, 결국은 30만 리브르에 가까운 액수를 받게 되리라는 것이었다.

빌포르 가의 혼인이 파경에 이르게 된 한편, 모르세르 백작은 몬테크리스토 백작의 방문을 받았다. 그런 다음, 모르세르는 당글라르에게 경의를 표해야겠다고 생각하여 육군 중장의 예복에, 있는 훈장이란 훈장은 모두 달고, 제일 좋은 말을 마차에 매었다. 이렇게 번지르르하게 차린 그는 쇼세당탱 가의 당글라르 집에 가서 명함을 내밀었다. 당글라르는 막 월말 계산을 하고 있던 참이었다.

벌써 오래전부터 이 은행가가 기분이 좋을 때 찾아가려고 했다면, 그때는 확실히 적당한 시기는 아니었다.

그래서 친구의 얼굴을 대한 당글라르는 근엄한 표정을 지으며 뻣뻣하게 의자에 앉았다.

반면에 늘 어색한 표정을 짓던 모르세르는 오히려 싱글벙글하며 상냥한 얼굴로 나타났다. 따라서 자기가 말머리를 꺼내면 필경 기분좋게 응대해 오려니 하고 생각하고 온 모르세르는 일체의 외교적 언사는 집어치우고 대뜸 본론에 들어갔다.

「남작」 하고 그는 말했다. 「내가 왔소. 오랫동안 옛날에 우리가 했던 약속을 이행하지 못하고 있었는데……」

모르세르는 은행가가 이 말을 들으면 필경 낯빛이 밝아지려니 생각하고 있었다. 그는 은행가의 얼굴이 어두워져 있는 것은 자기가 잠자코 있었기 때문이라고 생각하고 있었다. 그런데 그와는 반대로 상대방은 거의 믿어지지 않으리만치 냉담한 얼굴로 눈 한번 까딱하지 않았다.

그래서 모르세르는 얘기를 꺼내다가 입을 다물고 말았다.

「약속이라니, 무슨 약속 말이오?」 당글라르는 마치 상대방이 한 말의 뜻을 아무리 생각해 봐도 모르겠다는 듯이 이렇게 물었다.

「아!」 하고 모르세르가 말했다. 「남작은 정말 형식주의자로군요. 그 말을 들으니, 식은 반드시 형식에 따라서 해야 한다던 말이 생각나는구려. 아니, 좋습니다! 용서하시오. 내겐 아들이라곤 그 녀석 하나밖에 없어서 결혼시킬 생각을 한 건 이

번이 처음이다 보니 아직 서투른 점이 없지 않지만, 한번 마음먹고 실천해 볼까 합니다」 이렇게 말한 모르세르는 억지로 미소를 지으며 자리에서 일어나 당글라르에게 정중하게 고개를 숙였다. 그리고 이렇게 말했다.

「남작, 우리 아들 알베르 드 모르세르 자작에게 따님 외제니 당글라르 양을 주시면 감사하겠습니다」

그러나 당글라르는 이 말을 모르세르가 기대하던 것과 같은 호의를 가지고 받아들이기는커녕 이맛살을 찌푸리고, 선 채로 대답을 기다리는 모르세르에게 앉으라는 말 한마디 없이, 「백작」 하고 말했다. 「대답을 드리기 전에 우선 생각을 좀 해봐야겠습니다」

「생각을 해보시다니요!」 모르세르는 점점 더 놀라워하며 물었다. 「처음 이 결혼 얘기를 한 후로 팔 년이란 세월이 흘렀는데, 그동안에 그래 생각해 볼 시간이 없었단 말입니까?」

「백작」 하고 당글라르가 말했다. 「매일 새로운 일이 생기는데, 생각을 했던 것도 다시 한번 해봐야 하지 않겠습니까?」

「무슨 소린지 이해가 안 가는군요, 남작」

「실은, 지난 이 주일째 여러 가지 새로운 사건들이 일어나서요……」

「실례지만」 하고 모르세르는 말했다. 「지금 도대체 무슨 연극이라도 하는 건가요?」

「연극이라니, 그게 무슨 소립니까?」

「그렇죠. 그러니 우리 얘기를 확실히 해봅시다」

「그럽시다. 그건 나도 무엇보다 바라는 일이니까요」

「당신, 몬테크리스토 백작을 만났죠?」

「종종 만나지요」 당글라르는 가슴을 펴면서 말했다. 「친구니까요」

「그런데 최근에 백작을 만났을 때 당신은, 내가 결혼 일을 잊어버리고 있거나, 아니면 결정을 못 내리고 있는 것 같다고 그에게 말씀하셨죠?」

「말했지요」

「그래서 이렇게 내가 온 겁니다. 자, 난 잊어버리지도 않았고 결정을 못하고 있는 것도 아닙니다. 이렇게 약속을 이행하려고 찾아오지 않았습니까?」

당글라르는 대답하지 않았다.

「그렇게 갑자기 마음이 변하셨단 말이오?」 모르세르가 말을 이었다. 「아니면 날 모욕하려고 이렇게 찾아와서 간청을 하게 한 겁니까?」

당글라르는 더 이상 처음 같은 말투로 이야기를 계속하다가는 사태가 자기에게 불리하게 되리라는 생각이 들었다. 그래서 「백작」하고 그는 말했다. 「내가 이렇게 신중하게 구는 것을 보고 놀라시는 것도 무리는 아니십니다. 그건 저도 압니다. 그러나 내가 지금 몹시 괴로워하고 있다는 걸, 신중히 하지 않으면 안 되게 되었다는 걸 좀 믿어주시기 바랄 뿐입니다」

「겉으로만 그렇게 말씀하시는 건 아닙니까?」 하고 모르세르 백작은 말했다. 「어제 오늘 사귄 사이라면, 그 정도로 만족할지도 모르죠. 하지만 난 오랜 친구 아닙니까? 그리고 일단 약속을 한 사람한테 찾아가 그 약속을 어떡하겠느냐고 물었는데, 상대방이 약속을 못 지키겠다면 당장 그 이유만이라도 알아야 되겠습니다」

당글라르는 비겁했다. 그러나 남에게 비겁하게 보이고 싶지는 않았다. 그는 모르세르의 말투가 귀에 거슬렸다.
「물론 이유가 없는 건 아닙니다」하고 그는 대꾸했다.
「그게 뭡니까?」
「이유가 있고말고요. 그러나 말씀드리긴 좀 어렵군요」
「아시리라고 생각합니다만」하고 모르세르가 말했다. 「입을 다무신다고 그냥 물러가진 않을 겁니다. 그러나 한 가지 명백한 사실은, 당신이 이 결혼을 거절했다는 것입니다」
「그렇진 않죠. 다만 결정을 연기하려는 것뿐입니다」
「그렇다고 해서 설마 내가 당신이 변덕 부리지 않고 다시 마음을 돌릴 날을 얌전히 굴욕스럽게 참고 기다리리라고 생각진 않으시겠죠?」
「백작, 기다려주시지 못하겠다면 이 얘기는 그대로 없었던 걸로 합시다」
모르세르는 오만하고 확 달아오르는 성미 탓에 분노가 폭발하려는 것을 참느라고 피가 나도록 입술을 깨물었다. 그러나 이런 경우에 바보가 되는 것은 자기 쪽이라는 생각이 들자, 어느새 방문 쪽으로 걸어가고 있었다. 그러나 다시 생각을 돌리고 되돌아왔다. 어두운 그림자가 그의 이마 위를 스쳐갔다. 그러나 거기에는 자존심을 상했다는 것이 아니라, 막연한 불안의 빛이 서려 있었다.
「당글라르 남작」하고 그는 말했다. 「우린 옛날부터 친구 사이가 아닙니까. 그러니 피차에 조심스럽게 대해야 하지 않겠소? 자, 어서 설명을 좀 해주시오. 도대체 내 자식이 어떤 실수를 했기에 이렇게 당신의 신용을 잃었는지 좀 알아나 둡시다」

「이건 아드님 자신의 문제가 아닙니다. 내가 할 수 있는 얘기란 이게 전부입니다」당글라르는 모르세르가 수그러드는 것을 보자, 다시 이렇게 거만하게 대답했다.

「그럼 누구 때문이란 말씀이오?」하고 모르세르는 얼굴빛이 하얘지며, 목소리까지 변해서 물었다.

이런 표정을 빠뜨리지 않고 보고 있던 당글라르는 여느 때와 달리 침착한 눈으로 상대방을 쏘아보았다.「더 이상 말하지 않는 것을 감사하게 생각하십시오」

모르세르는 분노를 참느라고 신경질적으로 온몸을 부르르 떨었다.

「내겐」하고 그는 있는 힘을 다하여 자신을 억누르며 말했다.「당신에게 설명을 요구할 권리가 있습니다. 당신이 문제로 삼고 있는 것은 내 처에 관한 일인가요, 내 재산이 부족하다는 건가요? 아니면 내 의견이 당신 뜻과 맞지 않기 때문인가요?」

「천만에요. 그런 건 다 아닙니다」당글라르가 대답했다.「만약 그렇다면 나라는 사람은 정말 용서받을 수 없겠죠. 그런 건 다 알고 약속했으니까요. 자, 제발 그 이상은 묻지 말아주시오. 그 정도로 자꾸 이것저것 마음 쓰게 해서 미안하지만, 이제 그쯤 해두십쇼. 저를 믿으시고요. 그리고 우리, 시기를 미룹시다. 연기라는 건 파혼도 약혼도 아니니까요. 뭐, 급할 거야 없지 않소? 내 딸은 이제 열일곱 살이고, 당신 아들도 스물한 살인데요. 우리가 잠시 이 문제에서 떠나 있는 사이에 시간이 흐르겠지요. 시간이 지나노라면 여러 가지 사태가 새로 생기겠고, 어제는 암담한 것 같던 일도 이튿날이 되면 밝아지는 수가 많으니까요. 그런가 하면 또 단 하루 사이에 중상모략을 당하는 수도 있고」

「중상모략이라니?」 모르세르는 얼굴빛이 납빛이 되어 소리쳤다.

「누가 날 중상합디까?」

「백작, 글쎄 자꾸 캐묻지 말라니까요」

「그러니까 잠자코 당신의 거절을 받아들이란 말씀이오?」

「마음 아프긴 내가 더 아픕니다. 그렇고말고요. 백작보다는 제가 더하지요. 난 당신네와의 결혼을 명예롭게 생각해 왔었으니까요. 그리고 파혼이란 신랑측보다는 신부측이 손해가 더 큰 법이란 말입니다」

「그럼 좋습니다. 이 이상 얘기하지 맙시다」하고 모르세르가 말했다.

그러고는 장갑을 확 구겨 쥐며 당글라르의 집을 나갔다.

당글라르는, 모르세르가 이쪽에서 혼담을 거절하는 이유가 모르세르 자신에게 있느냐는 말은 단 한마디도 묻지 않았다는 것을 깨달았다.

그날 밤 그는 여러 친구들과 만나서 즐겁게 이야기를 나누었다. 카발칸티는 여자들 방안에만 있다가, 갈 때도 손님들 중에서 제일 나중에야 갔다.

이튿날 눈을 뜨자, 당글라르는 신문을 달라고 했다. 신문이 곧 들어왔다. 그는 두서너 종류의 신문을 젖혀놓더니 《앵파르시알》지(紙)를 집어들었다.

그것은 바로 보샹이 편집주간으로 있는 신문이었다.

그는 서둘러 겉봉을 뜯고 신경질적으로 다급하게 신문을 펼쳤다. 그리고 「파리 제1신」을 거만스럽게 지나쳐 잡다한 사회면에 이르자, 악의 어린 미소를 지으며「자니나 통신」이라는 짤막한 기사에서 눈을 멈췄다.

「됐어」하고 그는 기사를 다 읽고 나서 이렇게 중얼거렸다. 「자, 페르낭 대령에 관한 기사가 이렇게 났으니, 이젠 파혼 이유를 모르세르 백작한테 설명해 주지 않아도 되겠지」

바로 그때, 그러니까 시계가 아침 아홉시를 가리키고 있을 때, 알베르 드 모르세르는 검은 옷에 단추를 꼭 채우고 급한 걸음걸이로 샹젤리제의 몬테크리스토 백작 저택에 나타나 짤막하게 면회를 청했다.

「백작께선 삼십 분 전에 외출하셨습니다」문지기의 대답이었다.

「바티스탱을 데리고 나가셨는가?」알베르가 물었다.

「아닙니다, 자작님」

「그럼, 그 사람을 불러주게, 할말이 있으니」

문지기는 바티스탱을 부르러 자기가 직접 갔다. 잠시 후에 두 사람이 나타났다.

「바티스탱」하고 알베르는 말했다.「무례한 짓을 해서 미안하오. 그러나 백작님께서 정말 외출하셨는지 당신한테 직접 물어보고 싶었소」

「네, 정말 나가셨습니다」

「나한테까지 이러기요?」

「백작님께서 자작님이 오시는 걸 퍽 반기신다는 건 저도 알고 있습니다. 그러니 제가 자작님을 일반 손님 대하듯이 하겠습니까?」

「하긴 그렇군. 실은 백작님께 중요한 일로 의논드릴 게 있소. 늦게 돌아오실 것 같소?」

「아뇨. 열시에 아침 식사를 준비하라고 하셨으니까요」

「그래? 그럼 샹젤리제를 한바퀴 돌고, 열시에 이리로 다시 오겠소. 만약 백작께서 내가 돌아오기 전에 들어오시거든 내가 좀 기다려주십사 하더라고 전해 주시오」

「알겠습니다. 주인께선 기다려주실 겁니다」

알베르는 타고 온 마차를 백작의 집 앞에 대고 산책을 나섰다.

뵈브 거리를 지나다가, 그는 고세 사격장 앞에 백작의 마차 비슷한 것이 서 있는 것을 보았다. 가까이 가보니 말도 백작의 말이었고, 마부도 그 사람의 마부였다.

「백작님께서 사격장에 계신가?」 하고 알베르는 마부에게 물었다.

과연 모르세르가 사격장 근처에 다가가자 총소리가 규칙적으로 두 번 났다. 그는 들어갔다.

좁은 정원에 안내원이 서 있었다. 「죄송합니다만, 잠깐 기다려주셔야겠는데요」

「필립, 왜 그러나?」 늘 드나들던 자기를 못 들어가게 하자 알베르는 이렇게 물었다.

「저, 지금 총을 쏘고 계신 분은 꼭 혼자서만 쏘시지, 절대로 남 앞에서는 안 쏘셔서요」

「필립, 자네까지 안 되는 건가?」

「네, 그래서 이렇게 문 앞에 나와 있는걸요」

「그럼 권총 탄환은 누가 재어주지?」

「그분의 하인이요」

「누비아 사람인가?」

「흑인이더군요」

「맞군」

「그럼 자작께선 그분을 아십니까?」

「응, 그분을 찾아온 거야. 그분은 내 친구라네」

「아, 그러세요? 그렇다면 얘기가 다르죠. 제가 들어가서 알려드리죠」

필립도 호기심이 나서 사격장으로 들어갔다. 잠시 후 문 앞에 백작이 나타났다.

「여기까지 따라와서 죄송합니다」 하고 알베르가 말했다. 「하지만 우선 이 말씀은 드려야겠습니다. 제가 여기를 찾아오게 된 건, 댁의 하인들 잘못이 아니라 제가 무례해서입니다. 댁으로 갔더니, 산책을 나가셔서 열시나 돼야 식사하러 돌아오신다더군요. 그래서 열시까지 거리를 한바퀴 돌려고 나왔다가 지나는 길에 백작님의 말과 마차를 보게 된 겁니다」

「그렇게 말씀하시는 걸 보니, 나하고 점심을 같이하려고 오신 것 같군요」

「아닙니다. 이 시간에 식사는 안 되죠. 식사는 좀 나중에 하게 됩니다, 싫은 친구하고」

「그게 무슨 소립니까?」

「백작님, 전 오늘 결투를 합니다」

「결투를? 아니, 왜요?」

「싸우기 위해서요」

「그건 알겠는데, 무엇 때문에 하느냔 말이오. 결투를 하는 데는 여러 가지 이유가 있을 텐데요」

「명예 때문이죠」

「그래요? 그건 중대한 일인데요」

「중대하지요. 그래서 한 가지 부탁을 드리려고 온 겁니다」

「뭔데요?」

「제 입회인이 되어주셨으면 합니다」

「그렇게 되면 상당히 일이 심각해지는데요. 여기선 아무 말 말고 우리 집으로 가십시다. 알리, 물 좀 주게」

백작은 팔을 걷어부치고, 사격장 입구에 있는 작은 방으로 들어갔다. 사격수들은 거기서 손을 씻게 되어 있었다.

「이리 좀 들어와 보세요」 하고 필립이 알베르에게 낮은 소리로 속삭였다. 「재미있는 게 있으니까요」

알베르는 안으로 들어갔다. 벽 위에는 과녁의 흑점 대신에 카드가 붙어 있었다.

알베르가 멀리서 보니, 카드가 전부 있는 것 같았다. 에이스에서 10점까지 다 있었다.

「허어!」 하고 알베르가 말했다.

「피케(카드놀이의 일종——옮긴이)를 하고 계셨군요?」

「아닙니다. 카드 한 벌을 만들고 있었죠」 백작이 대답했다.

「어떻게요?」

「지금 보고 계신 저 카드는 모두 에이스나 2점짜리입니다. 그런 걸 내가 총을 쏴서 3, 5, 7, 8, 9, 10이 된 겁니다」

알베르는 가까이 가보았다.

과연 총알은 똑같은 간격을 두고 점이 있어야 할 장소 하나하나에 구멍을 뚫어놓았던 것이다. 그리고 그는 벽 가까이로 가면서, 두세 마리의 제비가 마침 사정 거리 안을 날고 있었는지 총에 맞아 떨어져 있는 것을 주웠다.

「대단하시군요!」하고 알베르가 말했다.

「뭘요」 몬테크리스토 백작은 알리가 가져온 수건에 손을 닦으며, 알베르에게 말했다. 「뭐든지 해서 무료한 시간은 메워야겠기에. 자, 어서 오세요. 기다리고 있으니」

두 사람은 백작의 마차에 올랐다. 잠시 후 그들은 30번지 집 앞에서 내렸다.

백작은 알베르를 서재로 안내하고 의자를 권했다. 두 사람이 자리에 앉았다.

「자, 얘길 해보시죠. 침착하게」 백작이 말했다.

「보시다시피 전 이렇게 침착합니다」

「도대체 결투를 할 상대는 누굽니까?」

「보샹입니다」

「그 사람과는 친구 사이가 아닙니까?」

「결투는 으레 친구끼리 하는 건데요, 뭐」

「그래도 무슨 이유가 있겠죠?」

「물론이죠」

「그 사람이 어떻게 했기에?」

「어제 석간에…… 그보다도 이걸 좀 읽어보십시오」

알베르는 백작에게 신문을 내밀었다. 신문에는 이런 기사가 실려 있었다.

자니나 통신

지금까지 알려져 있지 않던, 또는 발표되지 않았던 사실이 하나 드러났다. 자니나 시를 방어하고 있던 성곽은 알리 테베린 총독이 전적으로 신임하고 있던 한 프랑스 장교, 페르낭에 의해 터키 군에 넘어갔다.

「그런데」 하고 백작이 물었다. 「이걸 보시고 왜 기분이 상하셨단 말인가요?」

「왜라니요?」

「그렇죠. 자니나 성곽이 페르낭이라는 장교에 의해서 넘어갔다는 게 당신과 무슨 상관이 있단 말이오?」

「있고말고요. 제 아버지 모르세르 백작의 세례명이 페르낭이거든요」

「그럼 아버님께서 알리 파샤 밑에 계셨었나요?」

「네, 말하자면 그리스 독립을 위해서 싸우셨지요. 그래서 이런 중상을 받게 된 겁니다」

「아, 그렇군요! 그럼, 우리 확실히 밝혀봅시다」

「제가 원하는 것도 바로 그겁니다」

「그런데 말이죠, 그 페르낭이라는 장교가 바로 모르세르 백작과 동일 인물이라는 것을 프랑스에서 알 사람이 누가 있습니까? 게다가 1822년인가 1823년에 함락된 자니나를 지금 와서 문제삼을 사람이 어디 있겠습니까?」

「그러니 그게 음모라는 거죠. 가만히 시간이 지나가게 내버려두었다가, 이제 와서 잊혀진 사건들을 다시 들추어내 높은 위치에 있는 사람을 깎아내릴 악평을 퍼뜨리겠다는 수작이지요. 그래서 전 아버지의 이름을 이어받을 사람이니 그 이름에 의혹의 그림자를 드리우고 싶지 않습니다. 전 이 기사를 발표한 보상에게 입회인을 두 사람 보내서 기사를 취소시키겠습니다」

「취소는 안할걸요」
「그럼, 결투하는 거죠」
「아니, 결투까진 하지 마세요. 저쪽에선 아마 당시의 그리스 군대엔 페르낭이란 이름을 가진 장교가 오십 명이나 있었다고 대답할 겁니다」
「설령 그렇게 대답한다 하더라도 결투는 할 생각입니다. 그런 소문이 없어져야지요. 그렇게 훌륭한 군인이고 그렇게 빛나는 역사를 이루어놓은 아버지한테 그런 소문이……」
「혹은 이런 기사를 내겠지요. 〈페르낭이라는 자는 똑같이 페르낭이라는 세례명을 가진 모르세르 백작과는 아무 관계가 없는 것으로 사료된다〉」
「완전히 취소해 주지 않으면 안 됩니다. 그 정도론 만족할 수 없죠」
「그래, 정말 보샹에게 입회인들을 보내겠소?」
「물론이죠!」
「그건 잘못된 생각입니다」
「그렇다면 같이 가주시지 않겠단 말씀인가요?」
「아, 결투에 대한 내 생각은 알고 계실 텐테요. 로마에서 설명해 드린 일이 있는데 잊어버리셨군요」
「그런데 오늘 아침에, 조금 전에 말입니다. 그 주장과는 맞지 않는 연습을 하고 계시던데요」
「그야 아시겠지만, 인간은 고립되어 살 수 없는 존재니까요. 미친 사람들 속에서 살려면, 미치는 연습도 해두어야죠. 어느 날 어떤 사람이 공연히 흥분하여 지금 당신이 보샹에게 도전하는 정도의 이유도 없이 정말 아무것도 아닌 일로 도전을 해와서, 입회인을 보내고 많은 사람 앞에서 나를 모욕한다면, 그런 경우엔 그 친구를 죽여버려야 하니까요」

「그럼, 백작님도 결투를 인정은 하시는군요? 그렇다면 어째서 결투를 말라는 거죠?」

「내 말은 결투를 하지 말라는 게 아닙니다. 다만 결투란 중대한 일이니만큼 잘 생각해서 해야 한다는 거죠」

「그럼 보상은 잘 생각해 아버지를 비방했단 말인가요?」

「만약 그 사람이 생각을 잘못했다고 솔직하게 고백한다면 너무 원망할 건 없지 않을까요?」

「아, 백작님은 너무 관대하시군요!」

「당신은 지나치게 가혹하고 말입니다. 만약에…… 제 얘길 잘 좀 들어보십시오. 만약에 말입니다, 제 얘길 듣고 화내진 마십시오」

「어서 하십시오」

「만약에 그 보도가 사실이라고 가정해 본다면」

「아버지의 명예를 걸고, 전 그런 가정은 용서할 수 없습니다」

「무슨 소릴! 이 세상은 지금 별의별 일이 다 용서되고 있는 판인데!」

「그게 바로 오늘날의 죄악이라는 겁니다」

「그걸 고쳐보겠다는 말씀입니까?」

「네, 저와 관계가 있는 한도 내에서라도」

「허! 이만저만 엄격하신 게 아닌데요!」

「전 그런 사람입니다」

「그럼 어떤 충고도 받아들이지 않겠단 말씀이오?」

「아니오, 친구의 충고라면 받아들이지요」

자니나에서 온 소식 235

「그럼 날 친구라고 생각하시오?」
「물론이죠」
「그렇다면 입회인들을 보상에게 보내기 전에, 우선 사실을 알아보세요」
「누구한테요?」
「이를테면 하이데에게라도 말이오」
「이런 문제에 여자를 끌어넣다니, 무슨 소용이 있겠습니까?」
「그 여자의 아버지가 패배하고 죽임을 당한 일과 당신 아버지가 아무 관계가 없다는 것을 분명히 말해 주겠죠. 만약 불행히도 부친께서 우연히 그 사건에 휘말리셨더라도, 하이데가 사정을 명백히 밝혀줄 테니……」
「아까도 말씀드렸지만, 전 그런 가정은 용납 못하겠습니다」
「그럼, 그렇게 하지 않겠단 말씀인가요?」
「싫습니다」
「절대로?」
「절대로!」
「그렇다면 마지막으로 한마디만 더 하겠습니다」
「좋습니다. 그러나 그게 정말 마지막 충고시겠죠?」
「충고를 듣고 싶지 않으십니까?」
「천만에요. 부디 해주십시오」
「보샹 씨에게 입회인을 보내는 건 그만두십시오」
「뭐라고요?」
「직접 가서 만나세요」
「그건 상례에 어긋나는데요」

「당신 사건이 보통 일은 아니니까요」
「왜 저더러 직접 가라는 거죠?」
「그래야 사건이 당신과 보샹 사이에서 끝납니다」
「무슨 뜻인지 설명해 주시겠습니까?」
「물론이죠. 만약 보샹이 그 기사를 취소할 의사를 보인다면, 그 사람의 호의로 보아주어야 합니다. 취소나 다름없으니까요. 그러나 반대로 그쪽에서 취소를 거부한다면, 그때야말로 두 사람의 타인에게 당신의 비밀을 알리셔야 할 겁니다」
「타인이 아닙니다, 친구지요」
「오늘의 친구는 내일의 적입니다」
「무슨 소릴 하시는 겁니까?」
「보샹 씨를 생각해 봐요」
「그래서……?」
「그래서 좀 신중히 할 필요가 있다는 거지요」
「그래서 제가 직접 보샹을 찾아가야 한다는 겁니까?」
「그렇소」
「혼자서요?」
「혼자. 남의 자존심에서 무언가를 얻으려면, 우선 그의 자존심을 겉으로라도 상하게 하면 안 됩니다」
「그럴 것 같군요」
「그리 생각하신다면 다행입니다!」
「그럼 혼자 가죠」
「그게 좋겠습니다. 그러나 더 좋은 것은 아예 가지 않는 것입니다」
「그건 안 됩니다」

「그럼, 가보세요. 그것만 해도 먼저 마음먹었던 대로 하는 것보단 나으니까」

「하지만 이토록 조심스런 방법을 생각했는데도 결국 결투를 해야 한다면, 제 입회인이 돼주시겠습니까?」

「자작」하고 백작은 지극히 엄숙하게 말했다.「당신은 내가 때와 장소를 가리지 않고 당신에겐 모든 성의를 다했다는 것을 알고 있을 겁니다. 그러나 이번 부탁은 내가 할 수 있는 범위 밖의 일입니다」

「어째서요?」

「언젠가 알 날이 있을 겁니다」

「하지만 그때까지는?」

「내 비밀을 존중해 주시길 바랍니다」

「그럼, 좋습니다. 프란츠와 샤토 르노에게 부탁하죠」

「그 두 사람이면 좋겠군요」

「그런데 정말 결투를 하게 될 때 제게 검과 권총 쓰는 법을 좀 가르쳐주실 수는 있으시죠?」

「아니, 그것도 안 되겠습니다」

「당신은 정말 이상한 분이군요. 결국 어디에도 말려들고 싶지 않단 말씀이군요?」

「네, 어디에도」

「그럼, 그걸로 얘기를 마치죠. 안녕히 계십시오, 백작님」

「안녕히 가십시오, 자작」

알베르는 모자를 집어들고 밖으로 나갔다. 문 앞에는 마차가 기다리고 있었다. 그는 끓어오르는 분노를 꾹 참고, 보샹의 집으로 마차를 달렸다. 그러나 보샹은 신문사에 나가고 없었다. 그는 신문사로 갔다.

보샹은 어두컴컴하고 먼지투성이인 사무실에 앉아 있었다. 생긴 지 얼마 안 되는 신문사란 모두 그런 법이다.

그는 알베르 드 모르세르가 찾아왔다는 말을 두 번이나 되풀이하게 했다. 그러더니, 그래도 아직 잘 못 알아들은 듯이 큰소리로,

「들어와요!」 하고 소리쳤다.

알베르가 나타났다. 알베르가 종이 더미를 넘어 휘청거리며, 편집실의 마루뿐만 아니라 붉은 타일 위까지 너저분하게 펼쳐진 신문지 위로 걸어오는 것을 보자, 보샹은 큰소리로 외쳤다.

「이쪽으로, 이쪽으로」 그는 알베르에게 손을 내밀며 말했다. 「아니, 여긴 웬일이야? 프티 푸세(페로의 동화에 나오는 난쟁이──옮긴이)한테라도 홀렸나? 그렇지 않으면 친절하게도 내게 점심이라도 청하러 온 건가? 우선 의자나 하나 찾아보게. 저기 제라늄 옆에 있군. 저 꽃을 보면 그래도 이 세상엔 종이 뭉치 말고 풀잎들이란 게 있구나 하는 생각이 든다니까」

「보샹」 하고 알베르는 입을 열었다. 「자네 기사 얘길 좀 하려고 왔네」

「자네가? 도대체 무슨 일인데?」

「기사를 취소해 주게」

「자네가? 취소? 알베르, 대체 뭘 취소하란 말인가? 그러나 저러나 어서 앉기나 하게」

「고맙네」 알베르는 또 한번 대답하고는, 가볍게 머리를 끄떡여 보였다.

「무슨 얘기야?」

「내 가족의 명예를 훼손시킨 기사를 취소해 달라는 거야」

「아니, 무슨 소리야?」 보샹은 놀라며 물었다. 「어떤 기사 말인가? 그런 일이 있을 리 있나?」

「자니나 통신 기사 말이야」

「자니나?」

「그래, 자니나 말이야. 내가 왜 여길 왔는지, 자네 정말 모르는 것 같군?」

「정말 모르겠네…… 바티스트, 어제 신문 가져오게!」 하고 보샹은 소리쳤다.

「그럴 필요 없어. 내가 가져왔으니까」

보샹은 급히 읽어 내려갔다.

「자니나 통신에 의하면……」

「어때? 중대한 기사지?」 하고 보샹이 기사를 다 읽자 알베르가 말했다.

「그럼, 그 장교라는 게 자네 친척이란 말인가?」 보샹이 물었다.

「응」 알베르는 얼굴을 붉히며 대답했다.

「좋아! 그럼, 내가 어떡해야 자네 마음이 편안해지겠나?」 보샹이 다정하게 말했다.

「이 기사를 취소해 줬으면 하네」

보샹은 알베르의 얼굴을 바라보았다. 그의 눈에는 분명 깊은 호의가 어려 있었다.

「그렇게 되면」 하고 보샹은 말했다. 「얘기가 길어지겠군. 취소란 여간 큰 문제가 아니니까 말야. 자, 앉지. 내 이 서너 줄을 다시 한번 읽어봐야겠네」

 알베르는 의자에 앉았다. 보샹은 알베르에게서 비난받은 그 기사를, 처음보다 더 주의 깊게 다시 읽었다.

「이젠 알겠지!」 하고 알베르는 분명하게, 사뭇 무례한 어조로 말했다. 「자네 신문에서 내 가족이 비난을 받았네. 그래서 내가 취소를 요구하러 온 거야」

「자네가…… 요구를 한다……」

「그래, 내가……」

「미안하지만 자넨 영 말솜씨가 없군」

「잘할 생각도 없네」 하고 알베르는 자리에서 일어서며 대들었다. 「난 다만 자네가 어제 발표한 기사의 취소를 요구하러 왔을 뿐이야. 그리고 꼭 취소시켜야겠네. 자넨 내겐 좋은 친구야」 하고 알베르는 상대방도 오만하게 고개를 드는 것을 보고, 입술을 깨물면서 말을 계속했다. 「자넨 내 친구란 말이야. 그리고 그러니만큼 자넨 내가 이런 경우에 얼마나 강경하게 나가는지 알고 있을 테지」

「내가 자네 친구라도 말야, 알베르, 방금 한 것 같은 그런 말투는 내가 자네 친구라는 걸 잊어버리게 한다고. 그러나 어쨌든 화는 내지 말자고. 적어도 당분간은 말야…… 자네는 지금 초조하고 불안해하고 화가 나 있군. 그런데 도대체 그 페르낭이라는 친척이 누군가?」

「한마디로 말해 내 아버지야」 하고 알베르가 말했다.

「모르세르 백작, 페르낭 몬데고. 전쟁 경험이 이루 헤아릴 수 없이 많은 노장군이지. 그 고귀한 상흔을 흙탕물로 더럽히려 하다니, 말도 안 돼」

「아버님이시라고?」하고 보샹이 말했다. 「그렇다면 얘긴 또 다르지. 알베르, 자네가 화를 내는 것도 무리가 아닐세……자, 그럼, 다시 한번 더 읽어보세……」

그러고는 이번에는 낱말 하나하나에 힘을 주어 기사를 또 한번 읽었다.

「하지만 이 기사에 오른 페르낭이 자네 아버지라는 이유가 어디 있나?」

「그래, 물론 그런 말은 없지. 그러나 사람들은 그렇게 생각할 거란 말야. 그러니 이 기사를 취소시켜야겠다는 걸세」

그 말에 보샹은 눈을 들어 알베르를 바라보았다. 그러더니 이내 다시 눈을 내리깔고 잠시 생각에 잠겼다.

「취소해 주겠지, 보샹?」알베르는 자신을 억제하면서도, 화가 점점 치밀어오르는 듯 이렇게 물었다.

「그러지」

「고맙네!」

「단, 기사가 잘못되었다는 것을 확인한 다음에 말이야」

「뭐라고?」

「그래, 사실은 분명히 밝혀져야 하니까. 난 꼭 밝히겠네」

「하지만 이 사건을 밝히고 말고 할 게 어디 있나?」하고 알베르는 당황해서 물었다. 「자네가 만약 그게 우리 아버지가 아니라고 생각한다면, 당장 그렇다고 말해 주게. 그리고 만약 그게 우리 아버지라고 생각한다면 그렇게 생각하는 이유를 설명해 주고」

보샹은 모든 감정을 한꺼번에 나타낼 수 있는 그만의 독특한 미소를 띠고 알베르를 쳐다보았다.

「이보게, 만약 내게 물어볼 말이 있었다면, 우선 그 얘길 먼저 하고, 우정이니 뭐니 삼십 분씩이나 내가 참고 들은 그런 쓸데없는 얘긴 그만두게. 앞으로도 그런 식으로 나갈 셈인가?」 하고 보샹은 말했다.

「물론이지. 만약 그 파렴치한 중상을 취소하지 않는다면」

「잠깐! 모르세르 자작, 알베르 몬데고 씨, 위협은 삼가시지! 그런 건 적일 경우에도 못 참는 법인데, 하물며 친구한테서라니, 참을 수 없군. 그래, 자넨 날더러 명예를 걸고 알지도 못하는 페르낭 대령에 관한 기사를 취소해 달란 말인가?」

「그래, 그렇게 해달라고 요구하는 거야!」 알베르는 머리가 혼란해지기 시작했다.

「안 그러면 결투를 하겠단 말이지?」 보샹은 여전히 침착한 어조로 말했다.

「물론이지!」 알베르가 목청을 높이며 말했다.

「그럼, 대답해 주지」 보샹이 말했다. 「그 기사는 내가 실은 게 아냐. 난 그 기사를 모르고 있었으니까. 그런데 오늘 자네의 행동을 보고, 난 비로소 그 기사에 관심이 생긴 거야. 그러니 이 기사는 관계자들에 의해 부인되든가 확인될 때까지는 그대로 두겠네」

「그렇다면」 하고 알베르는 자리에서 일어서며 말했다. 「입회인들을 보내겠네. 그 사람들과, 장소와 무기에 관해 협의하도록 하게」

「좋아」

「그럼 오늘 밤이 아니면, 늦어도 내일 밤엔 다시 만나세」

「아니, 가야 한다면 어느때고 그 장소에 가겠네. 그러나 결투 신청을 받은 건 나라서 그것을 정할 권리도 내게 있을 테니 하는 말이네만, 아직은 그럴 시기가 아닌 것 같네. 난 사네가 칼을 아주 잘 쓴다는 걸 알고 있네. 나도 웬만큼은 쓰고. 난 또 자네가 여섯 발 중 세 발은 명중시키리라는 것도 알고 있지. 나도 그 정도는 되고. 우리 둘의 결투는 만만치 않겠지. 자넨 굉장히 용감하고 또 나도 마찬가지니까 말일세. 그래서 난 우리가 이렇다 할 이유도 없이 내가 자넬 죽이게 되거나 자네가 날 죽이게 될 그런 위태로운 짓은 안했으면 하네. 그래서 이번엔 내가 자네한테 물어봐야겠는데, 분명하게 말야. 자넨 내가 명예를 걸고 그 기사에 대해선 정말 모르고 있었다고 거듭 말하고, 게다가 자네 같은 야벳(노아의 아들로 아버지를 공경했다고 한다——옮긴이)이 아니고서야 다른 사람들은 아무도 그 페르낭이 자네 아버지 모르세르 백작이라는 걸 짐작 못한다고 단언한대도, 내가 기사 취소를 안하겠다면 굳이 나를 죽이겠다고 할 만큼 그 기사의 취소를 고집할 생각인가?」

「그래, 나는 죽어도 고집하겠네」

「정 그렇다면 결투 신청을 받아들이지. 단, 삼 주일만 여유를 주게. 삼 주일 후에 내가 자넬 만나서〈그래, 그건 거짓말이야, 내 취소하지〉하든가, 아니면〈그 기사는 사실이었어. 그러니 자네가 택하는 대로 내 칼자루에서 칼을 빼든지, 권총 상자에서 권총을 꺼내겠네〉하고 대답하겠어」

「삼 주일이라!」 알베르가 소리쳤다. 「말이 삼 주일이지, 명예를 더럽히고 산다면, 삼백 년같이 느껴질 거야」

「자네가 그냥 내 친구라면〈참아주게!〉라고 말했을 거야. 그러나 자넨 이미 내 적이니, 그게 나와 무슨 상관이냐, 라고밖엔 할말이 없군」

「좋아, 삼 주일 후야」하고 알베르는 말했다. 「하지만 잊지 말게. 삼 주일 후엔 연기하거나 도망갈 핑계를 대는 건 용서하지 않을 거야」

「알베르 드 모르세르 군」하고 이번에는 보샹이 일어서면서 말했다. 「삼 주일 후, 그러니까 이십사 일이 지나지 않으면 나는 자네를 창 밖으로 던질 권리가 없네. 자네 역시 그때까진 나를 칼로 찌를 권리가 없지. 오늘이 8월 29일, 그러니까 9월 21일이 돼야 한단 말이야. 신사로서 한마디 충고하겠네만, 그때까진 서로 떨어져서 쇠사슬에 매인 개처럼 짖어대지 않는 게 어때?」

이렇게 말한 보샹은 알베르에게 정중히 인사한 다음 휙 돌아서더니, 인쇄실 안으로 들어가 버렸다.

알베르는 화풀이로 산더미같이 쌓여 있는 신문지를 단장으로 후려쳐 흐트러뜨렸다. 그러고는 인쇄실 문을 몇 번이나 돌아보며 밖으로 나왔다.

애꿎은 신문지더미를 후려쳐보았지만 아무래도 화가 가라앉지 않아 마차 앞부분을 지팡이로 때리고 있던 알베르는, 문득 모렐을 보았다. 막시밀리앙 모렐은 대로를 건너가면서, 얼굴을 하늘로 쳐들고 반짝이는 눈으로 두 팔을 흔들며, 생 마르탱 문 쪽으로부터 마들렌 사원 쪽으로 가려고 막 중국식 목욕탕 앞을 지나는 길이었다.

「아!」하고 그는 한숨을 쉬며 말했다. 「행복한 친구로군!」

우연히도 알베르가 한 말은 사실이었다.

레모네이드

사실 막시밀리앙 모렐은 무척 행복했다.

누아르티에 노인의 부름을 받고 가는 길이었다. 무슨 이유인지 한시바삐 알고 싶은 마음에서, 그는 말의 다리보다는 자기 다리가 더 빠르리라고 생각하여 일부러 마차를 안 탔던 것이었다. 그래서 지금 메레 가를 떠나 생토노레 쪽으로 뛰어가는 길이었다.

모렐은 빠른 걸음으로 걷고 있었다. 바루아가 그뒤를 기를 쓰고 따라가고 있었다. 모렐은 서른한 살, 바루아는 예순이었다. 모렐은 사랑에 취해 있었고, 바루아는 더워서 목이 타고 있었다. 이렇게 이해 관계며 연배도 서로 다른 그 두 사람은 삼각형의 두 변을 연상시켰다. 다시 말하면, 서로 떨어져 있으면서 목표는 한 점을 향해 올라가고 있는 변 같았다.

그 한 점이 바로 누아르티에 노인이었다. 노인은 바루아에게 모렐을 급히 불러오라고 시켰고, 모렐은 또 문자 그대로 실행했다. 그래서 바루아는 지금 숨이 턱에 닿아 있었다.

노인의 집에 도착했을 때, 모렐은 그다지 숨이 가쁘지도 않았다. 사랑의 날개를 타고 온 까닭이다. 그러나 사랑 같은 것은 옛날에 다 없어진 바루아는 땀에 흠뻑 젖어 있었다.

이 늙은 하인은 특별 출입구로 모렐을 인도한 후에 방문을 닫았다. 얼마 안 있어, 마루 위로 옷자락이 스치는 소리가 들려왔다. 발랑틴이 오는 소리였다.

상복을 입은 발랑틴은 눈부시도록 아름다웠다.

모렐은 달콤한 꿈에 취해 누아르티에 노인과 이야기하러 왔다는 사실조차 잊고 있었다. 그러나 이내 노인의 안락의자가 마루 위로 굴러오는 소리가 나더니, 노인이 방안으로 들어왔다.

모렐은 자기와 발랑틴을 절망에서 구해 준 노인의 그 놀라운 처사에 대해 무한한 감사를 표시했고, 노인은 그 감사의 뜻에 부드러운 눈길로 답해 주었다. 그리고 나서 모렐의 눈은, 도대체 또 어떤 은혜가 베풀어질 것인지 알고 싶어서 멀찍이 떨어져 앉아 쭈뼛쭈뼛 말시키기를 기다리고 있는 발랑틴에게로 옮아갔다.

노인도 손녀를 바라보았다.

「그럼, 아까 말씀하신 걸 얘기할까요?」 하고 발랑틴이 물었다.

「그래」 노인이 대답했다.

「모렐 씨」 하고 발랑틴은 자기를 집어삼킬 듯이 쳐다보고 있는 청년을 향해 말했다. 「할아버지께선 당신한테 하실 말씀이 많으신데, 그걸 제게 지난 사흘 동안 일러주셨어요. 그리고 오늘은 저더러 그 얘길 당신에게 하라고 당신을 부르러 보내신 거예요. 할아버지께서 제게 통역을 맡기셨으니, 할아버지 뜻에 조금도 어긋남이 없도록 그대로 한마디 한마디 말씀드릴게요」

「오, 빨리 들려주세요」 하고 청년이 대답했다. 「어서, 어서!」

발랑틴은 눈을 내리깔았다. 그것이 모렐에게는 좋은 징조로 생각되었다. 발랑틴의 마음이 약해지는 것은 오직 행복할 때뿐이니까.

「할아버지께선 이 집을 떠나시겠답니다」 하고 여자는 말했다. 「바루아가 지금 적당한 집을 물색하고 있지요」

「하지만」 하고 모렐이 물었다. 「당신은 어떻게 되는 겁니까? 할아버지께서 그렇게 귀여워하시고 또 필요로 하시는 사람인데?」

「전」 하고 발랑틴은 대답했다. 「할아버지 곁을 절대로 떠나지 않을 거예요. 이건 할아버지와도 약속한 일이에요. 전 할아버지가 기거하실 곳 바로 곁에다 방을 얻을 거예요. 아버지께서 제가 할아버지와 같이 사는 것을 허락해 주실지 안 해주실지는 모르겠어요. 허락해 주신다면 저도 곧 집을 떠나고, 허락을 안 해주실 땐 앞으로 열 달만 있으면 저도 성인이 되니까 그때까지 기다리는 거죠. 그땐 저도 자유로운 몸이 되고, 독립된 제 개인의 재산을 가질 수 있으니까요」

「그 다음엔?」 모렐이 물었다.

「그 다음엔 할아버지의 허락을 받고 당신과의 약속을 지키는 거죠」

발랑틴은 그 마지막 말을 아주 낮은 목소리로 말했다. 모렐이 그 말을 집어삼킬 듯이 열심히 듣지 않았더라면, 아마 못 알아들었을 것이다.

「할아버지, 할아버지 뜻이 지금 제가 설명한 그대로지요?」 발랑틴은 할아버지를 보며 이렇게 덧붙여 말했다.

「오냐」

「할아버지 댁에만 가게 되면」 하고 발랑틴은 말을 계속했다. 「당신은 훌륭하고 친절한 제 보호자이신 할아버지 앞에서 저를 만나러 오실 수가 있어요. 만약 아직 철없고 변덕스러운 우리 두 마음이 결합된 사랑이 정말 아름답고, 두 사람의 경험으로 미루어보아 장래의 행복을 보장할 수 있을 것같이 생각되면, 하긴 장해물 앞에서는 불타던 사랑도 일단 안전하게 되면 식어버린다고들 하지만요, 그땐 당신이 제게 직접 청혼해 주세요. 그때를 기다릴 테니」

「아!」 하고 모렐은 소리쳤다. 그는 노인 앞에서는 마치 하느님 앞인 듯, 발랑틴 앞에서는 마치 천사의 앞인 듯 무릎을 꿇고 싶은 심정이었다. 「이렇게 행복해지다니, 도대체 제가 뭘 어떻게 했기에 이토록 은혜를 입는단 말입니까?」

「그때까진」 하고 소녀는 맑고도 엄격한 목소리로 말했다. 「세상의 범절과 부모님의 의사까지도 존중해야 해요. 그분들이 우리를 영원히 갈라놓으려고 하지 않는 한 말이에요. 그리고 이 말이야말로 모든 것을 뜻하는 것이니 한번 더 말씀드리지만, 우리는 기다려야 해요」

「그리고 그 때문에 어쩔 수 없이 받아야 할 고통은」 하고 이번에는 모렐이 말했다. 「반드시 이겨나갈 것을 맹세하겠습니다. 체념 속에서가 아니라, 희망을 가지고」

「그러니」 하고 발랑틴은 모렐의 마음 자세에 안심한 듯한 눈으로 말을 이었다. 「앞으로는 무모한 짓을 하지 말아주세요. 오늘부터 당신의 그 훌륭한 이름을 그대로 이어받아야 할 저를 곤란한 입장에 몰아넣는 일이 없도록 해주세요」

모렐은 가슴에 손을 대고 맹세한다는 뜻을 보여주었다.

그러는 동안에 노인은 애정이 가득한 눈으로 젊은이를 바라보고 있었다. 이들의 비밀을 숨길 필요가 없는 사람인 바루아는 계속 그 방 한구석에 앉아, 대머리에서 흐르는 땀방울을 닦으며 싱글거리고 있었다.

「어머, 바루아, 그렇게 더워요?」 발랑틴이 물었다.

「예, 뛰어갔다 와서 그렇습죠」 하고 바루아는 대답했다. 「하지만 모렐 씨는 저보다도 훨씬 더 빨리 뛰시던 걸요」

누아르티에 노인은 레모네이드 병과 컵이 놓인 쟁반을 눈으로 가리켰다. 병은 비어 있었다. 삼십 분 전에 노인이 마셨던 것이다.

「자, 바루아」 하고 발랑틴이 말했다. 「물 좀 마셔요, 아까부터 빈 병만 보고 있으니」

「사실」 하고 바루아는 말했다. 「목이 말라 죽겠는뎁쇼. 여러분의 건강을 빌며 한 잔 마시겠습니다」

「마셔요, 그럼」 하고 발랑틴이 말했다. 「그리고 곧 돌아와요!」

바루아는 쟁반을 들고 나갔다. 바루아가 복도로 나가자마자 고개를 뒤로 젖히고 발랑틴이 따라놓은 레모네이드를 들이켜는 것이 문틈으로 보였다. 문 잠그는 것을 잊고 나갔던 것이다.

발랑틴과 모렐은 노인 앞에서 작별 인사를 나누었다. 바로 그때 빌포르의 방 계단에서 벨이 울리는 소리가 들렸다.
그것은 손님이 왔다는 신호였다.
발랑틴은 벽시계를 쳐다보았다.
「정오군요」하고 그녀는 말했다.「오늘은 토요일이니까, 의사 선생님이 오셨나 봐요」
노인은 필시 그럴 거라는 표정을 지어보였다.
「그럼 이리로 오실 텐데, 모렐 씨는 보내드리는 게 좋겠죠, 할아버지?」
「그래」
「바루아!」하고 발랑틴이 불렀다.「바루아, 바루아! 이리 좀 와봐요!」
「갑니다, 아가씨!」
늙은 하인이 대답하는 소리가 들렸다.
「바루아가 문까지 바래다 드릴 거예요」하고 발랑틴은 모렐에게 말했다.「자, 이걸 잊지 마세요. 할아버지께선 우리 둘의 행복을 위태롭게 할 짓은 절대 하지 말라고 하셨어요」
「약속하죠. 기다리겠습니다. 기다릴게요」모렐의 대답이었다.
그때 바루아가 들어왔다.
「누가 오셨나요?」발랑틴이 물었다.
「다브리니 선생님이요」이렇게 대답하는 바루아는 다리를 휘청거리고 있었다.
「왜 그래요, 바루아?」발랑틴이 물었다.
바루아는 아무 대답도 하지 않았다. 그는 초점을 잃은 눈동자로 주인을 바라보고 있을 뿐이었다. 그러면서 바르르 떨리는 손으로 무엇인가를 잡고 서보려고 애썼다.

「아니, 쓰러지겠어!」 모렐이 소리쳤다.

과연 바루아의 다리는 점점 더 심하게 떨리고 있었다. 얼굴은 근육의 경련으로 완전히 변색되어 있었다. 심한 신경성 발작이 틀림없었다.

누아르티에 노인은 이렇게 괴로워하는 바루아를 보면서 더욱더 복잡한 눈을 했다. 그 눈길에는, 그의 마음속을 뒤흔드는 모든 감정이, 표현하기는 어려우나 손에 잡힐 듯 훤히 드러나 보였다.

바루아는 노인 앞으로 몇 걸음 걸어 나갔다.

「오, 오, 하느님!」 하고 그는 외쳤다. 「어찌된 일일까요? 몸이 괴로워서…… 눈앞이 보이지 않습니다. 머릿속에서 불꽃이 수없이 맴돌고 있어요. 오! 제게 손대지 마십쇼! 손대지 마세요!」

그러더니 눈이 무섭게 툭 불거져 나오고, 머리는 뒤로 젖혀진 채 전신이 뻣뻣해졌다.

발랑틴은 놀라서 날카롭게 비명을 질렀다. 모렐은 무엇인지 모를 어떤 위험에서 그녀를 보호하려는 듯 팔로 안았다.

「다브리니 선생님! 다브리니 선생님!」 하고 발랑틴은 짓눌린 듯한 목소리로 외쳤다. 「이리 좀 와주세요! 큰일 났어요!」

바루아는 몸을 휙 돌리며 서너 걸음 뒤로 물러서더니, 비틀거리며 노인의 발밑에 쓰러졌다. 그리고 노인의 무릎에 손을 얹으며, 이렇게 소리쳤다.

「나리! 나리!」

그때 발랑틴이 외치는 소리를 듣고 빌포르가 문 앞에 나타났다.

모렐은 반쯤 정신을 잃은 발랑틴을 놓아주고 뒤로 움찔 물러나, 방 한구석 커튼 뒤에 숨었다.

마치 눈앞에서 뱀이라도 일어서는 듯 얼굴빛이 새파래진 그는, 다 죽어가는 늙은 하인을 얼어붙은 듯한 시선으로 바라보았다.

누아르티에 노인은 공포와 불안으로 어쩔 줄을 모르고 있었다. 그의 마음은, 하인이라기보다는 친구인 이 불쌍한 늙은 하인을 구해 주려고 달음질치고 있었다. 바루아의 이마에는 부풀어오른 혈관과 아직 생기가 도는 눈언저리 근육의 경련으로 인해, 삶과 죽음 사이에 치열한 싸움이 벌어지고 있음이 드러나고 있었다.

바루아는 얼굴에 경련을 일으키며, 충혈된 눈으로 고개를 뒤로 떨어뜨리고, 두 손으로 마룻바닥을 쾅쾅 치며 쓰러져 버렸다. 다리는 뻣뻣해져서 구부러지는 게 아니라 부러질 것 같았다.

입술에서는 가벼운 거품이 일었다. 그는 무섭게 숨을 몰아쉬고 있었다.

빌포르는 어리둥절하여 방안으로 들어서면서, 그의 시선을 끄는 그 광경을 그저 잠시 바라보고만 있었다.

그는 모렐은 보지 못했다.

이렇게 말없이 보고만 있는 사이, 빌포르의 얼굴은 새파래지고 머리카락이 곤두섰다.

「의사 선생! 의사 선생!」 그는 문으로 달려가며 소리쳤다.

「이리 좀 와보시오! 와보시오!」

「어머니! 어머니!」하고 발랑딘은 계단의 벽에 몸을 부딪히며 빌포르 부인을 불렀다. 「이리 좀 오세요! 빨리요. 어머니의 그 약을 가지고요!」

「도대체 무슨 일이냐?」 빌포르 부인은 금속성의 침착한 목소리로 물었다.

「얼른 좀 와주세요!」

「의사 선생은 어디 계시냐?」 빌포르가 물었다. 「어디 계셔?」

빌포르 부인은 천천히 내려왔다. 부인의 발밑에서 마루가 삐걱거리는 소리가 들려왔다. 한 손에는 약병을 들고 있었다.

방 앞에 오자, 부인은 우선 누아르티에 노인 쪽으로 시선을 보냈다. 노인의 얼굴은, 이러한 상황에서 응당 나타날 법한 급격한 감정 이외엔 평상시와 다름없는 건강한 모습이었다. 부인은 그 다음에 다 죽어가는 늙은 하인을 보았다.

부인은 얼굴빛이 확 변했다. 그리고 그녀의 눈은 늙은 하인에게서 누아르티에 노인에게로 마치 뛰어넘듯이 옮아갔다.

「도대체 의사 선생은 어디 있소? 당신 방으로 들어가던데? 졸도했소. 피를 빼면 살 수 있어」

「방금 뭘 먹었나요?」 부인은 남편의 말을 피하면서 이렇게 물었다.

「어머니」하고 발랑틴이 말했다. 「아직 점심도 안 먹은걸요. 아침에 할아버지 심부름으로 어딜 뛰어갔다 왔어요. 그리고 돌아와서 레모네이드를 한 잔 마셨을 뿐이에요」

「저런!」하고 부인은 말했다. 「왜 포도주를 마시지 않고? 레모네이드는 별로 좋지 않은데」

「마침 레모네이드가 바로 옆의 할아버지 물병 옆에 있어서 바루아는 너무 목이 말라 그냥 마셨던 거예요」

빌포르 부인은 몸을 바르르 떨었다. 누아르티에 노인은 깊은 눈길로 부인을 바라보고 있었다.

「그런데 바루아는 목이 퍽 짧군」하고 부인이 말했다.

「여보」빌포르가 말했다.「다브리니 선생은 어디 있느냐 말이오, 어서 대답 좀 해보오!」

「에두아르 방에 있어요. 그애가 몸이 좀 좋지 않아서요」부인은 그 이상은 대답을 회피할 수 없어 이렇게 말했다.

빌포르는 자기가 직접 의사를 찾으러 가려고 계단 쪽으로 뛰어나갔다.

「자, 이걸」하고 부인은 발랑틴에게 약병을 내주었다.「아마 피를 토할 거다. 난 피를 보는 건 끔찍해서 싫으니, 내 방으로 돌아가마」

그러고는 남편의 뒤를 따라 나갔다.

모렐은 숨어 있던 곳에서 밖으로 나왔다. 모두들 정신이 한군데로 쏠려 있었기 때문에 아무도 그를 보지 못했다.

「얼른 돌아가세요」하고 발랑틴이 말했다.「그리고 제가 부를 때까진 기다리고 계세요」

모렐은 몸짓으로 누아르티에 노인의 의견을 물었다. 끝내 침착성을 잃지 않고 있던 노인은, 그렇게 하는 게 좋겠다는 표시를 해 보였다.

모렐은 발랑틴의 손을 잡아 자기 가슴에 꼭 대보고는, 비상 복도를 통해 밖으로 나갔다.

바로 그때 빌포르와 의사가 반대쪽 문으로 들어왔다.

바루아는 차츰 정신이 들기 시작했다. 발작이 지나가고, 신음을 낼 수 있었다. 그리고 한쪽 무릎을 짚고 일어서려고 했다.

다브리니와 빌포르는 바루아를 소파로 옮겨놓았다.

「뭘 마시게 할까요?」 빌포르가 물었다.

「물과 에테르를 가져오게 하세요. 댁에 있겠죠?」

「있습니다」

「그리고 빨리, 테레빈 유(油)와 구토제를 구해 오도록 하세요」

「자, 어서!」 빌포르가 말했다.

「그리고 이젠 모두들 이 방을 나가주십시오」

「저도요?」 발랑틴이 머뭇거리며 물었다.

「그렇지. 특히 아가씨가 나가야겠어」 의사는 무뚝뚝하게 대답했다.

발랑틴은 놀란 듯이 다브리니 씨를 쳐다보았다. 그러고는 할아버지 이마에 키스를 하고 밖으로 나갔다.

발랑틴이 나가자, 의사는 침통한 얼굴로 방문을 잠갔다.

「저것 보세요, 이젠 정신이 들었군요. 대수롭지 않은 발작이었군요」

다브리니 씨는 어두운 미소를 지었다.

「기분이 어떤가, 바루아?」 의사가 물었다.

「좀 나아졌습니다」

「이 에테르를 한 모금 마실 수 있겠나?」

「마셔보지요. 그러나 제발 몸은 건드리지 말아주십쇼」

「아니 왜?」

「손가락 끝만 대셔도, 발작이 재발할 것만 같아서요」

「마셔보게」

바루아는 컵을 들어 보랏빛으로 변한 입술에 갖다 대었다. 그리고 거의 반쯤 잔을 비웠다.

「어디가 아픈가?」 의사가 물었다.

「안 아픈 데가 없이 다 아픕니다. 무섭게 경련이 일어나는 것 같아요」

「눈앞이 핑핑 도나?」

「네」

「귀에서 윙윙 소리가 나고?」

「네, 무섭게 납니다」

「언제부터 그렇게 됐지?」

「조금 아까요」

「갑자기 그래?」

「네, 벼락이라도 내린 듯이 갑자기요」

「어젠 아무렇지도 않았는데? 그제도?」

「안 그랬습니다」

「졸립거나 몸이 무겁지도 않았고?」

「아무렇지도 않았습니다」

「오늘 뭘 먹었지?」

「아무것도 안 먹었습니다. 그저 입에 댄 거라곤 영감마님 물병에 있는 레모네이드 한 잔뿐입니다」

그렇게 말하고 바루아는 누아르티에 노인을 가리키기 위해 머리를 돌렸다. 노인은 안락의자에 앉아 꼼짝않고 이러한 무시무시한 광경을 동작 하나 말 한마디 놓치지 않으며 낱낱이 지켜보고 있었다.

「그 레모네이드가 어디 있지?」

「아래층의 물병에요」

「아래층 어디?」

「부엌에요」

「내가 가서 찾아올까요?」 빌포르가 물었다.

「아니, 여기 그대로 계십시오. 그리고 환자에게 컵에 남은 물을 다 먹여보십시오」

「그럼, 레모네이드는……」

「제가 직접 가볼 테니까요」

다브리니는 문을 열고 뒷계단으로 달려가다, 하마터면 역시 부엌으로 가는 빌포르 부인을 쓰러뜨릴 뻔했다.

부인은 악 하고 소리를 질렀다.

다브리니는 그 소리엔 신경도 쓰지 않았다. 오직 단 한 가지 생각에 사로잡힌 채 마지막 계단 서너 개를 대번에 뛰어내려 부엌으로 들어갔다. 부엌에는 쟁반 위에 빈 컵이 서너 개 놓여 있었다.

그는 마치 독수리가 먹이에게 덤벼들듯 컵 위로 달려들었다.

그는 숨을 헐떡이며 다시 위로 올라가 방으로 돌아왔다.

빌포르 부인은 자기 방으로 통하는 계단을 천천히 올라갔다.

「여기 있던 물병이 이건가?」 다브리니가 물었다.

「틀림없습니다, 선생님」

「자네가 마셨다는 레모네이드도 바로 이거고?」

「그런 것 같습니다」

「맛이 어떻던가?」

「썼습니다」

의사는 레모네이드를 손바닥에다 몇 방울 떨어뜨려 입술로 맛을 보았다. 그러고는 마치 포도주 맛을 보듯 그 물을 입안에 넣어 헹구더니, 벽난로에 뱉어버렸다.

「필경 이걸 거야」하고 의사가 말했다. 「그리고 누아르티에 씨께서도 이걸 마셨습니까?」

「그렇소」노인이 대답했다.

「노인께서도 맛이 쓰다고 느끼셨습니까?」

「그랬소」

「오! 선생님!」하고 바루아가 소리쳤다.

「또 시작입니다! 아이고! 하느님! 나 좀 살려주십시오!」

의사는 환자 곁으로 달려갔다.

「구토제! 구토제! 아직 안 왔나?」

그러나 아무도 대답이 없었다. 깊은 공포가 집안에 깔렸다.

「폐 속에 공기를 불어넣어 줄 수만 있어도」하고 다브리니는 주위를 둘러보며 말했다. 「질식을 면하게 할 수는 있겠는데. 하지만 안 되겠는걸!」

「아이고! 선생님!」바루아가 외쳤다. 「절 이대로 죽게 내버려두실 겁니까? 으악! 죽을 것 같습니다! 아이고! 나 죽겠네!」

「깃펜을! 깃펜을 가져와!」의사가 말했다.

그는 테이블 위에 있는 깃펜을 발견했다.

그는 심한 경련 속에서도, 토해 보려고 무진 애를 쓰는 환자의 입에 깃펜을 쑤셔넣으려고 했다. 그러나 워낙 이를 악물고 있었기 때문에 깃펜이 들어가질 않았다.

바루아는 아까보다 훨씬 더 심한 신경성 발작을 일으키고 있었다. 그는 소파에서 굴러떨어져 마룻바닥에 뻣뻣해진 채 쓰러졌다.

의사는 심한 발작을 일으키고 있는 환자에게 손 하나 쓰지 못한 채 누아르티에 노인 곁으로 갔다.

「기분은 어떠십니까?」하고 그는 성급하지만 낮은 목소리로 물었다.「괜찮으십니까?」

「괜찮소」

「위는 가볍습니까, 무겁습니까? 가볍나요?」

「그렇소」

「제가 일요일마다 드리던 환약을 잡수셨을 때처럼?」

「그렇소」

「레모네이드는 바루아가 만들었나요?」

「그렇소」

「바루아에게 그걸 마시게 한 것이 당신이었습니까?」

「아니」

「그럼 빌포르 씨가?」

「아니」

「그럼 빌포르 부인이?」

「아니」

「그럼 발랑틴이?」

「그렇소」

바루아가 한숨을 쉬고는 턱에서 뚝뚝 소리를 내며 하품을 하자, 의사는 그리로 주의를 돌렸다. 그는 노인의 곁을 떠나 환자에게로 달려갔다.

「바루아」하고 의사가 말했다.「말을 할 수 있겠나?」

바루아는 입속에서 무엇인가 몇 마디 중얼거렸다.
「힘을 내게」
바루아는 또다시 충혈된 눈을 떴다.
「레모네이드를 누가 만들었지?」
「제가요」
「만들자마자 곧 누아르티에 씨에게 가져왔나?」
「아니요」
「그럼 그걸 다른 데 갖다 놓았었나?」
「부엌에요. 저를 부르시기에」
「그걸 누가 이리 갖다 놓았지?」
「발랑틴 아가씨께서」
다브리니는 이마를 두드렸다.
「오! 오!」하고 그는 중얼거렸다.
「선생님! 선생님!」하고 세번째 발작이 일어나는 것을 의식한 바루아가 외쳤다.
「구토제는 아직 가져오지 못했나?」의사가 소리쳤다.
「이 컵에 다 준비돼 있습니다」빌포르가 들어오면서 말했다.
「누가 만든 거죠?」
「저하고 같이 온 약제사가 만들었습니다」
「마시게」
「안 되겠습니다. 이젠 늦었어요. 목구멍이 꽉 죄어서 숨이 막힐 것 같아요. 아이고, 가슴이야! 아이고 머리야! 아이고 죽겠다……. 언제까지 이렇게 아플까요?」
「금세 나을 걸세」의사가 말했다.「이제 곧 괜찮아질 거야」
「알겠습니다!」불쌍한 바루아가 소리쳤다.「하느님! 살려주소서!」
 그러다가 소리를 한번 꽥 지르더니, 마치 벼락이라도 맞은 듯 뒤로 벌렁 자빠졌다.
 다브리니는 바루아의 심장에 손을 갖다 대고, 입술에 거울을 가까이 갖다 대었다.
「어떻습니까?」 빌포르가 물었다.
「부엌에 가서 곧 제비꽃 시럽을 가져오도록 하십시오」
 빌포르는 즉시 아래로 내려갔다.
「누아르티에 씨, 놀라지 마십시오」 의사가 말했다. 「피를 토하게 해야 될 것 같아서, 환자를 다른 방으로 옮겨야겠습니다. 사실 이런 발작은 보기가 끔찍하니까요」
 그는 바루아의 겨드랑이에 팔을 끼워 안아올리고는 옆방으로 끌고 갔다. 그러더니 곧 나머지 레모네이드를 가지러 다시 노인의 방으로 돌아왔다.
 노인은 오른쪽 눈을 감아 보였다.
「발랑틴 양 말씀이십니까? 발랑틴 양을 부르라는 거지요? 제가 가서 발랑틴을 보내도록 이르겠습니다」
 빌포르가 다시 올라오고 있었다. 다브리니는 복도에서 그를 만났다.
「어떻습니까?」
「이리 오십시오」 의사가 말했다.
 그리고 그를 방안으로 데리고 들어갔다.
「아직도 정신을 잃고 있습니까?」 빌포르가 물었다.
「죽었습니다」
 빌포르는 서너 걸음 뒤로 물러서며 머리 위로 두 손을 모았

다. 그리고 깊은 연민에 찬 어조로,

「그렇게 빨리!」하며 시체를 바라보았다.

「그렇습니다. 정말 빨리 죽었지요?」 다브리니가 말했다

「하지만 뭐 놀라울 거야 없으시겠죠. 생메랑 후작 부처도 이렇게 갑작스레 돌아가셨으니까요. 빌포르 씨, 댁에선 사람마다 이렇게 갑자기 죽는군요!」

「그게 무슨 소립니까?」 빌포르는 공포와 놀라움에 차서 외쳤다. 「또 그런 무서운 생각을 하십니까?」

「하지요, 늘 하지요!」 다브리니는 엄숙하게 말했다. 「그 생각은 잠시도 제 머리에서 떠나지 않고 있습니다. 그리고 이번만은 제 생각이 결코 잘못되지 않았다는 걸 가르쳐드리겠습니다. 제 얘길 좀 들어보십시오」

빌포르는 경련하듯 몸을 떨었다.

「거의 아무 흔적도 남기지 않고 사람을 죽일 수 있는 독약이 하나 있습니다. 그 독약을 저는 알고 있습니다. 그 독약으로 일어나는 모든 사건과 그 독약을 먹으면 나타나는 모든 현상을 저는 연구해 보았습니다. 그리고 전 생메랑 후작 부인 때도 그랬지만, 이번에 이 불쌍한 바루아의 몸에서도 같은 독약이 사용됐다는 것을 발견했습니다. 그 독약을 찾아내는 방법이 하나 있습니다. 그 독약은 산(酸)으로 빨갛게 된 리트머스 지를 원래의 청색으로 환원시킵니다. 그리고 제비꽃 시럽을 녹색으로 변색시키고요. 리트머스 지는 지금 없지만, 자, 제가 아까 부탁했던 제비꽃 시럽은 지금 오고 있습니다」

과연 복도에서 발소리가 났다. 의사는 문을 조금 열고 하녀의 손에서 두세 스푼의 시럽이 들어 있는 잔을 받고는 다시 문

을 닫았다.

「이걸 보시오」하고 의사는 검사 빌포르에게 말했다. 검사의 심장은 남이 들을 수 있을 만큼 무섭게 뛰었다.

「자, 이 찻잔엔 제비꽃 시럽이 있고, 이 물병엔 아까 누아르티에 씨와 바루아가 마시고 남은 레모네이드가 들어 있습니다. 만약 이 레모네이드가 순수하고 무해한 것이라면, 시럽이 들어가도 색이 변하지 않습니다. 그러나 레모네이드에 독약이 들어 있을 경우엔, 시럽 색깔이 녹색이 될 겁니다. 자, 보십시오!」

의사는 천천히 시럽 잔에다 레모네이드를 몇 방울 떨어뜨렸다. 그러자 단번에 시럽 잔 밑에 구름 같은 것이 뿌옇게 서리며, 푸르스름한 색을 띠더니, 이윽고 사파이어 색에서 오팔 색으로 변하고, 다시 오팔 색에서 에메랄드 빛으로 바뀌었다.

마지막 색깔에 이르러 그 빛은 그대로 고정되어 버렸다. 그러니까 실험 결과에는 의심할 여지가 없었다.

「불쌍한 바루아는 앙구스튀라 나무껍질이나 상티냐스 열매로 독살된 겁니다」하고 다브리니가 말했다. 「이젠 사람들과 신 앞에서 분명히 말해야겠습니다」

빌포르는 아무 소리도 안했다. 다만 두 손을 하늘로 높이 쳐들고 사납게 눈을 부릅뜬 채 얻어맞은 듯이 안락의자에 푹 쓰러졌다.

고발

다브리니는 이 불길한 방안에서 제2의 시체가 되어버린 듯한 빌포르에게 정신을 차리게 해주었다.
「오! 내 집엔 죽음의 신이 있는 모양입니다!」 하고 빌포르는 외쳤다.
「범죄라고 말씀하시는 게 옳겠지요」 의사가 말했다.
「다브리니 씨!」 빌포르가 소리쳤다. 「나로선 지금 내 마음속에서 이는 감정을 표현할 힘이 없었습니다. 이건 오직 공포요, 고뇌요, 착란입니다」
「그래요」 다브리니는 침착한 목소리로 위엄 있게 말했다. 「하지만 지금이야말로 무슨 결단을 내려야만 할 시기입니다. 그리고 이렇게 연속적으로 죽음을 초래하는 거센 물결을 막아야 할 때라고 생각합니다. 저로선 사회를 위해서나 죽은 희생자들을 위해서나 복수를 해줄 생각은 없지만, 더 이상 이 비밀을 지킬 수는 없습니다」

빌포르는 어두운 눈길로 주위를 둘러보았다.

「내 집에서! 이런 일이 내 집안에서 벌어지다니!」하고 그는 중얼거렸다.

「자, 검사님」하고 의사는 말했다. 「대장부답게 구십시오. 법을 행사하는 분으로서, 모든 희생을 무릅쓰고 명예를 지키셔야 합니다」

「희생이라니, 듣기만 해도 소름이 끼치는군요」

「사실이 그런 걸요」

「그럼 누군가 수상한 사람이라도 있단 말씀이오?」

「전 아무도 의심하지는 않습니다. 죽음이 당신 댁을 찾아온 겁니다. 그리고 죽음은 집안으로 들어와, 되는대로가 아니라 영리한 솜씨로 방방을 전전하고 있습니다. 그래서 제가 그 죽음의 뒤를 밟아본 거죠. 저는 그놈이 지나간 길을 찾아냈습니다. 고인들의 가르침을 따라 그 길을 손으로 더듬어보았죠. 왜냐하면 댁의 가정에 대한 제 우정이나, 당신에 대한 존경심이 제 눈을 가리고 있었기 때문이지요. 그런데……」

「오! 말씀하십시오. 각오는 되어 있으니」

「보십시오! 댁에는, 댁의 집안에는, 어쩌면 댁의 가족 중에는 한 세기에 하나 날까 말까 한 무서운 사람이 있습니다. 로쿠스타(로마 시대의 독살가. 아그리피나의 꾐으로 황제 클라우디우스를 독살한다——옮긴이)와 아그리피나가 같은 시대에 살았다는 것은 예외라고 할 수 있겠죠. 그래서 아마 신의 노여움이 죄의 소굴이 된 로마 제국을 멸망시켰을 겁니다. 브룬힐다와

프레데군데(메로빙거 왕조가 4국으로 분열되었을 때의 두 국왕의 부인들로, 서로 전국적인 내전까지 일으켰다――옮긴이), 그 두 사람은 비록 지옥에서 온 사자의 손을 빌렸다고 하더라도, 문명이 시작되던 초창기에 인간이 정신을 지배해 보려고 악전고투한 끝에 얻어진 결과물이겠죠. 그런데 그런 여자들은 젊고 아름다웠거나, 적어도 그 당시에는 그랬던 여자입니다. 그 여자들의 얼굴에는 지금 이 댁에 있는 범인의 얼굴에서 볼 수 있는 것과 똑같이 순진한 꽃이 피었던 일이 있거나, 아니면 그 당시에도 피어 있었을 겁니다」

빌포르는「아!」하고 소리를 지르며 두 손을 모았다. 그리고 애원하듯 다브리니의 얼굴을 쳐다보았다.

그러나 다브리니는 냉담하게 얘기를 계속했다.

「범죄로 말미암아 득을 보는 자를 찾으라는 법률상의 격언이 있습니다」

「선생!」하고 빌포르는 소리쳤다.「선생, 이런 불길한 말 때문에 인간의 정의가 수없이 그르쳐진 게 아닐까요. 전 모르겠습니다만, 제 생각에 이 범죄는……」

「아, 그럼 범죄가 저질러졌다는 점은 인정하시는군요?」

「그렇습니다. 인정은 합니다. 하지만 인정을 안할래야 안할 수가 없지 않습니까. 내 얘길 좀더 들어보십시오. 그 범죄는 바로 나를 목표로 한 거지, 희생자들을 노렸던 건 아닌 것 같군요. 이런 모든 재난의 바탕엔 저에게 닥쳐올 재난이 깔려 있는 것 같아요」

「오! 인간이란」다브리니가 중얼거렸다.「어떤 동물들보다도 이기적이고 어떤 피조물보다도 개인주의적이로구나. 지구가 도는 것도, 태양이 빛나는 것도, 죽음이 달려들려고 하는 것도 그저 자기 하나만을 위해서라고만 믿고 있으니. 한 가닥의 풀잎 위에서 신을 저주하고 있는 한 마리의 개미 같은 인생! 목숨을 잃은 자들이 아무것도 잃지 않았다는 겁니까? 생메랑 후작 부처, 누아르티에 노인이……」

「네? 아버님도요?」

「물론이죠. 당신은 그 불쌍한 늙은 하인에게 누가 원한을 품고 있다고 생각하십니까? 아닙니다. 아니지요. 그 사람은 셰익스피어의 폴로니어스(『햄릿』에 나오는 오필리아의 아버지. 햄릿이 실수로 죽이게 된다——옮긴이)처럼, 다른 사람 대신 죽은 겁니다. 레모네이드는 누아르티에 씨께 먹이려고 만든 겁니다. 일이 순조로웠더라면 누아르티에 씨가 마셨어야 할 겁니다. 그런 것을 바루아가 우연히 마시게 된 거죠. 그래서 바루아가 죽긴 했지만, 사실은 누아르티에 씨가 죽게 되어 있었던 거지요」

「그런데 아버지께선 어떻게 무사하셨을까요?」

「언젠가 제가 후원에서 말씀드렸지요. 생메랑 후작 부인이 돌아가시고 나서요. 아버님께선 그 독약이 몸에 익숙해지셨습니다. 그러니까 다른 사람에겐 치사량인 분량도, 아버님께는 아무렇지도 않다는 것이지요. 그리고 제가 일년 전부터 아버님의 중풍에 용담독을 쓰고 있다는 것을 아무도, 범인조차도 모르고 있었겠지요. 그런데 범인은 용담독이 강렬한 독약이라는 것만 알고 있고, 또 그것을 경험에 비추어 확신하고 있었던 겁니다」

「오! 하느님!」 빌포르는 팔을 꼬며 중얼거렸다.

「범인의 뒤를 쫓으십시오. 범인은 생메랑 후작도 죽였습니다」
「설마!」
「맹세할 수 있습니다. 병의 증세를 들어보니, 제가 눈으로 본 증세와 똑같습니다」

빌포르는 이젠 항변도 못하고 신음만 냈다.

「범인은 생메랑 후작도 죽였습니다」 하고 의사는 되풀이해서 말했다. 「그리고 후작 부인도 죽었지요. 유산이 이중으로 굴러 들어오게 되는 거죠」

빌포르는 이마에 흐르는 땀을 닦았다.

「제 얘길 잘 들어보십시오」

「오!」 하고 빌포르는 중얼거리듯 말했다. 「한마디도 빼놓지 않고 다 듣고 있습니다」

「누아르티에 노인께선」 하고 다브리니는 냉정하게 말했다. 「여태까진 당신과 가족들의 의견을 물리치고 가난한 사람들을 위해 유산을 쓰겠다고 유언하셨습니다. 그래서 그분한텐 아무 것도 바랄 게 없으니까, 아직 살아남으신 겁니다. 그런데 노인께선 최초의 유언장을 무효로 만드시고 제2의 유언장을 작성하셨습니다. 그러니 필경 제3의 유언장을 또 쓰실까 봐 노인을 없애버리려고 한 겁니다. 유언장은 그저께 작성한 줄로 아는데, 우물쭈물하다간 때를 놓칠 게 아닙니까?」

「오, 다브리니 씨! 자비를 좀 베풀어주십시오!」

「자비를 베풀고 말고 할 문제가 아닙니다. 의사란, 이 지상에서 신성한 사명을 띠고 있습니다. 그 사명을 다하기 위해서는 생명의 근원까지 올라가야 하고, 또 죽음의 불가사의한 어둠 속까지 내려가야 하지요. 범죄가 일어났을 때, 그리고 하느님도 분명 놀라서 범인을 외면하셨을 때, 그때 의사야말로〈이 자가 범인이다!〉하고 밝혀야 합니다」

「딸아이를 위해서 제발!」하고 빌포르는 중얼거렸다.

「하지만 아버지인 당신 입으로 따님 이름을 대지 않으셨습니까?」

「발랑틴에게 제발 자비를 베풀어주십시오! 부탁입니다, 그건 안 됩니다! 차라리 나 자신을 고발하는 한이 있더라도, 다이아몬드와 같은 마음씨를 가진 발랑틴은, 백합처럼 순박한 발랑틴은!」

「자비로써 해결될 문제가 아닙니다. 발랑틴은 생메랑 후작에게 보낼 약을 자기가 직접 포장했습니다. 그런데 후작이 죽었습니다. 발랑틴은 또 후작 부인의 탕약을 준비했습니다. 그런데, 후작 부인도 돌아가셨습니다. 발랑틴은 심부름 갔던 바루아의 손에서 누아르티에 씨가 매일 아침 마시는 레모네이드를 손수 받았습니다. 노인께서 살아나신 건 기적일 뿐입니다. 범인은 발랑틴입니다! 발랑틴이 독살을 한 겁니다. 검사님, 저는 당신에게 발랑틴 양을 고발하겠습니다! 자, 당신의 의무를 수행하시지요!」

「선생, 더 이상 할말은 없습니다. 더 이상은 변명하지도 않겠습니다. 당신 말을 믿겠소. 하지만 이 인간을 불쌍히 여겨 내 목숨, 내 명예만은 건져주십시오!」

「빌포르 씨」하고 의사는 점점 더 완강한 어조로 말을 이었다. 「물론 경우에 따라선 저도 어리석은 인간의 신중함 같은 것을 무시하고 지나갈 수가 있습니다. 만약 따님께서 첫번째 범죄만 저지르고 두번째 범죄는 계획하는 중이라면 이렇게 말해 드릴 수도 있겠지요. 〈따님에게 경고를 해야 합니다. 벌을 주시고, 수도원 같은 데로 보내서 여생을 눈물과 기도로 마치게 하시지요〉라고 말입니다. 또 두번째 범죄만 저지르고 말았다면, 이렇게 말씀드릴 수 있습니다. 〈빌포르 씨, 이건 해독제도 없고, 약효가 번개처럼 빨리 돌아서 사람을 벼락같이 단번에 쓰러뜨리는 치명적인 독약입니다. 따님의 영혼은 하느님께 부탁드리고 이 약을 먹이시는 게 좋을 겁니다. 그렇게 해서, 당신의 생명과 명예를 구해 보셔야지요. 따님이 원한을 품고 있는 사람은 바로 당신이니까요. 저는 따님이 위선적인 미소를 띠고, 따뜻한 위로로 위장하면서 당신의 머리맡으로 다가오는 것이 눈에 보이는 것 같군요. 빌포르 씨! 당신이 먼저 손을 쓰지 않으면 당신 자신에게 불행이 다가올 겁니다!〉 만약 따님이 두 사람의 목숨만 빼앗아갔더라도 전 이렇게 말했을 겁니다. 그러나 세 사람을 죽였습니다. 세 사람씩이나 죽어가는 모습을 눈으로 보고, 세 사람의 유해 옆에 무릎을 꿇었습니다. 범인은 사형해야 합니다! 당신은 지금 자신의 명예를 생각하고 있지만, 제가 말씀드린 대로 하셔야 합니다! 그러면 당신은 불후의 명예를 얻게 될 겁니다!」

빌포르는 무릎을 푹 꺾었다.

「사실은」 하고 그는 말했다. 「나에겐 그만한 용기가 없습니다. 그리고 만일 발랑틴이 아니라 당신의 따님 마들렌이 그 입장에 처하게 됐다면, 아마 당신에게도 그럴 용기가 없어질 겁니다」

의사의 얼굴빛이 달라졌다.

「선생, 여자의 몸에서 태어난 인간이란 모두 고통받고 죽기 위해서 태어난 것입니다. 나는 고통을 달게 받겠습니다. 내가 죽음을 기다리겠소」

「정신 차리셔야 합니다」 의사가 말했다. 「이 죽음이란 것은 천천히 다가올 겁니다. 아마 아버님과 부인과 아드님까지 쓰러뜨린 후에 서서히 다가올 테니까요」

빌포르는 숨이 막히는 듯이 의사의 팔을 꽉 잡았다.

「내 얘길 들어주십시오!」 하고 그는 외쳤다. 「나를 불쌍히 여기셔서 나를 도와주십시오…… 아니, 내 딸은 범인이 아닙니다. 나를 법정으로 끌고 가주십시오. 분명히 말할 수 있습니다. 〈아니, 내 딸은 범인이 아닙니다. 내 집에서 범죄 같은 것이 일어날 리 없습니다……〉라고 말입니다. 짐작하시겠지만, 내 집에서 범죄가 일어났다는 것을 인정하고 싶지 않습니다. 왜냐하면 만약 범죄가 어디론가 스며들 때엔 죽음과 마찬가지로 결코 단독으로 들어오진 않습니다. 그리고 내가 설혹 암살을 당한다고 한들 그게 당신과 무슨 상관이 있습니까? ……선생, 당신은 내 친구인가요? ……사나이다운 한 인간인가요. 또는 인간적인 마음을 가진 사람인가요. 아닙니다, 당신은 한 사람의 의사입니다. 그렇습니다. 그러니 이렇게 말하고 싶습니다. 〈안 돼, 내 딸을 내 손으로 사형대로 보낼 수는 없어〉라고 말예요. 아! 이 생각이야말로 나를 온통 집어삼키고, 마치 미친 사람처럼 이 가슴을 손톱으로 후벼파고 있습니다. 선생, 만약 당신 생각이 오해라면, 범인이 내 딸이 아닌 다른 사람이라면, 만약 어느 날인가 내가 유령 같은 새파란 얼굴로 당신한테 가서 〈살인자! 넌 내 딸을 죽였다!〉라고 대든다면…… 어떻겠습니까! 만일 그런 일이 벌어진다면, 기독교 신자이긴 하지만, 그래도 자살해 버리고 말 겁니다」

「좋습니다」 의사는 잠시 생각을 하더니 이렇게 말했다. 「그럼 그걸 기다리고 있겠습니다」

빌포르는 마치 그 말이 믿어지지 않는다는 듯이 그를 빤히 쳐다보았다.

「단」 하고 의사는 느리고도 엄숙한 어조로 말을 이었다. 「댁에서 누가 병이 나든지, 아니면 당신 자신이 무슨 변고를 당했다고 생각되더라도 저를 부르지 마십시오. 전 이젠 이 댁엔 안 올 테니까요. 이 무서운 비밀은 우리 둘만 알기로 하지요. 범죄와 불행이 댁의 집안에서 점점 더 커져서 고질이 되어버리듯 내 양심 속에서 수치와 회한이 자꾸 커져서 고질이 되는 건 싫으니까요」

「그럼 선생께선 나를 저버리시겠단 말씀입니까?」

「그렇습니다. 더 이상 당신의 뒤를 쫓아다닐 수는 없으니까요. 결국 단두대 앞에까지 와서 발을 멈춘 셈이군요. 그 안에 무슨 다른 사실이 폭로되어 이 무서운 비극이 종말을 고하게 될지도 모르지요. 그럼 안녕히!」

「선생, 제발!」

「별의별 무서운 일에 마음이 더럽혀진 저에게도 당신네 집이 추악하고 저주스럽게만 보입니다. 자, 안녕히 계십시오!」

「선생, 한마디만, 꼭 한마디만 더 들어주시오. 당신은 나를 이렇게 끔찍한 지경에 몰아넣고 그냥 가시려고만 하십니다. 당신은 그런 얘기를 함으로써 더욱더 일을 무섭게 만들었습니다. 그런데 저 불쌍한 하인의 돌발적인 죽음에 대해 사람들은 뭐라고 할까요?」

「그렇군요」 의사가 말했다. 「저를 배웅해 주십시오」

의사가 앞장서고, 빌포르가 그뒤를 따라나갔다. 하인들은 불안한 빛으로 의사가 지나가게 될 복도와 층계에 나와 있었다.

「빌포르 씨」하고 의사는 모두에게 들으라고 높은 소리로 말했다. 「바루아는 몇 해째 너무 집안에만 틀어박혀 있었지요. 전에는 주인과 함께 말이나 마차를 몰고 밤낮 유럽 곳곳을 돌아다니던 사람이, 근래에 와선 노상 안락의자 주위만 뱅뱅 도는 단조로운 생활을 해 왔단 말씀입니다. 그래서 피가 무거워진 겁니다. 너무 뚱뚱해지고 목이 굵어지고 짧아져서 돌발성 졸도를 일으킨 거예요. 게다가 손쓰는 게 너무 늦어져서 그만」하고 그는 낮은 소리로 덧붙여 말했다. 「그 찻잔 속에 있는 시럽은 꼭 재 속에 버리셔야 합니다」

그러고 나서 다브리니는 앞서 한 말을 단 한마디도 되풀이하지 않고 빌포르와 악수도 하지 않은 채, 집안 사람들의 눈물과 탄식 어린 전송을 받으며 밖으로 나갔다.

그날 밤 빌포르 가의 하인들은 부엌에 모여 긴 시간 동안 서로 의논한 끝에, 빌포르 부인에게 와서 이 집을 떠나겠다고 말했다. 아무리 부탁을 하고 급료를 올려준다고 해도 그들은 막무가내였다. 무슨 소릴 해도, 「그만두고 가야겠습니다. 아무래도 이 댁엔 죽음의 사자가 있는 것 같아서요」라고만 대답하는 것이었다.

이리하여 수없이 청을 해보았건만, 그들은 이렇게 좋은 주인들, 특히 이처럼 친절하고 착하고 따뜻한 발랑틴을 떠나는 것에 대해 섭섭해하면서도 끝내는 빌포르 가를 뒤로하고 말았다.

그 소리를 듣자, 빌포르는 발랑틴의 얼굴을 보았다.

발랑틴은 울고 있었다.

그런데 이상하게도 발랑틴의 눈물에 감동받은 빌포르가 아내의 얼굴로 눈을 돌렸을 때, 아내의 얇은 입술에 어두운 미소의 그림자가 휙 스쳐가는 것처럼 느껴졌다. 그것은 폭풍이 이는 하늘 한 구석에서 구름 사이를 스쳐 지나가는 불길한 유성과도 같은 느낌이었다.

은퇴한 빵장수의 방

 모르세르 백작이 은행가의 냉담한 태도에 치욕과 분노를 금치 못하고 당글라르의 집을 나오던 바로 그날 밤, 안드레아 카발칸티는 곱슬곱슬한 머리를 번득이며, 수염을 뾰족하게 다듬고, 손톱 모양을 그대로 드러내는 흰 장갑을 끼고는 거의 서다시피 해서 사륜 마차를 달려 쇼세당탱에 있는 은행가의 집 안뜰에 나타났다.
 객실에서 십여 분 정도 얘기한 끝에, 그는 용케 당글라르를 창가로 끌고 가는 데 성공했다. 거기서 그는 또 그럴듯한 말로 서론을 늘어놓은 후에, 아버지가 귀국한 후 생겨난 여러 가지 걱정거리를 늘어놓았다. 그는 아버지가 떠난 후 자기를 아들처럼 맞아준 이 은행가의 가정에서, 자기는 한 사나이로서 줏대 없는 정열 같은 것에 앞서 구하지 않으면 안 될 보장된 행복을 찾았노라고 말했다. 그리고 그 정열이라는 것을 외제니의 아름다운 눈동자 속에서 발견하게 되어 정말 다행한 일이라고 이야기했다.

당글라르는 그 말을 열심히 주의 깊게 들었다. 벌써 이삼 일 전부터 그는 카발칸티의 입에서 이런 말이 나오기를 기다리고 있었던 것이다. 그래서 마침내 그 말을 듣게 되자, 조금 전에 모르세르 백작과 얘기하면서 어둡게 내리감았던 눈을 다시 크게 떴다.

그러면서도 청년의 말을 그대로 받아들이려고는 하지 않았다. 그는 조심스럽게 여러 가지로 주의를 주었다.

「안드레아 씨」하고 그는 말했다. 「결혼 생각을 하시기엔 아직 나이가 너무 어리지 않을까요?」

「천만에요」 안드레아가 대답했다. 「적어도 전 그렇게 생각하지 않습니다. 이탈리아의 대귀족들은 일반적으로 일찍 결혼을 하지요. 그건 일리가 있는 관습입니다. 인생이란 운이 좌우하는 경우가 많으니까, 행복이 눈앞을 지나갈 때는 때를 놓치지 말고 잡아야 한다는 거죠」

「그럼」하고 당글라르는 말했다. 「지금 하신 청혼을 제가 영광으로 받아들이고, 집사람과 딸아이하고도 합의를 보게 됐을 경우, 재산 관계는 누구하고 의논해야 할까요? 이건 중대한 문제기 때문에 자식들의 행복을 위해선 아버지들끼리 적당한 타협을 보아야 할 줄로 아는데」

「당글라르 씨, 제 아버지께선 현명하고 요령이 있는 데다 상당히 분별력이 있는 분입니다. 아버지께선 제가 프랑스에 영주하고 싶을 때가 오리라고 미리 예측하셨지요. 그래서 떠나실 때 제 신분을 증명할 일체의 서류와 제가 아버지 마음에 들 아가씨와 결혼할 경우 결혼하는 날부터 매년 15만 리브르를 주겠다는 어음을 남겨주고 가셨습니다. 제 추측입니다만, 그 돈은 아버지 수입의 사분의 일에 해당하는 금액인 것 같습니다」

「나는」 하고 당글라르가 말했다. 「딸아이가 결혼을 할 때 50만 프랑을 줄 생각입니다. 게다가 그애는 내 유일한 상속자란 말씀입니다」

「그러면」 하고 안드레아는 말하였다. 「부인과 외제니 양만 이의가 없으시다면, 만사가 다 잘되는 셈이군요. 그러니까 우리 두 사람의 수입이 일년에 17만 5,000리브르가 되지요? 게다가 아버지로부터 연금 대신에 원금을 그대로 다 받게 되는 경우를 생각해 볼 때 (물론 그건 쉽지는 않겠습니다만, 아주 불가능한 일도 아니지요) 그 200-300만 프랑으로 돈을 불리는 일은 당신에게 맡기겠습니다. 200-300만 프랑의 돈을 수완 있는 분이 굴리게 된다면, 이율이 1할은 될 게 아닙니까?」

「나는 늘 4푼의 이율에 돈을 맡지요」 하고 은행가가 말했다. 「때에 따라서는 3푼 5리에도 맡고요. 하지만 사위의 돈을 맡는다면야 5푼은 드리죠. 이익은 반으로 나누기로 하고」

「거 참 좋수!」 안드레아는 문득 자기도 모르게 그 천박한 성품을 그대로 폭로하며 말했다. 늘 조심하면서도, 정체를 감춘 채 뒤집어쓰고 있는 귀족의 탈이 이렇게 때때로 벗겨지는 것이었다.

그러나 그는 얼른 정신을 차려,

「실례했습니다」 하고 말했다. 「생각만 해도 미칠 것처럼 좋아서요. 정말 그렇게 되기라도 하면 어찌될지 모르겠군요」

「하지만」하고 당글라르가 말했다. 그로서는 처음에는 이해관계와는 전혀 상관없이 시작된 이 대화가 갑자기 거래 얘기로 변한 데는 신경이 쓰이지 않았던 것이다.「당신 재산 중에는 아버님께서도 어찌할 수 없는 부분이 있을 게 아닙니까?」

「어떤 걸 말씀하시는 거죠?」

「이를테면 어머님에게서 받은 것 말입니다」

「아, 그렇죠! 어머니 레오노라 코르시나리께 물려받은 몫이 있지요」

「그 재산은 얼마나 됩니까?」

「실은」하고 안드레아가 말했다.「거기에 대해선 아직 한번도 찬찬히 생각해 본 일이 없습니다만, 적어도 200만 프랑은 되리라고 생각합니다」

당글라르는 마치 수전노가 잃어버렸던 보물을 다시 찾았을 때와도 같이, 아니면 물에 빠지게 된 사람이 자기를 집어삼키려는 물속에서 단단한 지면이 밟힐 때 느낄 법한 기쁨에 숨이 막힐 것만 같았다.

「그럼 당글라르 씨」안드레아는 상냥한 경의를 표하는 인사성을 잃지 않고 말했다.

「기대를 걸어도 좋겠습니까……?」

「안드레아 씨」하고 당글라르는 말했다.「좋으시도록. 그리고 그쪽에서만 아무 지장이 없다면, 이 얘긴 매듭지은 걸로 생각합시다. 그런데」하고 당글라르는 잠깐 무슨 생각을 하더니「사교계에서 당신의 뒤를 밀어주는 몬테크리스토 백작이 이런 일에 어째서 같이 와주질 않았을까요?」하고 말했다.

안드레아는 눈에 띄도록 얼굴을 붉혔다.

「지금 그 댁에서 오는 길이에요」하고 그는 말했다.「확실히 그분이야 밋쟁이시죠. 하지만 아무래도 납득이 잘 안 가는 괴상한 분입니다. 그분은 제 생각에 대찬성입니다. 게다가 또 아버지께서 조금도 서슴지 않고 제게 연금 대신에 원금을 내주실 거라고까지 말씀하시더군요. 그리고 백작 자신도 아버지가 그렇게 해주시도록 얘길 해주겠노라고 약속했습니다. 그러면서도 과거에도 그랬지만 앞으로도 청혼의 책임자가 되는 일만은 절대로 안하겠다고 그러시더군요. 그렇지만 곧 그 말에 덧붙여 그렇게 거절하는 것이 유감스럽게 느껴지는 것은 제 경우가 처음이니, 분명 이번 혼담은 잘 어울리는 한 쌍이 좋은 인연을 맺게 될 거라고 생각한다고 말씀하셨습니다. 이건 백작께 감사드려야 할 점이라고 생각해야겠지요」

「아! 그래요? 참 잘됐군요!」

「그러니」하고 안드레아는 가능한 한 상냥하게 웃어 보이며 이렇게 말했다.「미래의 장인과는 얘기가 끝난 셈이군요. 이번엔 은행가인 당글라르 씨께 말씀드리겠는데」

「뭘 말이오?」하고 당글라르 쪽에서도 웃으면서 말했다.

「바로 모레가 댁의 은행에서 제가 4,000프랑 정도를 받게 되는 날입니다. 그런데 백작께서 다음달엔 아무래도 지출이 초과될 것이고, 또 제 수입만으로는 부족할 것 같다고 하면서, 이렇게 제게 2만 프랑의 어음을 주셨습니다. 그냥 주었다기보다도 저쪽에서 자진해서 보내온 거지요. 그리고 보시다시피 손수 서명을 하신 겁니다. 이만하면 되겠습니까?」

「이런 거라면 100만 프랑이라도 가져오십시오. 자, 그럼 받겠습니다」당글라르는 어음을 주머니 속에 넣으며 말했다.「내일 몇 시까지 필요하신지 말씀하십시오. 출납계원을 시켜 2만 4,000프랑을 영수증과 함께 보내드릴 테니까요」

「아침 열시로 할까요. 빠를수록 좋으니까요. 내일은 지방엘 좀 갈까 해서요」

「좋습니다. 열시에 프랑스 호텔로 보내드리지요. 아직 거기 계시지요?」

「그렇습니다」

이튿날 당글라르는 은행가다운 정확성을 기해 2만 4,000프랑의 돈이 청년에게 전해지도록 했다. 그리고 청년은 카드루스를 위해 200프랑을 남기고 외출했다.

안드레아에게 있어서 이번 외출은 예의 그 위험한 친구를 피한다는 것이 주목적이었다. 그래서 저녁에도 될 수 있는 대로 늦게 돌아왔다.

그러나 안뜰의 포석을 밟기가 무섭게, 그는 호텔 문지기가 손에 모자를 들고 자기를 기다리고 있는 것을 보았다.

「나리」 하고 문지기는 말하였다. 「그 사람이 왔었습니다」

「그 사람이라니?」 안드레아의 머릿속에서 줄곧 떠나지 않던 그 사람이건만, 기억에 없는 인물인 양 대수롭지 않게 물었다.

「각하께서 수당을 주시고 있는 그 사내 말씀입죠」

「아, 그랬던가! 그래, 내가 주라고 두고 간 200프랑을 주었나?」

「예, 각하, 전해 주었습니다」

안드레아는 자기를 각하라고 부르게 했었던 것이다.

「그런데」 하고 문지기가 말을 이었다. 「그걸 받아가려고 하질 않더군요」

안드레아는 얼굴빛이 하얘졌다. 그러나 밤이었기 때문에, 얼굴빛이 변한 것을 아무도 보지는 못했다.

「뭐라고? 그걸 받아가려고 하지 않더라고?」 그는 목소리까지 약간 변하며 물었다.

「예, 각하께 말씀드릴 게 있다면서 외출하셨다고 그래도 꼭 만나뵈야겠다고 떼를 쓰더군요. 그러더니 나중엔 납득한 듯이, 이렇게 꼭 봉해서 가져온 편지를 전해 드리라고 했습니다」

「어디 보세」

하고 그는 마차의 등불 아래로 가서 편지를 읽었다.

내 주소는 네가 알고 있는 그대로다. 내일 아침 아홉시에 기다리겠다.

안드레아는 누가 몰래 편지의 내용을 훔쳐보지 않았는지, 혹시 겉봉이 뜯겨졌던 건 아닌지 봉한 자리를 다시 살펴보았다. 그러나 편지는 꼭 접힌 채로 마름모꼴이며 삼각형의 표시가 딱 붙어 있어, 읽으려면 반드시 봉한 자리를 자르지 않으면 안 되게 되어 있었다. 그리고 아무도 손댄 흔적 없이, 온전하게 붙어 있었다.

「좋아」 하고 그는 말했다. 「이 친구 정말 호인이로군」

이런 말로써 그는 문지기를 납득시켰지만, 문지기 쪽에서는 과연 청년과 늙은 하인 중 누구에게 감탄해야 할지 알 수가 없었다.

「곧 말을 풀어주게. 그리고 그 일이 끝나거든 내 방으로 올라오도록」 하고 안드레아는 마부에게 말했다.

그러고 나서 그는 한달음에 방으로 뛰어 올라가, 편지에 불을 붙여 재가 될 때까지 태워버렸다.

그가 그 일을 막 끝냈을 때 하인이 들어왔다.

「피에르, 자넨 나하고 체격이 비슷하지?」하고 그는 하인에게 물었다.

「영광입니다, 각하」하인이 대답했다.

「어제 가져온 새 제복 있지?」

「예, 있습니다」

「어떤 계집애한테 가야겠는데, 내 이름이나 신분을 밝히고 싶질 않단 말야. 자네의 그 제복하고 신분증 좀 빌려주게. 경우에 따라선 여관에서 자야 할지도 모르니까」

피에르는 시키는 대로 가져왔다.

그로부터 오 분 후, 완전히 변장을 한 안드레아는 남의 눈에 띄지 않도록 살그머니 집을 나가, 마차 한 대를 잡아탔다. 그리고 피크퓌스의 〈붉은 말〉이라는 여관으로 가자고 일렀다.

이튿날 그는 프랑스 호텔을 빠져나올 때와 마찬가지로, 남의 눈에 띄지 않고 〈붉은 말〉 여관을 나왔다. 그리고 포부르 생탕투안을 내려가 메닐몽탕 거리까지 오자, 왼쪽으로 세번째 집 앞에서 발을 멈췄다. 그 집에는 마침 문지기가 없어서, 그는 누구에게 물어볼까 하고 주위를 살펴보았다.

「어딜 찾으슈?」하고 맞은편의 과일 가게 여주인이 물었다.

「파유탱 씨라고 혹시 아십니까, 아주머니?」

「빵 가게를 하다 그만뒀다는 사람?」

「네, 바로 그 사람입니다」

「안뜰 구석의 사층이요」

은퇴한 빵장수의 방 **283**

안드레아는 가르쳐준 곳으로 갔다. 사층까지 오니 문에 토끼 다리가 하나 늘어져 있어, 묘한 기분으로 그것을 흔늘었다. 그 기분이 그 벨 소리에서도 느껴지는 것 같았다.

이내 카드루스의 얼굴이 문에 붙은 창살 사이로 나타났다.

「어이! 시간을 꼭 맞춰 왔구먼!」 하고 그는 말했다.

그러고는 빗장을 벗겼다.

「그렇고말고!」 안드레아가 안으로 들어가며 말했다.

그는 제복에 쓰는 모자를 던졌다. 모자는 의자에 떨어지지 않고 마룻바닥에 떨어지면서, 방안을 한바퀴 빙그르 굴렀다.

「자, 자」 하고 카드루스가 말했다. 「화낼 건 없지 않나. 이봐, 난 네 생각을 했단 말야. 같이 먹으려고 준비해 놓은 이 밥상을 좀 봐. 모두 네가 좋아하는 것뿐이라니까」

과연 안드레아는 코를 킁킁거리며 음식 냄새를 맡았다. 배가 고픈 참에 그 냄새들은 반할 만한 것이었다. 그것은 격이 낮은 남프랑스 요리 특유의 신선한 기름과 마늘을 혼합한 냄새였다. 게다가 그라탱 구이를 한 생선 냄새에 뒤섞여, 특히 육두구(肉荳蔻)와 정향유(丁香油)의 톡 쏘는 향이 났다. 그 모든 냄새는 두 개의 화덕 위에 놓여 있는, 뚜껑 달린 움푹한 접시 두 개와 주철(鑄鐵) 난로 위에서 부글부글 끓고 있는 냄비 안에서 나는 것이었다.

옆방에 놓여 있는 제법 조촐한 식탁이 눈에 띄었다. 식탁 위에는 두 사람 몫의 식기와 노랗고 파란 포도주 병 두 개가 따지 않은 채로 놓여 있었다. 그리고 브랜디가 들어 있는 유리병도 하나 있었고 도기 접시 위에 예쁘게 깔아놓은 커다란 양배추 위에는 야채 샐러드가 가득 담겨 있었다.

「어때?」 카드루스가 말했다. 「응? 냄새 근사하지? 알다시피 난 옛날에 일등 요리사였으니까. 내가 한 요리는 손가락까지 빨아먹던 거 생각나? 그리고 너도 제일 먼저 내 요리 맛을 보았었지. 나쁘다곤 안했던 것 같은데?」 이렇게 말하면서 카드루스는 양파 껍질을 벗기기 시작했다.

「알았어, 알았어」 안드레아는 못마땅한 듯이 말했다. 「흥! 그래, 나하고 아침을 같이 먹자고 불렀단 말야? 빌어먹을!」

「이봐」 하고 카드루스는 점잖게 말했다. 「얘긴 밥을 먹으면서 하자고. 그리고 넌 은혜도 모르는 친구야. 친구를 만났는데 반갑지도 않은가그래? 난 반가워서 눈물이 다 나는 판인데」

그러면서 카드루스는 정말 눈물까지 흘려 보였다. 다만 옛날 퐁뒤가르 여관 주인의 눈물샘을 자극한 것이 정말 반가움이었는지, 아니면 양파 냄새였는지는 선뜻 구별하기가 어려웠다.

「닥쳐! 이 위선자야!」 안드레아가 말했다. 「당신이 날 좋아한다고, 당신이?」

「물론이지. 난 널 좋아한다니까. 사실이야. 그게 내 약점이지」 카드루스가 말했다. 「그건 나도 알고 있지만, 나도 어쩔 수가 없으니까」

「그러면서도 날 골탕 먹이려고 여기까지 불렀단 말이군」

「농담 마!」 카드루스는 넓적한 식칼을 앞치마에 쓱쓱 문지르며 말했다. 「내가 널 좋아하지 않는다면, 지금 이 꼴로 비렁뱅이 생활이나 하고 있을 줄 알아? 자, 넌 하인의 옷을 입었군 그래? 그러니까 넌 하인이 있단 얘기잖아. 하지만 난 그런 것도 없어. 야채도 내 손으로 껍질을 벗겨야 해. 넌 내 음식 같은 건 거들떠도 안 보지. 프랑스 호텔이나 카페 드 파리에서 기름진 정식만 잡수시니까. 그래, 나도 마음만 내키면 하인도 거느리고 마차도 가지고, 가고 싶은 데 가서 정식을 먹을 수도 있어. 그런 걸 내가 왜 안하고 가만히 있는 줄 아나? 귀여운 베네데토에게 폐를 끼치지 않으려고 그러는 거라고. 자, 내가 원하는 대로 해도 괜찮겠나? 말 좀 해보지」

그러고는 분명하게 꿰뚫는 눈길을 한번 보냄으로써, 이 말의 뜻을 보충했다.

「알았어」 안드레아가 말했다. 「그래, 날 사랑해 준다고 해두지. 그런데 밥은 왜 같이 먹자는 거야?」

「보고 싶으니까 그렇지」

「보고 싶다고? 봐선 뭘 하게? 약속은 벌써 다 돼 있는데」

「어이」 카드루스가 말했다. 「추가 내용이 없는 유언장이 있던가? 어쨌든 우선 밥을 먹으러 온 거 아냐? 안 그래? 앉지! 자, 우선 정어리와 이 신선한 버터부터 먹어볼까? 널 위해 이렇게 포도잎에다 싸놓은 거야. 응, 내 방 꼴을 보고 있군그래. 봐야 뭐 지푸라기로 만든 의자 네 개하고 3프랑짜리 그림이 몇 장 걸려 있는 것뿐이지, 뭐, 별 수 있나? 여긴 프랑스 호텔은 아니니 말야」

「왜 그렇게 말이 많아. 빵 가게 하다 그만두고 들어앉은 빵장수처럼만 되면 족하다고 그러더니」

카드루스는 한숨을 쉬었다.

「무슨 일이야? 당신 꿈이 그대로 실현되고 있는 거 아냐?」 안드레아가 말했다.

「글쎄, 그러니 이건 꿈이란 얘기야. 이봐, 베네데토, 빵 가게 주인이 가게를 그만두고 들어앉으면 돈이 많게 마련이야. 수입이 있을 테니까」

「아, 당신 수입도 있지 않아?」

「내가?」

「그래, 200프랑씩 내가 주고 있지 않냔 말야」

카드루스는 어깨를 으쓱해 보였다.

「그까짓 돈 반갑지도 않아」 하고 그는 말했다. 「마지못해 주는 돈은, 받는 나도 떳떳하지 못하다고. 게다가 받은 다음날이면 거덜나고 마는 푼돈이지. 아무 때고 네가 봉을 잡은 게 끝장나는 날을 생각해서 난 아껴 써야 한단 말씀이야. 연대 교회사(敎誨師)도 말했듯이, 운이란 뜬구름 같은 거니까. 헌데 지금 네 운이란 게 굉장하다는 건 내가 알지. 당글라르의 딸한테 장가를 들게 됐으니 말야」

「뭐라고? 당글라르?」

「그래, 당글라르 말야. 당글라르 남작이라고 말해야 알겠나. 그건 마치 내가 너를 베네데토 백작이라고 부르는 것과 같은데. 당글라르란 놈은 내 친구야. 그 친구 건망증이 없다면 네 결혼식에 날 초대해야 할 처지거든⋯⋯ 내 결혼식 때도 왔었으니까. 암암, 그렇고말고! 내 결혼식에도 왔었지, 그땐 모렐 씨 밑에서 일하던 고용인이었으니까. 몇 번 그 친구하고 모르세르 백작하고 저녁도 먹어본 일이 있지. 어때, 이만하면 나도 괜찮은 인간들을 꽤 알고 있는 셈이지? 그것들을 조금만 이용하면, 우리가 같은 살롱에서 만날 수도 있을 거란 말야」

「아니, 질투가 북받쳐서 환장이라도 했나? 무지개라도 본 것 같군 그래」

「좋아, 베네데토. 난 다 알고 있는 소릴 그대로 하고 있는 거니까. 그리고 어느 날엔가는 니들이웃을 입고 점잖게 정문 앞에 내려서 〈문 좀 여시지〉할 때가 있을 거야. 자, 그건 그렇고 어서 앉아 밥이나 먹자고」

카드루스는 자기가 먼저 자리에 앉더니 맛있게 먹기 시작했다. 그러고는 손님에게 대접하는 음식들을 하나하나 제 입으로 맛보고 칭찬하는 것이었다.

안드레아도 결정을 내렸는지, 술병을 호기롭게 따더니 부야베스(대표적인 프랑스 어패류 요리——옮긴이)며 기름과 마늘로 구운 대구 그라탱을 먹기 시작했다.

「이봐」하고 카드루스가 말했다. 「옛날 주방장하고 다시 화해한 것 같군 그래?」

「그런 모양이지」하고 안드레아가 대답했다. 나이도 젊고 원기왕성한 그에게는, 지금은 무엇보다도 식욕이 제일 우선인 듯했다.

「어때, 맛있지?」

「응, 맛있군. 이렇게 맛있는 요리를 만들어 먹을 줄 아는 인간이, 어째서 세상사가 못마땅해서 얼굴을 찌푸리는 건지 알 수가 없을 정도로군 그래」

「응, 그건」카드루스가 대답했다. 「속상한 일이 하나 있는데, 그놈의 것 때문에 영 맘이 펴지질 않기 때문이지」

「뭔데, 그게?」

「친구 신세를 지고 산다는 것 말야. 전에야 늘 내 손으로 훌륭하게 살아오던 내가 말야」

「이봐, 그런 것 때문에 신경 쓸 건 없어」안드레아가 말했다. 「두 사람 분의 돈쯤은 내게 있으니까 말야. 그건 걱정할 것 없어」

「아냐, 이건 진짜야. 곧이듣건 말건 네 맘이지만 말야. 난 월말만 되면 정말 마음이 꺼림칙해진단 말야」

「당신이 그렇게 좋은 인간인 줄은 몰랐는데!」

「사실은 그래서 오죽하면 어제도 그 돈 200프랑을 내가 사양했겠나?」

「아, 내게 할말이 있다는 건 바로 그건가? 양심의 가책을 받는단 얘기 말이야?」

「그래, 정말 마음이 아파서 못 견디겠다니까. 그래서 내가 생각해 낸 것이 있는데」

안드레아는 몸이 파르르 떨렸다. 그는 카드루스가 무언가를 생각해 낼 때면, 늘 그렇게 몸이 떨렸다.

「사실 말이지」하고 상대방은 말을 이었다. 「밤낮 월말만 기다린다는 건 꼴이 말이 안 되는 거지」

「뭘!」안드레아는 상대방의 입에서 나올 말을 들어볼 채비를 하고는 마치 철학자처럼 말했다. 「인생이란 어차피 기다리는 것이 아닐까? 나로 말하더라도, 내가 뭐 별달리 하는 게 있나? 그저 참고 기다리는 것뿐이지」

「그야 그렇겠지. 그렇지만 나처럼 200프랑을 기다리는 게 아니라, 5,000이나 6,000프랑, 경우에 따라선 1만이나 1만 2,000까지도 되는 돈을 기다리는 거잖아. 넌 밤낮 감추기를 잘하는 놈이니까. 거기 있을 때만 해도 넌 늘 작은 주머니나 저금통 같은 걸 가지고 다니면서 나한테까지 숨기려고만 했었지. 하지만 이 카드루스란 인간은 냄새 맡는 데는 귀신이거든」

「자, 또 헛소리가 나오기 시작하는군」 안드레아가 말했다.
「지나간 얘길 또 들춰내겠단 말씀이군! 그 말은 왜 밤낮없이 주절대는 거지? 듣고 싶지 않아」

「아, 그야 넌 이제 나이 스물이니 지난 얘긴 잊어버리는 수도 있을 테지. 하지만 내 나인 쉰이야. 그러니, 옛날 일을 생각 안할 수 없지. 어쨌든 그까짓 것 아무러면 어떤가? 자, 다시 본론으로 들어가자고」

「그러시지」

「내 얘긴 이거야. 만약 내가 네 입장에 있다고 치면……」

「그러면?」

「그럼 난 한번 해보겠다는 얘기야」

「뭐라고? 뭘 해보겠다는 거야?」

「그래. 나 같으면 피선거권도 얻고 땅도 사야겠다는 핑계로, 반년분의 연금을 미리 타갖고 뺑소니치겠다는 거지」

「맞아! 맞아!」 안드레아가 말했다. 「나쁘지 않은 생각인데!」

「자」 하고 카드루스가 말했다. 「어서 먹으라고. 그리고 내 말에 따르는 거야. 몸을 생각해서도 그렇고, 머리를 짜내는 것도 그렇고, 손해는 안 볼 테니까 말야」

「그런데 당신은 왜 그 생각대로 안하는 거지? 왜 반년치나 일년치 돈을 미리 달라고 해서 브뤼셀로 도망가지 않느냔 말야. 빵장수처럼 보이지 않고 파산하고서 정리나 하는 사람처럼 보일 수도 있고, 어쨌든 훨씬 꼴이 좋아질 텐데 말이야?」

「아니, 120프랑 가지고 날더러 왜 물러나지 않느냔 말이야?」

「이봐, 카드루스」 하고 안드레아가 말했다. 「이렇게 기어오를 거야? 두 달 전만 해도 굶어죽을 형편이더니만」

「식욕이란 먹으면 먹을수록 생기는 법이거든」 하고 카드루스는 마치 원숭이가 웃을 때나 호랑이가 으르렁댈 때와 같이 이를 내보이며 말했다.

「그래서」 하고 카드루스는 나이에 어울리지 않게 희고 날카로운 이빨로 빵을 덥석 베어물며 말을 이었다. 「내가 묘안을 하나 생각해 냈단 말야」

카드루스의 이 〈묘안〉이란 말을 들은 안드레아는, 그 〈생각〉이라고 하던 말을 들었을 때보다 한층 더 질겁했다. 그 〈생각〉이라는 것은 싹에 지나지 않는다. 그러나 〈묘안〉이란 곧 실행이기 때문이다.

「어디, 그 묘안이라는 걸 좀 들어볼까? 그건 또 굉장한 거겠지!」

「물론이지! 아, 그때 우리가 그 저택에서 감쪽같이 빠져나올 때도 그게 다 누구 머리에서 나온 생각이었나? 나한테서 나온 것 아냐. 그것도 나쁘진 않았었지. 우리가 지금 여기에 이렇게 있을 수 있으니 말야」

「누가 안 그렇대?」 하고 안드레아가 말했다. 「때로는 좋은 생각도 해냈었지. 자, 그건 그렇고 어서 얘기나 계속해 봐」

「그럼 말이지」 카드루스가 말을 받았다. 「너, 네 돈은 단 한 푼도 축내지 않고 내 손에 1만 5,000프랑쯤 들어오게 해줄 수 있겠나? ……아니, 1만 5,000프랑으론 안 되지. 적어도 3만 프랑은 들어와야지. 어차피 정직한 인간이 되고 싶진 않으니까」

「그건 안 돼」 안드레아는 딱 잘라 말했다. 「그런 일은 못해」

「내 말을 못 알아들은 것 같군 그래」 카드루스는 침착한 얼굴로 냉랭하게 말했다. 「네 돈은 한푼도 축내지 않는 거래도」

「나한테 도둑질을 시켜서 내 몫은 물론, 제 몫까지 끌어내다가, 내 일을 망치고 날 또 감방 속에 보내고 싶어?」

「뭐, 나야」 하고 카드루스는 대답했다. 「또 한번 감방에 끌려간다 한들 상관없어. 그런데 난 좀 이상해졌어. 가끔 동료가 없으면 심심해지거든. 너같이 인정머리 없이 친구를 다시 만나고 싶어하지 않는 놈과는 다르니까」

안드레아는 이번에는 몸만 떨리는 정도가 아니었다. 그는 얼굴까지 새파래졌다.

「이봐, 카드루스, 그런 바보 같은 소리는 이제 그만두시지」 하고 그는 말했다.

「누가 다 털어놓겠대? 걱정 마, 베네데토. 그저, 너하곤 아무 상관없이 내게 3만 프랑을 얻을 수 있는 방법만 가르쳐주면 돼. 넌 내가 하는 일을 모른 척 그냥 내버려두기만 하면 된단 말야」

「그래? 그렇다면 한번 생각해 보지」 안드레아가 말했다.

「그리고 그때까진 한 달에 500프랑씩 주게. 하녀를 하나 두는 게 내 소원이거든」

「좋아, 500프랑씩 주지」 안드레아가 대답했다. 「하지만 나한텐 그 돈을 주는 것도 여간 큰일이 아냐, 카드루스…… 아무래도 좀 욕심이 과한 것 같은데……」

「무슨 소리야!」 카드루스는 말했다. 「어차피 넌 바닥이라곤 없는 금고에서 퍼 쓰는 거면서 뭘」

안드레아는 마치 상대방에게서 그 말이 나오기를 기다리고 있었던 것 같았다. 그의 눈에서 번쩍 불꽃이 일더니 금세 사라지고 말았다.

「응, 그건 사실이야」하고 안드레아는 대답했다.「게다가 내 후견인이 여간 나한테 잘하는 게 아니거든」

「그 친절한 후견인!」하고 카드루스가 물었다.「한 달에 한 번씩 주겠지?」

「5,000프랑씩 주지」

「나한테 100이라고 할 땐, 사실은 1,000은 되겠지」카드루스는 계속해서「제길, 사생아라야 그런 봉을 잡을 수 있는 건가. 매달 5,000프랑이라니……그 돈을 다 어디다 쓰지?」

「그까짓 거 순식간에 다 써버리는 걸. 그러니 나도 당신처럼 한밑천 잡아봐야겠어」

「한밑천이라…… 암, 그렇고말고…… 그저 세상 사람들이면 누구나 다 그 한밑천을 잡아보고 싶어하지」

「그런데 내겐 지금 그 싹수가 보인단 말야」

「뭔데? 그 임금님 같은 양반?」

「그래, 맞았어. 그런데 유감스럽게도 지금 당장은 안 되고 기다려야 해」

「뭘?」

「죽는 걸 말야」

「그 친구가 죽는 걸?」

「그래」

「왜?」

「유언장에 내 얘길 써놨다니까」

「정말?」

「정말이래도!」

「얼마나?」

「50만 프랑!」

「거 어마어마하군!」

「그렇지」

「정말 그럴 리가!」

「카드루스, 당신은 내 친구지?」

「새삼스레 그건 무슨 소리야? 죽으나 사나 친구지」

「그렇다면 비밀 얘길 하나 해주지」

「해봐」

「듣기만 해」

「그래, 가만히 들을게」

「사실은 말이지……」

안드레아는 잠시 입을 다물고 주위를 둘러보았다.

「사실은 뭐? ……걱정 마, 여긴 우리 둘뿐이니까」

「사실은 내 진짜 아버질 찾은 모양이야」

「네 진짜 아버지를?」

「그렇다니까」

「카발칸티 말고?」

「그래. 그치는 뺑소니치고 말았으니까. 이번엔 진짜야」

「그 아버지란 게 누군데?」

「바로 그자야, 카드루스, 그게 바로 몬테크리스토 백작이란 말야」

「뭐라고!」

「그래. 이만하면 알겠지. 나한테 내놓고는 말 못하고, 카발칸티 소령을 시켜서 넌지시 암시를 준 것 같다고. 그 대신 소령에겐 그 일로 5만 프랑을 주고」

「네 아비 노릇을 해주는 걸로 5만 프랑이라, 나 같으면 그 반값이라도 맡았을걸! 2만, 아니 1만 5,000프랑이라도 말야! 그런 걸 내 생각은 왜 못했냐, 이 배은망덕한 녀석아!」

「그런 걸 내가 알았을 게 뭐야? 우리가 거기 있을 때 일이 벌써 다 돼 있었는걸」

「참, 그렇지. 그래, 그 유언장엔 뭐라고 씌었디?」

「나한테 50만 프랑을 남겨주겠대」

「확실한가?」

「내게 직접 보여주던걸. 그것뿐인 줄 알아?」

「그래, 내가 아까도 말했듯이 추가 사항이라는 게 있으렷다?」

「물론!」

「그래, 거기엔 또 뭐라고 씌어 있디?」

「나를 인정해 준 거야」

「허! 거 참 좋은 아버진데. 훌륭한 아버지야. 이를 데 없이 정직한 아버지군!」 카드루스는 손에 들고 있던 접시를 공중에서 돌리며 말했다.

「자, 이래도 내가 당신한테 뭘 감추고 있다고 할 테야?」

「아니지. 나를 믿는 네 그 마음씨에, 널 다시 보게 됐네. 그래 네 아버지라는 사람은 부잔가? 정말 그렇게 부자냔 말이다」

「그런 것 같아. 자기 재산이 얼마나 되는지도 모를 정도라니까」

「설마!」

「원! 정말이라니까. 난 안단 말야. 나야 그 집을 수시로 드나드니까. 요전 날도 가보니, 은행에서 심부름꾼이 왔는데, 당신이 하고 있는 그 냅킨만한 지갑에다 5만 프랑을 넣어가지고 왔더라니까. 어제는 은행장이 직접 금화로 10만 프랑을 가져오고」

카드루스는 정신이 얼떨떨해졌다. 그에게는 안드레아의 말 속에서 금붙이 소리가 나고, 금화의 폭포가 쏟아져 내리는 것 같이 들렸다.

「그래, 넌 그 집엘 드나든다고?」 카드루스는 천진스럽게 물었다.

「가고 싶을 때면 언제든지」

카드루스는 잠시 무슨 생각에 잠겼다. 그가 머릿속으로 무엇인가를 곰곰 생각하고 있음을 쉽사리 짐작할 수 있었다.

그러더니 갑자기,

「나도 한번 가봤으면!」 하고 그는 말했다. 「얼마나 으리으리할까!」

「사실 굉장하지!」 안드레아가 말했다.

「샹젤리제 가에서 살고 있지?」

「30번지야」

「아, 30번지라!」

「그래. 안뜰과 정원 속 깊숙이 자리 잡은 근사한 집이야. 당신은 그것만 알고 싶지?」

「그야 그렇지. 하지만 외양 따윈 아무래도 상관없어. 내부가 문제지. 훌륭한 가구들이 있겠지, 안 그래?」

「저 튈르리 궁전엔 가봤겠지?」

「아니, 못 가봤어」

「그래? 거기보다 더 근사하다고」

「그럼, 안드레아, 그 몬테크리스토 백작이 혹 지갑을 떨어뜨리면, 몸을 구부려 주울 만은 하겠군?」

「아, 떨어뜨릴 때까지 기다릴 필요가 어딨어?」안드레아가 말했다. 「그 집이야 돈이 발에 밟히는 판인데, 과수원의 과일들처럼 말야」

「어이, 나 한번 거기 들어가게 해줄 수 없겠나?」

「그걸 어떻게? 무슨 명목으로 데려가?」

「하긴 그렇군. 그렇지만 네 얘길 들으니 입안에 군침이 도는데. 어떻게든지 한번 가봐야겠어. 내 무슨 수를 생각해 보지」

「바보 같은 짓은 그만둬, 카드루스!」

「마루닦이라면 어떨까?」

「마루엔 모조리 양탄자가 깔려 있다고」

「이것 참 처량하게 상상만 해야겠군 그래」

「그게 제일 낫지」

「어떻게 돼 있는지 내가 알 수나 있도록 자세히 얘길 좀 해봐」

「그건 왜……?」

「뭐, 별건 아니지만. 집이 크던가?」

「너무 크지도 작지도 않아」

「집안 구조는 어떻게 돼 있는데?」

「그럼 도면을 그려 보일 테니, 잉크와 종이를 가져와」

「그러지!」 카드루스는 신이 나서 말했다. 그러고는 낡은 책상으로 가서 그 위에 있던 흰 종이와 잉크와 펜을 가져왔다.

은퇴한 빵장수의 방　297

「자」하고 카드루스는 말했다.「이 종이 위에다 그려봐」
안드레아는 알아채지 못할 정도로 빙긋 웃으며 펜을 쥐고 그리기 시작했다.
「집은 아까도 말한 대로 안뜰과 후원 사이에 있어. 알겠지, 이렇게 말야」
안드레아는 후원과 안뜰, 집의 구조를 그리며 이렇게 말했다.
「높은 담은 없나?」
「없어. 기껏해야 여남은 자밖엔 안 돼」
「그건 걱정 없군」
「안뜰에는 오렌지 화분이며 잔디, 꽃밭이 있지」
「빠질 구덩이 같은 건 없디?」
「없어」
「마구간은?」
「철문 양쪽에. 바로 여기야」
이렇게 말하며 안드레아는 계속 도면을 그려나갔다.
「아래층은 어떻게 돼 있지?」카드루스가 물었다.
「아래층엔 식당, 응접실 둘, 당구실, 현관 계단, 그리고 조그만 비상 층계가 하나」
「창은……?」
「아름다운 창들이 있지. 근사하고 굉장히 크다고. 그래, 아마 당신만한 체구이면 창문 격자 사이로 들어갈 수 있을 정도야」
「아니, 그렇게 큰 창들이 있는데 계단은 또 뭣하러 있담?」
「그게 사치라는 거지」

「덧문은?」

「덧문이 있긴 하지만, 걸어두진 않아. 몬테크리스토 백작이라는 치, 좀 괴팍해서 말야, 밤에도 하늘을 내다본다더군」

「하인들은 어디서 자고?」

「아! 하인들은 숙소가 따로 있지. 들어가면서 오른쪽에 사다리를 넣어둔 깨끗한 창고가 하나 있어. 그 창고 위에 하인들의 방이 죽 있고 그리로 벨이 울리게 돼 있지」

「빌어먹을! 벨이 있다고!」

「그게 어떻단 말이야?」

「응, 아무것도 아냐. 그런 걸 달려면 돈이 꽤 들 거라고. 그런데 그 벨은 어디에 쓰이는 거지?」

「전에는 뜰 안에 개가 돌아다녔는데, 오퇴유에 있는 집으로 데려가 버렸어. 그때 당신이 왔었던 그 집 말야」

「그렇군」

「어제는 내가 백작한테 이런 얘길 했지. 〈백작님, 이래 가지곤 안심이 안 됩니다. 백작께서 오퇴유로 가시게 되면, 게다가 하인들까지 데리고 가시면 이 집이 비게 되는데요〉하고 말야」

「그래서?」

「그러고 나서〈언젠가는 도둑이 들어올 겁니다〉했지」

「그랬더니, 뭐라던가?」

「뭐라더냐고?」

「그래」

「백작 대답이〈도둑 좀 맞기로서니 어떤가?〉하지 않겠어?」

「안드레아, 그렇다면 분명 무슨 기계가 장치된 책상 같은 게 있을 게야」

「그게 무슨 소리야?」

「문으로 도둑이 들어오면 노랫소리가 난다든가 히는 기계 말야. 지난번 박람회 때 그런 게 뭐 나왔었다고 하더군」

「책상이라면 마호가니 책상이 하나 있는데, 그건 늘 자물쇠로 잠겨 있던걸」

「그래, 누가 슬쩍하는 일은 없고?」

「그런 일은 없어. 그 집에서 일하는 사람들은 모조리 충성심이 대단하거든」

「그 책상 속엔 돈이 들어 있겠지?」

「그럴걸…… 하지만 뭐가 들어 있는지는 알 수 없어」

「그래 그게 어디 있는데?」

「이층에」

「그럼, 이층 도면 하나 그려줘. 일층 도면같이 말야」

「그야 어렵지 않지」

안드레아는 다시 펜을 잡았다.

「이층에는 대기실과 응접실이 있어. 응접실 오른쪽은 도서실과 서재, 응접실 왼쪽은 침실과 화장하는 방. 책상이 있는 곳이 바로 이 화장실 안이고」

「화장실 창문은 하난가?」

「둘. 여기 하나, 여기 하나」

이렇게 말하며 안드레아는 도면의 각진 곳의 장방형 침실 옆, 좀더 작은 사각형 방에 창문 두 개를 그렸다.

카드루스는 생각에 잠겼다.

「백작은 오퇴유엘 자주 가나?」 하고 물었다.

「일주일에 두세 번. 내일도 거기 가서 하루를 꼬박 보낼걸」

「확실한 건가?」

「내일 날더러 거기 가서 저녁 식사를 하자고 초대했으니까」

「기가 막힌데! 그야말로 사는 맛이 나겠군!」 카드루스가 말했다.

「집이 파리에도 있고 시골에도 있고!」

「부자란 게 그런 거 아냐?」

「그래 너도 저녁 식사 하러 갈 거냐?」

「아마 그럴걸」

「저녁을 거기 가서 먹으면 잠도 거기서 자게 되겠지?」

「기분 내키는 대로 하니까. 나야 뭐, 백작 집이 내 집 같은 걸」

카드루스는 안드레아의 속셈을 알아내려는 듯이 그를 노려보았다. 그러나 안드레아는 주머니에서 담뱃갑을 꺼내더니, 담배를 한 대 뽑아 가만히 불을 붙이고는, 이렇다 할 티도 내지 않고 담배를 피우기 시작했다.

「500프랑은 언제 필요하지?」 하고 그는 카드루스에게 물었다.

「음, 지금 가지고 있으면 당장 줘」

안드레아는 주머니에서 25루이(금화 1루이는 20프랑에 해당한다——옮긴이)를 꺼냈다.

「금화인가?」 하고 카드루스는 말했다. 「미안하지만 난 금화는 싫어」

「뭐라고? 금화가 싫단 말이야?」

「싫긴 왜? 좋지. 하지만 그건 안 되겠단 말이야」

「바보 같으니라고! 바꾸면 되잖아? 금화는 5수나 할증(割

增)을 해준다고」

「그야 그렇지만, 돈 바꿔주는 놈이 필시 이 카드루스의 뒤를 밟을 거란 말야. 그러고는 날 붙잡아 금화로 땅값을 치르는 소작인이 어디 있느냐고 사실을 대라고 족칠 테지. 자, 이따위 장난은 그만둬. 그냥 예삿돈 말이야, 거 왜 무슨 왕인가의 얼굴이 새겨져 있는 것 있지 않아? 동그란 것, 5프랑짜리 돈 같으면 누가 가지고 있어도 의심받지 않을 테니까」

「500프랑씩 내 수중에 있을 리 있어? 심부름꾼이라도 데리고 다닐 수 있어야, 그런 돈이 있을 게 아냐?」

「그럼 좋아! 그 문지기한테 맡겨놔 둬. 그 친구는 정직한 놈이니까. 내가 그리로 찾으러 가지」

「오늘?」

「아니, 내일. 오늘은 내가 시간이 없거든」

「알았어! 내일 오퇴유로 떠날 때, 그 돈을 맡겨놓지」

「믿어도 좋겠지?」

「물론」

「하녀를 하나 미리 구해 놓으려고 말야」

「좋아, 그렇게 해. 자, 이젠 끝난 거지, 응? 이 이상은 나를 괴롭히지 않는 거지?」

「그래, 절대로」

카드루스는 침울해졌다. 안드레아도 상대방의 기분이 변한 것을 분명히 알 수가 있었다. 그는 일부러 더 명랑하고 태평한 체했다.

「기분이 아주 그만인가 보군」 카드루스가 말했다. 「벌써 상속이라도 받은 것 같은데 그래」

「아, 그랬으면야 오죽이나 좋겠나…… 하지만 내 손에 그게 들어오는 날엔……」

「그날엔?」

「그땐 친구 생각도 나겠지. 지금은 이쯤만 말해 두겠어」

「암, 넌 워낙 기억력이 좋으니까!」

「뭐가 어쨌다고? 어떻게든지 날 뜯어먹으려고만 하는 주제에!」

「내가? 흥! 공연한 소리 마라. 난 너한테 친구로서 해줄 말이 또 있어」

「뭔데?」

「네 손가락에 낀 그 다이아몬드 반지를 여기 두고 가. 우릴 잡아가게 하고 싶진 않겠지? 우리 둘을 다 망치고 싶어서 그따위 바보 같은 짓을 하는 거야?」

「무슨 소리야?」 안드레아가 물었다.

「아니, 넌 하인 옷을 입고 하인 행세를 하면서 그래, 손가락엔 4,000−5,000프랑이나 되는 다이아몬드 반지를 끼고 있을 셈이냔 말이다」

「빌어먹을! 값은 잘도 알아맞힌다! 그런데 어째 경매 평가인이 되질 못했을까?」

「다이아몬드 보는 눈이야 나도 있지. 나도 전엔 다이아몬드를 가지고 있었으니까」

「좋아, 어서 실컷 자랑이나 해봐」 하고 안드레아가 말했다. 그는 카드루스가 또 빼앗으려고 하는데도 화를 내지 않고 반지를 순순히 내주었다.

카드루스는 반지를 눈앞에 바싹 들이대고 들여다보았다. 안드레아는 카드루스가 다이아몬드의 모가 하나하나 제대로 세공되있는지 살펴보고 있음을 분냉히 보았다.

「이건 가짜구나」 카드루스가 말했다.

「아니, 뭐라고? 농담하는 거야?」

「화낼 건 없어. 다시 한번 볼 테니」

카드루스는 창가로 가서 다이아몬드로 유리를 그어보았다. 유리가 쨍하고 울렸다.

「미안하다!」 카드루스는 반지를 새끼손가락에 끼며 말했다. 「내가 잘못 봤던 거야. 요즘 보석상들은 도둑놈들이라서 말야. 하도 가짜를 잘 만들어내서, 요샌 보석상으로는 도둑질하러도 안 가려는 판이거든. 그 노릇도 이젠 못해 먹게 됐어」

「어때?」 안드레아가 말했다. 「이젠 됐어? 뭐 또 할말이 남았느냔 말야? 이 윗도리도 필요한가? 이 모자는? 자, 사양 말고 말해 보시지」

「됐네, 넌 진짜 친구란 말야. 이젠 더 이상 붙잡지 않을게. 나도 이젠 이 욕심을 고쳐보도록 힘써 봐야겠어」

「그런데 조심해야 해. 이 다이아몬드를 파는 날엔, 아까 금화 때문에 걱정하던 일이 그대로 생길지도 모르니까」

「이건 안 팔 거야. 걱정 마」

〈오늘내일로야 안 팔겠지〉 하고 안드레아는 속으로 생각했다.

「넌 정말 복이 넝쿨째 굴러들어온 거야!」 하고 카드루스가 말했다. 「이제 돌아가기만 하면 하인에다 말에, 마차에, 약혼녀에 없는 게 없을 테니!」

「그야 그렇지」

「야, 당글라르의 딸한테 장가드는 날에는 나한테 그럴듯한 선물 하나쯤은 보내주겠지?」
「아까도 말했지만, 그건 진작부터 생각하고 있다고」
「지참금은 얼마래?」
「글쎄……」
「100만인가?」
안드레아는 어깨를 으쓱해 보였다.
「100만 프랑이라고 해두지」카드루스가 계속 말했다.「어차피 내가 바라는 만큼은 못 받을 테니까」
「고맙구먼」하고 안드레아가 말했다.
「이건 진짜로 하는 말이야」하고 카드루스는 껄껄대며 말했다.「자, 이젠 바래다주지」
「그럴 것까진 없어」
「아냐, 내가 같이 가줘야 해」
「그건 왜?」
「문에 비밀 장치가 있거든. 조심하는 편이 좋을 것 같아서 그런 거야, 위레 피셰가 만든 자물쇠를 가스파르 카드루스가 개량한 물건이지. 부자가 되면 너에게도 그런 걸 하나 만들어주지」
「고맙군 그래. 그렇게 될 것 같으면, 일주일 전에 연락해 줄게」
두 사람은 헤어졌다. 카드루스는 층계참에 서서 안드레아가 사층에서 일층까지 내려가는 것뿐 아니라, 안뜰을 건너가는 것까지 지켜보았다. 그러고 나서야 부랴부랴 방안으로 들어와 조심스레 문을 잠그고는, 안드레아가 그려주고 간 도면을 건

축가처럼 열심히 검토하기 시작했다.
　「저 베네데토란 놈」 하고 그는 중얼거렸다. 「유산이 굴러 들어온다는 게 꽤 좋은 모양이지. 그러니 그놈 손으로 50만 프랑을 빨리 만져보게 해주는 사람을 싫다고는 않으렷다」

가택 침입

 두 사람의 이야기가 오고 간 그 이튿날, 과연 몬테크리스토 백작은 알리와 하인들을 데리고, 게다가 아직 타보지 않았던 말들까지 시승(試乘)해 보려고 다 끌고서는 오퇴유로 떠났다. 그 전날까지만 해도 안드레아는 물론이려니와 백작 자신조차 생각지 않던 출발을 하게 된 것은 베르투치오가 노르망디로부터 그곳의 집과 범선에 관한 소식을 가지고 왔기 때문이었다. 집도 준비가 다 되었고, 범선도 일주일 전에 도착해서 필요한 수속을 모두 끝마치고 여섯 명의 선원들과 함께 조그만 만에 닻을 내리고 있어 언제든지 출항할 준비가 다 되어 있다는 것이었다.
 백작은 베르투치오의 열성을 칭찬해 주었다. 그리고 프랑스에서는 일 개월 이상 체류하지 않을 테니, 어느때고 출발할 수 있도록 만반의 준비를 갖춰두라고 일러놓았다.

「이찌면」 하고 백작은 말하였다. 「파리에서 트레포르(도버 해협에 있는 작은 항구——옮긴이)까지 하룻밤 동안에 가야 할 일이 있을지도 모르네. 그러니 도중에 여덟 군데에 역마를 대기시켜 놓고, 20킬로미터를 열 시간에 갈 수 있도록 준비해 두게」

「그건 이미 알고 있습니다」 베르투치오가 말했다. 「그래서 말도 다 준비해 놓았습니다. 말을 사서 적당한 장소에, 그러니까 보통은 아무도 발길을 멈추지 않는 촌락 여기저기에 제가 직접 배치해 두었습니다」

「좋아」 백작이 대답했다. 「난 여기에 하루이틀밖엔 안 있을 걸세. 그러니 알아서 손을 써두게」

베르투치오가 이러한 백작의 체재에 맞추어 여러 가지 지시를 내리려고 밖으로 나가려는데, 그 순간 문이 열리더니 바티스탱이 들어왔다. 그는 도금된 쟁반 위에 편지를 한 장 얹어가지고 들어왔다.

「여긴 무슨 일인가?」 백작은 먼지투성이가 된 바티스탱을 보며 말했다. 「부른 일이 없는 걸로 아는데?」

바티스탱은 그 말에는 대답도 않고 백작에게 편지를 내밀었다.

「중대하고도 급한 편지입니다」 하고 그는 말했다.

백작은 편지를 뜯어 읽었다.

몬테크리스토 백작께 한 가지 알려드립니다. 오늘밤, 어떤 자가 샹젤리제의 저택에 숨어들어 화장실 책상에 있다고 짐작되는 서류를 훔쳐가려 한다는 사실을 미리 예고하는 바입니다.

백작께선 용기 있는 분이시라 경찰의 손을 빌리지 않으실 것으로 믿습니다. 경찰이 알게 되면, 지금 이 사실을 알려드리는 저 자신에게 어떤 위험이 미칠지 모릅니다. 백작께선 침실에서 서재로 통하는 문이나 화장실에 숨어 계시다가, 직접 그자를 처치하시면 될 것입니다. 사람들을 많이 모아두시거나 너무 눈에 띄게 경비하시면, 오히려 그 악한은 도망치게 될 것입니다. 따라서 백작께선 제가 우연히 경고해 드릴 수 있었던 이 기회에 그자를 완전히 놓쳐버리시게 될 것이며, 이번에 실패한 그자가 또다시 기회를 노릴 때에는 저도 그 사실을 경고해 드릴 수 없게 될 줄로 압니다.

백작에게 제일 먼저 떠오른 생각은, 분명 도둑들의 계교임에 틀림없다는 것이었다. 다시 말하면 하찮은 위험이 있으리라는 경고를 미리 해놓고 나서, 그 다음에 진짜로 큰일을 해보려는 간사스러운 함정이라는 느낌을 받았던 것이다. 그래서 그는 편지를 보낸 익명의 친구의 권유에도 불구하고, 아니 어쩌면 그 친구의 권고 때문에라도 편지를 경찰에 넘기려고 했다. 그러나 갑자기 그 편지를 보낸 자야말로 자기 자신을 노리고 있는 적이며, 경우에 따라선 마치 피에스코(쉴러의 역사극 『피에스코의 반란』의 주인공 ——옮긴이)가 자기를 암살하려던 무어인에게 하듯이, 역으로 이용할 수 있는 인물은 아닐까 하는 생각이 번개처럼 떠올랐다. 백작이 어떤 인물인지는 이미 다들 아는 터, 인간의 능력을 탁월하게 하는 정력을 가지고 불가능한 일 앞에서 꿋꿋이 버틸 수 있는 담력과 힘이 넘쳐흐르는 인간이란 사실은 이제 와서 언급할 필요조차 없을 것이다. 백작은 지금까지 살아오면서 겪어온 역경과 어떤 일이 닥쳐도 물러시지 않겠다는 그 결의 덕분에, 때로는 사연 즉 신적인 것에 대한, 또 때로는 세상 즉 악마적이라고도 할 수 있는 것에 대한 투쟁 속에서, 일찍이 느껴보지 못했던 이상한 쾌감을 맛보게까지 되었던 것이다.

「그자들은 내 서류를 훔쳐가려는 게 아냐」하고 백작은 중얼거렸다. 「날 죽이려는 거지. 그자들은 도둑이 아니라 암살자다. 나는 내 개인 문제에 경찰을 개입시키고 싶진 않아. 난 돈은 얼마든지 있으니, 그런 일로 경찰의 경비를 낭비하게 하긴 싫군」

백작은 편지를 전하고 밖으로 나간 바티스탱을 다시 불러들였다.

「파리에 다시 갔다 오게」하고 그는 말했다. 「그리고 거기에 남아 있는 하인들을 모조리 이리로 데리고 오도록. 오퇴유에서는 모두가 필요하니까」

「그럼 집엔 아무도 안 남는데요?」바티스탱이 물었다.

「아니, 문지기가 있지 않나」

「하지만 문지기가 있는 데하고 집하곤 상당히 떨어져 있는데요」

「그게 어떻단 말인가?」

「그러니까 집안에 있는 걸 다 들어내도, 문지기가 있는 데서는 아무 소리도 들리지 않을 거란 말씀입니다」

「들어내긴 누가?」

「도둑놈들입죠」

「바보 같은 소리. 설령 도둑놈들이 집채를 온통 다 들어내

간다기로서니, 그만한 일로 내가 뭐 어떻게 될 줄 아는가?」
 바티스탱은 고개를 숙였다.
「이제 알겠나?」 하고 백작은 말했다. 「집에 있는 사람들을 위에서부터 제일 아랫사람까지 다 데려오도록 하게. 집안은 손대지 말고 그대로 놓아두도록. 아래층 덧문만 잠그면 되네」
「이층은 어떡할까요?」
「이층은 절대로 덧문을 잠그지 않는다는 걸 모르나?」
 백작은 저녁 식사는 방에서 혼자 하겠으며 알리만 있으면 된다고 일러놓았다.
 그는 평상시와 다름없이 침착하게 간소한 식사를 했다. 식사가 끝나자 그는 알리에게 따라오라는 눈짓을 하고, 작은 문으로 해서 산책이라도 가듯 불로뉴 숲으로 갔다가 태연하게 파리로 가는 길로 들어섰다. 캄캄한 어둠이 내려앉을 즈음, 그는 샹젤리제의 저택 앞에 도달했다.
 사방은 캄캄했다. 다만 문지기의 방에서 한 줄기 희미한 빛이 새어나올 뿐이었다. 아까 바티스탱이 한 말마따나, 본채부터 약 사십 보쯤은 떨어진 곳에서였다.
 백작은 나무에 기대 섰다. 그러고는 잘못 보는 법이 거의 없는 그 명철한 눈으로, 그는 두 줄로 늘어선 가로수 길을 살폈다. 그리고 그 길을 지나가는 사람이 없는지, 또 숨어 있는 자는 없는지 가까운 길목을 노려보았다. 대략 십 분 만에 그는 자기를 노리고 있는 사람은 아무도 없다는 것을 깨달았다. 그는 곧 알리를 데리고 작은 문으로 달려가, 급히 안으로 들어갔다. 그리고 가지고 있던 열쇠로 뒤쪽 계단을 통해 침실로 들어갔다. 그는 커튼 하나 건드리지 않았다. 문지기조차도 텅 비어 있는 줄 알고 있는 이 집에, 설마 주인이 들어와 있으리라곤 생각하지 못했을 것이다.

침실까지 들어온 백작은, 알리에게 발을 멈추라는 신호를 했다. 그러고는 서재로 들어갔다. 모든 것이 그대로 있었다. 귀중한 책상도 제자리에 있었고, 자물쇠도 그대로 채워져 있었다. 그는 책상에 이중으로 자물쇠를 채운 후, 열쇠를 가지고 다시 침실 문으로 돌아와 이중으로 된 자물쇠판을 빼고 안으로 들어갔다.

그러는 동안에 알리는 백작이 이른 대로 무기를 책상 위에 갖다 놓았다. 그것은 짧은 기병총과 권총 두 자루였다. 권총은 총신이 둘이기 때문에, 사격용 총 못지않게 사람을 쏠 수 있는 것이었다. 이러한 무기들이 있는 한 백작은 다섯 명쯤은 죽일 준비가 되어 있는 셈이다.

그럭저럭 아홉시 반이 되었다. 백작과 알리는 빵 한 조각을 급히 먹고, 스페인 포도주 한 잔을 마셨다. 그러고 나서 백작은 그 방에서 옆방을 들여다볼 수 있게 된, 움직이는 벽판을 한 장 내려놓았다. 권총과 기병총은 손이 닿는 곳에 가까이 놓았다. 알리는 그의 곁에 서서, 십자군 시대부터 모양이 그대로 내려온 조그만 아라비아풍의 도끼 한 자루를 손에 쥐고 있었다.

화장실 창문과 나란히 있는 침실 창문으로 그는 길을 내다볼 수가 있었다.

이렇게 두 시간이 흘러갔다. 주위에는 칠흑 같은 어둠뿐이었다. 그러나 알리는 원시적인 본능에 의해서 그리고 백작은 단련으로 얻은 능력으로, 둘 다 이 캄캄한 어둠 속에서도 뜰 안의 나뭇잎 하나 움직이는 것까지 알아볼 수 있었다.

문지기 방의 불이 꺼진 지도 벌써 한참이 지났다.

만약 누가 들어온다면, 그리고 그것이 계획적인 잠입이라면, 아래층의 계단으로 들어오지 창문으론 들어오지 않을 것이 틀림없었다. 백작의 생각으로는 도둑들은 그의 목숨을 노리는 것이지 돈을 노리는 것은 아닐 성싶었다. 그러니 놈들은 백작의 침실을 습격할 것이며, 그 침실에 들어오기 위해서는 비상 계단이나 서재의 창문을 이용할 것이다.

그는 알리에게 계단 문 옆에 서서 화장실을 계속 감시하라고 했다.

앵발리드의 시계가 열한시 사십오분을 알렸다. 서풍이 그 축축한 입김에 음산한 종소리를 실어왔다.

마지막 종소리가 사라졌을 때, 백작은 화장실 쪽에서 무슨 소리가 살그머니 나는 것을 들은 것 같았다. 이 최초의 바스락거리는 소리, 아니 무엇인가를 긁는 소리에 이어, 두 번 세 번 같은 소리가 잇달아 들렸다. 네번째 같은 소리가 났을 때 백작은 그 소리가 무엇인지 알 수 있었다. 단단한, 그리고 익숙한 손이 유리창을 다이아몬드로 자르는 소리였던 것이다.

백작은 심장 박동이 세차지는 것을 느꼈다. 아무리 위험을 많이 겪어온 사람이라도, 또 아무리 위험을 미리 예측하고 있었던 사람이라 할지라도, 문득 가슴과 육체의 떨림에 의해서 꿈과 현실, 계획과 실천 사이의 커다란 거리를 느끼지 않을 수가 없는 법이다.

그러나 몬테크리스토 백작은 알리에게 이를 알리려고, 손짓만 한번 했을 뿐이었다. 알리는 위험이 화장실 쪽에서 다가오고 있다는 것을 알고, 주인 쪽으로 한걸음 다가섰다.

가택 침입 **313**

백작은 적이 도대체 어떤 자인지, 또 몇 명이나 되는지 알고 싶었다.

지금 유리가 잘리고 있는 창문은, 바로 백작이 화장실을 들여다보고 있던 구멍 맞은편에 있었다. 그래서 백작은 그 창문만 뚫어지게 바라보고 있었다. 그는 그림자 하나가 어둠 속에서 시커멓게 나타나는 것을 보았다. 이윽고 유리창 한 장이, 마치 바깥에서 종이를 갖다 붙이기라도 한 듯, 완전히 불투명해졌다. 그러자 유리창 떼는 소리가 났지만, 땅으로 떨어지진 않았다. 이렇게 해서 생긴 구멍으로 팔이 하나 쑥 들어오더니, 창문의 손잡이를 찾았다. 잠시 후에 창문이 스르르 열리면서 한 사나이가 이쪽으로 들어섰다.

상대방은 혼자였다.

〈담이 큰 친구로군〉 하고 백작은 생각했다.

바로 그때 알리가 그의 어깨를 가만히 건드렸다. 그는 뒤를 돌아보았다. 알리는 두 사람이 있는 방의 창문을 가리켰다. 그것은 큰길로 나 있는 창문이었다.

백작은 창문 쪽으로 서너 걸음 다가갔다. 그는 충복 알리가 대단히 예민한 감각을 지니고 있다는 것을 알고 있었다. 과연 한 사나이가 문에서 떨어져 나오더니, 문 앞에 세워둔 돌 위에 올라서서 백작의 집안에서 무슨 일이 일어나고 있는지 살피는 것이었다.

〈좋아! 두 놈이군. 하나는 들어와서 움직이고, 하나는 망을 보고〉 하고 백작은 생각했다.

그는 알리에게 거리에 있는 놈을 놓치지 말고 지켜보라고 이르고 다시 자기 자리로 돌아왔다.

유리창을 자른 자는 안으로 들어와 양팔을 앞으로 내밀어 방향을 잡고 있었다.

마침내 그 사나이는 모든 것을 파악한 것 같았다. 화장실에는 문이 두 개 있었는데, 그는 양쪽 문의 빗장을 다 젖혀 놓았다.

사나이가 침실 문으로 가까이 왔을 때, 백작은 그가 들어오려는 줄 알고 권총을 준비했다. 그러나 들리는 것은, 오직 쇠로 된 문고리 사이로 빗장이 미끄러지는 소리뿐이었다. 너무 조심한 것에 불과했다. 이 심야의 불청객은, 백작이 자물쇠판을 미리 빼놓은 것을 모르고 있었기 때문에, 앞으로는 마치 제 집인 양 안심하고 행동을 개시할 수 있을 줄 알고 있었다.

혼자서 마음대로 움직일 수 있다고 생각한 사나이는, 백작 눈으로는 알아볼 수 없는 어떤 물건을 하나 주머니에서 꺼내, 그것을 조그만 테이블 위에 놓았다. 그러고는 곧장 책상으로 가 자물쇠 자리를 더듬어보더니, 생각했던 것과 달리 자물쇠가 채워지지 않은 것을 알아챘다.

그러나 사나이는 상당히 조심스러운 사람으로, 모든 경우를 생각해 본 것이다. 백작의 귀에는 이윽고 쇠와 쇠가 서로 스치는 소리가 들려왔다. 그것은 문을 열기 위해 자물쇠공을 부르면 가지고 오는, 엉성하게 세공된 열쇠 꾸러미가 절겅거리는 소리였다. 도둑들은 이 열쇠 꾸러미를 〈밤꾀꼬리〉라는 이름으로 부른다. 그것은 아마 열쇠가 자물쇠 구멍에 들어가 내는 소리를 들으면 몹시 반갑기 때문에 붙인 이름이리라.

「젠장!」하고 백작은 실망한 듯 미소를 띠며 중얼거렸다.
「평범한 도둑놈이로군」

그러나 사나이는 어둠 속이어서 맞는 열쇠를 찾지 못하고 있었다. 그래서 테이블 위에 놓아두었던 물건을 이용하기로 했다. 그는 용수철을 눌렀다. 그러자 약하긴 하나 충분히 주위를 볼 수 있을 만한 불빛이 새어나와 사나이의 손과 얼굴을 비추었다.

「아니!」 갑자기 백작은 움찔 놀라, 몸을 뒤로 비키면서 중얼거렸다. 「저건……」

알리가 도끼를 들었다.

「가만히 있어!」 백작은 낮은 목소리로 말했다. 「도끼를 내려놔라, 무기는 이제 필요 없다」

그러더니 목소리를 더한층 낮추어, 알리에게 몇 마디 했다. 방금 자기도 모르게 백작이 놀라서 내지른 소리는, 비록 약한 것이긴 했지만, 칼을 갈던 옛날 대장장이처럼 구부리고 있던 사나이를 떨게 했다. 백작이 알리에게 한 말은 명령이었다. 알리는 곧 발끝으로 걸어서 벽에 걸려 있던 검은 옷과 삼각 모자를 가져왔다. 그러는 사이에, 백작은 입고 있던 프록코트와 조끼, 셔츠를 급히 벗었다. 그리고 판자 틈으로 새어 들어오는 불빛으로, 백작이 가슴에 걸치고 있는 부드러우면서도 발이 고운 강철 사슬로 된 속옷이 드러났다. 이제는 칼 맞을 염려는 없는 시대라, 프랑스에서 이 옷을 마지막으로 입은 사람은 루이 16세쯤 되었을 것이다. 하지만 가슴에 칼을 맞을까 봐 두려워하던 그 왕은 목에 도끼를 맞고 죽었다(루이 16세는 프랑스 대혁명 때 단두대에서 목이 잘렸다——옮긴이).

이윽고 그 속옷은 긴 사제복으로 가려져 보이지 않았다. 머리카락도 삭발한 가발 밑으로 사라졌다. 그 가발 위에 삼각모를 쓰니, 백작은 완전히 신부의 모습으로 변했다.

그러는 사이에 도둑은 아무 소리도 들리지 않자, 다시 몸을 일으켰다. 백작이 변장을 하고 있는 동안에 사나이는 곧장 책상으로 가서 열쇠로 〈밤꾀꼬리〉 소리를 내기 시작했다.

「됐어!」 하고 백작은 중얼거렸다. 그는 아무리 상대방이 재주가 좋더라도 꿈에도 생각지 못할 비밀 장치가 되어 있기라도 한 듯 안심하고 있었다. 「됐어! 아직 오륙 분은 넉넉히 걸리겠지」 그러고 나서 백작은 창문 앞으로 갔다.

좀 전에 문 앞에 있는 돌 위에 올라서 있던 사나이는 다시 밑으로 내려가 있었다. 그리고 여전히 큰길을 왔다갔다하고 있었다. 그러나 이상하게도 사나이는 샹젤리제 거리나 포부르 생토노레 쪽에서 인기척이 날까 봐 겁을 내지 않고 오히려 백작의 집안에서 일어나고 있는 일에만 신경 쓰고 있는 것 같았다. 그의 일거일동은 백작 집 화장실에서 일어나는 일을 엿보려는 데만 집중하고 있었다.

백작은 갑자기 이마를 탁 쳤다. 그리고 반쯤 열린 입가에서 조용한 미소가 떠올랐다.

그러고는 다시 알리에게 가까이 가서,

「그냥 여기 어두운 데 숨어 있어라」 하고 낮은 소리로 말했다. 「그리고 무슨 소리가 나든, 무슨 일이 일어나든, 내가 부르기 전엔 나타나지 마라」

알리는 주인의 말을 알아듣고 명령대로 따르겠다는 표시로, 고개를 끄덕여 보였다.

백작은 장 속에서 초를 하나 꺼내 불을 붙였다. 그리고 도둑이 한창 자물쇠를 여느라고 열중하고 있을 때, 자기 얼굴이 똑똑히 보이도록 촛불을 들고 조용히 문을 열었다.
 문이 하도 조용히 열려서, 도둑은 그 소리조차 듣지 못했다. 그러나 사나이는 갑자기 방이 환해지는 바람에 깜짝 놀랐다.
 그는 뒤를 돌아보았다.
「안녕하시오! 카드루스 씨」백작이 말했다.「아니 그런데, 도대체 이 시간에 여긴 웬일이시오?」
「부소니 신부님!」카드루스가 소리쳤다.
 그리고 문을 잠가두었는데 어떻게 이렇게 나타날 수 있었는지 놀라워하며, 그는 열쇠 꾸러미를 떨어뜨린 채 마치 뒤통수라도 얻어맞은 사람처럼 꼼짝 못하고 얼떨떨해 있었다.
 백작은 창문을 막아서고 도둑과 마주 보았다. 이렇게 해서 도둑으로선 도망갈 수 있는 유일한 길이 막혀버렸다.
「부소니 신부님!」카드루스는 사나운 눈길로 백작을 쏘아보며 말했다.
「암, 물론 그 부소니 신부요」백작이 말했다.「바로 내가 그 사람이오. 카드루스 씨, 기억해 주어서 반갑소. 우린 기억력이 좋은 사람들이구려. 내 생각이 틀림없다면, 우리가 서로 못 본 지도 이럭저럭 십년은 됐으니까」
 이 침착한 태도, 이 빈정거리는 말투, 그리고 이 위엄 있는 모습 앞에서 카드루스는 현기증이 날 정도로 공포에 사로잡히고 말았다.
「신부님! 신부님!」카드루스는 주먹을 불끈 쥐고 이를 갈며 중얼거렸다.
「그러니까 몬테크리스토 백작 집에서 뭘 훔치려는 게로구려?」하고 자칭 신부가 말했다.

「신부님」 카드루스는 백작이 무자비하게 가로막고 있는 창문으로 가려고 하며 중얼거렸다. 「신부님, 저는 모릅니다……. 제발 좀 믿어주십시오……. 맹세합니다」

「하지만 유리창이 잘려 있고」 백작은 계속해서 말했다. 「조그만 초롱불과 밤꾀꼬리가 있고, 게다가 책상이 반은 억지로 열려 있으니, 명백한 일이지 않소」

카드루스는 넥타이로 자기 목을 조르고 있었다. 그리고 어디 숨을 구석이나 들어갈 구멍이 없나 찾고 있었다.

「당신은」 하고 백작이 말했다. 「여전히 그 모양 그 꼴이구려」

「신부님께선 뭐든 다 알고 계시니 말씀드리겠습니다만, 그건 제가 아니라 제 여편네가 한 짓입니다. 그건 재판에서도 판결이 났어요. 그래서 제겐 옥살이만 시킨 게 아닙니까」

「그래, 이렇게 다시 옥살이를 해야 할 짓을 하고 있는 걸 보니 형기는 마친 모양이지요?」

「아니요, 신부님. 어떤 분한테 도움을 받아 빠져나왔죠」

「그렇다면 그 양반은 사회에 아주 훌륭한 일을 하셨군그래」

「아!」 하고 카드루스는 말했다. 「그 대신 전 아주 약속을 단단히 했습니다!」

「그런데 그 약속을 어겼단 말이로군요?」 하고 백작이 물었다.

「예, 부끄럽습니다만」 자못 불안한 듯이 카드루스가 대답했다.

「또 그 못된 버릇이 도졌구려……. 모르긴 모르되, 이번엔 그레브 광장(센 강변에 있었던 사형 집행장──옮긴이)으로 끌려가겠군. 하긴 그것도 다, 우리나라 속담을 빌자면, 뿌린 씨를 거두는 거니까」

「신부님, 실은 저는 어쩔 수 없이……」

「죄수들이란 으레 그런 소릴 하지」

「궁색했던 차라……」

「그런 소린 그만둡시다」하고 신부는 귓등으로도 안 듣는 듯 이렇게 말했다. 「배가 고프면 동냥을 나서거나, 빵 가게 앞에 가서 빵을 한 조각 훔칠 수는 있겠지. 그렇지만 사람이 없을 듯한 집에 와서 책상을 부수지는 않지. 그 보석상 조아네스가, 내가 준 다이아몬드 값으로 4만 5,000프랑을 당신한테 줬을 때, 다이아몬드와 그 돈을 몽땅 빼앗으려고 그를 죽인 것도 살기가 어려워서 그랬던 건가?」

「죽을 죄를 지었습니다. 신부님, 신부님께선 전에도 한번 절 구해 주셨으니, 제발 한번만 더 구해 주십시오」

「그럴 마음이 안 나는데」

「신부님, 신부님께선 지금 혼자십니까?」카드루스는 두 손을 모으며 물었다. 「아니면 헌병들이 저를 잡으려고 벌써 여길 와 있습니까?」

「나 혼자뿐이오」신부가 말했다. 「만약 사실을 바른 대로 말하겠다면, 한번 더 동정해 줄 여지는 있소. 내 약한 마음 때문에 또 무슨 다른 불행이 일어난다 하더라도 말이오」

「오, 신부님!」카드루스는 두 손을 모으고 백작 앞으로 한 걸음 다가서며 말했다.

「신부님은 정말 제 구세주이십니다」

「아까 누가 감옥에서 당신을 구해 주었다고 했지요?」

「네, 물론입죠. 맹세합니다, 신부님!」
「그게 누구요?」
「영국 사람입니다」
「이름은?」
「윌모어 경이라고 합니다」
「그 사람은 내가 아는 사람이니, 거짓말인지 아닌지 내가 알아볼 수 있소」
「신부님, 모두 정말입니다」
「그 영국인이 당신을 돌봐주었단 말이오?」
「실은, 제가 아니라 제 형무소 동료인 젊은 코르시카 사람을 돌보아주었습죠」
「그 코르시카 청년 이름은?」
「베네데토입니다요」
「그건 세례명 아닌가?」
「다른 이름은 없습니다. 길에서 주운 아이니까요」
「그래 그 청년과 같이 탈옥했단 말이지?」
「그렇습니다」
「탈옥은 어떻게?」
「우린 툴롱 근처의 생망드리에서 노역을 했습죠. 생망드리에를 아십니까?」
「알고 있소」
「그런데 모두들 정오부터 한시까지 낮잠을 자고 있는 동안에……」
「징역수들이 낮잠을 자다니, 거 굉장한 신분이로군」 하고 신부가 말했다.

「그렇죠! 하지만 개처럼 밤낮 일만 할 수는 없잖습니까요?」
「개들이라면 행복해했겠지!」 백작이 말했다.
「다른 사람들이 낮잠을 자고 있는 동안에, 우리는 조금 떨어진 곳에 있었지요. 거기서 영국 사람이 갖다준 줄로 쇠사슬을 끊고, 물에 뛰어들어 헤엄쳐 탈옥했습니다」
「그래 베네데토는 어떻게 됐나?」
「그건 저도 모릅니다」
「모를 리가 없을 텐데?」
「정말 모릅니다. 우린 그때 예르(지중해와 접하고 있는 남프랑스의 도시——옮긴이)에서 헤어지고 말았으니까요」
카드루스는 모른다는 말을 한층 더 강조하려고 한 발자국 더 신부 앞으로 다가섰다. 신부는 여전히 침착했고 심문하는 듯한 태도로 제자리에서 꼼짝도 안했다.
「거짓말을 하는군!」 신부는 감히 거역할 수 없는 위엄으로 말했다.
「신부님……!」
「거짓말이군. 그 사람은 아직도 당신과 왕래하고 있소. 그리고 이번 일도 그를 공모자로 이용한 거요」
「오, 신부님……!」
「툴롱을 떠난 후론 어떻게 살아왔지? 대답하시오」
「그럭저럭 살아왔습지요」
「거짓말!」 백작은 더욱 엄한 어조로 세번째 같은 말을 되풀이했다.
카드루스는 겁에 질려 신부를 바라보았다.
「당신은」 하고 신부는 말을 이었다. 「그 청년이 준 돈으로 살아왔지?」

「예, 그렇습니다」 카드루스가 대답했다. 「베네데토는 어떤 귀족의 아들이 됐거든요」

「어떻게 아들이 됐지?」

「사생아였답니다요」

「그래 그 귀족의 이름은?」

「바로 이 집 주인인 몬테크리스토 백작입니다」

「베네데토가 백작의 아들이라고?」 이번에는 백작이 놀라서 물었다.

「그렇습니다! 백작은 그애를 위해서 가짜 아비를 얻어주고, 한 달에 4,000프랑씩 주고 있답니다요. 게다가 유서에도 50만 프랑을 물려준다고 해놓았다니까요」

「아, 그랬구먼!」 백작은 차츰 납득이 가는 듯, 「그래 그 청년은 지금 어떤 이름으로 행세하고 있소?」

「안드레아 카발칸티라고 하고 다니지요」

「그럼 바로 내 친구 몬테크리스토 백작이 집안에 드나들게 하고, 당글라르 씨 딸과 결혼하게 될 그 청년이군 그래?」

「예, 맞습니다」

「그런데 그 청년의 과거며 오점들을 다 알고 있는 당신은 그 일을 가만히 보고만 있겠단 말이구려?」

「친구가 출세하는 걸 뭣 때문에 훼방 놓겠습니까?」 카드루스가 말했다.

「하긴 그렇지, 당신이 당글라르 씨에게 그런 걸 알려줄 처지는 아니오. 그건 내가 할 일이지」

「제발 그러진 말아주십시오, 신부님!」

「그건 왜지?」

「그렇게 되면 우리 둘 다 밥줄이 끊어지게 됩니다요.」

「그럼 내가 당신들 같은 악당들의 밥줄이 끊어지지 않게 하기 위해 같이 공모라도 해서 그런 못된 짓을 하는 걸 그냥 보고만 있으란 말이오?」

「신부님!」 카드루스는 또 한 발 앞으로 다가서며 말했다. 「제가 모든 걸 다 말하겠습니다」

「누구에게?」

「당글라르에게요」

「에잇, 빌어먹을!」 카드루스는 조끼에 품고 있던 시퍼런 단도를 뽑아 백작의 가슴 한가운데를 찌르면서 외쳤다.「더 떠들지 마라, 이놈의 신부!」

그러자 카드루스가 깜짝 놀라지 않을 수 없게도 백작을 찌른 단도가 가슴속에 박히지 않고 툭 튕겨나오는 것이었다.

바로 그 순간, 백작은 왼손으로 도둑의 팔목을 잡아 힘껏 비틀었다. 카드루스는 손가락이 뻣뻣해지자 칼을 떨어뜨리며 비명을 질렀다.

그러나 백작은 그 비명에는 아랑곳하지 않고 더욱 힘을 주어 도둑의 팔목을 비틀었으며, 카드루스는 털썩 무릎을 꿇더니 얼굴을 땅에 박고 엎드렸다.

백작은 발로 사나이의 머리를 짓누르고서 이렇게 말했다.

「이대로 머리를 짓이겨버릴 수도 있어, 이 악당아!」

「아악! 제발! 제발!」 카드루스가 외쳤다.

백작은 발을 내려놓았다.

「일어나!」

카드루스는 일어섰다.
「제길! 웬 팔힘이 그렇게 세십니까, 신부님!」 카드루스는 집게같이 강한 손에 비틀리어 으스러져버릴 뻔한 팔을 문지르며, 「제길! 팔힘 한번 대단하시군!」 하고 말했다.
「조용히 해. 하느님께서 너 같은 맹수를 길들이라고 나한테 그런 힘을 주신 거야. 나는 하느님의 뜻대로 움직일 뿐이니, 잊지 마, 내가 지금 너 같은 인간을 용서해 주는 것도 다 하느님의 뜻에 따르기 위해서라는 걸 말야」
「윽!」 카드루스는 아파서 신음을 내질렀다.
「자, 이 펜과 종이를 받아. 그리고 내가 부르는 대로 써라」
「전 쓸 줄 모릅니다, 신부님」
「거짓말 마. 어서 이 펜하고 종이를 들고 써!」
카드루스는 이 압도적인 힘에 눌려, 자리에 앉아 쓰기 시작했다.

 귀하가 귀댁에 출입을 허락하시고 따님과 결혼까지 시키려는 자는, 본인과 함께 툴롱 감옥을 탈옥한 전과자입니다. 그자는 59호, 본인은 58호 죄수였습니다.
 그자는 베네데토라 불렸습니다. 그러나 부모의 얼굴을 본 적이 없는 자라, 본명은 그 자신도 모르고 있습니다.

「서명을 해!」 백작이 다그쳤다.
「그럼 절 잡아가게 하실 겁니까?」
「내가 널 잡아가게 하려 했다면, 내가 직접 근처의 경찰서로 데려갔을 거다. 게다가 그러면 이 편지가 도착할 때쯤 넌 무사태평하게 지내고 있겠지. 자, 서명을 해」

카드루스는 서명을 했다.

「주소는 〈쇼세당탱 가, 은행가 당글라르 남작 귀하〉야」

카드루스는 주소를 썼다.

신부는 편지를 집어들었다.

「이젠 됐어」하고 그는 말했다.「가!」

「어디로 나갈까요?」

「들어온 길로 해서」

「그럼 저더러 이 창문으로 나가라는 겁니까?」

「그리로 해서 들어왔으니」

「신부님, 절 어떻게 하시려는 생각을 품고 계시군요?」

「바보 같은 소리, 생각은 무슨 생각을 한다는 거야?」

「그런데 왜 문을 안 열어주시는 겁니까?」

「문지기를 깨울 필요가 있나?」

「신부님, 제가 죽기를 바라시는 건 아니겠죠?」

「난 하느님께서 바라시는 것을 바라는 사람이다」

「그럼 제가 내려가는 동안 저를 치지 않겠다고 약속해 주시겠습니까?」

「멍청한데다, 또 지독하게 비겁한 인간이로군!」

「절 어떻게 하실 생각입니까요?」

「그건 내가 물을 소리야. 난 널 좋은 사람으로 만들어주려고 애썼는데, 넌 살인자가 되고 말았으니」

「신부님」카드루스가 말했다.「한번만 기회를 주십시오」

「좋아」백작이 말했다.「넌 내가 약속을 잘 지키는 사람이란 걸 알고 있겠지?」

「예」
「네가 무사히 집으로 돌아가거든……」
「신부님만 절 가만 두신다면, 제가 겁날 게 또 뭐가 있겠습니까?」
「네가 무사히 집으로 돌아가거든, 파리를 떠나, 프랑스를 떠나, 어디든 가라. 그러고 나서 네가 정직하게만 산다면, 내가 약간의 생활비를 보내주마. 단, 무사히 돌아간다면 말이다, 그러면……」
「그러면이라니요?」 카드루스가 등골이 오싹해져서 물었다.
「그렇게 되면 하느님이 널 용서해 주신 걸로 믿을 수 있지. 그러면 나도 너를 용서하는 거고」
「전 정말 하느님을 믿는 사람이라서」 카드루스는 뒤로 물러서며 중얼거렸다. 「겁이 나 죽겠습니다」
「자, 어서 가!」 백작은 카드루스에게 손가락으로 창문을 가리키며 말했다.
이러한 약속에도 아직 마음을 썩 놓지 못한 채, 카드루스는 창문을 넘어 사다리 위에 발을 디뎠다.
거기서 그는 부들부들 떨며 발을 멈추었다.
「이제 내려가!」 신부는 팔짱을 끼고 서서 말했다.
카드루스는 그제야 신부를 겁낼 필요가 없음을 느끼기 시작했다. 그는 내려갔다.
백작은 촛불을 들고 창문께로 가서, 카드루스가 사다리를 내려가는 모습이 불빛을 받아 샹젤리제 쪽에서 뚜렷하게 보이게 했다.
「왜 이러십니까, 신부님?」 카드루스가 물었다. 「혹 야경꾼이라도 지나가면……」

백작은 불을 껐다. 그러지 카드루스는 계속 아래로 내려갔다. 그러나 그는 발이 정원의 땅에 닿고서야 비로소 안도의 숨을 내쉴 수 있었다.

백작은 다시 침실로 돌아왔다. 그는 재빨리 정원에서 큰길까지 둘러보았다. 카드루스가 일단 바닥에 닿자, 정원을 한바퀴 돌아 담 한쪽 모퉁이에 사다리를 세워놓는 것이 보였다. 들어온 장소가 아닌 다른 곳을 통해 나가기 위해서였다.

이번에는 정원에서 눈을 돌려 큰길 쪽을 보았다. 큰길에서 누군가를 기다리고 있는 듯 보이던 사나이가, 카드루스와 평행으로 큰길을 뛰어가서 바로 카드루스가 내려설 자리쯤 되는 곳의 모퉁이 뒤에 숨는 것이 보였다.

카드루스는 천천히 사다리 위로 올라갔다. 꼭대기까지 올라가자, 그는 담 너머로 고개를 내밀고 길에 사람이 없는지 확인해 보았다.

주위에 사람은 하나도 안 보였다.

아무 소리도 나지 않았다.

앵발리드에서 한시를 알리는 종소리가 들려왔다.

그러자 카드루스는 담장 위에 걸터앉아 사다리를 끌어올려서는 담장 밖으로 넘겨놓았다. 그러고는 내려가기 시작했다. 내려간다기보다는 사다리의 양쪽 기둥을 붙잡고 미끄러져 내린다고 하는 편이 옳을 것이다. 그 능숙한 솜씨로 보아, 그것은 그가 늘 해온 일이라는 것을 알 수 있었다. 그러니까 한번 미끄러지기 시작하면 도중에서 멈출 수는 없었다. 그가 중간쯤 내려왔을 때 한 사나이가 어둠 속에서 튀어나오는 것이 보였지만 어쩔 도리가 없었다. 발이 땅에 닿는 찰나, 어둠 속에서 팔이 하나 올라오는 것을 보았지만 역시 어쩔 도리가 없었다. 카드루스가 채 자기 몸을 방어할 태세도 갖추기 전에, 그 팔이 카드루스의 등을 세게 내리쳤다. 그는 소리를 지르며 사다리를 놓아버렸다.

「사람 살려!」

그러자 그와 거의 동시에, 이번에는 옆구리를 맞았다. 그는 푹 쓰러지며 소리를 질렀다.

「살인이야!」

이윽고 카드루스가 땅바닥에 구르자, 상대방 사나이는 그의 머리채를 휘어잡더니, 가슴 한복판을 세번째로 내리쳤다.

카드루스는 또 한번 소리를 지르려 했으나 신음밖엔 낼 수 없었고, 그 신음과 함께 세 군데 상처에서는 핏줄기가 뿜어져 나왔다.

암살자는 카드루스가 소리를 지르지 못하는 것을 보자, 머리채를 쥐어 고개를 끌어올려 보았다. 카드루스는 눈을 감은 채, 입술을 일그러뜨리고 있었다. 암살자는 카드루스가 죽었다고 생각하고는, 들어올렸던 머리를 내려놓고 사라져버렸다.

카드루스는 그자가 사라졌다고 생각되자 팔꿈치를 짚고 일어서며, 필사적으로 힘을 짜내어 소리쳤다.

「살인이야! 사람 살려! 신부님! 신부님!」

이런 끔찍한 부르짖음이 주위의 어둠을 찢었다. 뒤 층계 문이 열리고 이어 정원의 작은 문이 열렸다. 그리고 알리와 백작이 불을 들고 달려왔다.

신의 손길

카드루스는 계속 처량한 목소리로 외치고 있었다.
「신부님, 살려주세요! 살려주세요!」
「무슨 일인가?」 백작이 물었다.
「나 좀 살려주세요!」 카드루스가 되풀이했다. 「누가 날 죽입니다요!」
「자, 우리가 왔으니 힘을 내게」
「아이구, 이젠 틀렸어요. 좀더 일찍 와주셨으면 좋았을걸! 난 이젠 죽어요. 되게 얻어맞았어요! 이렇게 피가 많이 나왔다고요!」
그러고는 기절해 버렸다.
알리와 백작은 그를 들어 방으로 옮겼다. 백작은 알리에게 카드루스의 옷을 벗기게 했다. 그리고 끔찍한 상처가 세 군데나 된다는 것을 확인했다.

「하느님!」 하고 백작은 중얼거렸다. 「당신의 복수에는 종종 너무 오랜 시간이 필요합니다. 그러나 그것은 보다 더 완전해지기 위해서이리라고 믿습니다」

알리는 무슨 일을 어떻게 해야 할 것인지 묻는 듯이 주인을 바라보았다.

「포부르 생토노레에 사는 빌포르 검사를 모셔와. 가는 길에 문지기를 깨워 의사를 불러오게 하고」

알리는 그 명령에 따랐다. 그는 이 가짜 신부를 카드루스 옆에 혼자 남겨두고 자리를 떴다. 카드루스는 여전히 의식이 없었다. 카드루스가 다시 눈을 떴을 때, 백작은 그에게서 몇 발자국 떨어진 곳에 앉아 경건하고도 어두운 표정으로 그를 지켜보고 있었다. 움직이고 있는 그의 입술은 기도를 하고 있는 듯했다.

「의사를! 신부님, 의사를!」 카드루스가 말했다.

「의사를 부르러 갔네」 신부가 대답했다.

「의사가 와도 전 살지 못할 거예요. 하지만 기운은 좀 차리게 해 주겠죠. 죽기 전에 할말을 마칠 시간을 벌고 싶습니다요」

「뭘 말인가?」

「날 죽인 자에 관해서요」

「그자가 누군지 아나?」

「아다마다요! 알지요, 베네데토예요」

「그 젊은 코르시카 사람?」

「바로 그렇습니다」

「그 친구라던 자가?」

「예, 나한테 백작 댁 도면을 주고는 내가 필경 백작을 죽일 테고 그러면 자기가 상속자가 되리라 믿고서, 나만 없애면 걸림돌이 없어진다고 생각한 거죠. 그래서 큰길에서 날 기다리고 있다가 죽이려 한 겁니다요」

「내가 의사를 찾아오라고 사람을 보내고, 또 검사님도 모셔오도록 그쪽으로도 사람을 보내놨네」

「늦을 겁니다. 때가 이미 늦었을 거예요」카드루스가 말했다.「온몸의 피가 다 빠져나가는 것 같아요」

「잠깐만」백작이 말했다.

그러고는 밖으로 나가, 잠시 후 약병을 들고 돌아왔다. 빈사의 사나이는 백작이 없는 동안 내내 그 문만을 무섭게 지켜보았다. 그는 직감적으로 그 문으로 구원의 손길이 들어오리라고 느꼈던 것이다.

「어서요! 신부님, 어서요! 또 정신을 잃을 것만 같아요」

백작은 환자 옆으로 와서, 그 보랏빛 입술에 병 속에 들어 있던 약을 서너 방울 떨어뜨렸다.

카드루스는 한숨을 한번 내쉬었다.

「오」하고 그는 말했다.「생명의 물이라도 넣어주신 모양이군요…… 좀더……」

「두 방울만 더 주면 이번엔 죽는 걸세」

「오, 빨리 왔으면 좋겠는데. 그놈을 고발해야겠는데」

「내가 당신 진술을 받아써 줄까? 끝에다 서명만 하면 돼」

「예…… 그러죠……」카드루스가 대답했다. 그는 죽은 다음에도 복수할 수 있다는 생각에 눈이 번쩍 빛났다.

백작은 받아썼다.

툴롱 형무소에서의 친구 제59호 죄수, 코르시카 사람 베네데토의 손에 죽습니다.

「빨리요! 빨리!」 카드루스가 말했다. 「서명도 못할 거 같습니다요」

백작은 그에게 펜을 주었다. 그는 있는 힘을 다해서 서명을 하고 나자, 다시 마루에 쓰러지며 이렇게 말했다.

「그 나머지는 신부님께서 말씀해 주세요. 그놈이 안드레아 카발칸티라는 이름으로 행세하고, 프랑스 호텔에 묵고 있다는 것…… 그리고…… 아아…… 하느님…… 하느님! 이제 전 죽습니다!」

카드루스는 두번째 기절을 했다.

신부는 약 냄새를 맡게 해주었다. 그러자 카드루스는 다시 눈을 떴다.

의식을 잃은 동안에도 복수에 대한 집념은 버리지 않았다.

「신부님, 그 얘길 다 해주실 거죠, 그렇죠?」

「다 하겠네, 다른 일들까지도」

「뭘요?」

「그자는 당신이 백작 손에 죽고 말리라는 계산 하에 이 집 도면을 당신에게 주었을 거라는 것, 그리고 그자가 미리 백작에게 편지를 보내서 알렸다는 것, 그리고 백작이 집에 없어 그 편지를 내가 받았기에 내가 당신을 밤새 기다리고 있었다는 것 등을 말하겠네」

「그렇게 되면 그 자식은 단두대행이죠?」 카드루스가 물었다. 「꼭 사형당하겠죠, 약속하시죠? 그런 확신이라도 있어야 저는 눈을 감겠습니다. 그래야 안심하고 죽겠어요」

「나 또」하고 백작은 말을 이었다.「그자가 당신 뒤를 따라와 계속 밖에서 지키고 있다가, 당신이 나오는 것을 보자 담 밑으로 뛰어가서 암살하려고 숨어 있었다는 것을 말하겠네」

「그럼 신부님께선 그걸 다 보셨군요?」

「그래 내가 뭐라던가?〈만약 네가 무사히만 집으로 돌아간다면, 하느님께서 너를 용서해 주신 것으로 믿고, 나도 너를 용서해 주마〉라고 하지 않았던가?」

「그러면서도 잘도 제게 알려주질 않으셨군요?」카드루스는 팔꿈치를 짚고 일어서려고 애쓰며 소리쳤다.「신부님께선 제가 여기서 나가면 찔려 죽으리라는 걸 아시면서도 아무 소리 안하셨단 말씀이군요!」

「안했지, 그건 베네데토의 손이 곧 하느님의 정의라고 생각했기 때문이야. 하느님의 뜻을 거스르는 건 곧 하느님을 거역하는 짓이니까」

「하느님의 정의라고요? 그런 말씀 마십쇼. 하느님의 정의가 있다면, 이 세상엔 벌을 안 받아도 될 사람이 몇이나 있겠습니까?」

「두고 봐야지!」백작의 어조는 카드루스를 오싹하게 했다. 「두고 봐야지!」

카드루스는 눈이 휘둥그레져서 백작을 바라보았다.

「그리고 하느님께선 당신한테 그러셨던 것과 마찬가지로 모든 사람들에게 자비를 베푸시는 거야. 하느님께선 재판관이기 이전에 어버이시니까」

「그럼 당신은 하느님을 믿나요?」카드루스가 말했다.

「설령 그전까지는 불행히도 믿음을 못 가졌다 하더라도, 당신을 보니 하느님을 믿지 않을 수 없군」

카드루스는 두 주먹을 불끈 쥐어 하늘로 쳐들었다.

「잘 들어라」신부는 마치 그에게 신앙을 심어주려는 듯 손을 내밀며 말했다.「당신이 마지막 이 순간까지도 믿으려 하지 않는 하느님께서는, 당신을 위해 이런 일을 해주셨다. 즉 건강과 힘과 확실한 직업과 친구들을, 그리고 마음 편하게 자연의 소망에 만족하며 조용히 살아갈 수 있는 생활을 주셨다. 그런데 이렇게 완전하게 받기가 힘든 그 은혜를 잘 가꾸지는 않고 도대체 당신은 무슨 짓을 했지? 게으름과 술독에만 빠져 살다가, 취중에 가장 좋은 친구까지 배반해 버렸지」

「살려줘!」카드루스가 소리쳤다.「난 지금 신부 따윈 필요 없어. 의사가 필요해. 치명상이 아닐지도 모르니까. 아직 죽을 때가 아냐. 살아날 수도 있어!」

「그 상처로는 이제 살아날 수 없어. 아까 내가 약을 세 방울 먹이지 않았다면 당신은 벌써 죽었을 거다. 자, 잘 들어」

「하!」카드루스가 중얼거렸다.「당신같이 괴상한 신부는 처음 봤수. 죽어가는 사람을 위로하기는커녕, 오히려 절망을 안겨주다니!」

「잘 들어라」신부가 계속 말했다.「당신이 친구를 배반했을 때, 하느님께선 벌을 주시기 전에 우선 주의를 내리셨지. 당신은 곤궁 속에서 굶주리고 있었어. 그러다가 나머지 여생을 보낼 돈이나 충분히 벌어보겠다고, 이번엔 먹고살기 위해 어쩔 수 없다는 구실을 내세워가며 죄를 지을 생각을 했단 말야. 그 때 하느님께선 내 손으로 당신에게 기적을 베풀어주셨지. 당신

같이 가난한 자에게 재산을 만들어주셨단 말이야. 그때까지 빈 털터리였던 당신에겐, 눈이 멀어버릴 정도의 재산이었어. 그러나 뜻하지 않던, 감히 바라지도 못하고 들어보지도 못하던 재물이 손에 들어왔는데도 당신은 그걸 손에 넣는 순간부터 그것만으론 만족을 못했어. 그 배를 원했지. 그래서 그럴 수 있는 방법은? 살인이었지. 그렇게 해서 당신은 재산을 배로 늘렸지만, 그때 하느님께선 당신을 인간의 심판대 앞으로 인도하셔서 그 재물을 도로 거두어가셨지」

「그 유대인 보석상을 죽이려고 한 건 제가 아니었어요, 제 여편네였지요」

「그래」하고 백작은 말했다. 「하느님께서 늘 정당하시다는 건 아니야. 만약 항상 정당하시다면야, 재판에서 당신에게 사형을 언도했을 테니까. 언제나 자비로우신 하느님께선 재판관들이 당신 말에 마음이 움직여, 당신을 살리도록 허락해 주셨지」

「그래봤자 종신형이었어! 쳇, 자비치곤 대단한 자비였지!」

「이 고약한 인간아! 그렇지만 넌 그 자비가 베풀어졌을 땐 그걸 감사하게 생각하지 않았어? 죽음 앞에 벌벌 떨고 있던 겁쟁이인 너는, 영원히 치욕을 겪을 선고를 받고서도 좋아서 펄펄 뛰었지! 모든 죄수들이 생각하듯 너도〈무덤엔 문이 없지만, 감옥엔 문이 있다〉고 해서 좋아했던 게 아니냔 말이다! 과연 네 생각대로였지. 감옥의 문이 뜻밖에도 너를 위해 열렸으니. 영국 사람 하나가 툴롱엘 와서 징역수를 둘 구해 주고 싶어했는데, 그러한 그의 뜻이 하필이면 너와 네 친구 녀석한테 떨어졌지. 두번째로 복이 하늘에서 내려와, 너에게 돈과 안정

된 생활이 한꺼번에 굴러 들어왔지. 그래서 너는 죄수로서 징역살이나 해야 할 인간이, 보통 사람들이 누리는 생활을 버젓이 할 수 있게 됐지. 그러자 이번에 넌 하느님을 한번 더 시험해 보려 들었어. 여태까지 가져보지 못했던 많은 돈을 가지고도 부족해서, 이번에는 아무 이유도 없이 죄를 범했단 말이지. 이젠 하느님께서도 포기하시고 널 벌하신 거다」

카드루스는 눈에 보이도록 힘이 빠져나갔다.

「물을」 하고 그는 말했다. 「목이 말라요…… 목이 타요!」

백작은 그에게 물을 한 컵 주었다.

「빌어먹을 놈의 베네데토!」 카드루스는 컵을 돌려주며 말했다. 「그 자식은 도망가고 말겠지!」

「아무도 도망은 못 간다. 카드루스, 그건 내가 장담할 수 있다…… 베네데토는 벌을 받을 거야」

「그럼 당신도 벌을 받을 거요」 카드루스의 말이다. 「당신은 신부로서의 의무를 다하지 않았으니까. 당신은 베네데토가 날 죽이는 걸 막았어야 했어」

「내가!」 백작은 빙그레 웃었다. 다 죽어가던 카드루스는 그 웃음을 보자 등골이 오싹해질 정도로 두려웠다.

「네가 내 가슴을 칼로 찌르는 걸 갑옷으로 막아내서 살았는데, 그런 내가 베네데토가 널 죽이는 걸 막지 않았다고 원망하나? ……그렇지, 만약 네가 미안해하고 네 죄를 후회하는 빛이 있었다면, 베네데토가 널 죽이는 걸 막았을지도 모르지. 그러나 너는 기어오르며 살의까지 품고 있었다. 그래서 하느님의 뜻에 널 그대로 맡겨둔 거야」

「난 하느님을 믿지 않아!」 카드루스가 으르렁거렸다. 「당신도 안 믿고 있어…… 다 거짓말이야…… 거짓말 말라고」

「다쳐!」 신부가 말했다. 「몇 방울 안 남은 피까지 흘려버리고 싶으냐? ……아, 너는 하느님을 믿지 않고 있으니, 하느님으로부터 벌을 받아 죽는 거다! ……넌 하느님을 믿지 않는군. 하느님은 기도 한마디, 눈물 한 방울만으로도 너를 용서해 주실 텐데! ……하느님께선 살인자의 칼로 너를 숨지게 할 수도 있었는데, 네가 참회하도록 십오 분간의 시간까지도 주셨다…… 어서 네 본래의 마음으로 돌아가라! 얼른 참회해라!」

「안하겠소」 카드루스가 말했다. 「난 참회하지 않아. 하느님은 없어, 섭리란 것도 없고. 그저 운만이 있을 뿐이라고」

「섭리도 있고 하느님도 계시다」 백작이 말했다. 「그 증거는 네가 거기 그렇게 쓰러진 채 신을 부정하며 절망하고 있다는 거야. 그리고 부유하고 행복한 내가 무사히 네 앞에 서서, 네가 믿지 않으려고 애쓰면서도 속으로는 믿고 있는 하느님께 두 손 모아 기도하고 있다는 거지」

「도대체 당신은 누구야?」 카드루스는 꺼져가는 두 눈으로 백작을 바라보며 물었다.

「나를 잘 봐라」 백작은 촛불을 들어 얼굴로 갖다 대며 말했다.

「그래, 분명 신부인데…… 부소니 신부……」

백작은 얼굴을 변모시키고 있던 모자와 가발을 벗었다. 그리고 그 창백한 얼굴에 그처럼 잘 어울리는 아름다운 검은 머리를 늘어뜨렸다.

「앗!」 카드루스는 겁에 질린 듯이 소리쳤다. 「그 검은 머리만 아니라면, 꼭 그 영국 사람 같군요. 월모어 경 같습니다」

「나는 부소니 신부도 아니고 윌모어 경도 아니다」백작이 말했다.「나를 더 자세히 봐. 좀더 옛날로 돌아가서, 기억을 더 듬어봐라」

이렇게 내뱉은 백작의 말에는 마치 전기라도 통하고 있는 듯, 카드루스의 다 꺼진 감각을 마지막으로 일깨워주었다.

「아! 정말」하고 그는 말했다.「어디서 본 것 같습니다요, 옛날에 알던 사람 같아요」

「그래. 카드루스, 넌 나를 본 일도 있고 잘 알기도 해」

「그럼 대체 누구란 말이오? 나를 본 일도 있고 나를 아는 사람이라면서 어째서 나를 죽게 내버려둔단 말이오?」

「넌 어디서도 구원받을 수 없는 인간이기 때문이야. 네 상처는 어차피 치명적이다. 네게 구원의 여지가 있었다면 나도 하느님의 마지막 자비라고 생각해서, 아버지의 무덤을 걸고 맹세하건대, 너를 살려 참회시켜 보았을 거다」

「아버지의 무덤에 걸고라니!」카드루스는 마지막 불꽃으로 힘을 끌어모아, 이 세상에서 가장 신성한 이런 맹세를 하는 사람을 좀더 가까이 보려고 몸을 일으켜보았다.「그런 말을 하는 당신은 도대체 누구요?」

백작은 카드루스의 임종이 가까워오는 것을 지켜보고 있었다. 그는 사나이가 몸을 움직여보는 것도 이번이 마지막이라는 것을 알았다. 그는 죽어가는 카드루스의 곁으로 갔다. 그리고 침착하고 서글픈 눈으로 그를 내려다보며,「나는……」하고 그의 귀에다 대고 말했다.「나는……」

열릴까 말까 한 입술 사이로 조용히 이름이 새어나왔다. 아주 낮게, 마치 자기 자신이 그 소리를 듣는 것을 두려워하는 듯이.

무릎을 꿇고 몸을 일으켰던 카드루스는 두 팔을 벌리고는 뒤로 물러앉으려고 애썼다. 그러더니 두 손을 모으고 마지막으로 힘을 짜내어 팔을 하늘로 쳐들면서,

「오! 하느님! 하느님!」 하고 말했다. 「하느님을 믿지 않았던 것을 용서해 주십시오. 당신은 분명 계십니다. 당신은 하늘에서는 인간의 아버지요, 땅에서는 인간들의 심판관이십니다. 하느님, 저는 오랫동안 하느님을 못 알아보았습니다. 신이여! 용서해 주시옵소서! 신이여, 저를 받아들여 주소서!」

그러면서 카드루스는 두 눈을 감은 채, 마지막 소리와 한숨을 내쉬며 뒤로 벌렁 자빠졌다.

그의 커다란 상처에서도 이내 피가 멈추었다.

죽은 것이다.

「하나!」 이 무서운 죽음으로 벌써 모습이 변해 버린 시체를 응시하며, 백작은 이렇게 이상한 말을 했다.

십 분 후에 의사와 검사가, 한 사람은 문지기에게, 또 한 사람은 알리에게 안내를 받아 도착했다. 시체 옆에서 기도를 드리고 있던 부소니 신부가 그들을 맞았다.

보상

그로부터 이 주일 동안 파리는 백작 집에서 일어난 대담무쌍한 도난 미수 사건에 관한 얘기로 들끓었다. 죽은 도둑이 남겨놓은 진술서에는, 살인자가 베네데토라는 것이 밝혀져 있었다. 경찰은 그 범인의 뒤를 쫓기 위하여 사방으로 형사대를 쫙 깔았다.

카드루스의 단도, 초롱불, 열쇠 꾸러미, 그리고 조끼를 제외한 옷 일체가 재판소의 서기과에 보관되었다. 그리고 살해당한 도둑의 시체는 모르그(파리에 있는 신원 불명인 시체 보관소——옮긴이)로 옮겨졌다.

백작은 모든 사람들에게 이렇게 대답했다. 즉 사건은 자기가 오퇴유에 가 있는 동안에 발생해서, 부소니 신부에게서 들은 일 이외에는 일체 모르고 있다. 부소니 신부는 백작의 서재에 있는 귀중한 문헌들을 조사할 것이 있어 공교롭게도 그날 밤을 그 집에서 보내게 되었던 것이다.

베르투치오만은 자기 앞에서 베네데토라는 이름이 나올 때마다 안색이 변했다. 그러나 누구 한 사람 베르투치오의 안색이 변하는 것을 눈치 채지는 못했다.

범죄 사실을 확인하기 위해서 불려온 빌포르는, 사건을 자기가 인수하겠다고 선언했다. 그리고 지금까지 자기가 맡았던 모든 범죄 사건의 경우와 마찬가지로 악착같이 조사를 진행했다.

그러나 벌써 삼 주일이 지나도록, 그처럼 활발한 수사를 펼쳤건만, 이렇다 할 단서를 잡지 못했다. 그래서 세상 사람들은 백작 집에서 일어난 도난 사건이나, 한패의 손에 의해 저질러진 살인 사건을 차츰 잊어버리기 시작했다. 그리고 이번에는 얼마 남지 않은 당글라르 양과 안드레아 카발칸티 백작 사이의 결혼으로 화제가 옮아가고 있었다.

이 결혼은 거의 공표된 바나 다름이 없어, 신랑이 될 청년은 이미 약혼자의 자격으로 은행가의 집을 드나들고 있는 터였다.

청년의 아버지인 카발칸티 후작에게도 이 사실을 편지로 미리 알려두었다. 그리고 후작은 이 결혼에 대찬성이라는 것과, 동시에 군사일을 맡고 있어 직책상 당장은 파르마를 떠날 수 없게 된 것을 유감으로 생각하며, 연수 15만 프랑에 이르는 상당한 재산을 물려주겠다는 회답을 보내왔다.

즉, 300만 프랑을 당글라르에게 맡겨, 그 이자로 그만한 돈을 만들어주기로 한 것이었다. 어떤 사람들은 청년에게, 최근 주식 거래소에서 몇 차례씩 실패를 거듭한 미래의 장인 당글라르의 지위가 과연 괜찮을 것인가 하는 의혹을 제기하기도 했다. 그러나 청년은 그런 것쯤 아무러면 어떠냐는 식의 깊은 신뢰를 가지고, 그러한 의혹을 일절 무시해 버렸다. 그리고 그러한 소문들을 남작에겐 일절 일러주지 않았다.

그러나 외제니 당글라르 양의 경우는 그와는 전혀 달랐다. 본능적으로 결혼을 싫어하고 있던 그녀에게, 안드레아를 받아들이는 것은 결국은 알베르를 피하기 위한 방편에 지나지 않았다. 그런데 안드레아가 너무 치근덕거리기 시작하자, 이번에는 안드레아를 눈에 띌 만큼 싫어하기 시작했다.

당글라르 남작도 이러한 딸의 심정을 눈치 채긴 했다. 그러나 그것을 어디까지나 단순한 변덕 탓으로 돌리고, 겉으로는 모르는 체해 버렸다.

그러나 그러는 동안에 보상이 요구해 온 유예 기간이 거의 다 끝나가고 있었다. 알베르는 사건이 저절로 소멸될 때까지 내버려두라던 몬테크리스토 백작의 충고가 얼마나 가치 있는 것이었는지 차츰 납득이 가기 시작했다. 아무도 장군에 관한 기사를 문제 삼으려 하지 않았다. 그리고 자니나의 성을 팔아먹은 사관이, 지금은 귀족원의 일원이 된 당당한 백작이라고 생각하는 사람도 없었다.

그러나 알베르로서는 여전히 모욕감을 느끼지 않을 수 없었다. 확실히 그 몇 줄의 기사 속에는 모욕을 가하려는 뚜렷한 의지가 역력히 엿보였기 때문이다. 게다가 보샹이 그때 얘기를 끝맺는 태도가, 그의 가슴에 못을 박아놓았던 것이다. 그래서 그는 보샹과의 결투만을 계속 생각하고 있었다. 단 보샹만 승낙해 준다면, 결투의 원인에 관해서만은 입회인에게마저 비밀로 해두고 싶었다.

한편 보샹은 알베르가 찾아갔던 날 이후로 통 얼굴을 볼 수가 없었다. 면회를 청하면 며칠 동안 여행을 가서 집에 없다는 말만 들을 수 있었다.

그는 과연 어디 있었을까? 그것은 아무도 몰랐다.

어느 날 아침 알베르는 하인의 부름에 잠을 깼다. 보샹이 찾아왔다는 것이었다.

알베르는 눈을 비비며 보샹을 아래층 끽연실에서 기다리게 하라고 이른 후, 급히 옷을 입고 아래층으로 내려갔다.

보샹은 방안을 왔다갔다하고 있다가 알베르를 보더니 우뚝 섰다.

「내가 오늘 자넬 찾아가려고 했는데 이렇게 자네 쪽에서 직접 날 찾아와 준 걸 보니, 어째 좋은 소식이라도 있는 모양이로군」하고 알베르가 말했다.「자, 어서 얘기해 보게. 내가 자네한테 손을 내밀며〈보샹, 자네가 나빴다는 걸 인정하게. 그리고 날 계속 친구로 여겨주고〉라고 하든가, 아니면 단 한마디〈무기는 뭘로 하겠나?〉라고 하는, 이 두 가지 중에서 내가 해야 할말을 얼른 알아야겠으니 말이야」

「알베르」보샹의 말투가 하도 침통해 보여서 알베르는 한 대 얻어맞은 것 같은 느낌이었다.「우선 앉지. 그리고 얘길 좀 해야겠어」

「하지만 앉기 전에 우선 내 말에 대답을 해줘야 할 게 아닌가?」

「알베르」하고 이 신문장이는 말했다.「대답하기 곤란한 점이 있어서 그래」

「곤란하긴. 내 그럼, 간단하게 대답하도록 해주지. 자, 다시 한번 묻겠네, 자네 그 기사를 취소하겠냐, 안하겠냐?」

「알베르, 자네 아버님은 프랑스 귀족이자 육군 중장인 모르세르 백작이야. 그런데 그런 분의 명예와 사회적 지위, 인생이 걸려 있는 문제쯤 되면 예, 아니오로 해결되지는 않아」

「그럼 어쩌자는 건가?」

「내가 한 일은 어쩔 수 없었어. 알베르, 한 가정의 명성이나 이해 관계가 문제될 경우에는, 돈이나 시간이나 피곤 같은 건 아무것도 아니거든. 친구와 목숨을 거는 결투를 하려면 추측만으론 불충분한 거야. 확실성을 기해야 한단 말이야. 내가 삼 년씩이나 손을 잡아온 친구에게 칼을 휘두르거나 권총의 방아쇠를 당기려면, 적어도 내가 왜 그런 짓을 해야 하는가를 정확하게 알아둬야겠더란 말일세. 결투 장소에 갈 때 마음을 가라앉힐 수 있고, 자기 팔로 자기 목숨을 지켜야 할 때 양심에 거리낄 만한 것을 없앨 수 있을 테니까」

「그래서 그게 도대체」 알베르가 초조하게 물었다. 「어떻게 됐단 말인가?」

「그래서 내가 자니나에 갔다 왔단 말일세」

「자니나에, 자네가?」

「그래, 내가」

「설마!」

「알베르, 이게 그 여권일세. 이 비자를 보게. 제네바, 밀라노, 베네치아, 트리에스테, 델비노, 그리고 자니나로 되어 있지. 자넨 공화국이나 왕국, 제국의 경찰을 신용하지?」

알베르는 휘둥그레진 눈으로 여권을 보더니 다시 눈을 들어

보샹을 바라보았다.

「자니나에 갔었다고?」

「알베르, 만약 자네가 외국인이거나 낯 모르는 사람 또는 서너 달 전에 나에게 해명을 요구하러 와서 귀찮게 굴기에 내가 죽여버린 영국 귀족 같으면, 내가 이렇게까지 애를 쓰진 않았을 걸세. 그러나 자네에겐 이 정도의 경의는 표해야 한다고 난 생각했어. 가고 오는데 일주일씩이나 걸렸네. 그리고 검역(檢疫)이 나흘, 거기서 묵은 게 칠십이 시간. 그래서 꼭 삼 주일이 걸렸네. 그리고 간밤에 도착해서 이렇게 찾아온 걸세」

「이봐, 왜 자꾸 얘길 딴데로만 빙빙 돌리지? 보샹! 어서 내가 기다리는 대답이나 해달라니까!」

「그게 사실은, 알베르……」

「주저하는 것 같군 그래」

「그래, 난 겁이 나네」

「자네 신문사의 통신원이 잘못된 기사를 내보냈다는 걸 고백하기가 두렵단 말이지? 자, 자존심 같은 건 버리게! 보샹, 솔직히 말해 봐. 자네의 용기를 의심하게 해선 안 되지」

「그게 아냐」 보샹이 중얼거렸다. 「오히려……」

알베르의 얼굴이 무섭게 질려버렸다. 그는 무슨 말을 하려 했으나, 말이 입술 밖으로 나오지 못하고 말았다.

「알베르」 보샹은 매우 부드러운 어조로 말했다. 「실은 나도 자네한테 사과를 하게 됐으면 하고 바라고 있었네. 그리고 진심으로 사과하고 싶었다고. 하지만 불행히도……」

「불행히도…… 뭐지?」

「기사는 틀린 게 아니었어」

「뭐라고? 그럼, 그 프랑스 장교가……」

「그래」

「그 페르낭이라는 사람이?」

「그렇다네」

「자기가 섬기고 있던 사람의 성(城)을 팔아넘긴 그 배신자가……」

「이런 말을 하게 된 걸 용서해 주게. 그 사람이 바로 자네 아버님이시네!」

알베르는 사나운 기세로 보샹에게 덤벼들려고 했다. 그러나 보샹은 팔을 벌리면서, 그리고 지금까지보다 더 부드러운 눈길로 알베르를 막았다.

「알베르, 이걸 봐」 보샹은 주머니에서 서류를 한 장 꺼내며 말했다. 「이게 증거물이야」

알베르는 서류를 펼쳐보았다. 그것은 자니나의 명사 네 사람이 쓴 증언이었다. 그에 따르면, 알리 테베린 총독부의 군사교관 페르낭 몬데고 대령은 2,000부르스(터키의 화폐 단위——옮긴이)에 자니나 성을 팔아넘겼다는 것이었다.

증언의 서명은 영사(領事)가 인증하고 있었다.

알베르는 비틀거리며 안락의자에 주저앉았다.

이렇게 된 이상 의심할 여지가 없었다. 알베르의 가문 이름이 똑똑히 적혀 있지 않은가.

그는 잠시 동안 침통한 얼굴로 입을 다물고 있었다. 이윽고 심장이 무섭게 뛰고 목의 혈관이 부풀어오르며, 눈물이 비 오듯 쏟아져 내렸다.

보샹은 극심한 고뇌 속에 빠진 이 청년을 동정 어린 눈길로

바라보다가 청년 가까이로 다가와서,

「알베르」하고 입을 열었다. 「이제 내 심정을 이해하겠나? 난 모든 걸 내 눈으로 확인하고, 직접 판단을 내리고 싶었던 거야. 자네 아버지께 유리한 설명을 할 수 있기를 바랐고, 아버님의 결백을 증명할 수 있을 줄 알았어. 그런데 뜻밖에도 조사 결과는, 군사 교관으로 알리 파샤에 의해 총사령관 자리까지 올라갔던 페르낭 몬데고가, 다름 아닌 페르낭 드 모르세르 백작이라는 사실을 판명하는 것이 되고 말았다네. 그래서 난 자네가 보여준 우정을 생각해서 이렇게 곧장 달려온 걸세」

알베르는 안락의자에 쓰러진 채로 마치 햇빛을 막으려는 듯 두 손으로 눈을 가리고 있었다.

「난 곧장 자네한테로 달려온 거야」하고 보샹은 말을 이었다. 「자네한테 이런 얘길 해주려고 말야. 알베르, 지금은 세상이 달라졌어. 그러니 부모들이 저지른 잘못이 자식인 우리한테까지 미치는 일은 없네. 그 어지럽던 혁명기에, 군복이고 관복이고 더럽혀지지 않은 사람이 얼마나 되겠나? 이렇게 내가 모든 증거를 가지고 있고, 자네의 비밀을 나만 알고 있는 터이니, 이제 누구도 내게 결투를 요구할 수는 없을 걸세. 그런 일이 생긴다면, 자네 양심이 그 결투를 범죄라고 비난할 테니. 하지만 난 자네가 이젠 나한테 하지 못할 요구를 내가 자진해서 하고 싶네. 나 혼자만이 가지고 있는 이 증거, 이 사실, 이 증명서를 이대로 묻어버리면 어떻겠나? 이 무서운 비밀을 나와 자네만이 알고 묵살해 버리는 게 어떨까? 내 명예를 걸고 맹세하네만, 절대로 이 비밀이 내 입에서 새나가는 일은 없을 걸세. 어때, 알베르, 그렇게 하지 않겠나? 말해 보게」

알베르는 보샹의 목을 끌어안았다.

「아, 보샹! 자넨 정말 훌륭한 사람이야!」

「자, 그럼」 보샹은 알베르에게 서류들을 내주며 말했다.

알베르는 경련하듯 그 서류들을 받더니, 손에 움켜쥐고 꾸 깃꾸깃 구겼다.

그리고 찢어버리려고 했다. 그러나 혹시 그중 한 조각이라도 바람에 날려갔다가, 후일 다시 그의 이마 앞으로 날아올까 봐 두려운 나머지, 그는 담뱃불을 붙이기 위해 켜놓은 촛불로 다가가서, 마지막 한 조각까지 모조리 태워버렸다.

「보샹, 자넨 정말 고마운 친구일세!」 알베르는 서류를 태우며 중얼거렸다.

「모든 걸 악몽이라고 생각하고 잊어버리도록 하게」 하고 보샹이 말했다. 「모든 것을 이 시커먼 종이 위의 마지막 불꽃처럼 사라져버리게 놔둬. 그리고 모든 것을 이 말없는 재에서 피어오르는 마지막 연기 한 가닥처럼 꺼져버리게 두는 거야」

「그래, 그래」 알베르가 말했다. 「그리고 남은 것은 오직 내 은인인 자네에게 바치는 우정뿐이야. 그 우정을 내 자식들 대에 가서 자네 자식들한테까지 바칠 걸세. 이 우정이야말로 나의 혈관에 흐르는 피같이, 내 몸의 생명같이, 내 이름의 명예같이, 늘 내 마음속에서 사라지지 않을 걸세. 왜냐하면 만약 그런 일이 세상에 알려졌더라면 이보게, 보샹, 난 분명 권총으로 자살을 하고 말았을 거야! 아니면…… 아니, 안 돼. 불쌍한 우리 어머니! 어머니께서 절명하시게 할 수는 없는 일이지. 아니면 난 이 나라를 떠나버렸을 거야」

「오, 알베르!」 보샹이 말했다.

그러더니 얼마 안 있어 알베르는 이러한 뜻하지 않던, 말하자면 부자연스럽다고 할 만한 기쁨 속에서 문득 깨어난 듯 더욱 깊은 슬픔 속에 잠겨들고 말았다.

「왜 그래, 알베르?」 보샹이 물었다. 「또 무슨 일인가?」

「그래」 하고 알베르는 말했다. 「내 마음속에 무엇인가 망가진 것이 있어. 보샹, 내 말을 좀 들어봐. 자식이란 오점이 없는 아버지의 이름에서 비롯된 존경심이라든가 신뢰감, 또는 자존심을 이런 식으로 해서 단 한순간에 없애버릴 수는 없는 법이야. 아, 보샹! 이제 난 어떻게 내 아버지를 사랑할 수 있단 말인가? 그러니 아버지가 내 이마에 입맞추려 할 때, 내가 뒤로 물러서야 할까? 아버지가 내 손을 잡으려 할 때, 손을 뿌리쳐야 할까? ……이보게, 보샹, 난 이 세상에서 가장 불행한 인간이네. 아, 어머니! 불쌍한 어머니!」 알베르는 눈에 눈물이 고인 채 어머니의 초상화를 바라보며 말했다. 「만약 어머니께서 이 사실을 아신다면 얼마나 괴로워하실까?」

「자!」 보샹은 알베르의 손을 잡으며, 「용기를 내야지」 하고 말했다.

「그런데 도대체 맨 처음에 그 기사는 어떻게 해서 자네네 신문에 실리게 됐나?」 하고 알베르가 소리를 높여 물었다. 「그 이면에는 확실히 무슨 증오가 숨어 있는 거야. 보이지 않는 적이 조종한 게 틀림없어」

「이봐」 보샹이 말했다. 「이제 그만해 두고 기운을 내게! 이렇게 격한 감정을 얼굴에 보이면 안 돼. 구름이, 파괴와 죽음을 폭풍우로 터뜨리기 전까지는 그 속에 품고 있듯, 이 괴로움은 마음속에 꾹 누르고 있게. 이 비밀은 폭풍우가 닥쳐왔을 때가 아니면 그 누구에게도 알려서는 안 되는 무서운 것일세. 자, 때가 와서 폭발하게 될 때에 대비해서 힘을 길러둬야 하네」

「그럼 자넨 이걸로 끝난 게 아니란 말인가?」 알베르가 놀란 얼굴로 물었다.

「그렇다는 건 아냐. 하지만 혹 무슨 일이 일어날 경우를 생각해야지. 그런데……」

「뭔가?」 알베르는 보샹이 머뭇머뭇하는 것을 보고 물었다.

「자네 결국 당글라르 양과 결혼할 건가?」

「이런 때 그건 왜 묻나?」

「내 생각엔 그 결혼이 성사되느냐 안 되느냐 하는 것이 이 문제와 관계가 있을 것 같아서 그래」

「뭐라고?」 알베르는 얼굴을 확 붉히면서 물었다. 「그럼 자네 생각엔 당글라르 씨가……」

「난 단지 자네 결혼이 어떻게 되는 건지 물었을 뿐이야. 괜히 쓸데없는 생각은 말게. 내 말에 다른 뜻을 붙여서 상상하거나 엉뚱한 데까지 밀고 나가진 말아」

「알겠네」 알베르가 말했다. 「그 혼담은 틀어졌어」

「그럼 됐네」 보샹이 말했다.

그러고는 알베르가 다시 침울해지려는 것을 보고,

「이봐, 알베르」 하고 말을 건넸다. 「우리 한번 밖에 나가보세. 마차나 말을 타고 한바퀴 돌면 기분 전환이 될 거야. 그리고 돌아오는 길에, 어디 가서 아침이나 먹지. 그 다음엔 자넨 자네 일을 하고, 난 내 할 일을 찾아가는 거야」

「좋아」 알베르가 말했다.

「그런데 걸어서 가지. 좀 피곤해지는 편이 좋겠어」

「아무려나」 보샹이 말했다.

두 청년은 집에서 나와 대로를 따라 걸었다. 마들렌 교회 앞에 이르자,

「어때?」 하며 보샹이 말했다. 「여기까지 나왔으니 몬테크리스토 백작한테 가보지 않으려나? 기분이 좋아질지도 모르니. 정신을 가다듬게 하는 데는 그 양반, 뛰어난 재주가 있는 사람이니까. 절대로 뭘 물어보거나 하지는 않아. 내 생각엔 뭘 캐묻지 않는 사람이야말로, 사람의 마음을 가장 잘 위로할 수 있는 사람인 것 같아」

「그러지」 알베르가 말했다. 「그 집으로 가세. 그 사람은 내가 좋아하니까」

여행

두 청년이 함께 나타난 것을 보자 백작은 환성을 질렀다.
「잘 왔어요!」하고 그가 말했다.「모든 것이 이젠 다 잘된 모양이지요?」
「네」보샹이 말했다.「바보 같은 소문은 저절로 없어지는 법이지요. 만약 또다시 그런 소리가 들리는 날엔 제가 앞장서서 싸울 작정이에요. 그건 그렇고, 이젠 그 얘긴 그만두기로 합시다」
「알베르 씨한테서 들으셨겠지만」하고 백작은 말했다.「내가 한 말도 바로 그 얘기죠. 난 지금 전에 없이 지독하게 바쁘던 참입니다」
「무슨 일을 하시는데요?」알베르가 물었다.「백작님의 서류라도 정리하고 계셨던 모양이죠?」

「내 서류요? 천만의 말씀! 내 서류야 언제나 기가 막히게 정리돼 있지요. 처음부터 난 서류 같은 걸 가지고 있지 않으니까요. 이건 카발칸티 씨의 서류랍니다」

「카발칸티 씨의 서류라고요?」 보샹이 물었다.

「그래, 자넨 모를지 모르지만 그 사람은 백작이 사교계에 내놓은 청년이라네」 알베르가 말했다.

「아니, 그건 오해하면 안 됩니다」 백작이 말했다. 「난 절대로 어느 누구도 개인적으로 뒤를 밀어주진 않습니다, 카발칸티 씨든 누구든 간에」

「게다가 나 대신 당글라르 양과 결혼할 사람이지. 그래서」 알베르는 억지로 미소를 띠어 보이며 말을 이었다. 「자네도 짐작하겠지만, 그 일로 내가 이렇게 가슴 아파하는 거지」

「뭐라고? 카발칸티가 당글라르 양과 결혼을 한다고?」 보샹이 물었다.

「그렇답니다. 마치 딴세상에서 온 양반 같군요」 백작이 말했다. 「소식통인 신문 기자께서 그걸 모르시다니! 온 파리가 요샌 그 얘기뿐인데요」

「그래, 그 결혼을 중매한 것이 백작님이신가요?」 보샹이 물었다.

「내가요? 천만에요. 기자님, 그런 말씀 마십시오. 내가 중매를 서요? 원, 당신은 나라는 사람을 전혀 모르고 계시는군요. 오히려 난 완강히 반대했습니다. 통혼을 부탁받은 것도 거절했고요」

「아, 그랬나요. 우리 알베르를 위해서 그러셨군요?」 보샹이 또 말했다.

「나를 위해서?」 알베르가 말했다. 「천만에. 백작께서 증명해 주시겠지만, 난 오히려 그녀와의 결혼이 성사되지 않기만을 바라고 있었다고. 결국 다행히도 혼담이 깨지고 말았지. 백작께선 내게 감사 인사 같은 건 할 필요 없다고 하시고. 그러니 나도 옛날 로마 사람처럼 〈미지의 신〉을 위해 제단이라도 세워야겠어」

「실은」 하고 백작은 말했다. 「난 장인 될 사람하고나 그 청년하고나 잘 모르는 사이입니다. 외제니 양만 조금 다르죠. 외제니 양은 결혼 문제엔 별로 마음을 두지 않는 것 같고, 또 그 아가씨가 원하는 자유를 내가 빼앗으려고 하지 않는 것을 알고는 나에게 어느 정도 호의도 가지고 있으니까요」

「정말 그 결혼이 성사될 일만 남아 있습니까?」

「글쎄, 그렇다더군요. 난 그 청년에 관해선 전혀 모르고 있습니다. 돈이 많고 훌륭한 가문의 자식이라고들 하지만 내 생각엔 그건 소문에 지나지 않는 것 같아요. 그래서 내가 그 얘길 당글라르 씨에게 누누이 했는데도, 당글라르 씨가 어찌나 그 청년한테 푹 빠져 있는지. 나로서는 꽤 중요하게 생각되는 사정까지 들려주었지요. 그 청년은, 나도 자세히는 모르지만, 아기 때 뒤바뀌었다던가, 집시의 손에 자랐다던가, 아니면 가정 교사에게 유괴되었던다던가 하는 일을 당했었답니다. 어쨌든 확실한 건, 그의 아버지가 십여 년 동안 그 사람을 잃어버렸었다는 거지요. 그 떠돌아다니던 십여 년 동안 그 사람이 어떻게 생활했는지는 하느님만이 아시겠죠. 어쨌든 그런 얘길 다 해줘도 당글라르 씨는 끄떡도 안하더군요. 그러고는 나에게 그 청년의 아버지한테 서류를 보내달라는 부탁까지 했습니다. 그 서류라는 게 바로 이거죠. 얼른 보내버릴 생각이고요. 그러나 빌라도처럼 책임은 지지 않기로 했습니다(빌라도는 로마 총독으로, 그리스도의 무죄를 알면서도 유대인들의 강요에 못 이겨, 자기는 책임지지 않겠다고 선언하고서 그리스도를 유대인들에게 넘겨준다 —— 옮긴이)」

「그런데 다르미 양은」 하고 보샹이 물었다. 「백작을 어떻게 여길까요? 제자를 당신 손에 빼앗기는 셈인데 말입니다」

「잘 모르겠습니다. 이탈리아로 간다고 하는 것 같던데요. 당글라르 부인이 그 여자 얘길 하며, 그쪽 흥행주들에게 소개장을 써달라고 부탁하더군요. 그래서 나하고 친분이 있는, 발레 극장 지배인한테 편지를 써 보냈지요. 그런데 왜 그러십니까, 알베르 씨? 우울해 보이는데요. 혹시 자신도 모르게 당글라르 양을 사랑하고 있었던 건가요?」

「천만에요」 알베르는 서글프게 웃으며 대답했다.

보샹은 방에 걸려 있는 그림들을 훑어보기 시작했다.

「아무래도」 하고 백작은 말을 이었다. 「보통때와는 다른 거 같은데, 왜 그러십니까? 어서 말해 보세요」

「두통이 나서 그럽니다」

「그렇다면 자작」 백작이 다시 말했다. 「그럴 때 잘 듣는 약을 드리죠. 나도 좀 기분이 나빠지면 쓰는 약인데, 늘 효과가 그만이랍니다」

「무슨 약인데요?」

「자리를 옮기는 거죠」

「정말이세요?」

「암요. 나도 실은 지금 기분이 언짢아서 자리를 옮겨볼까 하던 참이었습니다. 어때요, 같이 나가보지 않겠소?」

「기분이 언짢으시다고요?」 보샹이 백작에게 물었다. 「아니, 왜요?」

「정말이지 마음 편한 소리시군요. 댁에서 예심이 벌어지고 있으면 어떻겠는지 한번 상상해 보시지요」

「예심이라니요? 무슨 예심 말씀입니까?」

「빌포르 씨가 나를 암살하려던 자를 놓고 심문하는 겁니다. 나도 잘 모르겠지만 감옥을 탈옥한 도둑 같더군요」

「아 참, 그렇죠」 보샹이 말했다. 「신문에서 읽었던 것 같습니다. 그런데 그 카드루스란 자는 어떤 인간입니까?」

「글쎄요…… 프로방스 태생인 것 같습니다. 빌포르 씨는 마르세유에 있을 때 그자의 소문을 들은 적이 있다더군요. 당글라르 씨도 본 적이 있다고 하고요. 그러니만큼 검사님이 이 사건에 매우 힘쓰고 있고, 경시총감도 여간 관심을 기울이고 있는 게 아닌 모양입니다. 덕분에, 이 이 주일 동안 파리 시내나 교외에서 체포된 범죄자들은 모조리 카드루스를 죽인 놈이 아닌가 해서 나한테 보내오더군요. 그러니 결국 이런 식으로 나가다간 석 달만 지나면, 프랑스 안의 도둑이나 살인자는 모두 내 집 구조를 속속들이 알게 되고 말 겁니다. 그래서 난 파리에 있는 집을 통째로 그자들에게 내주고 이곳을 떠나, 어디든 아주 멀리 가버릴까 하고 있습니다. 자작, 나하고 같이 가지 않겠소?」

「좋습니다」

「그럼 약속한 겁니다?」

「네, 그런데 어디로 가시려는 건데요?」

「방금 얘기한 대로지요. 공기 맑고, 시끄럽지 않고, 아무리 오만한 사람도 자기가 아주 작고 초라하고 느껴지는 그런 곳입니다. 사람들이 아우구스투스(로마 황제——옮긴이)처럼 세계의 주인이라고 여기는 나는, 사실은 그렇게 자신을 비소한 존재로 생각하는 게 좋거든요」

「그래 결국 어딜 가신단 말씀인가요?」

「바다죠. 자작, 바다예요. 아시다시피 난 뱃사람이오. 아주 어렸을 때 나는 저 늙은 오케아노스(그리스 신화에 나오는 바다의 신——옮긴이)의 팔에 안겨 아름다운 암피트리테(그리스 신화에 나오는 지중해의 여신——옮긴이)의 가슴속에서 자랐지요. 나는 오케아노스의 녹색 망토와, 암피트리테의 짙푸른 옷에 감싸여 놀았습니다. 사람들이 여자를 좋아하듯, 나는 바다를 좋아합니다. 그리고 오랫동안 바다를 못 보면 견딜 수 없을 만큼 바다가 그리워지지요」

「가겠습니다. 백작, 갑시다!」

「바다로요?」

「그렇죠」

「찬성하는 건가요?」

「물론이죠」

「그럼 자작, 오늘 저녁에 집 뜰에 여행용 마차 브리스카를 대기시켜 놓겠습니다. 그걸 타면 침대에 누운 거나 다름없이 편안하게 갈 수가 있죠. 말 네 마리가 그 마차를 끌고요. 보샹씨, 그 마차엔 네 사람은 넉넉히 탈 수 있습니다. 우리하고 같이 가지 않겠습니까?」

「감사합니다만, 전 바다에서 방금 돌아왔는걸요」

「그래요? 바다엘 갔다 오셨다고요?」

「네, 그렇다고 할 수 있죠. 보로메아 군도에 갔다 왔으니까요」

「그런 건 아무래도 좋아! 같이 가자고」 알베르가 말했다.

「아니야. 자네도 알겠지만, 내가 거절할 땐 그럴만한 사정이 있어서 그러는 거니까. 게다가」 그는 목소리를 낮추며 말했다. 「난 아무래도 파리에 있어야만 해. 신문 편집을 감독하기 위해서라도 말야」

「아! 자네는 정말 훌륭한 친구로군!」 알베르가 말했다. 「그래, 자네 말이 옳아. 눈에 힘을 주고 잘 지켜봐 주게. 그리고 그 비밀을 폭로한 적을 언젠가 꼭 찾아줘」

알베르와 보샹은 헤어졌다. 두 사람의 악수에는 남 앞에서는 말로 표현할 수 없는 깊은 뜻이 깃들어 있었다.

「정말 보샹은 훌륭한 청년이군!」 신문 기자가 나가자, 백작은 알베르에게 이렇게 말했다. 「안 그렇소, 알베르 씨?」

「네, 그렇고말고요. 정말 생각이 깊은 친구죠. 그래서 저도 진심으로 저 친구를 좋아하고 있어요. 그런데 어떻게 해도 저로선 마찬가지입니다만, 도대체 어딜 가시려는 겁니까?」

「노르망디인데 어떻소?」

「좋지요. 완전히 시골 기분이 드는 곳이죠. 어울려야 할 사람도 없고, 이웃 사람들도 없고」

「그렇죠. 눈에 보이는 것은 오직 달리는 말과 사냥개들, 그리고 낚시질할 배 한 척, 그것뿐입니다」

「정말 좋네요. 가서 어머니께 말씀드리고 곧 다시 오겠습니다」

「그런데」 백작이 물었다. 「허락은 해주실까요?」

「허락이라뇨?」

「노르망디에 가는 것 말입니다」

「제가 아무데나 마음대로 못 가는 줄 아세요?」

「그야 혼자서 가고 싶은 데를 가는 일이라면 될지도 모르죠. 하긴 우리가 처음 만난 것도 당신이 로마에 나와 있을 때였으니까」

「그런데요?」

「하지만 몬테크리스토 백작이라는 사람과 같이 가는 건 안 될는지도 모르지 않소?」

「백작께선 건망증이 심하시군요?」

「아니, 왜요?」

「어머니께선 백작께 대단한 호의를 가지고 계시다는 얘길 제가 했었는데요」

「〈여자란 변하는 것〉, 프랑수아 1세가 한 말이죠. 셰익스피어도 〈여자는 파도와 같다〉고 했지요. 그 말을 한 사람 하나는 위대한 왕이고, 다른 하나는 위대한 시인이니, 여자라는 존재를 잘 알고 한 소리이지 않겠소」

「여자란 건 사실 그렇죠. 하지만 어머니께선 보통 여자가 아닙니다. 전혀 다른, 정말 특별한 여인이지요」

「미안합니다만, 난 한낱 외국인이라 그 말의 미묘한 의미 하나하나까지는 잘 알아듣지 못하겠군요」

「다시 말하면 어머니께선 남에게 좀처럼 정을 주지 않는 분이지만, 일단 정을 쏟은 사람에겐 영원히 변치 않는 분이란 말씀입니다」

「아, 그러신가요?」 백작은 한숨을 내쉬며 말했다. 「그런 어머니께서 제게 완전히 무관심하다고는 할 수 없는 다른 어떤 감정을 가지고 계시단 말씀인가요?」

「그렇다니까요. 이건 전에도 말씀드린 적이 있으니 다시 한 번 되풀이하는 겁니다만」 알베르가 말했다. 「백작께선 정말 독특하고 대단한 분이시라고요」

「허어!」

「그렇습니다. 어머니께선 단순한 호기심에서가 아니라, 백작께 대단히 관심을 가지고 마음을 쏟고 계십니다. 우린 둘만 있게 되면 으레 당신 얘기뿐이죠」

「그리고 어머니께서 이 맨프레드(바이런의 극시 『맨프레드』의 주인공. 불륜의 사랑으로 연인을 죽게 한다——옮긴이)를 경계하라고 하시던가요?」

「아니, 그와는 반대입니다. 어머니께선 제게, 〈그분은 품위 있는 분인 것 같더구나. 그분의 아낌을 받도록 애써야 한다〉고 말씀하시던걸요」

백작을 얼굴을 돌리고 한숨을 쉬었다.

「아! 그게 정말입니까?」

「그러니」 하고 알베르는 말을 이었다. 「제 여행에 반대는커녕, 진심으로 찬성해 주실 거예요. 어머니께서 매일 권하시던 일을 실행에 옮기게 되는 거니까요」

「그럼, 어서 갔다 오시오」 백작이 말했다. 「저녁에 봅시다. 다섯시에 이리 와요. 그러면 자정이나 새벽 한시경엔 그곳에 도착할 거요」

「아니! 트레포르에요?」

「트레포르나 아니면 그 근방에」

「그럼 200킬로미터를 가는데, 겨우 여덟 시간밖에 안 걸린단 말씀인가요?」

「그것도 많이 걸리는 거죠」 백작이 대답했다.

「당신은 정말 놀라운 분이군요. 기차보다 빨리 가시겠다는 것도 아니고, 하긴 특히 프랑스에선 기차를 앞지르는 것쯤 그리 어려운 일은 아니겠지만, 전신(電信)보다도 더 빨리 가시겠다니」

「자작, 어쨌든 거기까지 일고여덟 시간은 걸릴 터이니 약속 시간은 꼭 지키도록 하십시오」

「염려 마세요. 지금부터 그 시간까지는 떠날 준비밖엔 할 일이 없으니까요」

「그럼, 다섯시에」

「네, 다섯시에」

알베르는 떠났다. 백작은 웃으면서 가볍게 목례하고 헤어진 뒤에, 잠시 깊은 생각에 잠겨 있었다. 그러고 나서 마치 모든 사념을 떨어버리려는 듯 이마를 손으로 쓰다듬고는, 초인종으로 가서 벨을 두 번 울렸다.

백작이 벨을 두 번 울리자, 베르투치오가 나타났다.

「베르투치오」 하고 백작이 말했다. 「내가 처음 생각하던 대로 내일이나 모레가 아니라, 오늘 노르망디로 떠나야겠네. 지금부터 다섯시까지면 시간은 충분하겠지. 첫번째 역의 마부들에게 알려두도록. 알베르 드 모르세르와 동행하겠다. 자, 부탁하네」

베르투치오는 명령에 따랐다. 그는 하인 하나를 퐁투아즈로 급히 보내서, 마차가 정각 여섯시에 그곳을 통과한다는 사실을 일러놓았다. 퐁투아즈의 마부는 다른 역으로 급히 사람을 보냈고, 거기서는 또 다음 역으로 사람을 보냈다. 이리하여 여섯 시간이 지나자, 도중에 있는 역이란 역엔 모조리 이 사실이 통고되어 있었다.

떠나기 전에 백작은 하이데에게로 올라가서, 그가 여행을 떠난다는 사실과 그 목적지를 알려주고, 그가 없는 동안의 집안일은 모두 그녀가 맡도록 일러놓았다.

알베르는 정확하게 나타났다. 그는 처음에는 기분이 나질 않았지만 마차의 빠른 속력에 가슴이 확 트였다. 알베르는 그 정도로 빠르게 달리리라고는 상상도 못했던 것이다.

「사실」하고 백작은 말했다. 「당신네 나라에선 역마차가 한 시간에 8킬로미터밖에 달리지 못하고, 게다가 허락 없이는 다른 마차를 앞질러 가지도 못하게 하는 바보 같은 법이 있어서, 앞의 마차에 탄 사람이 아프거나 제멋대로 늑장을 부리는 경우엔, 빨리 갈 수 있는데도 뒤에 있는 차의 여행자들까지 꼼짝 못하고 발이 묶여야 하는 판이라, 어디 여행이란 걸 할 수 있어야 말이죠. 그래서 난 그런 불편을 피하기 위해서 내 말과 마부, 역참을 따로 가지고 있는 겁니다. 안 그런가, 알리?」

이렇게 말하고서 백작은 고개를 문밖으로 내밀어 무엇인가 재촉하는 소리를 한마디 외치는 듯했다. 그러자 말은 마치 날개라도 돋친 듯이 달리기 시작했다. 아니, 달린다기보다는 날고 있었다. 마차는 단단한 포장도로 위를 우레와 같은 소리를 내며 돌진하기 시작했다. 그리고 사람들은 눈이 어지러울 정도로 빠른 유성(流星)같이 지나가는 이 마차를 구경하느라고 고개를 돌리곤 했다. 알리는 주인이 지른 소리를 되풀이하며 흰 이를 드러내어 빙그레 웃었다. 그러고는 그 억센 손에 고삐를 꽉 쥐고, 아름다운 갈기를 바람에 휘날리는 말들을 몰고 있었다. 사막의 아들인 그는, 지금 그 본성을 발휘하고 있는 것이었다. 그리고 검은 얼굴과 타는 듯한 눈에, 흰 아라비아 외투를 입은 그는, 자기가 일으키는 먼지 속에서 마치 열풍의 정령 혹은 태풍의 신과도 같았다.

「이건」 하고 알베르가 말했다. 「제가 이제까지 느껴보지 못한 즐거움인데요. 정말 스피드에서 느껴지는 즐거움이군요」

이렇게 해서 그의 이마에 끼어 있던 마지막 어두운 그림자까지, 마치 그가 헤치고 나가는 바람에 날려간 듯 깨끗이 걷히고 말았다.

「그런데 이런 말들은 도대체 어디서 나셨어요?」 알베르가 물었다. 「일부러 어디서 구해 오셨겠죠?」

「그렇소」 백작이 말했다. 「육 년 전에 빠르기로 이름난 종마를 헝가리에서 살 수 있었어요. 얼마를 줬는지는 모르겠소. 돈은 베르투치오가 지불하니까. 그 해에 새끼를 서른 두 마리 낳았지요. 우리들이 타고 갈 말들은 모두 그 종마한테서 태어난 것들인데, 전부 새까맣고 이마엔 흰 별 모양의 점이 있는 것 말고는 얼룩 하나 없습니다. 종마 사육장 최고의 말 하나를 위해, 파샤에게 총희(寵姬)를 구해 주듯 암말들을 골라다 주었기 때문이죠」

「정말 굉장한데요. 하지만 백작님, 그 말들을 다 어디다 쓰시려고 그러셨습니까?」

「보시다시피 여행하는 데 쓰려는 거죠」

「그렇지만 여행은 늘 하시는 게 아니지 않습니까?」

「필요 없게 되면 베르투치오가 팔아버릴 겁니다. 다 합하면 3,4만 프랑은 버는 셈이라더군요」

「그렇지만 아마도 유럽에는 그것들을 살 만큼 돈 있는 왕이 없을 텐데요」

「그럼 동양의 총독 중 누군가에게 팔겠죠. 그 사람들은 그걸 사느라 금고를 바닥내더라도, 채찍으로 백성들의 발바닥을 치면 또 채워넣을 수 있을 테니까요」

「백작님, 제가 한 생각을 하나 들어보시겠습니까?」

「그러지요」

「유럽에서는 당신 말고는 아무래도 베르투치오가 제일 부자일 것 같다는 생각이 드는군요」

「그건 모르시는 소리. 확신하건대, 베르투치오의 주머니를 뒤져봐야 10수도 안 나올 겁니다」

「어째서 그렇죠?」알베르가 물었다. 「베르투치오란 사람, 좀 괴상한 사람인가요? 백작님, 더 이상 터무니없는 말씀은 말아주십시오. 그렇지 않으면 당신을 믿지 않게 될지도 모릅니다」

「절대로 터무니없는 말이 아니에요. 숫자와 이론, 바로 이것에 들어맞는 얘기죠. 이런 모순을 한번 생각해 보세요. 집사가 도둑질을 한다? 하지만 왜 도둑질을 해야 할까요?」

「뻔하죠! 집사의 근성이 그런 것 아니겠어요?」알베르가 말했다. 「도둑질을 위해 도둑질을 하는 거죠」

「그런데 그게 그렇질 않습니다. 도둑질이라는 건, 아내와 자식이 있고 자기를 위해서건 가족들을 위해서건 어떤 야심이 있어야 하게 되는 겁니다. 그리고 언제 주인한테서 해고될지 모르니, 자기 장래를 대비하기 위해서 하는 거죠. 하지만 베르투치오는 혼자예요. 그는 나한테 일일이 보고를 안하고는 돈을 안 씁니다. 절대로 해고당하지 않으리라고 확신하고 있기 때문이지요」

「그건 또 왜죠?」

「그 친구보다 더 나은 집사를 내가 구하지 못할 테니까요」

「순환 논법을 쓰시는군요, 개연성이라는 것의」

「아니죠. 난 확신을 가지고 있어요. 나에게 좋은 하인이란, 생사를 좌우할 권리가 내게 있는 자입니다」

「그럼 베르투치오의 생사도 당신 손에 달려 있단 말인가요?」

「그렇소」 백작은 냉담하게 대답했다.

마치 철문이 잠기듯 대화를 중단시키는 말이 있다. 백작의 〈그렇소〉라는 말이 바로 그러했다.

그후의 여행도 같은 속도로 계속되었다. 여덟 곳의 역에 배치된 서른두 마리의 말이 200킬로미터의 길을 여덟 시간에 달렸다.

마차는 한밤중에 어느 아름다운 정원의 문 앞에 다다랐다. 문지기는 철문을 열고 서서 기다리고 있었다. 그는 마지막 마부로부터 연락을 받았던 것이다.

새벽 두시 반이었다. 알베르는 자기 방으로 안내되었다. 목욕물과 저녁 식사가 준비되어 있었다. 마차 뒷자리에 앉아 따라온 하인이 알베르의 시중을 들게 되어 있었다. 그리고 백작은 앞자리에 타고 온 바티스탱이 시중을 들었다.

알베르는 목욕을 하고 저녁 식사를 한 다음 잠자리에 들었다. 밤새도록 구슬픈 파도 소리가 들려왔다. 눈을 뜨자, 그는 곧장 창가로 가서 창을 열고 조그만 테라스로 나갔다. 그의 앞에 펼쳐진 것은 바다, 다시 말하면 무한의 세계였다. 그의 뒤에는 작은 숲과 이어져 있는 아름다운 정원이 있었다.

제법 넓은 만(灣)에는 돛대가 높이 솟은, 선체가 날씬한 범선 한 척이 몬테크리스토 백작가의 문장이 달린 깃발을 휘날리며 파도에 흔들리고 있었다. 그 문장은 짙푸른 바다 위로 금빛 산이 아로새겨져 있는 것으로, 그 위쪽에는 진홍빛 십자가가 서 있었다. 그것은 예수 그리스도의 수난으로, 황금보다도 더 귀한 산이 된 골고다 언덕(그리스도가 십자가에 매달린 곳——옮긴이)과, 그리스도의 성스러운 피로 정화된 오욕의 십자가를 상징하는 몬테크리스토라는 이름(몬테크리스토란 〈그리스도의 산〉이란 뜻이다——옮긴이)을 연상케 하는 동시에, 불가해한 어둠 속에 묻혀 있는 백작 자신의 과거의 고뇌와 갱생에 대한 뭔가 개인적인 추억을 암시하는 것이었다. 백작의 범선은 부근 마을의 작은 어선들에 둘러싸여 있었다. 그 모습은 마치 여왕의 명령을 기다리고 있는 공손한 신하들 같았다.

여기서도 역시, 백작이 단 이틀이라도 발을 멈추는 곳이면 어느 곳이나 그렇듯이 편안하고 쾌적한 생활이 준비되어 있었다. 따라서 도착하는 순간부터 아무 불편 없는 생활이 척척 진행되었다.

알베르는 옆방에 엽총 두 자루와 그밖의 사냥에 필요한 도구가 모두 준비되어 있는 것을 발견했다. 아래층에 있는 천장이 높은 방에는 기묘한 낚시 도구들이 마련되어 있었다. 그것은 위대한 낚시꾼인 영국 사람들이 여유와 끈기로 발명해 놓은, 그러나 낡은 습관을 지키는 프랑스 낚시꾼은 아직 사용해 보지 못한 도구들이었다.

그날 하루는 종일 그러한 도구들을 다루며 보냈다. 그리고 그 어느 것을 써도 백작의 솜씨는 항상 뛰어났다. 정원에서는 꿩 열두 마리를 잡았으며, 개울에서는 또 송어가 그만큼 잡혔다. 두 사람은 바다로 향해 나 있는 정자에서 저녁 식사를 들고, 서재에서 차를 마셨다.

사흘째 되는 날 저녁 무렵, 백작에게는 하찮은 유희에 지나지 않는 이러한 생활이 힘겨워 피곤해진 알베르는 창가의 안락의자에서 졸고 있었다. 한편 백작은 장차 이 집에 지으려고 하는 온실의 설계에 관해 건축 기사와 의논하고 있었다. 그러나 그때 갑자기 도로 위의 자갈을 깨부술 듯 요란하게 말이 달려오는 소리를 듣고서, 알베르는 고개를 들어 창밖을 내다보았다. 그러자 앞마당에 자기 집의 하인이 와 있는 것이 보였다. 그는 몹시 놀라면서도 뭔지 모를 불길한 예감에 긴장했다. 몬테크리스토 백작에게 폐를 덜 끼치려고 알베르는 일부러 하인을 데리고 오지 않았던 것이다.

「플로랑탱이 여길 오다니!」 알베르는 안락의자에서 몸을 벌떡 일으키며 소리쳤다. 「어머니가 편찮으신 건가?」

그는 서둘러 문 쪽으로 달려나갔다.

백작은 눈으로 그의 뒤를 좇았다. 알베르가 하인 곁으로 가자, 하인이 연신 숨을 헐떡이며 주머니에서 뚜껑이 봉해진 꾸러미를 꺼내 주인에게 내주는 것이 보였다. 꾸러미 속에는 신문 한 장과 편지 한 통이 들어 있었다.

「누가 보내는 편지냐?」 알베르가 성급하게 물었다.

「보샹 씨가 보내시는 겁니다」 플로랑탱이 대답했다.

「그럼, 보샹이 널 여기로 보냈단 말이냐?」

「예, 저를 댁으로 부르셔서 여기로 올 여비를 주시고는 마차를 부르시더니, 도련님을 만날 때까진 절대로 발을 멈추지 말고 곧장 가라고 하시더군요. 그래 여기까지 열다섯 시간 동안 달려왔습니다요」

알베르는 떨리는 손으로 편지를 뜯었다. 처음 몇 줄을 읽자마자, 앗! 하고 비명을 지르고 눈에 띌 정도로 몸을 떨면서 편지를 움켜쥐었다.

그는 순식간에 눈앞이 캄캄해지며 다리가 무너져버릴 것 같았다. 그래서 쓰러지듯 플로랑탱에게 몸을 기댔다. 플로랑탱은 주인의 팔을 부축했다.

「가엾구나!」 백작이 중얼거렸다. 그러나 그러한 동정의 말이 자기 자신에게도 들리지 않을 만큼 낮은 목소리였다. 「결국 아버지가 저지른 죄로 3대, 4대 뒤의 자손까지 벌을 받는다는 얘기군」

그러는 동안에 알베르는 다시 기운을 차렸다. 편지를 계속 읽고는 땀에 흠뻑 젖은 머리를 저으며 편지와 신문을 구겨버렸다.

「플로랑탱」 하고 그는 말했다. 「타고 온 말로 다시 파리로 돌아갈 수 있겠나?」

「그런데 이놈이 다리를 저는 지독스런 역마라서」

「그것 참 야단이군. 그런데 네가 떠나올 때 집안은 어떻더냐?」

「비교적 조용했었지요. 하지만 제가 보샹 씨한테 갔다 와보니까, 마님께서 울고 계시더군요. 마님께선 저를 부르시더니, 도련님께서 언제 돌아오시느냐고 물으셨습니다요. 그래서 전 지금부터 보샹 씨 심부름으로 도련님을 뵈러 간다고 말씀드렸죠. 그랬더니 처음엔 만류하실 생각으로 팔을 내저으시더니, 잠깐 생각하신 다음에〈그래, 어서 가서 돌아오시게 해라〉하고 말씀하시더군요」

「네, 어머니, 알겠습니다」 알베르가 중얼거렸다. 「돌아가지요, 안심하세요, 어머니. 그 파렴치한 인간을 없애버리고 말겠습니다! ……그러나 어쨌든 우선 떠나고 봐야 할 텐데」

그는 백작이 있던 방으로 되돌아갔다.

다시 돌아온 알베르는, 이미 딴사람이 되어 있었다. 불과 오 분 사이에 알베르의 얼굴에는 슬픔의 빛이 짙게 드리워져 있었다. 방에서 나갈 때는 평상시와 다름없는 모습이던 것이, 돌아왔을 때는 목소리가 완전히 변하고, 얼굴은 열에 뜬 듯 불그레하고, 눈은 정맥이 내비치는 시퍼런 눈썹 밑에서 번쩍번쩍 빛났으며, 걸음걸이는 마치 술 취한 사람처럼 비틀거리고 있었다.

「백작님」 하고 그는 말했다. 「이렇게 후하게 대접해 주셔서 감사합니다. 더 머물고 싶지만, 전 이만 파리로 돌아가야 할 것 같습니다」

「무슨 일이오?」

「불행한 일이 생겨서요. 먼저 가는 걸 용서하십시오. 목숨을 걸 만큼 퍽 중대한 일이에요. 제발 더 이상 묻진 마십시오. 그저 말만 한 필 빌려주셨으면 합니다」

「말이야 맘대로 쓰시죠」 몬테크리스토 백작이 대답했다.

「하지만 또 말을 타고 달려간다면 몹시 지칠 겁니다. 사륜 마차든 소형 마차든, 어쨌든 마차를 타는 게 나을걸요」

「아닙니다. 마차는 시간이 너무 걸려서요. 게다가 제가 피곤할까 봐 염려해 주셨지만, 오히려 저는 피곤해지는 게 필요합니다. 그 편이 제게 좋을 듯합니다」

알베르는 총알을 맞은 듯 빙그르 돌며 몇 걸음 내딛더니, 문 옆에 있는 의자에 가서 쓰러지고 말았다.

백작은 알베르가 이렇게 또다시 휘청이는 것을 그냥 보고 있지 못했다. 그는 창가에 가서 소리를 질렀다.

「알리, 모르세르 씨에게 말을 한 필 준비해 드려. 서둘러! 급하시다니까」

이 소리에 알베르는 다시 정신을 차렸다. 그는 방을 뛰쳐나갔다. 백작이 그의 뒤를 따랐다.

「감사합니다」 청년은 안장으로 뛰어오르며 중얼거렸다.

「플로랑탱, 너도 될 수 있는 한 빨리 돌아와라. 백작님, 다른 말과 교대할 때 제가 해야 할말은 없습니까?」

「타고 있는 그 말을 돌려주기만 하면 됩니다. 즉시 바꿔드릴 테니까요」

알베르는 말을 달리려고 하다가 잠시 멈추었다. 「제가 이렇게 떠나는 걸 보고 미쳤다고 생각하실 겁니다」 하고 청년은 백작에게 말했다. 「하지만 이 신문에 난 몇 줄의 기사가, 한 인간을 얼마나 큰 절망으로 몰아넣을 수 있는지 모르시기 때문입니다. 자!」 하고 그는 백작에게 신문을 던져주며 덧붙였다. 「이걸 읽어보십시오. 단, 제가 떠난 후에 보셔야 합니다. 제 얼굴이 붉어지는 걸 보여드리고 싶지 않네요」

백작이 신문을 집어드는 사이에 알베르는 장화에 달린 박차로 말의 옆구리를 찼다. 말은 꼭 자기에게 이러한 자극을 가해야만 하는 기수가 있다는 사실에 놀라, 화살처럼 내닫기 시작했다.

백작은 무한한 연민의 정을 느끼며 청년의 뒷모습을 지켜보았다. 그는 청년의 모습이 완전히 사라진 후에야, 비로소 시선을 신문으로 돌려 다음과 같은 기사를 읽었다.

삼 주일 전, 《앵파르시알》에 보도된 자니나 총독 밑에 있던 프랑스 장교는, 자니나의 성(城)을 적의 손에 넘겨주었을 뿐만 아니라, 그의 은인을 터키군에게 팔아넘기기까지 한 자로서, 믿을 만한 그 신문이 발표한 바와 같이 당시 페르낭이라는 이름으로 불렸다. 그후 그는 그 이름에 귀족의 칭호와 영지(領地) 이름을 첨가하였다.

그는 오늘날 모르세르 백작이라 일컬어지는, 귀족원의 귀족임이 밝혀졌다.

이렇게 해서 보샹이 그처럼 관대하게 묻어두려고 했던 이 무서운 비밀은 무장한 망령처럼 세상에 다시 나타났다. 그 정보를 손에 넣은 다른 어떤 신문이 알베르가 노르망디로 떠난 그 다음다음날, 불쌍한 알베르를 불행과 광란 속에 몰아넣은 이 몇 줄의 기사를 가차없이 발표했던 것이다.

심판

 아침 여덟시에 알베르는 벼락같이 보샹의 집에 들이닥쳤다. 하인은 미리 지시를 받고 있었던 까닭에 알베르를 곧장 주인의 방으로 안내했다. 보샹은 방금 목욕탕에서 나오는 길이었다.
 「그래서?」하고 알베르가 입을 열었다.
 「그래서」 보샹이 대답했다. 「기다리고 있었지」
 「그래서 이렇게 오지 않았나? 보샹, 자넨 훌륭하고 철저한 사람이야. 그러니 그 일을 아무에게도 말하지 않았으리라고 생각하네. 그래, 했을 리 없지. 자네가 내게 이 사실을 알리려고 사람을 보낸 것만 해도 나에 대한 우정을 증명하고 있지. 그러니 쓸데없는 소리는 집어치우고 시간을 낭비하지 말도록 하세. 자넨 이번 일이 누가 한 짓인지 짐작 가는 데가 있나?」
 「그 얘긴 조금 이따가 하지」

「그래. 하지만 먼저, 이런 무서운 배신이 어떻게 해서 이렇게 터져나온 건지, 그 경위를 좀 얘기해 주게」

보샹은, 수치심과 고뇌로 몸부림치는 이 청년에게 다음과 같은 얘기를 들려주었다. 그 내용을 간단히 요약해 보면 이러했다.

그저께 아침이었다. 그 사건의 기사가 《앵파르시알》이 아닌 다른 신문에 게재되었다. 그리고 그것은 정부의 기관지로 잘 알려져 있는 신문이었기 때문에 사건은 더욱 중대하게 확대되었다. 그 기사가 눈에 들어왔을 때 보샹은 아침을 먹고 있었는데, 그 즉시 마차를 불러 타고 식사를 끝내지도 않은 채 그 문제의 신문사로 달려갔다.

보샹은 이 문제를 끄집어낸 신문사 편집장과는 정치적으로 전혀 견해를 달리하고 있었지만, 개인적으로는 절친한 사이였다.

보샹이 그의 집을 방문했을 때, 그 편집장은 자기네 신문을 손에 들고「파리 제1란」에 실린 사탕무에 관한 기사를 만족한 듯이 읽고 있었다. 그것은 분명 그의 의견대로 씌어진 기사였을 것이다.

「아, 마침 잘됐군」하고 보샹이 말했다.「자네가 바로 자네네 신문을 들고 있어, 내가 찾아온 이유를 설명할 필요가 없으니 말이야」

「설마 자네가 사탕무 파는 사람은 아닐 텐데?」정부 기관지의 편집장이 말했다.

「천만에」보샹의 대답이었다.「난 그 문젠 전혀 모르네. 다른 문제 때문에 온 거야」

「용건이 뭔데?」

「모르세르 기사 때문이야」

「응, 그거! 어때, 재미있지?」

「그래, 재미가 지나쳐서 명예 훼손에 가까울 정도야. 까딱하단 위험한 소송 사건까지 일어나겠던걸」

「천만에, 우린 증거 서류들을 모조리 손에 쥐고 있어. 게다가 모르세르 씨가 절대로 끽소리 못하리라는 걸 우린 확신하고 있지. 그리고 부당한 명예를 뒤집어쓰고 있는 그런 파렴치한 인간을 고발하는 것도 국가에 대한 봉사가 아닐까?」

보샹은 무슨 말로 답해야 할지 몰랐다.

「그런데 도대체 누구한테서 그런 상세한 정보를 입수했나?」 보샹이 물었다. 「우리 신문에서 맨 처음 보도했는데도 증거가 없어서 더 이상 밀고 나가지 못한 거였는데. 사실은 우리도 좀더 규명해 보고 싶은 사건이었거든. 무엇보다 그 양반은 프랑스의 대귀족이고, 우린 그 반대파이니까」

「응, 아주 간단한 얘기지. 우리가 스캔들을 뒤쫓아간 게 아니라, 그쪽에서 제발로 우릴 찾아왔거든. 어떤 사람이 어제 자니나에서 무시무시한 서류를 가지고 왔지. 그래서 고발해야 할까 말까 주저하고 있었더니, 그 사람이 우리가 거절하겠다면 그 기사를 다른 신문사에 싣게 하겠다는 거야. 자네도 어떤 뉴스가 중요한 건지는 알지 않나? 그러니 그 뉴스를 놓치고 싶진 않더란 말야. 그래서 우리가 터뜨렸던 거야. 여파가 굉장할걸. 아마 유럽 구석구석까지 떠들썩해질 거라고」

보샹은 이젠 다만 머리를 숙이는 수밖엔 도리가 없다는 것을 알았다. 그래서 절망적으로 밖으로 나온 그는, 알베르에게 사람을 보냈던 것이다.

그러나 이제부터 하려는 얘기는 그에게 하인을 보낸 다음에 일어난 일로, 알베르에게 보내는 편지에는 쓰지 못했지만, 그 날로 귀족원은 발칵 뒤집혀, 보통때에는 그처럼 엄숙하던 의원들 사이에서도 소동이 일어났다. 모두들 시간이 채 되기 전에, 귀족원에 출석했으며, 세상의 이목이 이 어마어마한 귀족원의 구성 인물 중에서 가장 이름 있는 사람에게로 집중될 이 불상사에 대해 입을 모아 얘기하고 있었다.

낮은 소리로 그 기사를 읽는가 하면, 사건을 보다 명확하게 할 만한 설명이나 회고담을 서로 주고받았다. 모르세르 백작은 동료들의 지지를 못 받고 있는 터였다. 벼락부자들이 다 그렇듯이 그는 자기 체면을 유지하기 위해 애써 지나칠 정도로 거만한 태도를 보여왔던 것이다. 그렇기에 정말로 귀족들은 그를 비웃고 있었다. 재주 있는 사람들은 그를 외면했고, 정당한 영예를 지닌 사람들은 본능적으로 그를 멸시했다. 모르세르 백작은 속죄의 제물이라는, 극히 비참한 입장에 처해질 운명에 있었다. 일단 신의 손가락이 제물을 바치라는 명령만 내리는 날이면, 모두들 와 하며 그를 몰아낼 기세였다.

다만 모르세르 백작만은 아무것도 모르고 있었다. 그는 이 중상 기사가 실린 신문을 받아보지 못했던 것이다. 그는 그날 아침나절을 편지도 쓰고 말도 시승해 보며 지냈다.

그러니 그는 여느 때와 같이 정각에, 거만한 눈길과 방약무인한 걸음걸이로 고개를 높이 쳐들고 의회에 나타날 수 있었다. 마차에서 내려 복도를 몇 개씩 거쳐 회의장으로 들어가면서도, 수위들의 무언가 쭈뼛쭈뼛하는 태도에서도, 동료들의 머리만 끄떡해 보이는 인사에서도 그는 아무것도 눈치 채지 못했다.

모르세르가 회의장에 들어왔을 때는 이미 회의가 시작된 지 삼십 분도 더 지나 있었다.

백작은 앞서 말한 대로, 무슨 일이 일어났는지 전혀 모르고 있었기 때문에 그 태도와 몸짓이 평상시와 조금도 다르지 않았지만, 사람들의 눈에는 오히려 평상시보다 더 거만하게 보였다. 그리고 아무렇지도 않은 듯 회의장에 나타난 사실 자체가 명예를 존중하는 귀족원 회의에 대한 도전으로 생각되었는지라, 사람들은 그런 태도를 무례하기 짝이 없는 짓이라고 여겼고, 어떤 사람들은 도전이라고 생각하는가 하면, 또 어떤 사람들은 모욕이라고 생각하기도 했다.

귀족원 전체가, 이 문제를 놓고 한바탕 토론을 벌여보고 싶어하는 기미가 역력했다.

모든 사람들의 손에 그 고발 기사가 실린 신문이 들려 있었다. 그러나 항상 그렇듯이 아무도 자기가 자진해서 공격의 책임을 지고 싶어하지는 않았다. 이윽고 모르세르 백작과는 공공연한 적대자로 알려져 있는 어느 유력한 귀족 한 사람이 마침내 기다리던 때가 왔다는 듯한 엄숙한 표정으로 단상에 올랐다.

장내는 물을 끼얹은 듯 조용해졌다. 모르세르만이, 늘 달갑게 듣지 않던 이 연설자의 등장에 오늘따라 왜 이렇게 사람들이 지대한 관심을 보이는지 그 이유를 몰라하고 있었다.

이제부터 말하려는 것은 실로 중대하고도 신성하며, 귀족원의 사활이 걸린 중대한 일이라고 서두를 꺼내는 연설자의 말을, 백작은 아무렇지도 않게 들어 넘겼다.

그러나 자니나와 페르낭이라는 이름이 연설자의 입에서 나오는 순간, 모르세르 백작의 얼굴은 무서울 정도로 새파랗게 질려버렸다. 회의장에는 약간의 동요가 스쳐갔을 뿐, 모든 사람의 시선이 백작에게로 쏠렸다.

정신적인 상처는 눈에 보이지는 않지만 결코 완전히 아물지 않는 것이 그 특징이다. 그것은 늘 고통이 사라지지 않으며, 누군가의 손이 닿는 날엔 당장에 피가 새어나오도록 가슴속에서 항상 생생하게 입을 벌리고 있는 법이다.

간간이 술렁거리는 소리에 잠깐씩 동요가 있기는 했지만, 시종일관 조용한 가운데 기사의 낭독이 끝나자, 고발에 나선 연설자는 다시 말을 이어, 자기의 임무가 얼마나 어려운 일인가를 설명하기 시작했다. 이렇게 개인적인 문제를 대상으로 토의를 제기하는 것도, 실은 모르세르 백작과 귀족원 전체의 명예를 지키기 위해서라고 말했다. 끝으로 그는 조속하게 조사를 벌여, 중상이 확대되는 것을 방지하는 한편, 모르세르 백작이 그 중상에 대해 복수하는 것을 도와서 오랫동안 여론이 인정해 온 그의 지위를 회복해 주어야 한다며 결론을 맺었다.

모르세르 백작은 이 뜻하지 않은 엄청난 재난에 완전히 타격을 받아, 후들후들 떨면서 동료들 쪽을 멍청히 바라보며 몇 마디 말을 중얼거릴 뿐이었다. 이처럼 겁에 질린 태도는 죄인의 수치심이라고 연상되기도 하지만 동시에 죄 없는 자의 놀라움으로도 보아줄 수 있는 까닭에 몇몇 동료들의 동정을 샀다. 진실로 관대한 사람은 적의 불행이 자신들이 상대방에게 품고 있는 증오의 도를 넘을 경우, 대체로 동정적으로 나오게 되는 법이다.

의장은 이 조사 여부를 투표에 의해서 결정하기로 하였다. 그리고 찬반을 기립에 의해서 표시한 결과, 조사를 하기로 결정되었다.

백작에게는, 자신이 결백하다는 증거를 제시하려면 얼마나 시일이 걸릴 것인지 물었다.

백작은 이러한 무서운 타격을 받고도 자기가 아직 살아 있음을 깨닫자, 다시 용기를 내었다.

「의원 여러분」 하고 그는 대답했다. 「본인이 모르고 있는 적, 분명 세상에 알려지지 않은 채 어둠 속에 숨어 본인에게 공격을 가해 오는 적들을 쳐부수는 데는 조금의 시간도 필요 없습니다. 잠시나마 나를 혼란시킨 이 벼락 같은 공격에 대해, 본인은 지체없이 즉각적으로 응징하지 않을 수 없습니다. 이처럼 결백을 변명하는 대신, 본인이 동료 여러분들과 동렬에 서 있을 자격이 있음을 증명하기 위해 제게 피를 흘릴 기회가 주어지지 않은 것을 유감으로 생각할 뿐입니다!」

이러한 발언은 피고에게 유리한 인상을 주었다.

「그래서 저는」 하고 그는 말을 이었다. 「조사가 가능한 한 신속히 진행되기를 요구하는 바입니다. 그리고 저는 이 조사가 유효할 수 있도록 필요한 모든 서류를 귀족원에 제출할 생각입니다」

「날짜는 언제로 할까요?」 의장이 물었다.

「오늘부터 즉각 지시에 따를 생각입니다」

의장이 종을 울렸다.

「의원 여러분께서는 오늘부터 조사를 벌이는 데에 찬성이십니까?」

「찬성이오!」의원 전체가 일제히 대답했다.

계속해서 모르세르 백작이 제출할 서류를 신사하기 위히여 열두 명으로 구성된 위원회가 선임되었다. 위원회의 첫번째 회합은 귀족원 사무실에서 오후 여덟시부터 열기로 했다. 만약 회의를 여러 번 해야 할 경우에는, 늘 같은 시간에 같은 장소에서 가지기로 합의를 보았다.

결의가 끝나자 모르세르 백작은 퇴장할 수 있도록 허가를 요청했다. 그는 평소에도 세심하고 용의주도한 성격이어서, 이러한 험악한 사태가 일어날 경우에 대비하여 서류들을 모아두어야겠다고 오래전부터 생각했던 것이다.

보샹은 지금 이 모든 이야기를 알베르에게 전부 들려주었다. 다만 우리가 생기 없이 차갑게 얘기했다면, 그는 생생하게 얘기했을 뿐이다.

알베르는 이 얘기를 듣는 동안 때로는 희망으로, 때로는 분노로, 또 어느 때는 수치심으로 몸을 떨었다. 왜냐하면 보샹의 솔직한 설명으로, 아버지가 정말로 죄를 범했다는 것을 인정하지 않을 수 없었기 때문이다. 그는 이제부터 아버지가 도대체 무슨 수로 자신의 무죄를 증명할 것인지 생각해 보았다.

이야기가 여기까지 오자, 보샹은 말을 그쳤다.

「그 다음엔?」알베르가 물었다.

「그 다음이라고?」보샹이 되받아 말했다.

「그래」

「이렇게 되면 난 무서운 얘기를 하지 않으면 안 돼. 그 다음 얘기가 알고 싶은가?」

「꼭 들어야겠네. 그리고 사실 난, 그 얘길 다른 사람의 입에서 듣느니보단 자네한테서 듣는 편이 낫겠어」

「좋아!」 보샹이 대답했다. 「알베르, 용기를 내게. 이번만큼 용기를 필요로 할 일은 없을 테니까」

알베르는 자신의 힘을 확인해 보느라고 손으로 이마를 짚었다. 그것은 마치 목숨을 지키려는 사람이, 갑옷을 만져보고 칼날을 휘어보는 것과도 같았다.

그는 자신에게 충분한 힘이 있다고 느꼈다. 그는 열이 있는 것을 힘이 있다고 착각했던 것이다.

「자, 계속해 봐」 하고 그는 말했다.

「저녁이 되자」 하고 보샹은 말을 이었다. 「온 파리 사람들이 사건이 진전되길 기다리고 있었지. 많은 사람들이, 자네 아버님이 나타나시기만 하면 그런 탄핵쯤은 완전히 무력화시킬 수 있다고 생각하는가 하면, 또 어떤 사람들은 백작께서 나타나지 않을 거라고들 떠들어댔네. 또 한편에서는 아버님이 브뤼셀로 떠나는 것을 보았다는 사람도 있었고, 더구나 정말 아버님이 여권을 받아갔느냐고 경시청에 가서 물어보는 사람도 있었다더군. 그래서 나는」 하며 보샹은 말을 계속했다. 「갖은 수단으로 귀족원 소속 귀족인 내 친구에게 부탁해서, 회의장의 특별석에 몰래 들어가기로 되었네. 저녁 일곱시에 그 친구가 내게 왔고, 아직 아무도 오지 않은 틈을 타 수위에게 나를 소개해 주었지. 그랬더니 특별석 같은 의자에 나를 앉게 해주더군. 그 의자는 둥근 기둥 뒤에 있었는데, 주위가 깜깜해서 아무도 나를 볼 수가 없었지. 그래서 난 장차 개최될 위원회를 처음부터 끝까지 다 볼 수 있었다네.

정각 여덟시가 되자, 의원들이 모두 오더군.

심판 **381**

모르세르 씨는 시계가 마지막으로 여덟시를 칠 때 나타났지, 무슨 서류 뭉치 같은 것을 손에 들고. 침착해 보이시더군. 평상시와 달리 걸음걸이가 소탈하고, 복장은 격식을 갖추어 엄숙하게 차려 입으셨는데, 옛날 군인 시절의 습관으로 위에서부터 아래까지 단추를 꼭꼭 채우고 계셨지.

백작께서 그 회의에 출석한 것은 아주 좋은 인상을 주었네. 의원들에게서 적의의 빛은 찾아볼 수가 없었고, 오히려 여러 사람들이 악수를 청하더군」

알베르는 이러한 상세한 이야기를 들으면서, 가슴이 터져 나가는 것 같았다. 그러나 그 고통 속에서도 한편으로는, 위험에 빠져 있는 아버지에게 경의를 표시해 준 사람들을 끌어안고 싶은 심정이 되었다. 보샹은 다시 다음과 같은 얘기를 했다.

「바로 그때 수위가 들어오더니, 의장에게 편지를 한 통 전하더군.

〈모르세르 백작에게 발언을 허락합니다〉하고 의장은 편지를 뜯으며 말했어.

백작께선 변명을 시작했어. 그런데 알베르」하고 보샹은 또 이렇게 말했다. 「자네 아버님의 웅변은 청산유수더군. 백작께선, 자네나 총독이 황제와 생사에 관한 교섭을 모두 자기에게 맡긴 것만 보더라도, 마지막 순간까지 자신을 완전히 신뢰하고 있었다는 사실을 증명한다며 서류를 제출하셨어. 그리고 지휘권자임을 표시하는 반지를 내보였지. 그것은 알리 파샤가 보통 편지를 봉할 때 인장으로 사용하던 것인데, 백작이 돌아올 때면 시간에 구애받지 않고 밤이건 낮이건 간에, 심지어 후궁에 들어가 있을 때라도 백작만은 거침없이 그곳까지 들어갈 수 있도록 허용해 주는 반지였다더군. 그런데 불행히도 황제와의 교섭이 불리하게 되어, 백작이 은인인 알리 파샤를 보호할 수 없게 된 채로 자니나에 돌아와 보니, 총독은 이미 죽은 뒤였다는 거야. 그러나 백작 말씀에 의하면, 자기에 대한 알리 파샤의 신뢰는 절대적이어서 죽어가면서 그 애지중지하던 딸과 부인을 자기에게 부탁할 정도였다더군」

알베르는 보샹의 이 말에 몸을 떨었다. 보샹의 얘기를 들으면서, 하이데의 이야기가 생각났기 때문이다. 그리고 하이데가 그 사명에 관한 일이며, 반지, 그리고 자기가 어떻게 해서 팔려 노예가 되었는지 그 경위를 얘기한 것이 생각났다.

「그래, 아버지의 그 말씀에 대한 반향이 어땠나?」 알베르는 불안한 듯이 물었다.

「솔직히 말해서 감동적이었어. 의원들도 모두 감동받았지」 보샹은 또 계속해서 다음과 같은 상황을 설명해 주었다.

「그러는 동안에 의장은 수위에게 받은 편지를 대수롭지 않게 들여다보았어. 그러나 처음 몇 줄을 읽더니 눈이 번쩍 뜨인 듯이, 읽고 또 읽으며 모르세르 씨를 쳐다보았네.

〈백작〉 하고 의장이 말했네. 〈백작께선 방금 자니나의 총독이 자신의 딸과 부인을 백작께 맡겼다고 하셨지요?〉

〈그렇습니다.〉 백작이 대답했어. 〈그런데 그것조차 다른 일들과 마찬가지로 불행하게 되어버렸습니다. 제가 돌아갔을 때는, 총독의 부인 바질리키와 그의 딸 하이데도 이미 행방이 묘연한 상태였으니까요.〉

〈백작께선 그 두 사람을 아십니까?〉

〈파샤와 가까운 사이였고, 또 그분이 저를 절대적으로 신임

하셨기 때문에, 여러 번 그들을 볼 기회를 베풀어주셨습니다〉

〈그 여자들이 어떻게 됐는지, 혹시 모르시겠습니까?〉

〈네, 두 사람 다 너무 상심한 나머지 그렇게 됐는지, 아니면 빈곤 때문이었는지 죽었다는 소문을 들었습니다. 저는 그 당시 돈도 별로 없었고 제 목숨도 위험에 처해 있어서, 유감스럽게도 그들을 찾으러 나설 수가 없었지요.〉

의장은 눈에 띄지 않을 정도로 약간 눈살을 찌푸리더군.

〈여러분〉 하고 의장이 말했다네. 〈여러분은 지금 모르세르 백작의 설명을 들으셨으니 이해하셨으리라 믿습니다. 그런데 백작, 당신이 방금 한 얘기를 증명해 줄 만한 사람이 누구 있습니까?〉

〈유감스럽습니다만 없습니다!〉 하고 백작은 대답했네. 〈총독의 측근이나, 당시 그 댁에서 저를 알고 있던 사람들은 모두 죽었거나, 행방불명이 되어버려서요. 프랑스 사람으로 그 무서운 전쟁에서 살아남은 사람은 저 하나뿐이었습니다. 전 다만 알리 테베린의 편지를 몇 통 가지고 있을 뿐입니다. 여기 가져왔습니다. 그리고 그분의 뜻을 표시하던 반지가 있을 뿐입니다. 이게 그 반지지요. 마지막으로 제가 제시할 수 있는 가장 확실한 증거는, 그러한 익명의 제보 후에, 제가 결백한 인간이라고 맹세한 것과 군인으로서 떳떳하게 생활해 왔다는 것을 공격하는 증거가 없지 않았느냐는 점입니다.〉

그 의견에 찬성하는 소리가 회의장에서 웅성웅성 오갔네. 알베르, 그때 다른 사건이 일어나지 않았더라면 자네 아버님은 승리를 얻으셨을 거야.

가결 투표만 하면 됐었으니까. 그러나 그때 의장이 입을 열었다네.

〈여러분, 그리고 모르세르 백작, 지금 자신이 중요한 증인이라면서 본인이 직접 증거를 제시하겠다고 이곳에 온 증인의 말을 듣는 데 대해 아무런 이의가 없을 줄로 생각합니다. 방금 행해진 백작의 설명으로 미루어보더라도, 이 증인은 백작의 완전한 결백을 증명해 주리라 믿어 의심치 않는 바입니다. 여기 그 사건에 관계되는 편지가 있습니다. 이 편지를 읽는 게 좋겠습니까? 아니면 이걸 불문에 붙이고 이번 사건을 묵살해 버리는 게 좋을까요?〉

모르세르 백작께선 얼굴빛이 새파래지며, 들고 있던 서류를 소리나게 움켜쥐더군.

위원들의 의견은 그 편지를 읽자는 쪽이었어. 백작은 생각에 잠긴 채 아무런 의견도 표시하지 않고 계셨고.

그래서 의장은 이런 내용의 편지를 읽었네.

의장 각하

본인은 육군 중장 모르세르 백작이 그리스 및 마케도니아에서 벌인 행각을 조사하는 위원회에 지극히 확실한 정보를 제공할 생각입니다.

의장은 잠시 읽다가 멈추었지.

모르세르 백작께선 얼굴이 하얘져 계시더군. 의장은 청중들에게 눈으로 의견을 물었어.

〈계속하시오!〉 사방에서 고함 소리가 났어.

의장은 다시 읽기를 계속했네.

저는 알리 파샤가 죽을 때를 전후해서 그 현장에 있었던 사람입니다. 저는 그의 임종을 보았습니다. 또한 총독의 부인 바실리키와 그의 딸 하이데가 그뒤에 어떻게 되었는지도 알고 있습니다. 모든 것은 위원회의 지시에 따르겠사오니, 제 말씀을 들어주시기를 요청합니다. 이 편지를 받으실 즈음 저는 위원회의 현관에서 기다리고 있겠습니다.

〈그래, 그 증인이라는 자, 아니 차라리 적이라고 해야 할 그자는 도대체 어떤 자랍니까?〉 백작께선 의장에게 물었네. 그 목소리는 알아차릴 수 있을 정도로 심하게 동요하고 있었지.
〈곧 알게 되겠지요.〉 의장이 대답했다네. 〈의원 여러분은 이 증인의 증언을 듣는 데 찬성하십니까?〉
〈찬성이오!〉 일제히 대답했어.
수위가 불려왔지.
〈수위〉 의장이 물었어. 〈현관에 누가 와 있소?〉
〈예, 있습니다.〉
〈어떤 사람이오?〉
〈여잡니다. 하인을 데리고 와 있습니다.〉
모두들 서로의 얼굴을 쳐다보았네.
〈그 여자를 들여보내시오.〉 의장이 말했네.
오 분 후에 수위가 다시 나타났어. 모든 사람들의 시선이 일제히 문으로 쏠렸지. 그리고 나도」 하고 보샹이 말했다. 「그들의 기대와 초조감을 나도 함께 느꼈네.

수위 뒤로 여자가 하나 큰 베일로 전신을 가리고 걸어오더군. 베일 속으로 드러난 몸과 거기서 흘러나오는 향기로, 젊고 우아한 여자라는 것을 짐작할 수가 있었지만, 그저 그뿐이었어.

의장은 그 미지의 여성에게 베일을 벗으라고 권했네. 베일을 벗고 보니, 여자는 그리스 옷을 입고 있었는데, 뛰어난 미인이더군」

「아!」 하고 알베르는 소리쳤다. 「바로 그 여자야」

「그 여자라니?」

「응, 하이데 말이야」

「그걸 어떻게 알지?」 보샹이 물었다.

「그저 그런 것 같다는 거지. 자, 보샹 계속해 봐. 난 침착하고 끄덕없으니, 어서. 얘기의 결말을 알고 싶네」

「모르세르 백작께선」 하며 보샹은 얘기를 계속하였다. 「그 여자를 공포가 뒤섞인 놀란 눈으로 바라보고 계셨지. 그분으로서는 그 여자의 입에서 나오는 말 한마디로 생사가 판가름날 판이었으니까. 다른 사람들에겐 이 일이 너무나 신기하고 호기심을 돋우는 일이어서, 모르세르 백작의 흥망 같은 것은 이미 부차적인 일로 물러나 있었지.

의장은 손으로 그 여자에게 의자 하나를 가리켰다네. 그러나 여자는 고갯짓으로 그냥 서 있겠다는 표시를 해 보이더군. 백작께선 의자에 털썩 주저앉았고. 분명 다리로 버틸 힘이 없었기 때문일 테지.

〈부인께선〉 하고 의장은 여자에게 말했지. 〈위원회에 자니나 사건에 대한 정보를 제공하겠다고 편지를 쓰셨습니다. 그리

고 직접 본인이 그 사건의 목격자라고 하셨는데요.〉

〈그렇습니다.〉 미지의 여인은 애수에 찬, 동양인 특유의 울림이 깃든 목소리로 대답했다네.

〈하지만〉 하고 의장이 다시, 〈당시 퍽 어리셨을 텐데요?〉 하고 말을 이었지.

〈네 살이었습니다. 그러나 그 사건은 저에게 너무나 심각한 사건이었던 만큼 당시의 일이 머릿속에서 하나도 사라지지 않았습니다.〉

〈그런데 그 사건이 어째서 부인께 그렇게 심각한 사건이었고, 또 당신은 누구시길래 그 재난에 그처럼 강한 인상을 받게 되었습니까?〉

〈제 아버님의 생사에 관한 문제였으니까요.〉 여자가 대답했지. 〈저는 자니나의 총독 알리 테베린과, 그의 사랑하는 부인 바실리키 사이의 딸, 하이데입니다.〉

여자의 볼을 붉게 물들인, 수줍어하면서도 흥분한 듯한 홍조와 불꽃처럼 빛나는 눈, 그리고 그 위엄에 찬 말은 모두에게 말할 수 없이 깊은 감명을 주었네.

한편 백작께선 벼락이 발밑에 떨어지며 깊은 심연을 파놓았다 하더라도 그처럼 심한 타격을 받지는 않을 정도로 엄청나게 놀라신 듯하더군.

〈부인〉 의장은 정중하게 허리를 굽힌 후에 이렇게 말하더군. 〈그러면 한 가지만 묻겠습니다. 결코 의심해서가 아니라, 마지막 질문입니다. 부인께서 말씀하신 것이 틀림없는 사실이라고 증명하실 수 있습니까?〉

〈있어요.〉 하이데는 베일 밑으로 조그만 공단 주머니를 꺼내며 말했다. 〈여기 제 출생 증명서가 있습니다. 이것은 제 아버님이 쓰셨고 중신(重臣)들이 서명한 것입니다. 그리고 출생 증명서와 함께 세례 증명서도 여기 있습니다. 아버님께서 저를 어머니와 같은 종교로 교육시키는 것을 허락하셨기 때문에, 마케도니아와 에피루스의 대주교의 서명이 첨부된 것입니다. 그리고 마지막으로 이건, 이거야말로 가장 중요한 증서로, 그 프랑스 장교가 저와 제 어머니를 아르메니아의 상인 엘 코비르에게 팔아넘긴 증서입니다. 그 장교는 터키 황제와 비열한 거래를 마친 후, 자기 은인의 딸과 부인을 자기 몫으로 차지해 1,000부르스, 그러니까 대략 40만 프랑에 노예상에게 팔아넘겼습니다.〉

등골이 오싹해지는 침묵 속에서 의원들이 그 무서운 진술을 듣는 동안 모르세르 씨의 뺨은 새파랗게 질렸고 눈은 시뻘겋게 충혈되었다네.

다른 사람 같았으면 분노에 떨었을 테지만 하이데는 그보다 더 무서운 침착성을 보이며, 아라비아어로 적힌 매도 증서를 의장에게 내주었어.

이렇게 제출된 서류들 중 몇 장은 아라비아어나 로마이크어내지는 터키어로 씌어졌으리라 생각한 위원회는 곧 의회의 통역을 출두시켰네. 영광의 이집트 전쟁에 종군했을 때 아라비아어를 배워 익힌 어느 귀족이, 통역이 높은 소리로 읽은 증서의 내용을 양피지 위에 받아썼네.

노예상이며, 황제 폐하의 후궁에게 물품을 공급하는 업자인 엘 코비르는 프랑스의 귀족 몬테크리스토 백작에게 자니나의 총독 고(故) 알리 테베린과 그의 처 바실리키의 딸이자 열한 살의 기독교도인 노예 하이데를 양도함으로써, 황제 폐하께 상납하기 위한 추정 가격 2,000부르스의 에메랄드 한 개를 영수한 것을 인정함. 하이데는 칠 년 전 콘스탄티노플 도착시에 사망한 그의 모친과 더불어, 페르낭 몬데고라는, 알리 테베린 총독 휘하의 프랑스인 육군 장교에게서 본인이 산 노예임.

위의 매매는, 본인이 황제 폐하의 위촉에 의해 폐하를 위해 1,000부르스의 가격으로 성사시켰음.

회교력 1247년, 황제 폐하의 재가하에 콘스탄티노플에서 본 증서를 작성함.

서명 엘 코비르

본 증서에는 그 정당성을 인정하기 위해, 매도인에게 당연히 필요한 황제 폐하의 옥쇄를 날인함.

과연 노예 상인의 서명 옆에는 황제의 옥쇄가 찍혀 있었네. 낭독이 끝나고 증서의 검열이 끝난 후에는, 오직 무서운 침묵이 계속되었네. 모르세르 백작께선 그저 눈만 뜨고 있는 것 같았어. 그리고 자신도 모르게 하이데를 향해 있는 그 눈은 불과 피로 타오르고 있었지.

〈그러면〉하고 의장은 말했네. 〈지금 파리에 있으리라고 생각되는 몬테크리스토 백작에게 문의해 보아도 좋을까요?〉

〈의장님〉하이데가 대답했지. 〈제 아버님이나 다름없는 몬테크리스토 백작께서는 사흘 전에 노르망디로 가셨습니다.〉

〈그렇다면〉하고 의장이 물었지. 〈누가 당신에게 이렇게 하도록 권고해 주었습니까? 저희로서는 부인에게 감사하게 생각하고, 또 당신의 신분이나 그 억울한 불행을 생각할 땐 당연한 행동이라 사료되긴 합니다만.〉

〈그것은 제 자존심과 슬픔이 뒷받침해 준 일입니다. 저는 기독교 신자이긴 하지만 밤낮으로 훌륭하셨던 제 아버님의 복수만을 생각해 왔습니다. 그래서 제가 이 프랑스 땅을 밟게 된 후, 그 배반자가 파리에 살고 있다는 사실을 알게 되면서부터, 제 눈과 귀는 잠시도 쉬질 않았습니다. 저는, 저를 보호해 주시는 고귀한 분의 댁에 깊이 파묻혀 살아왔습니다. 깊은 생각 속에 잠길 수 있는 조용하고 어두운 그곳과 그곳의 생활이 좋았기 때문입니다. 그러나 몬테크리스토 백작께서는 어버이처럼 매사를 깊이 보살펴주셔서, 저는 그 속에서도 이 세상에서 일어나고 있는 일들을 모조리 알 수 있었습니다. 그러나 거기에선 다만 멀리서 들을 수 있을 뿐이었습니다. 그래서 저는 앨범과 악보를 주문해다 보듯이, 신문이란 신문은 모조리 읽었습니다. 그 결과 저는 별로 신경을 안 써도 남의 생활을 알 수 있었습니다. 오늘 아침에 귀족원에서 무슨 일이 일어났으며 오늘 저녁엔 또 무슨 일이 있을 것인지도 그래서 안 것입니다. 그래서 저는 편지를 썼습니다.〉

〈그럼〉 하고 의장이 물었네. 〈몬테크리스토 백작은 이 일과는 아무 상관이 없단 말인가요?〉

〈그분은 아무것도 모르고 계십니다. 그래서 나중에 이 일을 아시고 나무라시지나 않을까 걱정까지 됩니다. 그러나 저에게는 오늘이야말로 정말 좋은 날이었습니다.〉 여자는 불타는 눈으로 하늘을 바라보며 계속했지. 〈오늘이야말로 아버님의 복

수를 할 기회가 온 까닭이지요!〉

그러는 동안 모르세르 백작께선 한마디 말도 못하고 계셨네. 동료들은 그를 바라다보고 있었지. 모두들 백작의 그 좋았던 운이, 한 여자의 향기로운 입김에 쓰러져버린 것을 측은히 여기고 있는 눈치였어. 백작의 불행이 얼굴 위에 차츰 불길한 윤곽을 그리며 뚜렷하게 드러나기 시작했네.

〈모르세르 백작〉 의장이 물었네. 〈당신은 이 여인을 자니나의 총독, 알리 파샤의 딸로 인정합니까?〉

〈아니오.〉 백작께선 일어서려고 애를 쓰며 대답했네. 〈이건 내 적들이 꾸며낸 음모입니다.〉

하이데는 마치 누구를 기다리기라도 하는 듯 문 쪽을 바라보고 있다가, 갑자기 고개를 돌려 모르세르 백작이 서 있는 모습이 보이자 무섭게 소리를 질렀네.

〈나를 모른다고!〉 하고 여자는 소리쳤지. 〈불행히도 난 너를 알아보겠는데! 넌 페르낭 몬데고, 아버님의 군대에서 교관을 하던 프랑스 장교가 아니냐! 자니나의 성을 적에게 팔아넘긴 건 너야! 네 은인의 생사 문제를 교섭하기 위해 직접 콘스탄티노플로 파견되었는데, 터키 황제와 밀모하여 완전 사면을 허한다는 거짓 칙서(勅書)를 가지고 돌아온 것이 바로 너지! 넌 그 칙서를 가지고서 파샤에게서 반지를 받고, 화약고를 지키던 셀림을 속여 그를 죽였지! 그러고는 나와 내 어머니를 노예상, 엘 코비르에게 팔아먹은 게 너 아니고 누구란 말이냐! 살인자! 살인자! 살인자! 네 이마에는 아직도 네 주인의 피가 묻어 있다. 자, 모두들 저자를 잘 보세요!〉

하이데의 그 말들이 너무나 생생하게 감동적으로 쏟아져 나왔기 때문에, 모든 사람들의 눈은 모르세르 백작의 얼굴로 쏠렸어. 백작 당신도 마치 알리 파샤의 뜨뜻한 피가 느껴지는 듯 손을 이마로 가져가더군.

〈그러면 모르세르 백작이 바로 그 페르낭 몬데고라는 장교란 말씀이신가요?〉

〈물론이죠!〉 하이데가 소리쳤다네. 〈오! 어머니! 어머니께선 이렇게 말씀하셨어요——너는 자유로운 몸이었다. 사랑하는 아버지도 계셨다. 너는 여왕도 될 수 있는 신분이었다! 저 자의 얼굴을 잘 보아두어라. 저자가 너를 노예로 만들었다. 네 아버님의 머리를 창끝에 꿰어 매단 것도 저자다. 우리를 노예로 노예상에게 팔아먹은 것도 저자이다! 저 커다란 흉터가 있는 오른손을 잘 보아두어라. 비록 네가 저놈의 얼굴은 잊어버리더라도, 노예상 엘 코비르에게서 금화를 한 닢 한 닢 받아쥔 저 손만은 알아볼 수 있을 게다.——네, 알아볼 수 있고말고요! 자, 저자가 나를 정말 알아보지 못하는지, 한번 직접 얘기해 보게 해주세요.〉

하이데의 말 한마디 한마디가 마치 단검처럼 모르세르 백작 위로 떨어지며, 백작의 힘을 조금씩 조금씩 도려내고 있었네. 그리고 하이데의 마지막 말이 떨어졌을 때, 백작은 자기도 모르게 실제로 흉터가 있는 당신의 손을 가슴속으로 얼른 감춰버렸다네. 그러고는 암담한 절망 속에 가라앉듯 안락의자에 털썩 주저앉지.

이러한 광경을 보는 의원들의 머릿속에는, 마치 세찬 폭풍에 휘날리는 낙엽처럼 혼란이 일기 시작했네.

〈모르세르 백작〉 의장이 말했네. 〈정신을 바짝 차리셔야 합니다. 자, 대답해 보십시오. 위원회의 재판은 하느님의 재판과 마찬가지로 숭고하고도 평등한 것입니다. 당신에게 방어책을 드리지 않고 그대로 적의 음모에 넘어가게 하지는 않을 것입니다. 다시 조사를 재개해 볼까요, 귀족원의 의원 두 사람을 선정해서 자니나로 보내볼까요? 자, 대답해 보시오.〉

모르세르 백작은 아무 대답도 못했지.

그러자 의원들은 공포심이 어린 눈으로, 서로의 얼굴을 쳐다보았다네. 백작의 성품이 과격하다는 것은 이미 알고 있는 터였지. 그런 백작께서 변명할 기력조차 잃어버렸다면, 필경 무서운 허탈 상태에 빠져 있음이 분명했어. 그리고 마치 잠자는 듯한 이 침묵에 뒤이어 벼락과도 같이 갑작스레 무섭게 일깨우는 말이 울려나오지 않을까 하는 생각도 할 수 있었네.

〈자〉 하고 의장이 물었어. 〈어떻게 하시겠습니까?〉

〈아무것도 하지 않겠습니다.〉 백작께서 일어서며 무거운 목소리로 말했지.

〈그렇다면〉 하고 의장은 재차 물었네. 〈알리 테베린의 따님이 진술한 것이 과연 사실이란 말이오? 그리고 이 여인이 정말로 죄인이 일언반구도 반박하지 못할 무서운 증인이란 말씀인가요? 그리고 당신은 지금 고발당한 일들을 실제로 범했단 말이오?〉

백작은 주위를 둘러보았어. 그 시선은 마치 호랑이의 마음이라도 움직일 정도로 절망적이더군. 그러나 의원들의 마음은 움직일 수가 없었네. 그러고 나서 천장을 바라보더니 이내 눈길을 돌리시고 말더군. 마치 천장이 둘로 갈라지며, 그 가운데 하늘이라고 하는 제2의 법정과, 신이라고 불리는 또 다른 심판자가 나타날까 봐 두려워서 그러시는 것 같았네.

 그러더니 숨이 막힐 듯 몸에 꽉 끼는 양복의 단추를 우두둑 뜯어버렸어. 그리고 침울한 광인처럼 밖으로 나갔지. 잠시 동안 백작의 발소리가 천장 밑으로 음산하게 울려왔네.

 이윽고 바람처럼 백작을 실어가는 마차 소리가 피렌체풍의 건물 문을 흔들며 들려왔어.

 〈여러분〉 회의장이 다시 정숙해진 것을 보자, 의장이 말했다네. 〈모르세르 백작이 반역, 매국 등 파렴치한 행동을 한 사실을 인정합니까?〉

 〈인정하오!〉 조사 위원회의 전원이 이구동성으로 일제히 대답했네.

 하이데는 회의가 끝날 때까지 그 자리에 남아 있었지. 그녀는 모르세르 백작에게 판결이 내려지는 것을 들으면서도, 얼굴에 기쁨의 빛도 연민의 빛도 일절 띠지 않았어.

 그리고 다시 얼굴에 베일을 쓰며 의원들에게 정중하게 인사를 한 다음 방을 나갔지. 그 발걸음은 베르길리우스(기원전 1세기경 로마의 대시인——옮긴이)가 여신들의 걸음을 얘기할 때의 모습과도 같았네」

도전

「그래서」하고 보샹은 말을 이었다.「난 방안이 조용해지고 어두워지는 것을 틈타서 아무도 모르게 회의실을 빠져나왔지. 나를 안내해 준 수위가 문밖에서 기다리고 있다가, 나를 데리고 복도를 빠져나와 조그만 문으로 안내해 주더군. 그 문은 보지라르 가로 통하는 문이었어. 나는 괴로운 심정과 황홀한 마음이 교차하는 가운데 거리로 나왔지. 자네를 생각하면 괴로웠고, 이런 말을 해서 미안하네만 아버지의 원수에게 복수하던 그 고귀한 여자를 생각하면 사실 황홀했다네. 그래, 알베르, 난 감히 말할 수 있어. 그와 같이 숨은 적을 적발하는 일이 어디서부터 시작되었든 간에, 설령 적으로부터 시작되었다 하더라도, 그 적이란 것이 틀림없이 곧 신의 섭리였다고」

알베르는 두 손으로 머리를 움켜쥐었다. 그는 수치심으로 붉어지고 눈물에 젖은 얼굴을 들어 보샹의 팔을 잡고 말했다.
「보샹, 내 인생은 이제 끝났어. 이젠 자네 말처럼 이런 일이 다만 신의 섭리라고만 말할 게 아니라, 나한테 이러한 적의를 품은 사람이 도대체 누군지 찾아내는 일이 남았을 뿐이야. 그 자가 누군지만 아는 날엔 죽여버릴 테야. 그렇지 않으면 그자가 날 죽이고 말 테니까. 그리고 보샹, 자네의 우정이 경멸 때문에 없어지지 않았다면 날 좀 도와주게」

「경멸이라니! 그런데 이번 일이 자네와 무슨 상관이 있다고 그러는 건가? 그런 소린 말게. 지금은 아버지의 행동을 자식에게까지 책임 지우는 부당한 편견 같은 건 없어진 세상이라니까. 알베르, 지금까지의 자네 인생을 다시 한번 생각해 보게. 얼마 안 되는 짧은 생애였지만 어떤 쾌청한 날의 새벽빛도 자네 인생의 여명만큼 밝지는 못했을 걸세. 알베르, 내 말을 들어봐. 자넨 젊고 돈도 있으니 프랑스를 떠나게. 생활이 분주하고 사람들의 취미가 늘 달라지는 이 커다란 바빌론의 도시에선 모든 게 금세 잊혀지고 말아. 그러니 삼사 년 후에 돌아오게. 그래서 어느 러시아의 왕녀하고 결혼하란 말야. 그러면 지난날에 있었던 일을 기억할 사람은 아무도 없을 거야. 더군다나 십육 년 전에 일어났던 일 따위야 더 말할 필요도 없지」

「고맙네, 보샹. 자네가 보여준 호의는 정말 고맙네. 그러나 그럴 수가 없어. 난 자네에게 내가 희망하는 것이 무엇인가를 얘기했네. 그 희망이라는 말을 필요에 따라선 의지라고 말할 수도 있겠지. 자넨 알아주리라 믿네만 이 사건의 당사자인 난, 자네 같은 관점에서 이 일을 바라볼 수 없어. 자네에겐 이번 일이 하느님이 일으키신 것처럼 생각되겠지만, 내겐 어떤 불순한 원인에서 생긴 것처럼 생각되거든. 내가 보기에 이 사건은 신의 섭리와는 전혀 상관이 없는 것 같아. 그리고 그편이 오히려 다행이지. 눈에 보이지도 않고 만질 수도 없는 신의 보상이나 징벌 대신 내 손으로 직접 보이는 놈을 잡고 말 테니까 말야. 그리고 그놈에게 복수할 거야! 그렇게 되면, 보샹, 다시 한번 말하지만 난 인간미 나는 현실적인 생활로 돌아가겠어. 그러니까 자네 말대로 자네가 아직도 내 친구라면, 나에게 이런 불행을 가져온 그자를 찾아내는 걸 도와주게」

「그러지!」 보샹이 말했다. 「날더러 지상 어딘가에 발 붙이고 서 있으라면 그렇게 하겠네. 자네가 무슨 일이 있어도 적을 찾아나서야겠다면 나도 같이 나서겠네. 그리고 꼭 그자를 찾아내겠네. 내 명예도 자네 명예와 마찬가지로 그자를 찾아내는 데 있으니까」

「그렇다면 보샹, 지금부터라도 당장 지체할 것 없이 조사에 나서세. 단 일 분 늦춰지는 게 내겐 마치 영원처럼 느껴지니까 말야. 고발한 자는 아직 벌을 받지 않고 있어. 잘하면 벌받는 걸 면하리라고 생각하겠지. 하지만 내 명예를 걸고 다짐하겠네만, 그자가 그런 생각을 한다면 그야말로 착각이야」

「그런데 알베르, 내 얘길 들어보게」

「뭔데? 뭐가 알고 있는 게 있나? 정신이 번쩍 나는군」

「이게 사실이란 말은 아니지만, 적어도 어두운 밤의 한 가닥 불빛 정도는 되는 듯하네. 이 불빛을 좇아가면 어쩌면 목적지에 도착할 수 있을지도 몰라」

「무슨 얘긴데 그래? 얼른 좀 말해 보게. 애가 타서 죽겠어」

「그럼 내가 자니나에서 돌아왔을 때, 자네에게 안했던 얘길 하나 들려주지」

「해봐」

「실은 이런 일이 있었네, 알베르. 난 그때 자연히 그곳에서 제일가는 은행가의 집으로 정보를 얻으러 갔었네. 그런데 그 사건 얘기를 꺼내자, 아직 자네 아버님 이름도 나오기 전에 저쪽에서 먼저 〈아! 당신이 어째서 오셨는지 알겠군요.〉 하더군.

〈아니, 어떻게요?〉 하고 내가 물었더니,

〈이 주일쯤 전에 같은 문제로 내게 문의를 한 사람이 있었지요.〉

〈그게 누굽니까?〉

〈제가 거래하고 있는 파리의 은행가죠.〉

〈이름이?〉

〈당글라르 씨입니다.〉 하지 않겠나?」

「그 인간이!」 알베르가 소리쳤다. 「맞았어! 벌써 오래전부터 질투에 싸인 증오심을 가지고 불쌍한 내 아버지의 뒤를 노려왔던 게 바로 그자야. 자기가 민중적이라고 하면서 아버지가 귀족원 의원이 된 걸 늘 탐탁지 않게 여겼었어. 그리고 아무 이유도 내세우지 않고 이번 혼담을 파혼시켜 버렸다고! 틀림없어」

「잘 알아보게, 알베르. 미리부터 너무 흥분하지만 말고, 잘 조사해 봐. 그래서 만약 그게 사실이라면……」

「그래, 그게 사실이라면!」 알베르가 외쳤다. 「여태까지 내가 받은 고통을 갚아줘야지」

「조심하게. 알베르, 그쪽은 나이가 많은 사람이니까」

「그자가 우리 집 명예에 관해서 생각한 것만큼, 나도 그자의 나이를 고려하지. 아버지한테 원한이 있다면, 왜 아버지를 정면으로 해치우려 들지 못했느냐 말야? 그래, 그자는 상대방 앞에 나타나는 게 두려웠던 거야」

「알베르, 아니라고는 하지 않겠네. 다만 신중을 기해야 한다고. 알베르, 조심해서 처신하게」

「응, 염려하지 마. 보샹, 자네도 같이 가주겠지? 엄숙한 일은 증인을 앞에 놓고 행하는 거니까. 오늘 안으로 당글라르가 범인임이 밝혀진다면, 그자의 숨이 끊어지거나 아니면 내가 죽거나 둘 중의 하나야. 보샹, 그러면 내 명예를 위해 장례식만은 근사하게 해주게」

「좋아. 결심이 그렇다면 곧 실천에 옮기세. 당글라르 집으로 가볼까? 자, 떠나자고」

마차가 불려왔다. 은행가의 저택에 도착하니, 문 앞에 안드레아 카발칸티의 마차와 하인이 눈에 띄었다.

「흥! 잘됐군」 알베르는 침통한 소리로 말했다. 「만약 당글라르가 결투를 거부한다면, 저 사위 놈을 죽여버려야겠군. 카발칸티 같은 놈이면, 싫어도 싸우지 않을 수 없겠지」

알베르가 왔다는 소식이 은행가에게 알려졌다. 알베르의 이름을 듣자 지난밤에 있었던 일을 알고 있는 당글라르는 우선 문을 잠그게 했다. 그러나 때는 이미 늦었다. 알베르는 하인의 뒤를 바로 쫓아 들어왔던 것이다. 그는 당글라르가 문을 잠그라는 소리를 듣자, 곧 문을 박차고 은행가의 서재까지 들어갔다. 보샹이 그뒤를 따랐다.

「아니, 이게 무슨 일인가?」 하고 당글라르는 소리쳤다. 「집주인은 자기 집에서 마음대로 손님을 가려 만날 수도 있고 안 만날 수도 있는 게 아닌가? 어째 상당히 흥분한 거 같군 그래」

「천만에요」 알베르는 차갑게 대답했다. 「인간에겐 여러 가지의 때와 경우가 있지요. 그리고 당신은 지금 그중 한 가지 경우에 처해 있는 거고요. 제가 비겁자가 아닌 한 당신을 위해서 도망갈 구멍을 마련해 주어야겠지만, 적어도 책임지고 만나주시지 않으면 안 되는 사람들이 있는 법입니다」

「그래, 무슨 일로 왔는가?」

알베르는 벽난로에 등을 대고 서 있는 카발칸티는 전혀 거들떠보지도 않는 듯 당글라르에게로 다가갔다. 「난 십 분쯤 아무도 방해하지 않을 외진 장소에서 당신을 한번 만나뵙기를 요청하러 왔습니다. 그저 그뿐입니다. 단, 그러고 나면 우리 두 사람 중의 한 사람은 나뭇잎 밑에 드러눕게 되겠지요」

당글라르의 안색이 변했다. 카발칸티도 움찔했다. 알베르는 이번에는 카발칸티에게로 돌아섰다.

「아 참, 원하신다면 같이 오시죠. 한 가족이나 다름없으니, 오실 권리는 있습니다. 또 이런 일을 원하는 분이 계신다면 얼마든지 받아들일 용의가 있으니까요」

카발칸티는 당황한 얼굴로 당글라르를 바라보았다. 당글라르는 정신을 바짝 차리고 자리에서 일어나 두 청년 사이로 다가갔다. 알베르가 안드레아에게 도전하는 것을 보자, 그의 입장이 달라졌다. 그리고 알베르가 찾아온 이유는 자기가 처음에 생각하던 것과는 다르다는 것을 알았다.

「잠깐」 하고 그는 알베르에게 말했다. 「만약 내가 자네를 마다하고 카발칸티 씨를 선택했다는 이유로 싸움을 건다면, 난 이 일을 검사 손에 넘길 테니 그리 아시오」

「그건 오해이신데요」 알베르가 씁쓸하게 웃으며 말했다. 「난 결혼 문제 같은 걸로 이러는 게 아닙니다. 카발칸티 씨에게 이런 말을 하는 건, 이분이 우리 사이의 문제에 조금이나마 참견하려는 것 같은 인상을 주었기 때문입니다. 자, 그건 그렇고 지금 하신 말씀대로 나로서는 오늘 누구에게든지 싸움을 걸고 싶은 심정입니다. 그러나 안심하십시오, 우선권은 당신에게 드릴 테니」

「이봐요」 당글라르는 분노와 공포로 얼굴빛이 새파래져서 말했다. 「미리 경고해 두지만, 난 어쩌다가 불행히도 길에서 미친개를 만나게 되면 죽여버립니다. 그리고 그런 경우 내가 나쁜 짓을 했다고 생각지 않고, 오히려 사회에 봉사했다고 생각하지요. 그러니 지금 미쳐서 나를 물려고 대드는 날이면, 난 가차없이 죽여버릴 테니 그런 줄 아시오. 그나저나 자네 아버지의 명예가 손상된 것이 내 죄란 말이오?」

「그래!」 알베르가 소리쳤다. 「바로 당신의 죄야!」

당글라르는 한걸음 뒤로 물러섰다.

「내 죄라고? 무슨 소릴 하는 거야!」 당글라르가 말했다. 「자네 미쳤군 그래. 내가 그리스에서 벌어진 일 같은 걸 어찌 알겠어? 내가 그 고장엘 가보길 했나, 또 내가 자네 아버지더러 자니나 성을 팔아넘기라고 충동질하길 했나, 도대체 나와 무슨 상관이라는 건가?」

「닥쳐요!」 알베르는 침통한 소리로 말했다. 「그래요, 물론 직접 그 일을 폭로했거나, 그런 불행을 가져오지야 않았겠지요. 비겁하게 뒤에서 일을 선동했을 뿐이지」

「내가?」

「그래요! 당신이 말입니다! 대체 어디서 그걸 알아냈습니까?」

「당신도 신문에서 봤겠지만, 자니나 통신이란 기사에서지!」

「그럼 자니나엔 누가 편지를 보냈죠?」

「자니나에?」

「그래요, 누가 아버지에 관한 조회를 부탁하는 편지를 보냈습니까?」

「자니나에 편지를 보내는 일쯤 누군들 못하겠소?」

「하지만 편지를 보낸 사람은 단 하나였습니다」

「단 한 사람?」

「그렇습니다. 그리고 그게 바로 당신이죠」

「하긴 내가 편질 보내긴 했지. 하지만 딸을 시집 보내려는 아버지가 신랑감의 가족에 관한 조회를 하는 것쯤이야 있을 수 있는 일이 아닌가? 그것은 단순한 권리일 뿐만 아니라 의무인데」

「당신은」 하고 알베르는 말했다. 「어떤 답장이 올지 뻔히 알면서 편지를 보냈던 겁니다」

「내가? 맹세하지만」 당글라르는 안도에 찬 어조로 자신감 있게 말했다. 그것은 공포에서 생기는 기분이라기보다는 차라리 이 불행한 청년에 대한 동정에서 우러나오는 듯했다. 「난 절대로 자니나에 편지를 쓸 생각은 없었소. 내가 알리 파샤의 참극을 알았을 리 없지 않소?」

「그럼 누군가 뒤에서 시킨 사람이 있단 말인가요?」

「물론」

「누군가가 그러라고 시켰단 말이죠?」

「그렇소」

「그게 누구죠? ……계속 얘길 해보십시오…… 자, 어서……」

「별 거 없소. 난 당신 아버님의 과거에 관해 얘기하고 있었지. 당신 아버님이 재산을 어떻게 그렇게 많이 모았는지 아무래도 분명치 않다고 내가 얘길 했더니, 듣고 있던 상대방이 아버님이 재산을 모은 장소가 어디냐고 묻더군요. 그래서 내가 그리스라고 대답했소. 그랬더니 그 사람이, 그럼 자니나로 편지를 해보면 알 게 아니냐고 그럽디다」

「그래 그 충고를 해준 게 누굽니까?」

「그건 바로 당신 친구, 몬테크리스토 백작이오」

「몬테크리스토 백작이 자니나로 편지를 보내보라고 그랬단 말씀입니까?」

「그렇소. 그래서 편지를 보냈지. 그 편지를 보겠소? 보여드리리다」

알베르와 보샹은 서로 얼굴을 마주 보았다.

「당글라르 씨」하고 그때까지 잠자코 듣기만 하던 보샹이 입을 열었다. 「당신은 지금 파리에 없으니 변명조차 할 수 없게 된 몬테크리스토 백작에게 죄를 전가하려고 하시는 모양인데」

「난 누구에게 죄를 전가하려는 게 아니오」당글라르가 대답했다. 「난 사실 그대로를 얘기하는 것뿐이니까. 몬테크리스토 백작 앞에서 지금 한 말을 되풀이할 수도 있소이다」

「그래, 백작은 당신이 어떤 회답을 받았는지 알고 있나요?」

「그 편지를 보여드렸으니까」

「백작은 아버지의 세례명이 페르낭이며, 성은 몬데고라는 것도 알고 있던가요?」

「그렇소, 그 얘긴 벌써 오래전에 내가 말씀해 드렸으니까. 그러니 이번 일에서 난 누구라도 내 입장이라면 할 만큼의 일을 했을 뿐이오. 아마 다른 사람 같았으면 나보다 훨씬 더 심하게 했을 거요. 그 답장이 온 이튿날, 몬테크리스토 백작의 권고로 당신 아버님께서 정식으로 내게 자네의 결혼 문제로 청혼하러 왔을 때, 난 누구하고라도 끝장 낼 때 하는 식으로 분명히 거절했소. 사실 딱 잘라 거절하긴 했네만, 그 이유나 그 사건 이야기는 하지 않았지. 뭐, 그 얘길 들춰낼 필요야 없지 않소. 그 양반의 명예나 불명예가 나와 무슨 상관이라고……내 수입이 느는 것도, 줄어드는 것도 아닌데 말이야」

알베르는 얼굴이 화끈 달아오르는 것을 느낄 수 있었다. 당글라르가 치사하게 자기 변명을 늘어놓고 있음에는 틀림 없었다. 그러나 당글라르는 양심에 찔려서라기보다 겁에 질려 사실의 전부를 말하고 있진 않지만, 적어도 그 일부를 이야기하고 있는 것은 확실한 듯한 느낌이 들었다. 게다가 알베르는 도대체 무엇을 찾고 있었던가? 당글라르나 몬테크리스토 백작의 죄가 크냐 작으냐는 문제가 아니었다. 그가 찾고 있던 것은 가문에 입혀진 모욕이었으며 무겁건 가볍건 간에 어쨌든 그 모욕에 책임이 있는 당사자, 즉 결투할 상대였다. 그러나 당글라르가 결투에 응하지 않을 것은 뻔한 일이었다.

게다가 여태까지 잊고 있었거나 혹은 깨닫지 못하고 있던 일들이 하나하나 그의 눈에 분명하게 비쳐오고, 그의 기억에 생생하게 되살아나기 시작했다. 그렇다, 몬테크리스토 백작은 모든 것을 다 알고 있었던 것이다. 알리 파샤의 딸을 알고 있으면서도 당글라르에게 자니나에 편지를 보내보라고 권했던 것이다. 백작은 회답을 알고 난 후에, 하이데를 소개받고 싶다는 알베르의 청을 들어준 것이다. 그리고 하이데와 자리를 같이하게 되자, 백작은 하이데가 알리의 죽음에 이를 때까지 이야기하게 내버려두었다(그러나 물론 하이데에게는 그때 로마이크어로 몇 마디 주의를 주어, 알베르로서는 그것이 자기 아버지의 얘긴 줄 꿈에도 상상하지 못하게 했었다). 그리고 알베르에게도 하이데 앞에서 절대로 아버지의 이름은 입에 올리지 말라고 이르지 않았었던가? 그러고 나서 백작은 이 사건이 터지려고 할 때쯤 알베르를 노르망디로 데리고 갔던 것이다. 그렇다, 조금도 의심할 여지가 없다. 모든 것이 다 계산되어 있었던 것이다. 그리고 분명 백작은 아버지의 적들과 내통하고 있었던 것이다.

알베르는 보샹을 한쪽 구석으로 데리고 가서 이러한 자기 생각을 이야기했다.

「자네 말이 맞네」 하고 보샹은 말했다. 「이번 일에 당글라르는 눈에 띄긴 하나 단순히 피상적인 역할밖에 안 한 거야. 가서 따져야 할 상대는 바로 몬테크리스토 백작이야」

알베르는 다시 돌아서며, 「당글라르 씨」 하고 말했다. 「잘 알겠습니다만, 아직 이 정도로 당신과의 일이 끝났다고는 생각지 않습니다. 앞으로 당신의 말이 과연 옳은지 그른지 가려봐야겠으니까요. 난 이 길로 당장 몬테크리스토 백작에게 가서 사건의 진상을 확인하겠습니다」

이렇게 말하면서 그는 은행가에게 인사한 후 카발칸티는 안중에도 없다는 듯이 보샹과 함께 그대로 방을 나갔다.

당글라르는 두 사람을 문 앞까지 배웅했다. 문 앞에 이르러 그는 알베르에게, 자기는 모르세르 백작을 증오할 하등의 개인적인 이유가 없다는 얘기를 다시 한번 강조했다.

모욕

은행가의 집 문 앞에서 보샹은 알베르를 붙잡고 말을 꺼냈다.
「이보게, 아까 내가 당글라르 씨 집에서 이번엔 몬테크리스토 백작에게 따져야 한다고 그랬지?」
「그래. 그래서 지금 그리 가는 길 아냐?」
「그런데 알베르, 가기 전에 잠깐 생각해 보는 것이 어떨까?」
「생각하라니, 뭘?」
「백작의 집에 따지러 가는 게 얼마나 중대한 일인가를 말야」
「당글라르 집에 가는 것보다, 이게 더 중대한 일이란 말인가?」
「그렇지. 당글라르란 사람은 돈을 취급하는 사람이야. 자네도 알겠지만, 돈을 만지는 사람은 쉽사리 결투 같은 걸 하기보단 밑천이 행여 어떻게 될까, 그걸 더 중요하게 생각하는 법이거든. 그러나 백작은 적어도 겉보기에는 신사야. 그렇지만 혹여 그런 신사의 실제 모습이 죽음을 가리지 않는 살인자라면 자네가 위험에 부딪힐 수 있지 않을까 염려되네」

「내가 두려워하는 것은 단 하나, 결투를 못하는 인간을 만나게 되는 것뿐이야」

「아! 그렇다면, 그 점만은 염려 말게」 보샹이 말하였다. 「백작은 결투를 받아들일 걸세. 오히려 내게 걱정되는 것은 단 하나, 그 사람이 결투를 너무 잘하지 않을까 하는 것이야. 조심하게」

「보샹」 알베르는 밝은 미소를 띠며 말했다. 「그거야말로 실은 내가 바라는 바야. 내게 가장 행복할 일은 아버지를 위해 목숨을 잃을 수 있는 거지. 그것으로 우리 모두가 구원받을 수 있을 테니까」

「하지만 어머님께서 돌아가시게 될걸」

「가엾은 어머니!」 알베르는 눈 위에 손을 얹으면서 말했다. 「그건 나도 알아. 하지만 수치심으로 죽느니, 차라리 그편이 더 나을 거야」

「마음을 확실히 정한 건가?」

「그래」

「그럼, 가보지. 하지만 가면 만날 수는 있을까?」

「나보다 몇 시간 뒤에 돌아올 예정이었으니까, 도착했겠지」

그들은 마차에 올랐다. 그리고 샹젤리제 거리 30번지를 향해 마차를 달렸다.

보샹이 마차에서 혼자 내리려고 하자 알베르는 이번 사건은 그 자체가 상식적인 규범에서 벗어난 일이니, 결투의 의례에서 벗어난다 해도 별로 이상할 것은 없다고 말했다.

알베르는 이렇게 매사에 신성한 이유를 고려하며 행동하고 있었으므로, 보샹은 모든 것을 알베르의 뜻대로 따르는 수밖에 없었다. 그래서 알베르가 말하는 대로 그의 뒤를 따라 들어갔다.

알베르는 수위실에서 현관 계단까지 한걸음에 달려갔다. 그를 맞으러 나온 것은 바티스탱이었다.

과연 백작은 방금 돌아왔다고 했다. 그러나 지금 목욕탕에 있으니 누구도 만날 수는 없다는 것이었다.

「목욕이 끝나시면?」하고 알베르가 물었다.

「식사하실 겁니다」

「식사 후엔?」

「한 시간쯤 주무시죠」

「그 다음엔?」

「그러고 나서 오페라 극장에 가실 거예요」

「확실한가?」알베르가 물었다.

「틀림없습니다. 정각 여덟시에 말을 대어놓으라고 하셨습니다」

「됐네」알베르가 대답했다. 「그만하면 다 알았으니까」

그러고는 보샹을 향해 말했다.

「보샹, 무슨 볼일이 있거든 지금부터 해두게. 혹시 오늘밤에 약속이 있거든 내일로 미뤄주고. 알겠지만, 자네가 오페라 극장에 같이 가줬으면 하네. 그리고 가능하면 샤토 르노도 데리고 와주면 좋겠어」

보샹은 이 기회를 이용하여, 여덟시 십분 전에 다시 오겠다는 약속을 하고 알베르의 곁을 떠났다.

집으로 돌아온 알베르는 프란츠, 드브레, 모렐 등 세 사람에게 오늘밤에 오페라 극장에서 꼭 좀 만나고 싶다는 뜻을 알렸다.

그러고 나서 그는 어머니에게로 갔다. 어머니는 전날의 사건이 있은 후로 아무도 방에 들이지 말라는 분부를 내렸다. 알베르가 방으로 들어가 보니, 어머니는 그 치명적인 불명예스런 사건으로 괴로워하며 자리에 누워 있었다.

알베르를 보자 메르세데스는 누구라도 짐작할 수 있는 표정이 되어버렸다. 어머니는 아들의 손을 잡고 울음을 터뜨렸다. 울고 나니 마음이 다소 후련해진 듯했다.

알베르는 어머니 곁에 잠시 동안 말없이 서 있었다. 어머니의 창백한 안색과 눈썹을 찌푸린 얼굴을 보고 있자니, 그의 마음속에서 복수의 결의가 점점 약해져 가는 것을 느낄 수 있었다.

「어머니」 알베르가 물었다. 「어머니는 모르세르 백작의 적이 누군지 혹 마음에 짚이시는 데가 없으세요?」

메르세데스는 몸을 떨었다. 알베르가 〈아버지〉라는 말을 피한다는 것을 알았기 때문이다.

「아버지 같은 지위에 있는 사람이면」 하고 메르세데스는 대답했다. 「자신도 모르는 적이 많은 법이다. 그리고 이쪽에서 모르고 있는 적이야말로 정말 무서운 적이지」

「그건 저도 알아요. 그러니까 매사를 잘 들여다보시는 어머니한테 여쭈러 온 겁니다. 어머니, 어머닌 보통 분과 다르시니까, 무엇이건 어머니 눈을 피할 수가 없잖아요」

「왜 그런 소릴 하니?」

「이를테면 요전에 우리 집에서 무도회를 연 날 밤에는, 몬테크리스토 백작이 우리 집 음식을 절대로 입에 대려 하지 않는다는 걸 대뜸 알아차리셨잖아요」

메르세데스는 열로 뜨거워진 팔을 짚고 후들후들 떨리는 몸을 일으키며,

「몬테크리스토 백작!」하고 소리쳤다.「그게 지금의 네 질문과 무슨 관계가 있단 말이냐?」

「어머닌 알고 계시리라 믿어요. 몬테크리스토 백작은 거의 동양 사람이나 다름없지요. 그리고 동양 사람들은 언제까지나 자유롭게 복수하기 위해, 적의 집에서는 절대로 먹지도, 마시지도 않습니다」

「그러니까 몬테크리스토 백작이 우리의 적이란 말이냐, 알베르?」메르세데스는 덮고 있던 시트보다도 더 안색이 창백해지며 말을 이었다.「누가 그런 소릴 하더냐? 그리고 왜? 알베르, 너 제정신이니? 몬테크리스토 씨는 우리에게 늘 예의를 지켜온 분이다. 그분은 네 목숨을 구해 주셨어. 그리고 그분을 우리한테 소개한 게 바로 네가 아니야? 애야, 그런 생각이 들었거든, 제발 잊어버려라. 내가 네게 권하고 싶은 것이 있다면, 아니 권할 정도가 아니라 부탁하고 싶은 게 있다면, 네가 그분과 잘 지냈으면 하는 거란다」

「어머니에겐」알베르는 어두운 눈으로 어머니를 바라보며 말했다.「그 사람을 용서해 줄 만한 이유가 있겠죠」

「나에게?」메르세데스는 방금 안색이 창백해질 때와 같은

속도로, 이번에는 새빨개지더니, 이내 다시 전보다도 더 창백해지며 소리쳤다.

「그래요. 그리고 그 이유란 그 사람은 우리를 해칠 까닭이 없다는 거겠죠?」 하며 알베르는 말을 이었다.

메르세데스는 몸을 떨었다. 그리고 무엇인가를 알아내려는 듯한 시선으로 아들을 바라보더니,

「넌 이상한 말을 하는구나」 하고 말했다. 「그리고 이상한 선입관을 가지고 있는 모양이다. 백작이 너한테 뭘 어떻게 했단 말이니? 사흘 전만 해도 같이 노르망디에 가지 않았었니. 그리고 사흘 전만 해도 나와 마찬가지로 너도 백작을 제일 좋은 친구로 알고 있더니만」

알베르의 입술에는 비꼬는 듯한 미소가 스쳐갔다. 메르세데스는 그 미소를 보았다. 그리고 여자로서의, 또 어머니로서의 이중의 본능으로 모든 것을 알아챘다. 그러나 신중하면서도 강한 의지력을 가진 그녀는 자기 내부의 동요와 전율을 밖으로 드러내지 않았다.

알베르는 그대로 얘기를 중단하고 말았다. 백작 부인이 다시 말을 이었다.

「넌 내 몸이 좀 어떤가 해서 왔겠지?」 하고 부인은 말했다. 「사실대로 말하자면, 암만해도 기분이 좋아지지 않는구나. 네가 여기 있어주면 좋겠다. 내 말벗이나 되어주려무나. 혼자 있기가 싫어」

「물론 어머니 말씀대로 하지요. 그러나 아주 급하고 중요한 일이 있어서 오늘 저녁만은 아무래도 곁에 있어드릴 수가 없겠네요」 하고 알베르는 대답했다.

「그렇다면야 가봐야지. 너를 효도하라고 꽉 붙잡아 매어둘 생각은 없단다」 메르세데스는 한숨을 쉬며 말했다.

알베르는 메르세데스의 마지막 말을 전혀 못 들은 체하고 어머니에게 인사한 후, 밖으로 나갔다.

알베르가 문을 닫고 나가자마자, 메르세데스는 믿을 만한 하인 한 사람을 불렀다. 그리고 오늘밤은 알베르가 가는 곳은 일일이 뒤쫓아 가보고 곧 자기에게 알려달라고 일렀다.

그러고 나서 이번에는 하녀를 불렀다. 그리고 몸이 퍽 쇠약해져 있지만, 만일의 경우에 대비해서 옷을 입혀달라고 말했다.

하인에게 내려진 임무는 그리 어려운 일은 아니었다. 알베르는 자기 방으로 들어가서 완벽하게 정장으로 갈아입었다. 여덟시 십분 전에 보샹이 왔다. 샤토 르노를 만났으며, 오페라의 막이 오르기 전까지 아래층의 앞자리에 와 있겠다는 약속을 받고 왔다고 그는 말했다.

두 사람은 알베르의 마차에 올랐다. 알베르는 그들이 가는 곳을 감출 이렇다 할 이유는 없는 까닭에 큰소리로 외쳤다.

「오페라 극장으로!」

초조한 마음이라 그런지 알베르는 오페라 개막 전에 도착하고 말았다. 샤토 르노는 자기 자리에 와 있었다. 그는 이미 모든 것을 보샹에게서 듣고 난 터라, 알베르로서도 다시 설명할 필요가 없었다. 아버지의 복수를 하려는 아들의 마음이란 지극히 간단한 것이어서 샤토 르노로서는 별로 그 마음을 돌릴 생각도 하지 않고, 자기가 필요한 경우엔 언제라도 그에 응할 각오가 서 있다는 것을 다시 한번 다짐해 주기만 하면 되었다.

드브레는 아직 와 있지 않았다. 그러나 알베르는 그가 오페라 극장의 공연을 빠지는 일은 거의 없다는 사실을 알고 있었다. 알베르는 막이 오르기 전까지 극장 안을 왔다갔다했다. 복도에서든 층계에서든 몬테크리스토 백작을 만날 수 있을까 해서였다. 개막 벨이 울리자, 그는 자기 자리로 되돌아왔다. 그는 아래층 앞자리에서 샤토 르노와 보샹 사이에 자리를 잡았다.

그러나 제1막이 진행되는 동안 알베르는 기둥과 기둥 사이에 문이 닫힌 채로 있는 특별석에서 잠시도 눈을 떼지 않았다.

그러나 제2막이 막 시작되려는 찰나 알베르가 수백번째로 다시 시계를 들여다보는 순간, 특별석의 문이 열리며 검은 옷을 입은 몬테크리스토 백작이 들어오더니, 난간에 몸을 구부리고 장내를 내려다보았다. 백작의 뒤로는 막시밀리앙 모렐이 들어왔다. 모렐은 누이 부부를 눈으로 찾고 있었다. 마침내 제2열 좌석에서 누이 부부를 발견한 그는, 그들에게 손짓을 해 보였다.

백작은 장내를 한바퀴 둘러보다가 자기의 시선을 끌려고 열심히 노력하는 듯한 창백한 얼굴과 번득이는 눈에 부딪혔다. 백작은 그것이 알베르라는 것을 능히 알 수가 있었다. 그러나 헝클어진 얼굴 표정을 보니, 못 본 체하는 편이 낫겠다는 생각이 들었다. 백작은 자기 생각을 드러낼 만한 표정은 전혀 보이지 않고 자리에 앉아 오페라 관람용 쌍안경을 케이스에서 꺼내, 다른 쪽을 건너다보았다.

그러나 백작은 알베르를 안 보는 체하면서도, 사실은 그에게서 눈을 떼지 않고 있었다. 그리하여 제2막의 막이 내렸을 때, 결코 잘못 보는 일이 없는 확실한 그의 눈에는, 알베르가 자리에서 일어나 두 친구를 데리고 밖으로 나가는 것이 보였다.

얼마 안 있어, 같은 얼굴이 백작의 좌석 앞에 있는 유리창에 나타났다. 백작은 자기에게로 폭풍우가 몰려오는 것을 의식했다. 그리고 관람석 자물쇠에서 열쇠가 돌아가는 소리를 들었을 때, 그는 지극히 상냥한 얼굴로 모렐과 이야기를 나누면서도, 이제 닥칠 것이 왔다고 생각하고서는 모든 사태에 대처할 수 있도록 마음의 준비를 끝내고 있었다.

문이 열렸다.

백작은 그제서야 비로소 고개를 돌렸다. 그리고 새파란 얼굴로 몸을 떨고 서 있는 알베르를 보았다. 알베르의 뒤에는 보샹과 샤토 르노가 서 있었다.

「아!」 하며 백작은 세속적이고 평범한 예절과는 전혀 다른, 공손하고도 단정한 어조로 인사를 했다. 「이거 굉장한 기사님이 오셨습니다그려, 알베르 씨」

놀랄 만큼 자기를 억제할 줄 아는 이 사람의 얼굴에는 더할 나위 없이 친근한 정이 넘쳐흘렀다.

모렐은 그제서야 알베르로부터 편지를 받았던 일이 생각났다. 편지에는 아무 설명도 없이 오페라 극장에 나와달라는 말만이 적혀 있었다. 그러자 그는 무엇인가 무시무시한 일이 일어나려고 한다는 것을 짐작할 수 있었다.

「우리는 위선적인 예절이나 마음에도 없는 우정 따위를 교환하려고 여기에 온 것은 아닙니다」 하고 알베르가 말했다. 「백작님, 우리는 당신에게 변명을 들으러 온 것입니다」

청년의 떨리는 음성은 악다문 이 사이로 겨우 새어나오는 듯했다.

「오페라 극장에서 변명을?」 백작이 말했다. 그 말을 할 때 백작의 침착한 어조며 꿰뚫어 보는 듯한 눈길에서, 이 사나이는 영원히 확고한 자신을 가지고 있는 인간임을 엿볼 수 있었다. 「파리의 습관에는 별로 익숙지 못한 나이지만, 그래도 이런 장소에서 변명을 요청받으리라곤 생각도 못했군요」

「하지만 상대방이 집안에 숨어서 목욕을 하고 있다느니, 식사중이라느니, 자리에 들었다느니 하는 구실로 안 만나줄 경우엔 어디서건 마주치는 장소에서 요구하는 수밖엔 없죠」하고 알베르는 말을 이었다.

「난 결코 만나기 힘든 사람은 아닙니다」 백작이 대답했다. 「어제만 하더라도 내 기억이 틀림이 없다면, 당신은 우리 집에 계셨는데」

「맞습니다」 알베르는 머릿속이 혼란해져서 되는대로 대답했다. 「어제 전 그 댁엘 갔었습니다. 그건 제가 당신이 어떤 분인지 모르고 있었기 때문이죠」

알베르는 이 말을 옆자리에 앉은 사람들이나 복도를 지나가는 사람들에게 들리도록 일부러 목청을 높여서 말했다. 말다툼 소리에 근처에 있던 사람들이 고개를 돌렸으며, 복도에 있던 사람들도 보샹과 샤토 르노의 뒤에 몰려와 섰다.

「도대체 무슨 일로 이러십니까?」 몬테크리스토 백작은 조금도 동요하는 듯한 빛을 띠지 않고 물었다. 「아무래도 흥분하고 계신 듯한데요」

「내 눈으로 당신의 배신을 보고서 복수를 하고자 왔다는 것을 당신이 알아보실 수만 있다면, 난 충분히 이성을 잃지 않고 있는 겁니다」알베르는 격분해서 말했다.

「아무래도 무슨 소린지 모르겠는데요.」하고 백작은 대답했다.「그리고 설혹 내가 알고 있다 하더라도, 언성이 너무 높은 것 같소이다. 여긴 내 자리요. 따라서 여기서는 나만이 다른 사람들보다 큰소리로 말할 수 있는 권리가 있습니다. 자, 돌아가 주시지요!」

이렇게 말하며 백작은 당당하고도 명령적인 몸짓으로 알베르에게 문을 가리켜 보였다.

「오, 당신이야말로 내가 이곳에서 끌어낼 사람입니다」알베르는 경련처럼 부들부들 떨리는 두 손으로 장갑을 움켜쥐며 말했다. 백작은 그것을 똑똑히 보았다.

「좋습니다!」백작은 냉담하게 대답했다.「나한테 싸움을 걸러 오신 거군요. 알겠습니다. 그러나 한 가지 충고하겠는데, 자작, 잘 기억해 두십시오. 도전을 하되, 그렇게 큰소리를 내는 것은 결코 좋은 습관이 못 됩니다. 큰소리가 누구에게나 통하는 건 아니니까요, 모르세르 씨」

모르세르라는 이름이 나오자, 주위에 몰려선 사람들 사이에 일종의 오한과 같은 놀라움이 물결처럼 스치고 지나갔다. 그 전날부터 모르세르라는 이름은 모든 사람들의 입에 오르내리고 있었기 때문이다.

알베르는 누구보다도 잘, 그리고 누구보다도 먼저 백작이 한 말의 뜻을 알아차렸다. 그래서 곧 백작의 얼굴에 장갑을 던지려고 했다. 그러나 모렐이 알베르의 손목을 잡았다. 한편, 보샹과 샤토 르노는 이 행동이 결투 신청의 정도를 넘어서게 될까 염려되어, 역시 뒤에서 그를 제지했다.

그러나 몬테크리스토 백작은 일어서려고도 않고 의자를 앞으로 기울이면서 손만 내밀어, 알베르의 움켜쥔 손가락 사이에서 땀으로 축축해지고 꾸겨진 장갑을 빼내면서, 무서운 어조로 말했다.

「이 장갑은 던진 것으로 생각하고 받겠습니다. 나중에 총알에 싸서 보내드리죠. 자, 이젠 돌아가시오. 안 그러면 하인들을 불러서 문밖으로 던져버리게 하겠습니다」

흥분하고 놀라 눈에 핏발이 선 알베르는 두어 걸음 뒤로 물러섰다.

그 틈을 이용해서 모렐이 문을 닫아버렸다.

몬테크리스토 백작은 다시 쌍안경을 들고 마치 아무 일도 없었다는 듯 장내를 둘러보기 시작했다.

이 사나이는 청동 심장과 대리석으로 된 얼굴을 가진 것이 틀림없었다.

막시밀리앙 모렐은 백작의 귀에 대고,

「도대체 무슨 일을 하셨습니까?」 하고 물었다.

「내가요? 아무 일도 하지 않았습니다. 적어도 개인적으로는 아무 일도 안했지요」

「하지만 이런 이상한 일이 생긴 데는 무슨 이유가 있을 게 아닙니까?」

「모르세르 백작이 일을 당해서, 그 청년이 너무 흥분해 있는 거겠지요」

「그 사건에 백작님께서 어떤 관계라도 있는 겁니까?」

「하이데가 귀족원에 가서, 그 사람의 아버지가 범한 배신을 폭로했기 때문이오」

「그게 사실이었군요」 모렐이 말했다. 「저도 얘긴 들었습니다만, 전에 당신과 이 자리에 와 있던 그 그리스 노예가 설마 알리 파샤의 딸이었으리라고는 생각지 못했습니다」

「하지만 사실입니다」

「아, 그랬군요」 하고 모렐이 말했다. 「이제야 모든 걸 알겠습니다. 그러고 보니 아까 그 일은 계획적인 것이었군요」

「무슨 말씀이신지?」

「네, 어제 알베르가 저한테 오늘밤 이리로 와달라는 편지를 보냈더군요. 그러니까 당신을 모욕하는 일에 저를 증인으로 만들 심산이었던 겁니다」

「그랬을지도 모르죠」 백작은 예의 그 무섭게 냉담한 어조로 대답했다.

「그래, 그 친구를 어떡하실 작정이십니까?」

「누구를?」

「알베르 말입니다」

「알베르를」 백작은 여전히 같은 어조로 말했다. 「내가 어떻게 하겠느냐고요? 당신이 지금 여기 이렇게 있고 또 내가 당신과 악수를 하는 것과 같이, 내일 아침 열시 전에 확실하게 그를 죽여버리는 거죠. 그게 내가 하려는 겁니다」

이번에는 막시밀리앙이 두 손으로 백작의 손을 잡았다. 그러자 백작의 손이 너무나 차고 또 그가 너무나 침착한 것을 알고서 그는 그만 온몸이 오싹해졌다.

「오, 백작님」 하고 그는 말했다. 「그 사람 아버지가 그를 얼마나 사랑한다고요!」

「그런 말은 내게 하지 마시오!」 백작은 화라도 난 듯 처음으로 소리쳤다. 「난 그 아버지란 사람을 괴롭혀주려는 거요!」
 모렐은 깜짝 놀라 백작의 손을 놓으며,
「백작님, 당신은!」 하고 말했다.
「막시밀리앙 씨」 하며 백작은 상대방의 말을 막으며 말했다. 「어때요, 뒤프레(당시의 유명한 테너 가수──옮긴이)는 저 구절을 기가 막히게 부르죠?

 〈오, 마틸드! 내 마음의 우상이여!〉

 들어보시오. 나폴리에서 뒤프레의 재능을 제일 먼저 발견한 게 나였습니다. 내가 제일 처음 브라보를 외치며 갈채를 보내주었거든요」
 모렐은 이제 무슨 말을 해보아도 소용없다는 것을 깨닫고, 그냥 기다리기로 했다.
 알베르와의 언쟁이 끝나자, 올라갔던 막은 이내 다시 내려왔다. 문을 노크하는 소리가 났다.
「들어오세요」 하고 백작이 말했다. 그 목소리에는 감동의 빛이라곤 전혀 찾아볼 수 없었다.
 보샹이 나타났다.
「아, 보샹 씨!」 백작이 말했다. 마치 그를 오늘밤엔 처음으로 만난 듯한 어조였다. 「앉으세요」
 보샹은 인사를 하고, 안으로 들어와 의자에 앉았다.
「백작님」 하고 보샹은 입을 열었다. 「보셨겠지만, 좀전에 저는 알베르하고 같이 왔었습니다」
「그러니까」 하고 백작은 웃으며 말했다. 「같이 식사를 하고 오셨던 모양이군요. 보샹 씨, 당신이 그 사람보다 술을 덜 마신 건 반가운 일이네요」

「백작님」 하고 보샹은 말했다. 「알베르는 확실히 극도로 흥분해 있었습니다. 그래서 제가 개인적으로 사과를 드리러 온 겁니다. 물론 이건 저 한 사람의 뜻이지만, 그래도 사과를 드렸고 또 당신은 훌륭한 신사이시니, 자니나 사람들과 백작님과의 관계를 설명해 주십사 하고 청해도 거절하지 않으실 것으로 믿습니다. 그러면 제가 그 젊은 그리스 아가씨에 대해서 말씀드릴 게 있습니다」

백작은 입술과 눈으로 잠자코 있어달라는 뜻의 표시를 보였다.

「허!」 하고 백작은 웃으면서 덧붙여 말했다. 「이걸로 내 희망이 완전히 무너져버렸는데요」

「무슨 말씀이신지요?」 보샹이 물었다.

「그래요. 당신은 서둘러서 내가 보통 사람과는 다른 인간이라는 평판을 퍼뜨리고 있습니다. 그러니까 당신은 나란 사람을 라라라든가 맨프레드, 루드벤 경 같은 인간으로 보고 있습니다. 그러다가 내가 그런 특이한 인간으로 보이지 않게 되는 날엔 다시 나를 평범한 인간으로 만들어놓을 생각이죠. 당신은 내가 평범하고 저속한 인간이기를 바라고 있습니다. 그래서 무슨 설명이든 요구해 오는 겁니다. 그런 바보 같은 짓을! 보샹 씨, 웃기지 마시지요」

「하지만」 보샹은 펄쩍 뛰며 말했다. 「경우에 따라선 수치심이라는 게 있으니……」

「보샹 씨」 이 기이한 대화 상대는 말을 가로챘다. 「몬테크리스토 백작에게 명령할 수 있는 것은 몬테크리스토 백작 말고는 없습니다. 그러니 그런 문제는 언급하지 마십시오. 보샹 씨, 난 내가 생각하는 대로 행동할 따름입니다. 그리고 그건 언제나 훌륭하게 이루어지지요.」

「백작님」 보샹이 말했다.「정직한 사람에겐 그런 말은 통하지 않습니다. 명예를 위해서는 보증이 필요합니다」

「나 자신이 살아 있는 보증이올시다」 하고 백작은 태연하게 말하면서도, 그 눈에는 위협하는 듯한 불빛이 번득였다.「우린 두 사람이 다 흘리고 싶어 못 견뎌하는 피를 혈관 속에 가지고 있습니다. 그것이야말로 우리 사이의 보증이라고 할 수 있겠지요. 이 말을 자작에게 전해 주시오. 그리고 내일 열시 전에 자신이 흘린 피를 보게 될 것이라고도 말해 주시오」

「그럼」 하고 보샹은 말했다.「저는 결투에 필요한 준비밖엔 할 일이 없겠군요」

「그런 건 전혀 관심 없는 일입니다」 백작이 대답했다.「그런 하찮은 일로 나의 오페라 감상을 방해하실 필요까진 없습니다. 프랑스에선 검이나 권총으로 결투하지요. 그러나 식민지에서는 기병총을, 아라비아에서는 단도를 씁니다. 자작에게 가서 이 말을 전해 주시오. 모욕당한 측은 나지만, 무기는 그쪽에게 선택권을 주겠다고 말입니다. 난 아무 불평 않고 무엇에든지 응할 테니까요, 무엇에든지 말입니다. 아시겠습니까? 어리석은 제비뽑기를 하더라도 말입니다. 하지만 내 경우엔 얘기가 좀 다르죠. 난 반드시 이기니까요」

「반드시 이긴다고요!」 보샹은 눈이 휘둥그레져서 백작을 바라보았다.

「물론이지요」 백작은 가볍게 어깨를 으쓱해 보이며 대답했다.「그렇지 않다면야 알베르 씨와 결투를 하지 않지요. 난 그를 죽일 겁니다. 죽여야만 합니다. 두고 보시오. 단, 오늘밤 안으로 시간과 무기를 내게 통고해 주시오. 기다리는 건 좋아하지 않으니까요」

「권총으로 내일 오전 여덟시, 뱅상 숲에서」 보샹은 당황해서 대답했다. 도대체 상대방이 거만한 허풍쟁이인지, 아니면 정말로 정신 나간 인간인지 도무지 알 수가 없었던 것이다.

「좋습니다」 백작이 말했다.「그럼, 이걸로 모든 게 결정되었군요. 그럼 이젠 오페라를 좀 보아야겠습니다. 그리고 당신 친구 알베르 씨에게 오늘 저녁엔 다시 나타나지 말라고 전해 주십시오. 그렇게 난폭하고 점잖지 못한 꼴은 안 보이는 게 좋을 테니까요. 집에 가서 잠이나 자라고 하십시오」

보샹은 어이없어하며 밖으로 나왔다

「자, 그럼」 하고 백작은 막시밀리앙 쪽을 돌아보며 말했다.「당신에게 부탁해도 좋을까요?」

「물론이죠」 막시밀리앙 모렐이 대답했다.「무슨 일이든지 시키시는 대로 하겠습니다. 하지만……」

「하지만?」

「저로선 이 사건의 진짜 원인을 알아야겠는데요?」

「그렇다면 거절하는 건가요?」

「천만에요」

「진짜 이유라고 그러셨죠?」 하고 백작이 말했다.「그건 알베르 씨 자신도 지금 맹목적으로 덤벼들기 때문에 그 이유를 모르고 있습니다. 그 진정한 이유는 나와 하느님밖엔 모릅니다. 그러나 모렐 씨, 명예를 걸고 말하지만 그 이유를 알고 계신 하느님은 반드시 우리편에 서실 거요」

「그럼 됐습니다」 모렐이 말했다. 「그런데 또 한 사람의 증인은 누구죠?」

「난 파리에서 지금 부탁드린 당신과 당신의 매부 엠마뉘엘 이외엔 아무도 아는 사람이 없어요. 어때요? 엠마뉘엘이 이런 부탁을 들어줄 것 같습니까?」

「저와 마찬가지로 틀림없이 들어줄 겁니다」

「그럼 됐어요. 이만하면 다 된 겁니다. 내일 아침 일곱시에 내 집으로 와주시겠소?」

「그러지요」

「쉿! 막이 오르는군요. 들어봅시다. 난 이 오페라는 단 한 구절도 빼놓지 않고 듣습니다. 「빌헬름텔」은 정말 훌륭한 음악이지요」

밤

몬테크리스토 백작은 여느 때와 마찬가지로 뒤프레가 부르는 유명한 곡「나를 따르라!」를 다 듣고 나서 자리에서 일어나 밖으로 나왔다.

극장 입구에서 모렐은 이튿날 아침 일곱시 정각에 엠마뉘엘을 데리고 백작의 집으로 가겠다는 약속을 다시 한번 다짐하며 백작과 헤어졌다.

백작은 평상시와 다름없이 조용히 미소를 띠며 마차에 올랐다.

오 분 후에 그는 집으로 돌아왔다.

그러나 백작을 잘 아는 사람이면 그가 집에 들어서면서 알리에게「상아 총자루가 달린 권총을 가져와!」하고 소리쳤을 때의 표정을 놓치지는 않았을 것이다.

알리는 권총 상자를 주인 앞으로 가져왔다. 주인은 자신의 생명을 쇠와 납 한 덩어리에 맡기려는 사람이면 누구나 그렇듯이, 지극히 신중하게 그 무기를 검사해 보았다. 그것은 몬테크리스토 백작이 자기 집에서 사격 연습을 하기 위해 특별히 만든 권총으로서, 뇌관 하나로 탄환이 발사되게 만들어진 것이었다. 그래서 옆방에 있는 사람조차 백작이 이른바 〈모의 연습〉을 하고 있는 줄은 알아채지 못하게 되어 있었다.

백작이 권총을 손에 쥐고 과녁으로 쓰고 있는 작은 아연판을 겨누려고 할 때, 방문이 열리며 바티스탱이 들어왔다.

그러나 백작은 바티스탱이 채 입을 열기도 전에 열려 있는 문어귀에 바티스탱의 뒤를 따라온 한 부인이 베일로 얼굴을 가리고 어둑어둑한 옆방에 서 있는 것을 보았다.

그 부인은 백작이 손에 들린 권총과 테이블 위에 놓인 두 자루의 검을 보자마자 방안으로 달려왔다.

「부인께선 누구시지요?」 백작은 베일을 쓴 여자에게 물었다.

미지의 여인은 누구 다른 사람이 없나 주위를 둘러보았다. 그리고 나서는 마치 무릎이라도 꿇으려는 듯 몸을 구부리며, 두 손을 모은 채 절망적인 어조로,

「에드몽」 하고 말했다. 「제발 제 아들을 죽이지 말아주세요!」

백작은 한걸음 뒤로 물러서며 나지막하게 외마디 소리를 지르더니, 들고 있던 권총을 떨어뜨렸다.

「방금 뭐라고 부르신 겁니까, 모르세르 부인?」 하고 그는 물었다.

「당신 이름이에요!」 부인은 베일을 벗어 던지며 말했다. 「당

신 이름이에요. 저만은 그 이름을 잊지 않고 있습니다. 에드몽, 지금 여기 온 사람은 모르세르 부인이 아니에요. 메르세데스예요」

「메르세데스는 죽었습니다」하고 백작은 대답했다.「그리고 전 그런 이름의 사람은 이제 모릅니다」

「메르세데스는 살아 있어요. 그리고 모든 것을 기억하고 있지요. 메르세데스만은 당신을 보았을 때, 아니 보기 전에 당신의 목소리만 듣고도 당신을 알아보았으니까요. 그뒤부터 이 메르세데스는 당신의 뒤를 밟고, 당신을 지켜보며, 당신을 두려워하고 있었습니다. 그리고 모르세르가 그런 일을 당한 것이 누구 때문인지 알려고 애쓸 필요조차 없었던 거고요」

「페르낭 얘기시로군요」백작은 신랄하게 비꼬는 어조로 말을 이었다.「기왕에 우리의 옛날 이름을 되찾으려면, 다른 사람들의 이름도 기억해 내시지요」

몬테크리스토 백작이 페르낭이라는 이름을 극도로 증오에 찬 어조로 말하는 것을 보자, 부인은 전신에 공포로 인한 전율이 흐르는 것을 느꼈다.

「에드몽, 역시 제 짐작이 맞았군요!」하고 메르세데스는 소리쳤다.「그럼 제 자식의 목숨을 살려달라고 부탁하는 제 뜻도 당연히 알아주시겠지요?」

「그런데 내가 당신 아드님을 미워하고 있다는 얘긴 어디서 들으셨나요?」

「누구에게서 들은 게 아니에요. 하지만 어미란 두 배의 시력을 가진 눈이 있는 법입니다. 전 모든 걸 잘 알고 있어요. 오늘 밤 아들의 뒤를 밟아 오페라 극장에까지 갔었지요. 그리고 아래층 특별석에 숨어서 다 지켜보았습니다」

「모든 걸 다 보셨다면 페르낭의 아들이 나를 공공연하게 모욕하는 것도 보셨겠군요?」 백작은 소름이 끼치도록 침착하게 말했다.

「오, 제발!」

「부인께선 만일 모렐 씨가 아드님의 팔을 붙잡고 말리지 않았더라면, 아드님이 내 얼굴에 장갑을 던지려던 것도 보셨을 겁니다」하고 백작은 말을 이었다.

「제 얘길 좀 들어주세요. 제 아들아이도 당신이 어떤 분인지 짐작한 겁니다. 그리고 아버지의 불행이 당신 때문이라고 생각했던 거예요」

「부인」하고 백작은 말했다. 「부인께선 지금 혼동하고 계시는군요. 이건 불행이 아닙니다. 징벌이라는 거지요. 모르세르 씨가 쓰러진 것은 제가 한 일이 아니라, 하느님께서 벌을 내리신 겁니다」

「그럼 어째서 당신은 하느님을 대행하는 일을 하시죠?」 하고 메르세데스가 소리쳤다. 「하느님께서 다 잊으신 일을 어째서 당신이 되살려내는 거예요? 에드몽, 자니나 그 총독이 당신과 무슨 상관이 있나요? 페르낭 몬데고가 알리 테베린을 배반한 것이 당신에게 무슨 손해라도 끼쳤단 말씀인가요?」

「그건」 하고 백작은 대답했다. 「그 프랑스 장교와 바실리키의 딸 사이의 문제입니다. 부인 말씀대로 저와 아무 상관도 없는 일이죠. 그리고 제가 설혹 복수를 맹세했다 하더라도, 그건 결코 프랑스 장교나 모르세르 백작을 향해서가 아닙니다. 어디까지나 어부(漁夫) 페르낭, 즉 카탈로니아 출신의 메르세데스의 남편입니다」

「아아!」하고 모르세르 백작 부인은 소리쳤다.「어쩔 수 없는 운명의 장난으로 범한 잘못인데, 어쩌면 그렇게까지 무서운 복수를 하실 수 있으신가요! 에드몽, 죄가 있다면 그건 제게 있으니, 당신이 복수해야만 하겠다면 저한테 하세요. 당신이 없어서 혼자 남게 되자 그 외로움을 이겨내지 못했던 건 저였으니까요」

「그러나」하고 몬테크리스토 백작은 말했다.「제가 사라지게 된 이유는 어디에 있었을까요? 그리고 당신이 혼자 남게 된 이유는 또 무엇이라고 생각합니까?」

「당신이 체포되어 감옥으로 끌려갔기 때문이죠」

「그럼, 내가 왜 체포되었을까요? 내가 어째서 감옥에 들어가야 했었난 말입니다」

「전 알 수 없군요」

「그렇겠죠. 부인께선 모르실 겁니다. 적어도 나는 체포되자마자 투옥됐습니다. 그건, 레제르브 정에서 내가 당신과 결혼식을 올리려고 하던 그 전날, 당글라르라는 사나이가 검사에게 밀고 편지를 쓰고 그것을 어부 페르낭이라는 자가 직접 우편국으로 가져가 부쳤기 때문이었습니다」

이렇게 말하며 몬테크리스토 백작은 책상으로 가서 서랍을 열고, 그 속에서 편지를 한 장 꺼냈다. 그것은 빛이 바래고 잉크도 녹이 슨 것처럼 변색된 편지였다. 백작은 그 편지를 메르세데스의 눈앞에 갖다 대었다.

그것은 당글라르가 검사에게 보낸 편지로, 몬테크리스토 백작이 톰슨 앤드 프렌치 상사의 대표로 변장해서 보빌에게 20만 프랑을 지불하고 에드몽 당테스, 바로 그 자신의 서류 중에서 빼낸 것이었다.

메르세데스는 두려움에 떨면서 편지에 쓰인 글을 읽었다.

검사 각하, 왕실과 종교를 충실히 섬기는 소생은 다음과 같은 사실을 알려드리고자 합니다. 나폴리와 포르토페라조에 기항했다가 오늘 아침 스미르나에서 돌아온 파라옹 호의 일등 항해사 에드몽 당테스라는 자는 뮈라에게서 약탈자에게 보내는 편지를 부탁받고, 또 약탈자로부터는 파리에 있는 보나파르트 당 본부로 보내는 편지를 위임받았습니다.

그의 죄에 대한 증거는 그를 체포하면 판명될 것인바, 그 편지는 그자 자신에게서나 그의 아버지 집에서, 아니면 파라옹 호의 그의 거처에서 발견될 줄로 사료됩니다.

「이럴 수가!」 메르세데스는 땀이 축축하게 밴 이마에 손을 갖다 대며 소리쳤다. 「그런데 이 편지를 어떻게 손에 넣으셨나요?」

「20만 프랑을 주고 샀습니다」 하고 백작은 대답했다. 「그것도 싼 편이죠. 이렇게 오늘 부인께 이 편지를 보여드려서 내 무죄를 입증할 수 있게 되었으니까요」

「그럼 이 편지는 어떤 결과를 가져왔나요?」

「부인께서도 아시다시피, 저는 체포되었습니다. 하지만 부인께선 그 편지의 결과가 얼마나 오랫동안 지속되었는지는 모르시겠지요. 또 제가 십사 년 동안이나 당신이 계시던 곳에서 불과 1킬로미터도 안 떨어진 이프 성의 지하 감옥에 갇혀 있었다는 사실도 모르고 계실 겁니다. 십사 년 동안, 매일같이 투옥되던 첫날부터 맹세한 복수의 신념을 되새겨왔다는 것도요. 하지만 그 와중에도 당신이 나를 밀고한 자와 결혼한 일과 내 아버님께서 굶주림 때문에 돌아가셨다는 사실은 모르고 있었지요」

「아, 하느님!」 메르세데스가 비틀거리며 외쳤다.

「바로 그것이, 제가 십사 년 동안 감옥 속에 있다가 나온 후에 안 사실입니다. 그리고 살아 있는 메르세데스와 죽은 아버지를 위해, 페르낭에게 복수하겠다고 맹세한 것도 그 때문이죠. 그리고 지금 이렇게 그 복수를 하고 있습니다」

「그럼 당신은 불쌍한 페르낭이 정말 그런 짓을 했다고 믿고 계시나요?」

「진정 그렇게 믿고 있습니다. 그리고 실제로 그는 제가 말씀드린 대로 행동했습니다. 그러나 프랑스에 귀화하고서도 영국 사람들과 결탁하고, 스페인 태생이면서도 스페인 사람들을 적으로 돌리고, 알리의 녹을 받아먹으면서 알리를 배반하고 죽이기까지 한 짓에 비하면, 지금 읽어보신 그 편지쯤이야 아무 것도 아닐지도 모르죠. 사소한 연정으로 장난 삼아 남을 속인 가벼운 속임수라고나 할까요. 그런 남자와 결혼한 여자는 그래도 그 남자를 용서할 수 있겠지요. 저라도 그랬을지 모르니까요. 하지만 그 여자와 결혼할 뻔했던 남자는 결코 용서할 수 없더란 말입니다. 그런데 프랑스 사람들은 그러한 반역자에게 아무런 복수도 하지 않더군요. 스페인 사람들도 그를 총살하지 않았고요. 알리도 무덤 속에 누워 있어, 그 배신자를 처벌할 수 없었지요. 그러나 무덤 속에까지 던져졌던 나는, 하느님의 은혜로 그 무덤에서 나올 수 있었습니다. 그리고 지금 그런 은혜를 베푸신 하느님을 위해 나는 복수하지 않으면 안 됩니다. 하느님이 나를 내보내주신 것은 바로 그 때문이니까요. 그 덕분에 내가 여기 이렇게 서 있는 겁니다」

가엾은 여자는 고개를 떨구고 손을 힘없이 늘어뜨렸다. 다리에서 힘이 빠져나가, 여자는 그 자리에서 무릎을 꿇고 말았다.

「용서해 주세요, 에드몽」하고 여자는 말했다.「저를 보아서 용서해 주세요! 아직도 당신을 사랑하고 있는 저를 보아서!」

메르세데스는 아내로서의 자존심으로 옛 애인으로서의, 어머니로서의 감정의 폭발을 억눌렀다. 이마는 거의 카펫에 닿을 정도로 숙여져 있었다.

백작은 여자에게 달려가 그녀를 일으켰다.

안락의자에 앉은 메르세데스는 그때 비로소 눈물을 흘리며 남자다운 백작의 얼굴을 쳐다보았다. 백작의 얼굴에는 아직도 고통과 증오가, 보는 사람을 섬뜩하게 하는 무시무시한 표정이 어려 있었다.

「그런 흉악한 종속들을 짓밟아서는 안 된단 말입니까?」하고 그는 중얼거렸다.「그를 벌하기 위해 나를 보내신 하느님의 뜻을 어기기를 바라시겠지만, 그건, 그건 안 됩니다. 부인, 절대로 그럴 수는 없습니다……」

「에드몽」여자는 물에 빠진 사람이 지푸라기 하나에라도 매달려보려고 하듯 간절한 심정으로 말했다.「아아! 저는 당신을 에드몽이라고 부르는데, 당신은 왜 저를 메르세데스라고 불러주지 않으시나요?」

「메르세데스」백작은 그 말을 되받아 이렇게 말했다.「메르세데스, 그래요. 과연 그 이름을 부르니 내 마음은 아직도 즐겁군요. 이 말이 입에서 이렇게 낭랑하게 울려나온 것은 아마 이번이 처음인 것 같군요. 오, 메르세데스! 나는 슬픈 탄식을 할 때나, 괴로워 신음할 때나, 무서운 절망 속에서나 늘 이 이름을 불러왔습니다. 감방의 짚더미 위에 쭈그리고 앉아, 추위에 몸이 얼어붙어서도 이 이름을 불렀지요. 너무 더워서 바닥의 포석 위로 몸을 이리저리 굴리면서도 이 이름을 불렀어요. 메르세데스, 나는 복수를 해야만 합니다. 난 십사 년이나 되는 세월 동안 고통받았고, 십사 년 동안 울면서 저주했으니까요. 메르세데스, 분명히 말해 두지만 나는 무슨 일이 있어도 복수해야만 합니다」

그러고는 그처럼 사랑하던 여자의 애원에 마음이 흔들릴까 두려워 백작은 증오심을 불러일으킬 만한 여러 가지 기억을 되살리고 있었다.

「에드몽! 복수하세요」하고 알베르의 불쌍한 어머니는 소리쳤다.「하지만 죄 있는 사람에게만 복수하세요. 그 사람과 저에게만 복수하시면 돼요. 그러나 제 아들에게까지 복수하시진 말아주세요」

「성서에도 이런 말이 적혀 있습니다」하고 몬테크리스토 백작은 말했다.「〈아비가 저지른 죄는 3대, 4대 뒤의 후손에게까지 미치느니라〉라고 말입니다. 하느님이 이런 말씀을 예언자를 통해 쓰게 하셨는데, 어찌 내가 하느님보다 더 자비로울 수 있겠습니까?」

「하느님은 인간이 갖지 못하는 〈시간〉과 〈영원〉을 가지고 계시니까요」

몬테크리스토 백작은 마치 울부짖듯 한숨을 내쉬더니, 그 아름다운 머리카락을 두 손으로 움켜쥐었다.

「에드몽」 메르세데스는 두 팔을 백작에게로 내밀며 말을 이었다. 「저는 당신을 알고 난 뒤부터는 늘 당신의 이름을 소중하게 생각했고, 당신에 대한 추억을 소중히 간직해 왔습니다. 에드몽, 제 마음의 거울 속에 항상 고귀하고 맑게 비치고 있는 이 영상을 제발 흐리게 하지 말아주세요. 에드몽, 당신이 살아 있기를 바라는 동안에도, 당신이 죽었다고 여기게 된 뒤에도, 제가 당신을 위해 하느님께 얼마나 많은 기도를 올렸는지 그걸 당신이 알아주신다면 얼마나 좋을까요. 그래요, 저는 죽은 줄로만 알았어요! 저는 당신의 시체가 어느 어두운 탑 밑에 묻혀버린 것으로만 알고 있었지요. 간수들이 죄수들의 시체를 던져버리는 어느 깊은 심연 속에 당신의 시체도 가라앉아 버린 줄로만 알고 있었어요. 그래서 저는 울었습니다. 에드몽, 제가 당신을 위해 기도하거나 우는 일 외에 무슨 일을 할 수 있었겠어요. 제 얘길 들어보세요. 십년이란 세월 동안 저는 매일 밤 같은 꿈을 꾸었어요. 그러다가 당신이 탈옥을 하려고 죽은 죄수가 들어갈 자루 속에 대신 들어가, 산 채로 이프 성의 감옥에서 바다로 던져졌다는 소문을 들었습니다. 바위에 부딪혀 산산조각나면서 당신이 지른 비명으로, 당신을 수장(水葬)한 사형 집행인들이 죄수가 바뀌었다는 걸 알았다고 하더군요. 에드몽, 지금 제가 살려달라고 간청하는 제 아들의 목숨을 걸고 맹세하지만, 그로부터 십년 동안은 매일 밤 무엇인가 형태도 없고 정체도 모를 물건을, 사람들이 흔들흔들 흔드는 꿈을 꾸었어요. 이십 년 동안 매일 밤 그 무서운 소리에 몸이 얼어붙어

떨면서 잠에서 깨어나곤 했습니다. 에드몽, 제 말을 믿어주세요. 저도 물론 죄를 지었지만, 그만큼 고통도 받아왔어요!」

「당신은 자기가 없는 동안 아버지가 돌아가시는 경험을 해본 적이 있습니까?」하고 백작은 두 손으로 머리를 누르며 소리쳤다. 「그리고 심연 속에서 몸부림 치고 있는데, 자기가 사랑하는 여자가 자기의 연적에게 손을 내미는 것을 본 적이 있습니까?」

「없어요」메르세데스가 말을 막았다. 「하지만 사랑하는 사람이 자기 아들을 죽이려는 것은 본 적이 있지요」

메르세데스의 이 말에는 너무나 짙은 슬픔의 빛이 스며 있었고, 그 어조 역시 너무나 절망적이어서 그 말과 그 어조를 듣는 백작의 목구멍에서는 급기야 흐느끼는 소리가 터져나왔다.

마침내 사자(使者)가 고개를 숙였다. 복수를 부르짖던 사람이 굴복하고 만 셈이었다.

「뭘 어떡하란 말씀이십니까?」그는 물었습니다. 「아드님을 살려달라고요? 좋습니다. 살려드리죠」

그때 메르세데스가 지른 환성에, 백작의 두 눈에서는 눈물이 솟아나왔다. 그러나 그 눈물도 이내 걷히고 말았다. 아마도 신이 천사를 보내, 신의 눈에는 구자라트나 오피르(황금이나 보석을 가지러 갔다는 고대의 항구——옮긴이)의 가장 값비싼 진주보다도 더 귀한 이 눈물을 거두게 하셨음에 틀림없다.

「아!」하고 메르세데스는 백작의 손을 잡아 자기 입술에 갖다 대고 소리쳤다. 「아아! 고마워요, 에드몽! 당신은 정말로 제가 항상 꿈꾸어 오고 사랑해 오던 분 그대로군요. 아! 이제야 이런 말씀을 드릴 수 있게 됐네요」

「그런데」 하고 백작은 대답했다. 「이 불쌍한 에드몽은 더 이상은 당신의 사랑을 받을 수 없을 겁니다. 죽은 자는 다시 무덤으로 돌아가고, 유령은 다시 어둠 속으로 돌아가야 하니까요」

「그게 무슨 말씀이세요?」

「당신이 내게 죽으라고 말씀하시니, 메르세데스, 난 죽어야만 합니다」

「돌아가시다니요? 누가 그런 소릴 했나요? 누가 돌아가시라고 그랬나요? 어째서 죽음을 생각하시지요?」

「극장의 관객들 앞에서, 당신과 아드님의 친구들 면전에서 공공연하게 모욕당하면서 결투 신청을 받고도 제가 용서해 주면, 마치 자기가 승리라도 한 듯 의기양양해할 청년으로부터 비웃음을 사겠죠. 그런 초라한 내 자신은 단 한순간도 더 살고 싶어하지 않으리라는 걸 당신은 상상하지 못하시는군요. 메르세데스, 내가 이 세상에서 당신 다음으로 가장 사랑하는 나 자신, 즉 내 권위는 다시 말하면 나를 다른 사람들보다 우월하게 해주는 나의 힘입니다. 이 힘이야말로 곧 내 생명이고요. 그 힘을 당신은 단 한마디로 쓰러뜨려 버린 겁니다. 그러니 난 죽을 수밖에 없지요」

「하지만 당신이 용서해 주신 이상 결투는 안하게 되는 것 아닌가요?」

「아니, 할 겁니다」 하고 백작은 엄숙하게 말했다. 「단, 아드님의 피가 땅속으로 스며드는 게 아니라 제 피가 흐르게 될 뿐이죠」

메르세데스는 소리를 질렀다. 그리고 백작에게로 달려가다가 문득 발을 멈춘 채,

「에드몽」 하고 여자는 말했다. 「이렇게 당신이 살아 계시고, 제가 다시 당신을 만나뵙게 된 것으로 보아 하느님은 우리들 위에 계십니다. 그런 하느님을 저는 마음속 깊이 믿고 있었습니다. 하느님의 도움이 계실 때까지 저는 당신의 말을 믿겠습니다. 아까 제 아들이 죽지 않을 거라고 말씀하셨죠. 그러니 그애는 반드시 살겠죠, 그렇죠?」

「살 겁니다」 하고 말하며 몬테크리스토 백작은 메르세데스가 아무 두려움도 없이, 이렇다 할 놀라움도 보이지 않고, 자신이 맞이할 비장한 희생을 받아들이는 것을 놀라워하는 눈으로 바라보았다.

메르세데스는 백작에게 손을 내밀며, 「에드몽」 하고 불렀다. 그리고 상대방을 쳐다보는 눈에는 눈물이 솟았다. 「얼마나 훌륭한 일입니까? 당신은 정말 위대한 분이십니다. 당신 뜻에 어긋나는 일만을 해온 이 불쌍한 여자를 동정해 주시다니, 너무나 거룩하시군요. 아! 저는 나이를 먹어서라기보다 너무나 많은 슬픔 때문에 늙어버렸습니다! 그러니 지금의 저에게는 지난날의 에드몽이 끝없이 바라보아 주던 때의 메르세데스를 상기시킬 만한 미소도, 눈길도 다 사라져버리고 없습니다. 아! 제 말을 믿어주세요. 에드몽, 저도 충분히 고통받았습니다. 그걸 다시 한번 말씀드리고 싶어요. 단 하나의 즐거운 추억도 없이, 단 하나의 희망도 없이 일생을 보낸다는 건 너무나 비참한 일이지요. 하지만 그걸로 모든 것이 이 지상에서 끝나는 것은 아니라는 걸 가르쳐주고 있습니다. 그래요! 모든 것이 끝난 것은 아니에요. 제 마음 한구석에 아직도 남아 있는 것으로 저는 그것을 느낄 수 있습니다. 오! 에드몽, 거듭 말씀드리지만, 당신이 용서해 주신 일은 정말로 훌륭하고 위대하고 거룩한 일이십니다!」

「메르세데스, 당신은 지금 그렇게 말하지만, 그러나 당신을 위해 내가 치른 희생이 얼마나 큰지 알게 된다면 뭐라고 하실 건가요? 생각해 보세요. 조물주가 세상을 창조하고 기름진 이 땅에 혼돈을 만드신 후, 훗날 우리들이 저지른 죄 때문에 한 천사가 어느 날 그 불멸의 눈에서 눈물을 흘리는 일이 없도록 세상을 삼분의 일만 창조하고 말았다면 어떨지 상상해 보세요. 만일 하느님이 모든 것을 준비하고, 형성하고, 이 우주에 피조물을 심으신 후, 그 작품들을 감상하려고 하는 순간에, 태양을 꺼버리고 세계를 깊은 암흑 속에 던져버렸다면 어떨까요? 그러면 당신도 아마 목숨을 잃음으로써 내가 무엇을 잃어버리게 되는지를 깨닫게 될 것입니다. 아니, 깨닫지조차 못할지도 모르지요」

메르세데스는 경이와 감탄과 감사의 뜻이 한데 뒤섞인 듯한 표정으로 백작을 바라보았다.

몬테크리스토 백작은 열이 오른 손으로 이마를 짚었다. 마치 머리만으로는 그 속의 무거운 생각을 지탱할 수가 없다는 듯이.

「에드몽」하고 메르세데스가 말했다.「한마디만 더 하고 싶어요」

백작은 괴로운 듯이 미소를 띠었다.

「제 이마에서 윤기가 가시고, 눈에서는 아름다운 빛이라곤 사라져버려 제 얼굴 표정으로는 옛날의 메르세데스를 발견하지 못하시더라도, 제 마음만은 변함없다는 것을 당신은 아실 수 있을 거예요. 그럼 안녕히 계세요. 에드몽, 이젠 하느님께 바랄 수 있는 게 하나도 없어졌어요……, 옛날과 다름없이 고귀하고 훌륭하신 당신을 다시 만날 수 있었으니까요. 안녕히 계셔요. 그리고 고마워요」

백작은 아무 대답도 하지 않았다.

메르세데스는 방문을 열었다. 그리고 백작이 복수의 뜻을 이루지 못하게 된 데서 오는 비통하고도 심각한 상념 속에서 깨어나기 전에 이미 자취를 감추어버렸다.

모르세르 부인을 태운 마차가 샹젤리제 가의 포석 위를 구르는 소리에 백작이 얼굴을 다시 들었을 때, 앵발리드의 시계는 한시를 알리고 있었다.

「바보 같은 짓을 했구나」 하고 백작은 생각했다. 「복수를 결심한 날, 왜 내가 심장을 뽑아버리지 못했단 말인가!」

결투

 메르세데스가 떠나고 난 뒤, 몬테크리스토 백작의 집은 전체가 다시 암흑 속에 잠기고 말았다. 주위에서나 내부에서나 그의 머리는 정지해 버렸다. 힘찬 그의 정신은 극도로 피로한 육체와 마찬가지로 지금은 잠들어 있었다.
 〈이게 무슨 일인가?〉하고 그는 생각했다. 램프와 촛불들이 슬픈 듯이 타고 있었고, 하인들은 초조하게 옆방에서 기다리고 있었다. 〈무슨 일인가! 그처럼 오래오래 준비하고 그토록 고심해서 세워놓은 계획이 단 한마디, 단 일격에 단번에 무너져버리다니! 이게 무슨 짓이지! 그래도 보통 인물은 아니라고 생각해 오던 내가, 그처럼 자신만만하던 내가, 이프 성에서 그처럼 초라하게 지내다가도 이렇게 위대하게 될 수 있었던 내가 내일은 한줌의 먼지가 되어버려야 하다니! 아! 안타까운 것은 육체가 죽어 없어진다는 것이 아니다. 생명의 근원인 파멸이란 모든 사람이 가야 하고 불행한 인간들이 갈망히는 휴식이 아닌가? 나 자신도 오랫동안 바라고 바라던 육체의 안식이 아닌가? 내 감방 안에 파리아 신부님이 나타나기 전만 해도 단식이라는 고통스러운 방법으로 그 안식에 도달하려 하지 않았던가? 도대체 죽음이란 뭔가? 안식을 향해 한걸음 내딛는 것이며, 아마도 침묵을 향해서 두 걸음 더 내딛는 것 이외에 아무 것도 아니리라. 그렇다. 내가 안타까워하는 건 살고 싶어서가 아니다. 그것은 그처럼 오래오래 고심해서 열심히 쌓아놓은 계획이 무너져버렸기 때문이다. 이 계획을 찬성해 주시는 줄 알았던 하느님도 실은 반대해 오신 것일까? 결국 신은 이 계획이 성취되는 것을 바라지 않으신단 말인가?

나는 거의 이 지구만큼이나 무거운 짐을 들어올려서, 그것을 마지막까지 가져온 줄 알았는데…… 그건 다만 내 소망이었을 뿐, 내 힘은 모자랐던 것인가? 그건 오직 내 의지였을 뿐이지, 내 능력으로는 미치지 못하는 것이니 지금 반쯤밖에 못 온 이 지점에서 짐을 내려놓아야만 할 것인가? 오, 십사 년 동안의 절망과 십 년간의 희망으로, 신과 같이 된 줄 알았던 내가 다시 운명론자로 되돌아가야 하다니!

이 모든 것은 죽은 줄만 알았던 내 심장이 잠시 잠들어 있던 것에 불과한 까닭이다. 그리고 그것이 다시 눈을 떠서 고동치기 시작하여, 한 여자의 목소리에 가슴 밑바닥에서 다시 고통스럽게 들리는 그 고동 소리를 견디지 못하고 그대로 손을 들어버린 까닭이다.〉

〈하지만〉 하고 백작은 내일 벌어질 무시무시한 일을 말없이 받아들인 메르세데스로 인해 수심에 잠겨들었다. 〈하지만 그렇게 고귀한 마음을 지닌 여자가 단 한순간의 이기심 때문에 나같이 생명력이 넘치는 사람을 죽게 하다니, 어떻게 그럴 수가 있지? 모성애가, 아니 모성애라기보단 어머니로서의 착란이 그렇게까지 뻗어나갈 수 있다니! 아무리 미덕이라고 해도 지나칠 땐 죄가 되는 법인 것을. 그래, 그 여자는 무엇인가 비장한 생각을 해냈을 것이 틀림없어. 두 사람이 결투하는 칼 사이에 자신이 달려들려는 건지도 모르지. 결투 장소에서라면 그건 더욱 웃음거리가 되겠군.〉

여기까지 생각한 백작은 자존심 때문에 얼굴이 확 달아올랐다.

〈웃음거리가 되고말고!〉 하고 그는 되풀이했다. 〈게다가 그 비웃음은 바로 나에게로 돌아올 테지…… 내가 웃음거리가 되다니…… 웃음거리가 되느니, 차라리 죽는 게 낫다.〉

그리고 메르세데스에게 아들의 목숨을 살려주겠다고 약속했기 때문에 자기 자신이 각오하지 않으면 안 될 다음날의 불행을 최대한 심사숙고한 그는 이런 생각까지 하게 되었다.

〈바보 같은 소리, 바보 같은 소리! 아무리 관대해진다 하더라도 그 청년의 권총 앞에 서서 움직이지 않는 과녁이 되어버리다니! 내가 그렇게 해서 죽는대도, 그자는 내가 자살한 것이라곤 생각지 못할 거다. 그러나 내 사후의 명예를 생각할 때…… (하느님, 이건 결코 허영은 아니겠지요. 다만 정당한 자존심일 뿐입니다) 세상 사람들에게 내가 나 자신의 의지에 의해, 나 자신의 생각에서 상대방을 치려고 번쩍 들었던 팔을 멈추고 다른 사람들에겐 그처럼 완강하던 팔로 이번엔 나 자신의

몸을 친 것이라는 것을 알려주고 싶다. 꼭 그래야만 해. 그렇게 하지 않으면 안 돼〉

그는 펜을 잡고, 책상의 비밀 서랍에서 서류 한 통을 꺼냈다. 그것은 바로 그가 파리에 도착한 후에 작성해 놓은 유언장이었다. 백작은 유언장 밑에 일종의 추가 조항을 첨부했다. 그것을 읽으면 아무리 미련한 사람이라도 그의 죽음을 이해할 수 있도록 덧붙였다.

「하느님!」 그는 하늘을 우러르며 말했다. 「저는 하느님의 명예를 위해서나 저 자신의 명예를 위해서 이렇게 해놓았습니다. 지난 십년 동안 저는 복수를 위해 하느님께서 보내주신 사도라고 자임해 왔습니다. 그리고 저 모르세르 이외의 악당들, 당글라르나 빌포르에게, 그리고 모르세르 자신에게 우연의 힘으로 용케 적의 손에서 빠져나올 수 있었다고 생각하게 해선 안 됩니다. 오히려 그 반대로 그들의 처벌을 명령한 신의 섭리가 나 한 사람의 의지에 의해서 변경된 것이라는 점과, 이 세상에서 모면한 벌이 저 세상, 즉 영구한 내세에서 기다리고 있다는 것을 알려야만 합니다」

이렇게 고통에 짓눌려 잠시 잠에서 깬 사람의 악몽과 같이 어둡고 불안정된 기분 속에서 헤매고 있는 동안, 아침 햇살이 유리창을 희뿌옇게 비추며 그가 방금 신의 섭리의 지고한 뜻을 써놓은 푸르스름한 종이를 비추기 시작했다.

새벽 다섯시였다.

갑자기 무슨 소리가 들려왔다. 숨을 억누르는 듯한 소리가 들린 것 같았다. 그는 머리를 들어 주위를 둘러보았으나 아무도 없었다. 그러나 그 소리는 또 한번, 그것도 분명히 들려왔기 때문에 지금까지 의심하던 것이 확신으로 변했다.

그러자 백작은 자리에서 일어나 응접실의 문을 열어보았다. 그랬더니 두 팔을 늘어뜨린 채, 아름다운 창백한 얼굴을 의자 뒤로 기대고 앉아 있는 하이데가 보였다. 하이데는 백작이 방을 나서기만 하면 자기를 보지 않을 수 없도록 문에 기대어 앉아 있었다. 그러나 밤을 새워 피곤한 하이데는, 특히 젊은 사람에겐 거부할 수 없는 힘을 발휘하는 잠에 사로잡혀 있었다.

문 여는 소리에도 하이데는 잠에서 깨어나지 못했다.

몬테크리스토 백작은 애정과 회한 어린 눈길로 하이데를 내려다 보았다. 그리고 말했다.

「그 여자는 자기에게 아들이 하나 있다는 것을 생각해 냈지만, 난 딸이 하나 있었다는 사실을 잊어버리고 있었구나」

그러고 나서 쓸쓸하게 고개를 저으며 「가엾은 하이데!」하고 말했다. 「이 아이는 날 만나 나에게 뭔가 얘기하고 싶었던 모양이군. 무슨 일이 일어나리라고 짐작하고서 겁이 났던 거야…… 오, 이 아이에게 아무런 작별 인사도 하지 않고 떠날 수야 없지. 하이데를 누구에게 맡기지 않고서는 죽을 수 없다」

백작은 다시 자기 자리로 돌아와, 처음에 써놓은 구절 아래 다음과 같은 내용을 첨가했다.

나는 내 옛날 주인이었던 마르세유의 선주, 피에르 모렐의 아들이자 알제리 기병 대위 막시밀리앙 모렐에게 2,000만 프랑을 상속한다. 이 금액의 일부는 그의 누이 쥘리와 매제 엠마뉘엘에게 상속자의 뜻에 따라서 줄 수도 있다. 그러나 이 재산의 잉여금이 두 사람의 행복을 손상시키지 않는다고 판단되었을 때에 한한다. 이 2,000만 프랑은 몬테크리스토 섬의 동굴에 매장되어 있으며, ㄱ 비밀은 베르투시오가 알고 있다.

만약 막시밀리앙에게 아직 마음을 결정한 여자가 없고, 내가 딸처럼 보살폈고 또 나를 아버지처럼 사랑해 온, 자니나의 총독 알리의 딸 하이데와 결혼한다면, 그는 내 마지막 유언이라고는 할 수 없으나 내 마지막 희망을 이루어주는 것이 된다.

이 유언장은 이미 그밖의 재산 일체를 하이데에게 상속할 것으로 기재하였다. 그 재산이란 많은 토지와 영국, 오스트리아, 네덜란드의 국채, 각지에 있는 나의 저택의 동산(動産) 전부를 의미하는 것으로, 상기한 2,000만 프랑과 내 하인들에게 갈 각종의 유산을 빼고도 6,000만 프랑에 달할 것이다.

이 마지막 줄을 쓰고 났을 때였다. 등뒤에서 무슨 소리가 나는 바람에 백작은 들었던 펜을 떨어뜨렸다.

「하이데」 하고 백작은 물었다. 「이걸 읽었나?」

하이데는 눈꺼풀에 내려온 새벽빛에 눈을 뜨고서 가만히 일어나 백작에게 왔으나, 그 가벼운 발걸음은 카펫에 묻혀 백작의 귀에는 아무것도 들리지 않았던 것이다.

「아!」 하고 하이데는 두 손을 모으며 말했다. 「어째서 이런 시간에 그런 글을 쓰십니까? 그리고 왜 그 재산을 모두 제게 물려주시겠단 말씀이시죠? 제 곁을 떠나시려고요?」

「여행을 좀 하려고」 백작은 무한한 슬픔과 애정을 보이며 말했다. 「그래서 혹 무슨 일이라도 생기면……」

백작은 말끝을 흐렸다.

「그러면요……?」 하이데는 백작이 지금까지 들어본 적이 없는, 가슴이 섬뜩하게 시려오는, 위엄 있는 어조로 말했다.
「그래! 혹시 무슨 일이 일어나게 되더라도, 내 딸만은 행복해질 거야」
하이데는 고개를 저으며 쓸쓸하게 웃었다.
「죽을 생각을 하고 계시군요, 그렇죠?」하고 하이데는 물었다.
「그건 즐거운 생각이라고 현자들도 말하고 있단다」
「그런! 만일 정말 돌아가신다면」하고 하이데는 말을 이었다.「그 재산은 다른 사람들에게 물려주세요. 만약 백작께서 돌아가신다면…… 전 아무것도 필요 없게 될 테니까요」
이렇게 말하면서 하이데는 유언장을 집어 네 조각으로 찢더니 방 한가운데로 던져버렸다. 그리고 노예로서는 생각도 못할 이 용감한 행동으로 힘이 빠진 하이데는, 이번에는 잠이 와서가 아니라 정신을 잃어 마룻바닥에 쓰러졌다.
백작은 하이데에게로 몸을 기울여 두 팔로 소중하게 안아 일으켰다. 그 핏기 없는 고운 얼굴빛과, 아름답게 감은 두 눈, 그리고 생기를 잃고 마치 내던져진 듯한 하이데의 몸을 보며, 백작은 처음으로 하이데가 자기를 아버지로서가 아닌 이성으로 사랑해 온 것이 아닌가 하는 생각이 들었다.
「아!」하고 그는 깊은 절망감으로 중얼거렸다.「난 아직 행복해질 수 있었던 것을!」
백작은 그녀를 방까지 안고 가서 여전히 정신 못 차리고 있는 하이데를 하녀의 손에 맡기고서 다시 서재로 돌아왔다. 그리고 이번에는 문을 단단히 잠그고 찢겨진 유언장을 다시 쓰기 시작했다.
그가 유언장을 다 쓰고 났을 때, 마당으로 마차가 들어오는

소리가 났다. 백작은 창가로 가보았다. 마차에서 막시밀리앙 모렐이 내려오는 것이 보였다

「좋아!」 그는 중얼거렸다. 「시간에 꼭 맞춰 왔군!」

그는 유언장을 삼중으로 봉인했다.

잠시 후에 객실에서 발걸음 소리가 들려왔다. 백작이 손수 문을 여니, 막시밀리앙이 문 앞에 나타났다.

막시밀리앙은 약속 시간보다 이십 분 가량 일찍 온 셈이었다.

「너무 일찍 온 것 같네요」 하고 모렐은 말했다. 「실은 전 한숨도 자지 못했습니다. 온 집안 사람들이 모두 그랬죠. 전 백작님의 꿋꿋하고 침착하신 모습을 보고 제 정신을 좀 가라앉히려고 이렇게 일찍 왔습니다」

사랑이 넘치는 이 말을 듣자, 백작은 더 이상 참을 수가 없어 청년에게 손을 내미는 대신 두 팔을 벌렸다.

「모렐 씨」 하고 백작은 감동적인 목소리로 말했다. 「당신 같은 사람의 애정을 받게 되다니, 나로선 오늘이 정말 좋은 날이오. 자, 어서 오시오, 엠마뉘엘 씨. 그럼 나하고 같이 가주시는 거죠, 막시밀리앙 씨?」

「물론입니다!」 하고 젊은 대위 모렐은 말했다. 「그걸 의심하고 계셨단 말씀입니까?」

「하지만 만약 내가 잘못한 것이라면……」

「제 말씀을 들어보세요. 전 어제 결투 신청이 있었을 때, 계속 백작님만 쳐다보고 있었지요. 그리고 어젯밤 백작께서 어떻게 그렇게 침착할 수 있었는지 계속 생각해 봤습니다. 그건 분명 당신이 옳기 때문이라고밖에 여겨지지 않더군요. 그렇지 않다면 인간의 얼굴 같은 것은 신용할 수가 없는 거라고 생각했

지요」

「그러나 알베르 씨는 당신 친구가 아닌가요?」

「그저 안면이 있을 뿐입니다」

「나를 만나던 날 처음으로 그를 만나지 않았소?」

「그랬죠. 하지만 게 어쨌단 말씀이십니까? 그 말씀을 듣고보니, 생각날 정도일 따름인데요」

「고맙소, 모렐 씨」

그러고 나서 벨을 누르며,

「자, 이걸」하고 벨을 누르자마자 나타난 알리에게 백작이 말했다. 「공증인에게 보내도록. 모렐 씨, 이건 내 유언장입니다. 내가 죽거든 그 내용을 물으러 오시오」

「뭐라고요?」 모렐이 소리쳤다. 「죽거든이라니요?」

「물론이죠. 어떠한 경우건 미리 대비해 두어야 하지 않겠습니까? 그런데 어제 나하고 헤어진 다음엔 무얼하셨소?」

「토르토니(당시에 유명했던 카페——옮긴이)에 갔었죠. 그랬더니 제가 예상한 대로 보샹과 샤토 르노가 와 있더군요. 실은 그 사람들을 만나려고 거기에 간 것이었습니다」

「그건 왜요? 만사가 다 결정되고 말았는데」

「이 일은 중대하고 이제 와서 피할 수도 없게 됐습니다」

「피할 수 있으리라고 생각하셨습니까?」

「아뇨, 만인 앞에서 모욕을 당하셨으니. 모두들 그 얘기뿐이더군요」

「그래서요?」

「그래서 제 생각엔 무기를 바꾸어 권총 대신에 검을 쓰시는 게 어떨까 했지요. 권총이란 봐주는 법이 없는 물건이 아닙니까?」

「그래, 그 뜻은 이루셨나요?」 눈에 띌 정도는 아니었으나, 백작은 분명 희망의 빛을 보이며 성급히 물었다.

「뜻대로 안 됐습니다. 그 사람들이 백작님의 검술 실력을 익히 들어 알고 있더군요」

「저런! 누가 그런 소릴 퍼뜨렸답니까?」

「백작님과 싸워서 진 검술 선생들이죠」

「그래, 당신의 의도는 완전히 실패했다는 말씀이군요?」

「그들은 일언지하에 거절했습니다」

「모렐 씨」 하고 백작은 말했다. 「내가 권총을 쏘는 걸 본 일이 있습니까?」

「없습니다」

「그렇다면 아직 시간이 있으니 한번 보시죠」

백작은 메르세데스가 들어왔을 때 손에 들고 있던 권총을 집었다. 그리고 과녁으로 삼고 있던 철판에다 카드의 에이스를 갖다 붙이더니, 탄환 네 발에 그 에이스의 잎사귀 네 개를 하나하나 떨어뜨렸다.

총알이 한 발씩 발사될 때마다 모렐의 얼굴빛이 변했다.

그는 백작이 그처럼 비범한 재주를 보인 탄환을 살펴보았다. 그리고 그 탄환들이 노루 사냥에 쓰는 것보다 더 크지는 않다는 것을 알았다.

「무서운 사격술입니다」 하고 그는 말했다. 「엠마뉘엘, 좀 봐요!」

그러고는 다시 백작을 돌아보며,

「백작님」 하고 말했다. 「제발 알베르를 죽이지 말아주십시

「오! 그 사람에겐 어머니가 계시니까요」

「그렇군요」 백작이 말했다. 「그리고 난 어머니가 안 계시니까」

그 말을 할 때의 어조에, 모렐은 몸이 오싹해졌다.

「당신은 모욕을 받은 쪽이십니다」

「그렇죠. 그래서요?」

「그러니까 백작께서 먼저 쏘시게 됩니다」

「내 쪽에서 먼저?」

「그렇죠. 제가 그렇게 하겠다고 했습니다. 사뭇 강요하다시피 했지요. 우리 쪽에서도 양보를 해줬으니, 저쪽에서도 양보하라고 요구했던 것입니다」

「그럼 간격은?」

「20보」

무서운 미소가 백작의 입술 위를 스쳐갔다.

「모렐 씨」 하고 그는 말했다. 「지금 보신 광경을 잊지 말도록 하세요」

「그러니 알베르를 구하려면 백작님의 동정에 호소하는 길밖엔 없게 됐습니다」 하고 청년은 말했다.

「동정이라고요?」 하고 백작은 말했다.

「아니면 관용에 호소하겠습니다. 백작께서 자신하시는 만큼, 저도 당신의 사격 실력을 믿고 있습니다. 그래서 다른 사람에게 이런 소릴 하면 웃음거리가 되겠지만, 백작께는 말씀드려 볼까 합니다만」

「뭘 말인가요?」

「팔을 쏘아주십사는 겁니다. 상처만 주고 죽이지는 말아주십시오」

「모렐 씨, 내 얘길 좀 들어보시오」 하고 백작은 말했다. 「내게 알베르 씨의 목숨을 구해 달라고 청할 필요는 없습니다. 미리 얘기해 두지만, 알베르 씨는 무사히 목숨을 건지고 두 사람의 친구와 함께 조용히 돌아가게 될 겁니다. 그에 반해서 나는……」

「백작께선?」

「난 문제가 다릅니다. 나는 운반되어 돌아가게 되겠지요」

「설마, 그럴 수가!」 모렐은 버럭 화를 내며 말했다.

「아니, 내가 지금 말한 대로 알베르 씨가 나를 죽일 것이오」 모렐은 영문을 모르겠다는 듯이 백작을 쳐다보았다.

「아니, 어젯밤 이후로 무슨 일이라도 생겼단 말씀입니까?」

「필리피에서의 전투 전날 밤에, 브루투스에게 생겼던 일이 일어났지요. 내 눈앞에 망령이 나타났습니다(필리피에서의 전투 전날, 일찍이 브루투스가 암살한 시저의 망령이 나타나 그가 다음날 죽을 것이라고 예언했다——옮긴이)」

「그래, 그 망령이 어떻게 했단 말씀입니까?」

「그 망령이 내게 하는 말이, 난 이제 살 만큼 살았다고 하더군요」

모렐과 엠마뉘엘은 서로 얼굴을 쳐다보았다. 백작은 시계를 꺼냈다.

「갑시다」 하고 그는 말했다. 「일곱시 오분인데, 결투는 정각 여덟시니까요」

마차는 이미 준비를 끝내고 대기중이었다. 백작은 두 사람의 증인과 함께 마차에 올랐다.

그에 앞서 백작은 복도를 지나가다가 어느 문 앞에서 발을 멈추었다. 그리고 무슨 소리에 귀를 기울였다. 모렐과 엠마뉘엘은 조심스레 몇 걸음 앞서 가고 있었는데, 백작이 문틈으로 새어나오는 울음 소리에 한숨 짓는 소리를 들은 것 같았다.

정각 여덟시에 세 사람은 약속 장소에 도착했다.

「이제 다 왔군요」 마차의 창으로 고개를 내밀며 모렐이 말했다. 「우리가 먼저 왔는데요」

「실례합니다만」 하고 표현할 수 없는 공포감에 몸을 떨면서, 주인의 뒤를 따라온 바티스탱이 말했다. 「저 나무 밑에 마차 한 대가 보이는 것 같습니다」

「과연」 하고 엠마뉘엘이 말했다. 「저기 왔다갔다하면서 기다리고 있는 청년 둘이 보이는군요」

백작은 가볍게 마차에서 뛰어내렸다. 그리고 엠마뉘엘과 막시밀리앙이 내리는 것을 거들기 위해 그들에게 손을 내밀었다.

막시밀리앙은 두 손으로 백작의 손을 잡고는 「흐뭇합니다」 하고 말했다. 「저는 이 손을 정의로운 일에는 아무렇지도 않게 목숨을 거시는 분의 손이라고 생각합니다」

백작은 막시밀리앙을 그의 매제로부터 두어 걸음 뒤로 이끌었다.

「막시밀리앙 씨」 백작이 물었다. 「당신에겐 마음을 정한 여자가 있나요?」

모렐은 놀란 얼굴로 백작을 바라보았다.

「숨김 없이 속을 털어놓고 얘기해 달라는 건 아니오. 예나 아니오, 한마디로만 대답해 주시오. 그걸로 족합니다」

「전 어떤 처녀를 사랑하고 있습니다」

「어느 정도 사랑하오?」

「제 목숨을 걸고」

「저런!」하고 백작은 말했다.「그럼, 내 희망이 또 하나 무너졌는걸」

그러더니 한숨을 쉬며,「불쌍한 하이데!」하고 중얼거렸다.

「백작님」하고 막시밀리앙은 소리쳤다.「제가 만약 백작님을 잘 알지 못했다면, 당신을 용기 없는 분이라고 생각할 뻔했습니다」

「두고 온 사람 생각을 하면 한숨이 나오지 않을 수 없군요. 모렐 씨, 당신은 군인이면서도 용기를 알아보는 눈이 없단 말이오! 내가 목숨이 아까워서 이러는 줄 아시오? 이십일 년이란 세월을 생사의 갈림길에서 보낸 나에게 죽고 사는 게 무슨 문제겠소! 하지만 안심하시오. 내가 지금 약한 모습을 보이고 있는 것이라 하더라도 오직 당신에게만 그런 거니까. 난 이 세상을 하나의 살롱으로 보고 있소. 그러니 그곳에서 나오려면, 예절 바르고 정직하게 나와야 한단 말이오. 다시 말하면 인사치레를 할 건 하고, 빚도 갚아야 할 것은 다 갚고 나와야 하지 않겠소?」

「정말 훌륭하십니다!」하고 모렐은 말했다.「정말 옳은 말씀이십니다. 그런데 무기는 가져오셨나요?」

「내가? 내가 가져올 필요가 있나요? 저쪽에서 다 가져올 텐데」

「제가 가서 알아보고 오겠습니다」

「그러시죠. 하지만 협상 같은 건 하지 마시오」

「네, 그건 염려 마세요」

모렐은 보샹과 샤토 르노가 있는 쪽으로 갔다. 두 사람은 모렐이 오고 있는 것을 보고 몇 걸음 앞으로 다가왔다.

세 사람은 서로 인사를 나누었다. 썩 다정하게는 아니었지만 그래도 예의 바르게 인사했다.

「실례지만」하고 모렐이 입을 열었다. 「모르세르 씨가 안 보이는 것 같은데요」

「오늘 아침」하고 샤토 르노가 대답했다. 「현장에서 만나자는 연락이 왔습니다」

「그래요?」모렐이 말했다.

보샹은 시계를 꺼내보았다.

「여덟시 오분. 정말 이젠 꾸물거릴 시간이 없겠습니다. 모렐 씨」

「아니」하고 모렐이 말했다. 「그런 뜻으로 말씀드린 건 아닙니다」

「저기 마차가 오는군요」하고 샤토 르노가 말을 막았다.

과연 마차 한 대가 세 사람이 서 있는 네거리로 통하는 가로수 길 위를 급하게 달려오고 있었다.

「저」하고 모렐이 다시 말했다. 「권총은 다들 가져오셨겠죠? 그런데 몬테크리스토 백작은 자기 권총을 쓰지 않겠다고 하시더군요」

「백작이 틀림없이 그런 데까지 신경 쓸 줄 알고 있었습니다」하고 보샹이 대답했다. 「그래서 실은 일주일인가 열흘쯤 전에, 내가 권총을 새로 사두었습니다. 그럴 필요가 있을 것 같아서요. 완전히 새것이죠. 아직 아무도 써보지 않은 겁니다.

한번 보시겠습니까?」

「아닙니다」 모렐은 고개를 숙이며 말했다. 「모르세르 씨조차도 그 권총을 아직 써보지 않았다고 말씀하셨으니, 그 말씀만으로 충분합니다」

「아니」 샤토 르노가 말했다. 「저 마차로 온 건 모르세르가 아닙니다. 프란츠와 드브레예요」

과연 그 두 청년이 이쪽으로 오고 있었다.

「자네들이 여길 오다니!」 샤토 르노는 그들과 차례차례 악수를 하면서 말했다.

「도대체 웬일인가?」

「알베르가 우리더러 이리 와달라기에」

보샹과 샤토 르노는 깜짝 놀라며 서로 얼굴을 마주 보았다.

「전 그 뜻을 알 것 같습니다」 모렐이 말했다.

「아니, 어떻게?」

「어제 오후에 모르세르 씨로부터 오페라에 와달라는 편지를 받았지요」

「나도 받았는데」 드브레가 말했다.

「나도」 프란츠가 말했다.

「우리도」 샤토 르노와 보샹의 말이었다.

「모르세르 씨는 당신들을 결투 신청 현장에 모이도록 할 생각이었지요」 모렐이 말했다. 「그리고 결투장에도 참석해 주길 바랐던 겁니다」

「그래요」 하고 청년들은 대답했다. 「맞습니다. 모렐 씨, 십중팔구 그 짐작이 맞을 겁니다」

「좌우간」 하고 샤토 르노가 중얼거렸다. 「알베르가 왜 오지 않을까. 벌써 십 분이 지났는데」

「저기 온다!」 보샹이 말했다. 「말을 타고 오는군. 하인 하나를 데리고 막 달려오는데」

「저게 무슨 경솔한 짓이람?」 샤토 르노의 말이었다. 「권총으로 결투하러 오는데 말을 타고 오다니! 내가 단단히 일러놓았건만」

「거기다가 칼라에 넥타이, 그리고 흰 셔츠에 검은 조끼까지 입고 왔잖아? 위(胃) 부근에 과녁으로 검은 별이라도 하나 달고 오지 그랬어? 그렇게 하면 일이 훨씬 더 쉽게, 빨리 끝날 텐데, 쯧!」

그러는 사이에 알베르는 다섯 사람이 모여 있는 곳에서 열 발자국쯤 떨어진 곳까지 왔다. 그는 말을 세우고 땅으로 뛰어내리더니 고삐를 하인에게 던져주었다.

알베르가 가까이 왔다.

얼굴빛은 창백하고 눈은 벌겋게 부어 있었다. 밤새 한숨도 못 잔 것이 분명했다. 얼굴에는 보통때는 볼 수 없던 침통한 빛이 어려 있었다.

「고맙네, 모두들」 하고 알베르가 말했다. 「이렇게 와주어서. 자네들의 우정에 진심으로 감사하네」

모렐은 모르세르가 가까이 오는 것을 보고는 여남은 걸음 뒤로 물러났다.

「그리고 모렐 씨!」 하고 알베르는 말했다. 「당신에게도 감사드리겠습니다. 어서 이리로 오십시오. 그러지 마시고」

「하지만」 하고 모렐이 말했다. 「제가 몬테크리스토 백작의 입회인이라는 것을 잊으셨습니까?」

「그러신 줄은 몰랐습니다. 그렇지 않을까 생각은 했습니다만. 아무튼 잘됐습니다. 훌륭한 입회인이 많을수록 전 더 좋습니다」

「모렐 씨」샤토 르노가 말했다. 「몬테크리스토 백작에게 모르세르 씨가 왔다는 것을 알리시지요. 그리고 모든 게 준비되어 있다는 것도요」

모렐은 부탁대로 움직이려고 했다.

한편 보샹은 마차에서 권총 상자를 꺼내러 갔다.

「잠깐만」 그때 알베르가 말했다. 「몬테크리스토 백작에게 한마디 드릴 말씀이 있습니다」

「단 둘이서 말씀인가요?」 모렐이 물었다.

「아니, 여러분 앞에서」

알베르의 증인들은 놀란 눈으로 서로 얼굴을 마주 보았다. 프란츠와 드브레는 낮은 소리로 수군거렸다. 그리고 이 뜻하지 않은 사건에 모렐은 기분이 좋아져서 보도 위를 거닐고 있는 백작과 엠마뉘엘에게 달려갔다.

「내게 무슨 볼일이 있답니까?」 백작이 물었다.

「모르겠습니다. 백작께 하고 싶은 말이 있대요」

「오!」 몬테크리스토 백작은 말했다. 「신을 모독하는 행동 같은 건 하지 말아야 하는데!」

「그럴 것 같지는 않던데요」 모렐이 말했다.

백작은 모렐과 엠마뉘엘을 동반하고 앞으로 걸어갔다. 조용하고도 평온한 그의 얼굴은 알베르의 어수선한 얼굴과 기묘한 대조를 이루고 있었다. 알베르 역시 네 사람의 청년을 데리고 이쪽으로 다가오고 있었다.

쌍방이 세 걸음쯤 떨어진 곳까지 오자, 양쪽 다 발을 멈추었다.

「여러분, 좀더 가까이 와주십시오」하고 알베르가 입을 열었다. 「이제부터 제가 몬테크리스토 백작님께 드리려는 말씀을 단 한마디라도 흘려보내지 않도록 하기 위해서입니다. 또한 제가 이제부터 하려는 얘기가 여러분들에게는 좀 이상하게 생각될지도 모르지만, 이 얘기를 듣고 싶어하는 사람이 있을 때는 여러분들의 입으로 반복해 주셔야 하기 때문입니다」

「들어봅시다」백작이 말했다.

「백작님」알베르의 목소리는 처음엔 떨렸으나 차츰 가라앉기 시작했다. 「저는 백작님께서 에피루스에서 제 아버님이 저지른 일을 폭로한 것을 두고 비난했습니다. 왜냐하면 제 아버지가 아무리 죄가 있다 하더라도, 백작님께 그를 벌할 권리는 없다고 생각했기 때문입니다. 그러나 저는 오늘 백작님께는 그럴 권리가 있다는 것을 알게 됐습니다. 오늘 이렇게 급히 사죄드릴 생각이 든 까닭은, 페르낭 몬데고가 알리 파샤를 배반했다는 점 때문이 아니라, 어부 페르낭이 당신을 배신하고 그 결과 당신이 누구도 상상하지 못할 불행을 겪었다는 사실 때문입니다. 그래서 저는 큰소리로 성명하는 바입니다. 백작님, 백작님께서 제 아버지에게 복수하신 것은 당연한 처사였습니다. 그리고 지금 저는 백작님께서 제 아버지에게 그 이상의 일을 안 하신 데 대해 자식으로서 감사를 드립니다」

이 뜻하지 않은 장면을 본 입회인들은, 벼락에 맞았다 하더라도 이보다 더 큰 충격을 받지는 않았을 만큼 놀랐다.

몬테크리스토 백작은 무한한 감사의 표정을 지으며 서서히 하늘을 우러러보았다. 그리고 지난날 로마의 산적들 틈에서도 담대하고 용기 있게 행동하던 알베르의 격한 성격이 어찌 이렇게 갑자기 공손해질 수 있는지, 감탄의 마음을 금할 수 없었다. 그는 그 점에서 메르세데스의 영향을 인정하지 않을 수 없었다. 그리고 그토록 고귀한 마음을 가진 메르세데스가 그때 미리 백작의 희생이 무용하게 되리라는 것을 알고 있었기에 그의 희생적 태도를 말리지 않았다는 것도 깨달았다.

「그러니, 백작님」하고 알베르는 말을 이었다. 「지금 제가 사죄드린 것만으로 만족하실 수 있다면, 제발 손을 잡게 해주십시오. 절대로 실수하지 않는 백작님의 미덕이 최고로 훌륭한 것이라면 그 다음으론 자기의 잘못을 고백하는 것이 아닌가 생각됩니다. 그러나 이 고백은 저 자신에 관한 것입니다. 저는 한 인간으로서 행동해 왔습니다. 그러나 백작님께서는 언제나 신의 뜻에 따라 행동해 오셨습니다. 우리 두 사람 중 한 사람의 목숨을 구할 수 있는 존재는 오직 천사뿐이었습니다. 그리고 그 천사는, 우리 두 사람이 친구가 되는 것은 운명이 허락하지 않는다 해도, 적어도 서로를 인정하는 사이가 되게 해주려고 하늘에서 내려왔습니다」

백작은 눈시울을 적시며 가슴이 뿌듯해져서, 입을 반쯤 벌린 채 알베르에게 손을 내밀었다. 알베르는 그 손을 잡더니 경의에 찬, 거의 두려움에 가까운 기분으로 힘껏 쥐었다.

「여러분」하고 그는 말했다. 「몬테크리스토 백작님께선 제 사죄를 들어주셨습니다. 전 백작님께 너무 경솔하게 덤벼들었습니다. 경솔함은 사람의 행동을 그르칩니다.

내 행동은 매우 비겁했습니다. 그러나 이제 내 과오는 바로 잡혔습니다. 내 양심에 따라 움직인 나의 이런 행동을 보고, 세상이 나를 비겁자라고 부르지 말아주었으면 합니다. 그러나 만약 내 처사를 오해하는 사람이 생기는 경우엔」

그는 오만하게, 마치 친구든 적이든 용서하지 못하겠다는 듯이 얼굴을 쳐들면서 덧붙였다. 「꼭 그 의견을 뜯어고치게 할 작정입니다」

「도대체 어젯밤에 무슨 일이 일어난 거야?」 보샹이 샤토 르노에게 물었다. 「아무래도 우리가 어릿광대 노릇을 하고 있는 것 같군 그래」

「사실 알베르가 지금 한 짓은 졸렬하거나 아니면 아주 훌륭하거나, 둘 중에 하나일 거야」 하고 샤토 르노는 대답했다.

「이봐」 이번에는 드브레가 프란츠에게 물었다. 「도대체 무슨 소리야? 몬테크리스토 백작은 모르세르 씨의 명예를 분명 땅에 떨어뜨리지 않았어? 그런데 그게 아들의 눈에 당연하게 보인다고? 난 내 집안에서 자니나 사건 같은 게 열 번 생긴다 하더라도, 결투를 열 번 해보는 것 외에 다른 짓은 못해!」

한편 몬테크리스토 백작은 고개를 숙이고 두 팔을 늘어뜨린 채, 지난 이십사 년 동안의 회상에 빠져들어 알베르도, 보샹이니 샤토 르노니 그곳에 있는 다른 누구도 염두에 들어오지 않았다. 그는 아들의 목숨을 구해 달라고 찾아왔던 그 용감한 메르세데스를 생각하고 있었다. 그 아들을 위해 백작이 자기 목숨을 희생하기로 한 이 마당에, 그녀는 그 무서운 가문의 비밀을 고백함으로써 다시 자기 목숨을 구해 준 것이다. 그리고 그 고백은 알베르에게서 아버지에 대한 자식의 정을 영원히 앗아가 버린 것이다.

「역시 신의 섭리로구나!」하고 백작은 중얼거렸다.「오늘에야말로 내가 하느님의 사자라는 확신이 든다!」

〈4권 끝〉

오증자

서울대 불문과와 같은 과 대학원을 졸업하였다. 서울여대 불문과 교수를 역임하였다.
역서로는 『고도를 기다리며』, 『바다의 침묵』, 『에밀』, 『미라보 다리』, 『위기의 여자』 등이 있다.

몬테크리스토 백작 4

1판 1쇄 펴냄 2002년 3월 25일
1판 27쇄 펴냄 2025년 5월 19일

지은이 알렉상드르 뒤마
옮긴이 오증자
발행인 박근섭, 박상준
펴낸곳 (주)민음사

출판등록 1966. 5. 19. (제16-490호)
서울특별시 강남구 도산대로1길 62(신사동) 강남출판문화센터 5층(우편번호 06027)
대표전화 02-515-2000 / 팩시밀리 02-515-2007
www.minumsa.com

ⓒ 오증자, 2002. Printed in Seoul, Korea

ISBN 978-89-374-0389-7   04860
ISBN 978-89-374-0385-9   (전5권)

* 잘못 만들어진 책은 구입처에서 교환해 드립니다.